JOHN BOYNE

L'Audacieux Monsieur Swift

ROMAN TRADUIT DE L'ANGLAIS (IRLANDE)
PAR SOPHIE ASLANIDES

JC LATTÈS

Titre original :

A LADDER TO THE SKY
Publié par Doubleday, un département de Transworld Publishers,
une division de Penguin Random House UK.

ISBN : 978-2-253-07966-8 – 1re publication LGF

Pour Stephen Walsh

I

AVANT LA CHUTE DU MUR

> « Tout ce qui intéresse le domaine sexuel n'est pas l'affaire privée de l'individu, mais est synonyme de vie ou de mort pour la nation. »
>
> Heinrich Himmler

1. Berlin Ouest

Dès l'instant où j'acceptai l'invitation, j'éprouvai de la nervosité à l'idée de retourner en Allemagne. Tant d'années s'étaient écoulées depuis la dernière fois que j'y étais allé qu'il était difficile de savoir quels souvenirs seraient peut-être réveillés par ce voyage.

Nous étions au printemps de l'année 1988, l'année où le mot « perestroïka » entra dans le langage courant, et j'étais assis au bar de l'hôtel Savoy sur Fasanenstraße ; je pensais à mon soixante-sixième anniversaire qui allait arriver quelques semaines plus tard. Sur la table devant moi était posée une coupe qui, m'avait-on dit, avait été moulée sur le sein gauche de Marie-Antoinette ; elle contenait du riesling. Le vin était très bon, un des plus chers de la carte bien fournie de l'hôtel, mais je ne m'étais senti aucunement coupable en le commandant, car mon éditeur m'avait assuré qu'il se faisait un plaisir de couvrir la totalité de mes frais. Une telle générosité était pour moi une nouveauté. Ma carrière d'écrivain, qui avait commencé plus de trente-cinq ans plus tôt et se composait de six courts romans et d'un recueil de poèmes mal inspiré, n'avait jamais été remarquable. Aucun de mes livres n'avait attiré beaucoup de lecteurs, malgré les critiques généralement positives, et aucun n'avait été remarqué à l'étranger. Toutefois, à ma grande surprise, j'avais reçu un important prix littéraire l'automne précédent pour mon sixième roman, *Effroi*. À la suite de cette consécration, le livre s'était assez bien vendu et avait été traduit dans de nombreuses langues. L'indifférence qui avait accueilli mes précédents textes s'était changée en admiration et mon travail avait donné lieu à de multiples études critiques ; les publications littéraires polémiquaient sur l'identité de ceux qui pouvaient s'attribuer les mérites de ma renaissance. Soudain, j'étais invité à des festivals littéraires et on me demandait de faire des tournées promotionnelles dans des pays étrangers. Il se trouva que l'un de ces événements avait lieu à Berlin, où la Literaturhaus organisait une série de lectures mensuelles. Et, bien que j'y fusse né, je ne me sentais pas chez moi dans cette ville.

J'avais grandi près du Tiergarten, où je jouais dans l'ombre des statues d'aristocrates prussiens. Quand j'étais petit, j'allais souvent au zoo et je rêvais d'y devenir un jour gardien. À l'âge de seize ans, je me trouvais au milieu de mes amis des Jeunesses hitlériennes, chacun de nous portant un brassard marqué d'une croix gammée, pour acclamer le déplacement de la statue de Bismarck, sculptée par Reinhold Begas, du Reichstag au cœur du parc, comme le voulait Hitler dans son grand projet d'une Welthauptstadt Germania. L'année suivante, sur Unter den Linden, je regardais des milliers de soldats de la Wehrmacht parader devant nous juste après l'annexion de la Pologne. Dix mois plus tard, j'apparaissais au troisième rang d'un rassemblement au Lustgarten, entouré de garçons de mon âge, tous au garde-à-vous, pour jurer de notre allégeance au Führer, qui rugissait depuis une estrade érigée devant la cathédrale de l'empire millénaire.

Je finis par quitter la mère patrie en 1946 pour entrer à l'université de Cambridge et y étudier la littérature anglaise. Je passai ensuite plusieurs années désagréables à enseigner dans un collège des environs, où mon accent était impitoyablement moqué par les garçons dont les familles avaient été traumatisées et épuisées par quatre décennies de conflits armés et de réconciliations fragiles entre nos deux pays. Mais une fois mon doctorat terminé, je décrochai un poste d'assistant au King's College, où j'étais traité comme une sorte de curiosité, un étrange collègue arraché aux rangs d'une génération teutonne meurtrière pour être adopté par une noble institution britannique qui, dans la victoire, était prête à se montrer magnanime. Moins de dix ans plus tard, j'étais nommé professeur et grâce à la stabilité et la respectabilité inhérentes à ce titre, je me sentis en sécurité pour la première fois depuis ma jeunesse, assuré d'avoir un foyer et un métier jusqu'à la fin de ma vie.

Cependant, lorsque j'étais présenté à des personnes inconnues, les parents de mes étudiants, par exemple, ou un mécène venu en visite, on faisait souvent remarquer que j'étais « aussi romancier », cet ajout étant pour moi à la fois déconcertant et gênant. Bien entendu, j'espérais avoir une once de talent et trouver un jour prochain un public plus large, mais quand venait l'inévitable question : *J'ai certainement lu un de vos livres, non ?* ma réaction était toujours *Probablement pas*. Ces gens me demandaient souvent le titre de tel ou tel de mes romans, et je répondais, prêt à supporter l'humiliation à la vue de leur visage inexpressif tandis que je les énonçais dans l'ordre chronologique.

Ce soir-là, j'avais passé un moment difficile à la Literaturhaus, où j'avais participé à une interview publique avec un journaliste de *Die Zeit*. Comme j'étais mal à l'aise à l'idée de parler allemand, une langue que j'avais totalement abandonnée en arrivant en Angleterre plus de quarante ans auparavant, on avait fait appel à un acteur pour lire à haute voix un chapitre de mon roman. Quand je lui annonçai quel passage j'avais choisi, il secoua la tête et demanda à lire un extrait de l'avant-dernier chapitre. Bien entendu, je contestai ce choix, car le passage qu'il proposait contenait des révélations qui devaient surprendre le lecteur. Non, insistai-je, de plus en plus agacé par l'arrogance de cet Hamlet de pacotille qui, après tout, avait été embauché seulement pour se lever, lire à haute voix, puis s'éclipser par les coulisses. Non, dis-je d'une voix plus ferme. Pas cet extrait-là, celui-ci.

L'acteur en prit ombrage. Apparemment, il suivait une routine précise lorsqu'il lisait en public et sa préparation était aussi rigoureuse que s'il s'apprêtait à monter sur la scène de la Schaubühne. Je trouvai tout cela empreint d'affectation, je le lui dis, et le ton monta, ce qui me contraria. Finalement, il céda, mais sans la moindre élégance, et je comprenais assez l'allemand pour me rendre compte que sa lecture fut médiocre, dénuée de l'indispensable théâtralité destinée à séduire son public. En parcourant ensuite à pied la courte distance qui me séparait de l'hôtel, je me sentais tellement désabusé que j'eus envie de rentrer chez moi.

J'avais déjà remarqué ce jeune serveur d'environ vingt-deux ans, car il était très beau et il me semblait qu'il avait lancé quelques coups d'œil dans ma direction tandis que je sirotais mon vin. Même si je savais pertinemment que cette hypothèse était absurde, l'idée surprenante qu'il était peut-être physiquement attiré par moi se forma dans mon esprit. J'étais vieux, et je n'avais jamais été particulièrement séduisant, pas même à son âge, alors que la plupart des gens ont la sensualité de la jeunesse pour compenser les petits défauts physiques. Depuis le succès d'*Effroi*, qui m'avait élevé au rang de célébrité littéraire, les portraits dressés dans les journaux décrivaient invariablement mon visage comme « habité » ou mes yeux comme « ayant vu trop de malheurs », même si heureusement personne ne connaissait l'étendue de ces malheurs. Ces remarques ne provoquaient aucune souffrance en moi, car je n'avais aucune vanité personnelle et j'avais depuis longtemps renoncé à tout projet d'idylle. Les désirs qui avaient menacé de me détruire dans ma jeunesse s'étaient étiolés avec les années, ma virginité était restée intacte, et le soulagement qui accompagnait la disparition du désir sexuel ressemblait à celui qu'on aurait éprouvé en se détachant soudain d'un cheval sauvage parti au galop dans une immense prairie. Le bénéfice se révéla immense pour moi qui étais, année après année, confronté dans les amphithéâtres du King's College à un défilé continuel de jeunes hommes charmants, dont certains cherchaient effrontément à me séduire dans l'espoir d'être mieux notés ; je découvris que j'étais indifférent à leurs charmes, me détournant des fantasmes vulgaires et des attachements embarrassants pour adopter une attitude froide et distante. Je n'avais pas de chouchous, ne m'entourais pas de protégés, et ne donnais à personne matière à soupçonner des mobiles impurs dans mes pratiques pédagogiques. Je fus donc assez étonné de prendre conscience que je lançais des regards appuyés à ce jeune homme et que je ressentais pour lui un désir aussi intense.

Je me versai un autre verre de vin et fouillai dans le sac que j'avais posé à côté de ma chaise, une serviette en cuir qui contenait mon agenda et deux livres, une édition anglaise d'*Effroi*, et les épreuves d'un roman écrit par un vieil ami qui serait publié quelques mois plus tard. Je repris ma lecture là où je l'avais arrêtée, peut-être à un tiers du livre, mais découvris que j'étais incapable de me concentrer. Ce n'était pas un problème auquel j'étais souvent confronté et je levai la tête, m'interrogeant sur les raisons. Le bar n'était pas particulièrement bruyant. Rien ne pouvait expliquer mon manque d'attention. Lorsque le jeune serveur passa à côté de moi, et que je perçus l'odeur doucereuse et entêtante de la transpiration typique de l'adolescence, je compris que c'était lui, la cause de ma distraction. Il s'était glissé dans ma conscience, l'abominable créature, et il refusait de céder la place. Je mis le roman de côté et l'observai tandis qu'il débarrassait une table voisine avant d'y passer un torchon humide, de replacer les sous-verres et de rallumer la bougie.

Il portait l'uniforme du Savoy, un pantalon noir, une chemise blanche et un élégant gilet marron orné de l'insigne de l'hôtel. Il était de taille moyenne, de corpulence normale, et sa peau lisse ne semblait que rarement soumise au feu du rasoir. Il avait des lèvres rouges et pleines, des sourcils bien dessinés et une tignasse de cheveux bruns indisciplinés qui donnait l'impression de se battre quotidiennement contre le peigne avec la même détermination que trois cents Spartiates aux Thermopyles. Il me rappela le portrait par le Caravage du jeune Minniti, un tableau que j'avais toujours admiré. Mais par-dessus tout, il y avait chez lui cette étincelle caractéristique de la jeunesse, un mélange puissant de vitalité et de sexualité impulsive, et je me demandai à quoi il passait son temps lorsqu'il ne travaillait pas au Savoy. J'étais certain que c'était un garçon bien, honnête et gentil. Tout cela alors que nous n'avions pas encore échangé un mot.

J'essayai de retourner à mon livre, en pure perte, je m'emparai de mon agenda pour me remettre en tête ce qui était programmé les mois suivants. Il y avait un voyage promotionnel à Copenhague et un autre à Rome. Un festival à Madrid et une série d'interviews à Paris. Une invitation à New York et une demande pour que je participe à une série de lectures commentées à Amsterdam. Entre deux voyages, bien entendu, je retournerais à Cambridge, sans avoir de cours à assurer puisque l'université m'avait accordé une année sabbatique pour que je puisse répondre à ces propositions inattendues.

Un bruit déplacé interrompit le cours de ma rêverie, une voix lasse me demandant si j'avais besoin d'autre chose. Je levai les yeux, agacé, et aperçus le collègue plus âgé du jeune homme, un serveur obèse avec des cernes noirs sous les yeux. Je jetai un coup d'œil à la bouteille de riesling, qui était presque vide – avais-je vraiment bu une bouteille de vin à moi tout seul ? – et je secouai la tête, certain que l'heure était venue de monter me coucher.

« Mais dites-moi, fis-je en espérant que mon empressement ne soit pas trop perceptible. Le jeune homme qui servait tout à l'heure, est-il encore là ? Je souhaitais le remercier.

— Il a terminé son service il y a dix minutes, répondit-il. J'imagine qu'il est rentré chez lui, à l'heure qu'il est. »

J'essayai de cacher ma déception. Je n'avais pas éprouvé une attirance aussi puissante et soudaine depuis si longtemps que je ne savais pas comment réagir, maintenant qu'elle était contrariée. J'ignorais ce que j'attendais de ce garçon. En même temps, qu'attend-on de la *Joconde* ou du *David*, si ce n'est de pouvoir être en sa présence et contempler sa beauté énigmatique ? Je devais rentrer le lendemain après-midi, je ne pouvais donc pas programmer une visite discrète au bar le lendemain soir. C'était terminé ; je ne le reverrais jamais.

Je laissai échapper quelque chose comme un soupir et j'aurais pu rire de ma propre bêtise, mais il n'y avait plus le moindre rire en moi, seulement du désir et des regrets. La solitude que j'avais supportée toute ma vie avait cessé d'être douloureuse depuis de nombreuses années, pourtant aujourd'hui, sans prévenir, la souffrance s'était réveillée et de vieux chagrins oubliés se rappelaient à mon souvenir. Mes pensées retournèrent à Oskar Gött et l'année où nous nous étions connus. Si je fermais les yeux, je voyais encore son visage, son sourire complice, ses yeux d'un bleu profond, la courbe de son dos alors qu'il était couché, endormi, dans la maison d'hôtes à Potsdam le week-end de notre randonnée à bicyclette. Si je me concentrais, je pouvais retrouver l'anxiété que j'avais ressentie à l'idée qu'il se réveille et découvre mon impudeur.

Là, à ma grande surprise, je fus interrompu à nouveau. Je levai la tête et vis le jeune serveur, portant désormais un jean foncé, une chemise décontractée dont les deux premiers boutons étaient défaits et un blouson en cuir avec de la fourrure autour du col. Il tenait un bonnet en laine dans ses mains.

« Je suis désolé de vous déranger », dit-il. Je sus immédiatement qu'il n'était pas allemand comme je l'avais supposé mais anglais, et je perçus des intonations du Yorkshire ou de Lake District. « Vous êtes Erich Ackermann, n'est-ce pas ?

— C'est exact, fis-je, surpris qu'il connaisse mon nom.

— Puis-je vous serrer la main ? »

Il tendit le bras. La peau de sa paume semblait douce et je remarquai ses ongles parfaitement limés. Un jeune homme minutieux, pensai-je. Il portait un simple anneau d'argent au majeur de la main droite.

« Certainement, dis-je, un peu éberlué devant la tournure que prenaient les événements. Nous ne nous connaissons pas, rassurez-moi ?

— Non, mais je suis un grand admirateur. J'ai lu tous vos livres. D'ailleurs je les avais lus avant qu'*Effroi* ne soit publié, ce n'est pas comme si je prenais le train en marche.

— Je suis touché, déclarai-je en essayant de cacher mon plaisir. Bien peu de gens peuvent en dire autant.

— Bien peu de gens sont intéressés par l'art.

— C'est vrai, et l'artiste ne devrait jamais se laisser décourager par le manque de reconnaissance.

— J'ai même lu votre recueil de poèmes, ajouta-t-il, et je fis la grimace.

— Ils étaient mal inspirés.

— Je ne suis pas d'accord », répondit-il en citant un vers ; je levai les mains en l'air, le suppliant de se taire. C'est alors que son visage s'éclaira et qu'il éclata de rire, dévoilant des dents merveilleusement blanches. En même temps, une très fine ride se dessina sous ses yeux. Il était tellement beau.

« Et votre nom ? demandai-je, heureux d'avoir l'occasion de le regarder longuement.

— Maurice. Maurice Swift.

— Je suis heureux de faire votre connaissance, Maurice. C'est agréable de savoir qu'il y a encore des jeunes gens qui s'intéressent à la littérature.

— Je voulais l'étudier à l'université, mais mes parents n'avaient pas les moyens de me payer des études. C'est pour ça que je suis venu à Berlin. Pour m'éloigner d'eux et gagner ma vie. »

Sa voix s'était soudain teintée d'une grande amertume et il se dépêcha de se reprendre. Je fus surpris par l'intensité dramatique qu'il avait exprimée, tout à coup.

« Me permettez-vous de vous offrir un verre ? continua-t-il. J'adorerais vous poser des questions sur votre travail.

— Je serais ravi, dis-je, enthousiasmé par l'idée de pouvoir passer du temps avec lui. Je vous en prie, Maurice, asseyez-vous. Mais j'insiste pour que nos consommations soient ajoutées à la note de ma chambre. Il n'est pas question que ce soit vous qui payiez. »

Il regarda autour de lui et secoua la tête. « Je ne suis pas autorisé à boire ici. Les employés n'ont pas le droit de nouer des relations amicales dans le bar. Si je suis surpris, je perdrai mon emploi. Je ne devrais même pas être en train de vous parler.

— Ah », fis-je. Je posai mon verre et jetai un coup d'œil à ma montre ; il n'était que 22 heures, il restait du temps avant la fermeture des bars. « Peut-être pourrions-nous aller ailleurs ? Je ne voudrais pas que vous ayez des ennuis à cause de moi.

— Cela me ferait très plaisir. J'ai assisté à la rencontre aujourd'hui, une vingtaine de minutes seulement, pendant ma pause. J'espérais vous entendre parler, mais je suis arrivé quand un acteur lisait un extrait d'*Effroi*, et il ne s'en est pas très bien sorti, j'ai trouvé.

— Il était contrarié parce qu'il n'aimait pas le passage que j'avais choisi pour la lecture.

— Mais c'est votre roman, rétorqua Maurice en fronçant les sourcils. En quoi cela le regarde-t-il ?

— C'est bien ce que je me suis dit. Pourtant il n'avait pas l'air de cet avis.

— À l'heure où je devais revenir ici, il était encore en train de lire, alors je n'ai pas pu vous entendre répondre à la moindre question et il y en avait tant que j'aurais aimé vous poser. Pendant toute la lecture, vous aviez l'air un peu renfrogné, monsieur Ackermann. »

Je ris. « Disons simplement que ce n'était pas une soirée vraiment agréable. Elle est bien plus gaie, désormais. Et s'il vous plaît, appelez-moi Erich.

— Je n'y arriverai pas.

— J'insiste.

— Bon, Erich », fit-il à mi-voix, comme s'il testait la sensation sur sa langue ; je trouvai qu'il avait l'air un peu mal à l'aise. Peut-être était-ce à cause de mon ego ou de l'éveil de mon désir ou d'une combinaison des deux que je fus heureux de percevoir les échos de sa vénération aller de ses lèvres à mes oreilles. « Vous êtes certain que vous voulez sortir ? me demanda-t-il. Je ne veux pas vous prendre trop de votre temps. Vous n'êtes pas trop fatigué ?

— Je ne suis pas fatigué du tout, dis-je bien que je fusse épuisé par le vol très matinal et la déception de la lecture publique. Je vous en prie, choisissez un lieu. Je suis certain que vous connaissez la ville bien mieux que moi. »

En me levant, je me maudis de laisser échapper un léger grognement tandis que mes jambes s'habituaient à nouveau à me porter et sans que ce fût prémédité, je tendis la main et m'accrochai un instant à son bras. Le muscle était ferme et tendu sous mes doigts.

« Où allons-nous ? » demandai-je et il cita le nom d'un bar de l'autre côté du Tiergarten, près de la porte de Brandebourg. J'eus une brève hésitation, car cet endroit nous rapprocherait du Reichstag défiguré, que je n'avais pas particulièrement envie de revoir, mais j'acquiesçai. Je ne pouvais pas courir le risque qu'il change d'avis.

« Ce n'est pas loin, fit-il, sentant peut-être ma réticence. Dix minutes si nous prenons un taxi. Et c'est généralement assez calme à cette heure. Nous pourrons parler sans avoir à crier pour se faire entendre.

— Magnifique. Je vous suis. »

Et au moment où nous franchîmes les portes de l'hôtel, il énonça une phrase que je redoutais, d'habitude, mais qui là, inexplicablement, déclencha une vague d'enthousiasme qui me parcourut le corps entier.

« Je suis écrivain, moi aussi, dit-il, paraissant un peu gêné de faire cet aveu, comme s'il avait confié son rêve d'aller sur la lune. Enfin, j'essaye d'en devenir un, en tout cas. »

2. Copenhague

Mon déplacement au Danemark devait durer trois jours, début avril. On m'avait programmé des interviews avec la presse et une lecture à la Bibliothèque royale le lendemain soir. Mon éditeur danois me payait une nuit d'hôtel supplémentaire pour que je puisse visiter un peu la ville et j'acceptai, réservant une deuxième chambre à mes frais pour Maurice, à qui j'avais proposé de m'accompagner dans le rôle un peu flou d'assistant. Comme je souhaitais ardemment que nos chambres soient côte à côte, j'envoyai deux semaines avant mon arrivée à la direction de l'hôtel un message soigneusement formulé pour que les dispositions soient prises. Le but, me disais-je, était que mon jeune ami soit proche si jamais j'avais besoin de lui. Un des nombreux mensonges que je me répétais pendant l'année où nous fûmes ensemble.

À la fin de la soirée à Berlin six semaines auparavant, j'avais donné à Maurice mon adresse, l'invitant à rester en contact. Dès mon retour à Cambridge, j'attendis une lettre, plein d'espoir, mais rien ne vint. Je commençai à me demander s'il avait égaré le morceau de papier sur lequel je l'avais écrite ou s'il m'avait envoyé quelque chose qui avait été perdu par la poste. J'envisageai d'initier la communication épistolaire moi-même, en lui écrivant aux bons soins du Savoy, mais toutes les lettres que je rédigeais paraissaient plus tragiques les unes que les autres et je finis par abandonner. Finalement, après un silence de près d'un mois, le jour précis où je concluais que je n'entendrais plus parler de lui arriva une grande enveloppe au dos de laquelle était écrit « Maurice Swift » suivi d'une adresse d'expédition à Berlin. Coïncidence très poétique.

Dans sa lettre, il s'excusait d'avoir mis autant de temps à prendre contact, prétendant qu'il s'était demandé s'il était légitime d'accepter ma proposition de lire ses travaux ou s'il ne s'agissait que d'une offre polie de ma part après avoir bu une trop grande quantité de vin. Malgré tout, il joignait à sa lettre une nouvelle intitulée « Le miroir », si je pouvais y jeter un œil, et il me suppliait de lui donner mon avis avec la plus grande franchise.

Je n'avais aucune intention de revenir sur ma parole, mais à ma grande déception, son texte se révéla n'avoir aucune qualité particulière. Le personnage principal, une incarnation fictionnelle évidente de lui-même, était présenté comme timide et ayant une piètre opinion de lui, particulièrement maladroit dans ses relations avec les filles, et ayant tendance à se trouver embarqué dans des relations sexuelles désastreuses. Et pourtant, je vis un peu de vanité dans cet exercice, car il était évident que tous ceux qui croisaient sa route lui trouvaient un charme indéniable. L'intrigue avait beau être terriblement triviale, l'écriture était impressionnante. Il avait visiblement travaillé dur sur chaque phrase et je m'empressai d'y voir la preuve d'un talent en devenir. Si seulement l'histoire elle-même n'avait pas été aussi ennuyeuse, décidai-je, le texte aurait peut-être même été publiable.

Cependant, cherchant à tout prix à ne pas apparaître trop enthousiaste et me rappelant le temps qu'il lui avait fallu pour m'écrire, j'attendis trois jours interminables avant de lui répondre, lui envoyant une analyse critique pesée avec soin, dans laquelle je penchai vers la louange tout en notant les passages, ici ou là, qui selon moi mériteraient un peu plus d'attention. Dans un post-scriptum, je parlai de mon voyage à Copenhague et suggérai que, comme je me faisais vieux et que ces voyages pouvaient être fatigants, il trouverait peut-être un intérêt à m'accompagner. *Cela vous donnerait une idée de ce qu'est la vie d'un écrivain*, lui dis-je, espérant que ce commentaire constituerait une incitation assez forte. *Naturellement, je prendrai en charge toutes vos dépenses et vous verserai un salaire pour les petites tâches que je risque de vous demander d'accomplir pendant notre déplacement.*

Cette fois, il répondit presque immédiatement d'un « oui » enthousiaste et les dispositions furent prises. Mais pendant la semaine précédant notre départ, je devins de plus en plus agité à l'idée de le revoir, inquiet que cette agréable soirée à Berlin ne devienne une rencontre pleine de gêne lorsque nous tenterions de la reproduire plus longuement au Danemark. Finalement, Maurice se révéla bien disposé et chaleureux dès l'instant où nous nous revîmes, et s'il remarqua avec quelle intensité je le regardai, il eut la gentillesse de ne pas le manifester. Le moindre détail attirait mon attention : une chemise dont les premiers boutons étaient ouverts, me permettant d'apercevoir sa peau nue sous le tissu et le sillon délicat au centre de sa poitrine où les muscles se séparaient, un creux que je désirais vivement explorer ; la manière dont son pantalon remontait un peu lorsqu'il croisait les jambes et la vue enivrante de sa cheville qui se dénudait alors, car Maurice ne portait jamais de chaussettes, une affectation que je trouvais aussi ridicule qu'érotique ; la manière dont sa langue sortait de sa bouche pour lécher ses lèvres dès qu'apparaissait de la nourriture, et son appétit jamais satisfait, comme celui d'un ouvrier de ferme à la fin d'une longue journée de moisson. Je pris note de toutes ces observations et de beaucoup d'autres. Je les écrivis, je les mémorisai, je laissai les négatifs reposer dans mon cerveau pour les développer plus tard, et quand il parlait, je me contentais de le regarder, me sentant redynamisé par la présence de ce garçon dans ma vie tout en essayant de ne pas penser au moment douloureux de son inévitable départ.

Le dernier jour, je suggérai une excursion au château de Frederiksborg sous le vague prétexte que j'envisageais d'écrire un roman historique autour de l'incendie de 1859 et du rôle du brasseur Carlsberg dans la reconstruction de l'édifice. Il accepta et, s'acquittant merveilleusement de son rôle d'assistant, il réserva deux billets de train en première classe et prépara des notes sur l'histoire et l'architecture du palais, qu'il me communiqua pendant le trajet. Après quelques heures agréables passées à examiner ses trésors et à parcourir les jardins, nous trouvâmes un petit restaurant, et assis à une table dans un coin, nous commandâmes des pintes de bière locale et des assiettes de boulettes de viande.

« C'est exactement ce dont j'ai toujours rêvé, annonça Maurice en jetant autour de lui des regards enthousiastes, ses yeux bleus pleins d'entrain et de vivacité. Être un écrivain professionnel, voyager dans d'autres pays pour parler de mon travail et effectuer des recherches pour le roman suivant. N'aimeriez-vous pas cesser d'enseigner pour écrire à plein temps ? Vous pourriez probablement le faire maintenant, avec le succès d'*Effroi*.

— Non, dis-je en secouant la tête. Cambridge m'offre un foyer et une routine depuis plus de quarante ans et j'y accorde une valeur inestimable. Je ne pourrais jamais cesser d'écrire, l'écriture fait intrinsèquement partie de ce que je suis, mais je ne suis pas impatient de prendre ma retraite de l'enseignement. »

Il sortit un carnet de son sac, un Leuchtturm 1917 bleu clair avec des pages numérotées et un marque-page, et se mit à prendre des notes ; il faisait cela depuis nos premières conversations à Copenhague et j'en étais terriblement flatté.

« Quoi ? demandai-je avec un sourire. Ai-je dit quelque chose de particulièrement sage ?

— Un foyer et une routine, répéta-t-il sans lever la tête, en écrivant furieusement. Et j'ajoute quelque chose sur l'équilibre. Vous semblez avoir trouvé un bon équilibre entre votre vie professionnelle et votre vie d'artiste. Peut-être que j'ai besoin de cela, moi aussi. Le métier de serveur n'est pas vraiment intellectuellement stimulant.

— Mais il permet de payer le loyer, répondis-je. De toute façon, on ne peut pas écrire tout le temps. Il y a autre chose dans la vie que des mots et des histoires.

— Pas pour moi.

— C'est parce que vous êtes jeune et que c'est la vie dont vous rêvez. Mais une fois que vous y accéderez, vous découvrirez peut-être qu'il y a d'autres choses au moins aussi importantes. L'amitié, par exemple. L'amour.

— Avez-vous toujours eu envie d'écrire ?

— Oui. Quand j'étais enfant, j'avais une véritable obsession pour la papeterie. Il y avait un magasin magnifique près de l'endroit où j'ai grandi et je mettais de côté tout mon argent pour acheter du beau papier et de l'encre pour mes stylos. Mon grand-père était historien, et à partir de mon cinquième anniversaire, il m'a offert chaque année un nouveau stylo. Je les chérissais comme des trésors. Je les ai toujours, tous sauf un.

— Vous en avez perdu un ? demanda-t-il.

— Non. Je l'ai offert à un de mes amis il y a de nombreuses années. J'ai tous les autres dans mon appartement à Cambridge. Ils me rappellent mon enfance, avant la guerre, la période la plus heureuse de ma vie.

— Et où était-ce ? Où avez-vous grandi ?

— Là où nous nous sommes rencontrés. À Berlin.

— Pardonnez-moi, dit Maurice en fronçant les sourcils, mais n'êtes-vous pas juif ?

— Cela dépend de la définition que vous donnez à ce mot, répondis-je.

— Vous avez combattu pendant la guerre ?

— Pas exactement. J'étais employé de bureau au quartier général de la Wehrmacht. Je ne m'en suis jamais caché.

— Malgré tout, je ne comprends pas. »

Par la fenêtre, je regardai les touristes traverser le pont Møntportvejen pour se rendre au château. « Mes parents étaient tous les deux allemands, expliquai-je en me tournant vers lui. Mais le père de ma mère était juif. Donc, par le sang, on pourrait dire que je suis un quart juif mais bien entendu, les Juifs ne se pensent pas en fractions. Il y avait un mot qu'on utilisait en ce temps-là. *Mischling*, autrement dit, métis. J'ai appris son existence quand les lois de Nuremberg furent introduites en 1935. Selon ces dispositions, ceux qui n'avaient qu'un grand-parent juif étaient des *Mischlinge* au second degré et pouvaient être citoyens du Reich. Pour la plupart, les *Mischlinge* au second degré étaient à l'abri de toute forme de persécution.

— Et les *Mischlinge* au premier degré ?

— Ils avaient deux grands-parents juifs. C'était beaucoup plus dangereux.

— Vous avez dû en connaître. »

Une douleur fulgurante me transperça la poitrine. « Un seul, dis-je. À ma connaissance, en tout cas. Une fille.

— C'était une de vos amies ? »

Je secouai la tête. « Pas vraiment, non. Une connaissance.

— Si vous me permettez cette question, vous étiez un quart juif, et vous n'éprouviez aucune honte à travailler avec les Nazis ?

— Bien sûr que si, répondis-je. Mais qu'aurais-je pu faire d'autre ? Refuser ? J'aurais été fusillé. Ou envoyé dans les camps. Et comme vous, je voulais devenir écrivain, et pour devenir écrivain, il fallait que je reste en vie. Mon frère Georg travaillait aussi pour eux. Dites-moi, Maurice, dans ma situation, qu'auriez-vous fait ?

— Vous avez un frère ? »

Je secouai la tête. « Il est mort très jeune. Nous nous sommes perdus de vue après la guerre, quand j'ai quitté l'Allemagne. Quelques années plus tard, j'ai reçu une lettre très brève de son épouse m'informant qu'il avait été tué dans un accident de tram et je n'ai plus jamais eu de nouvelles. Écoutez, la vraie question est : qui a pu vivre cette époque-là sans ressentir la moindre honte de ses actes ?

— Et pourtant vous n'en avez jamais parlé dans vos écrits, ni dans des interviews.

— Non, reconnus-je. Mais s'il vous plaît, passons à autre chose. Je préfère ne pas m'appesantir sur le passé. Parlez-moi plutôt de vous. De votre famille.

— Il n'y a pas grand-chose à raconter, fit-il en soupirant, et je sentis qu'il aurait préféré que nous ne changions pas de sujet. Mon père est éleveur de porcs et ma mère est femme au foyer. J'ai cinq sœurs et un frère aîné. Je suis le plus jeune et le mouton noir de la famille.

— Pourquoi donc ?

— Parce que tous les autres sont restés dans la région et ont trouvé quelqu'un à épouser. Et ils ont tous fait exactement ce qu'on attendait d'eux. Ils sont fermiers, mineurs de charbon, enseignants. Aucun d'eux n'a voyagé, ils n'ont jamais quitté le Yorkshire. Moi, j'en ai toujours voulu davantage. Je voulais voir le vaste monde et rencontrer des gens intéressants. Mon père affirme que j'ai des idées au-dessus de ma condition mais je ne crois pas à ça. Je veux… »

Il s'interrompit et plongea le regard dans le fond de son verre, en secouant la tête.

« Allez au bout de votre pensée », insistai-je en me penchant vers lui. Si j'avais été plus courageux, j'aurais pu lui prendre la main. « Vous voulez quoi ?

— Je veux devenir un écrivain reconnu, répondit-il et peut-être aurais-je dû percevoir l'intensité de la détermination dans sa voix, et m'en effrayer. C'est tout ce qui m'importe. Je ferai tout ce qu'il faudra pour réussir.

— Bien entendu, lui dis-je en reprenant ma place. Les jeunes hommes veulent toujours conquérir le monde. Suivre le mythe d'Alexandre le Grand.

— Selon certaines personnes, l'ambition est condamnable. D'après mon père rêver de choses meilleures ne peut conduire qu'à la déception. Mais votre travail vous a rendu heureux, n'est-ce pas ?

— Oui, très heureux.

— Et vous êtes-vous jamais… » Il marqua une pause, son visage montrant qu'il n'était pas certain de pouvoir poser une question aussi personnelle. « Vous êtes-vous marié ? »

Je bus une gorgée et décidai qu'il n'y avait aucune raison de ne pas répondre avec franchise. Si nous devions bâtir une relation d'amitié, il était important que je sois sincère avec lui dès le départ.

« Vous vous êtes rendu compte que je suis homosexuel, j'imagine, déclarai-je en le regardant dans les yeux ; il ne détourna pas le regard, et ce fut tout à son honneur.

— Je m'en doutais, sans en être sûr. Ce n'est pas un thème que vous explorez dans vos livres. Et vous n'avez jamais abordé le sujet en public.

— Je n'aime pas parler de ma vie privée à la presse ou à une salle pleine d'étrangers, répondis-je. Et comme vous le savez, je n'écris pas sur l'amour. C'est un sujet que j'ai toujours soigneusement évité, depuis le début de ma carrière.

— Oui, vous écrivez toujours sur la solitude.

— Exactement. Mais ne croyez pas que mes textes soient d'une quelconque façon autobiographiques. Ce n'est pas parce qu'on est homosexuel qu'on souffre forcément de solitude. » Il ne dit rien et je sentis une gêne grandir entre nous ; j'en fus décontenancé. « J'espère que cela ne vous met pas mal à l'aise de m'entendre parler de cela.

— Pas le moins du monde. Nous sommes en 1988, après tout. Je me fiche de ces choses-là. Mon meilleur ami à Harrogate, Henry Rowe, était homo. J'ai écrit un de mes premiers textes sur lui, en fait. Ces étiquettes ne signifient rien pour moi.

— Je vois », fis-je, sans trop savoir ce qu'il voulait dire. Suggérait-il qu'il ne faisait pas de différence entre ses amis en fonction de leur sexualité ou qu'il était lui-même prêt à avoir des relations intimes avec des gens de l'un ou l'autre sexe ? « Et votre ami était-il amoureux de vous, à votre avis ? C'est évidemment possible, vous êtes très beau. »

Il rougit un peu mais ignora ma question. « Avez-vous jamais essayé ? me demanda-t-il. Avec une fille, je veux dire. Pardon, je n'aurais pas dû. Ce ne sont pas mes affaires.

— Il n'y a aucun problème. Non, je n'ai jamais essayé. Cela n'aurait pas fonctionné, de toute manière. Peut-être éprouvez-vous la même chose vis-à-vis des garçons ? »

Il haussa les épaules et je compris que j'étais allé trop loin ; si je ne voulais pas lui faire peur, il fallait que je fasse marche arrière. « Ce n'est pas un sujet auquel j'ai réfléchi, en toute honnêteté, dit-il. Je veux vivre une vie ouverte à toutes les opportunités. La seule chose dont je sois absolument sûr dans ce domaine, c'est que je veux devenir père un jour.

— Vraiment ? fis-je, surpris par cette révélation. C'est un désir curieux chez quelqu'un d'aussi jeune.

— Je l'ai toujours voulu. Je pense que je serais un bon père. Et pour revenir à mes nouvelles... », ajouta-t-il, apparemment un peu gêné. Il était toutefois inévitable que nous parlions de ses textes à un moment ou à un autre. J'en avais lu deux ou trois de plus depuis notre arrivée à Copenhague et à ma grande déception, je n'avais pas changé d'avis depuis ma lecture du premier, « Le miroir ». Certes, ses nouvelles étaient bien écrites, mais elles étaient inintéressantes. « C'est du travail d'amateur, je sais...

— Non, l'interrompis-je. Amateur n'est pas le mot. Ces nouvelles sont clairement écrites par quelqu'un qui n'a pas encore trouvé sa voix. Si vous lisiez certains des textes que j'ai rédigés quand j'avais votre âge, vous vous demanderiez pourquoi je me suis permis d'envisager une carrière littéraire. » Je marquai une pause, m'imposant la sincérité. Notre relation comportait déjà une part de tromperie, cependant sur ce sujet, celui de l'écriture, je mettais un point d'honneur à dire la vérité. « Le fait est que vous avez du talent, Maurice.

— Merci.

— Je sens que vous réfléchissez à chacun des mots avant de l'écrire et je suis impressionné par votre maîtrise de la langue. Mais le problème, c'est les sujets. Les histoires.

— Vous voulez dire qu'elles sont ennuyeuses ?

— Ce serait trop fort, répondis-je. Parfois, elles me rappellent des histoires que j'ai déjà lues. Comme si je voyais les livres rangés dans votre bibliothèque. Les fantômes des écrivains que vous admirez semblent se glisser entre les scènes. Il faut un talent considérable pour écrire aussi bien que vous le faites mais au final, si l'histoire n'est pas captivante, si le lecteur n'a pas l'impression qu'elle est entièrement de vous, eh bien, cela ne fonctionnera pas. »

Il baissa les yeux vers la table et hocha la tête. Je voyais bien qu'il était déçu, pourtant je n'avais dit que la vérité et il fallait qu'il l'entende ; je lui devais au moins cela.

« Vous avez raison, bien sûr, reprit-il après un long silence. Je ne suis pas très bon pour inventer des intrigues, c'est le problème. J'ai l'impression que toutes les histoires de l'univers ont déjà été racontées.

— Mais ce n'est absolument pas vrai, insistai-je. Il y a une infinité d'histoires disponibles pour celui qui a un peu d'imagination.

— Parfois je me dis que je serais meilleur si j'étais dans la musique. Celui qui écrit les paroles mais confie à quelqu'un d'autre le soin de concevoir la mélodie. Peut-être que je n'ai tout simplement pas d'oreille.

— Vous êtes trop jeune pour considérer vos faiblesses comme irrémédiables. Plus vous lirez, plus vous écrirez, et plus les idées viendront. Elles tomberont comme des confettis autour de votre tête et votre seule difficulté sera de décider lesquelles attraper et lesquelles laisser tomber.

— Et vous, demanda-t-il en relevant la tête. Comment faites-vous ? Vos histoires sont toujours tellement originales.

— Je ne sais pas trop, avouai-je. La vérité, c'est que je les construis au fur et à mesure.

— Vraiment ? demanda-t-il en riant. Est-ce que cela peut être aussi simple ?

— Oui. Regardez, nous voici à Copenhague. Il y a des histoires partout. Pensez à ce château. Pensez aux gens qui le visitent. Pensez à nous, deux quasi-étrangers assis là, en train de se parler. Votre écriture est exceptionnelle et elle ne fera que s'améliorer avec le temps. Ce sont les histoires sur lesquelles vous devez vous concentrer. Quand vous en trouvez une, quand vous en entendez une, appropriez-vous cette histoire et vous aurez le monde à vos pieds. C'est le meilleur conseil que je puisse vous donner. Même dans cet hôtel où vous travaillez à Berlin. Tous ces gens qui passent. Qui sont-ils ? D'où viennent-ils ? Que font-ils ? Quels secrets cachent-ils ?

— La plupart d'entre eux ne sont que des riches venus en vacances.

— Non, insistai-je. Tout le monde a des secrets. Nous avons tous dans notre passé des choses que nous n'aimerions pas voir exposées au grand jour. Regardez autour de la salle la prochaine fois que vous y serez et demandez-vous : *Qu'est-ce que chacune de ces personnes préférerait que je ne sache pas ?* Et c'est là que vous trouverez votre histoire. Un hôtel peut être un endroit fascinant. Des centaines de personnes rassemblées dans un même bâtiment, et en même temps, toutes tiennent absolument à garder leur intimité.

— C'est certain, il y a des emplois pires pour quelqu'un qui aspire à devenir écrivain. Mais je suis souvent tellement fatigué, et je n'écris pas autant que je le devrais. Je voudrais tant cesser d'écrire des nouvelles et commencer un roman. Il faut juste que je trouve la matière.

— L'amour. L'amour est toujours la matière des romans.

— Pas pour vous, répondit-il.

— Mais la solitude, lui fis-je remarquer, n'est-ce pas précisément le manque d'amour ? Je me demande… » ajoutai-je après une courte pause, ne sachant pas s'il était trop tôt pour aborder un sujet auquel je pensais depuis notre première soirée ensemble à Copenhague. À certains moments, je trouvais cette idée formidable et à d'autres je me disais que je ne ferais que m'humilier en posant la question. « Je vous ai déjà expliqué que j'ai un certain nombre de voyages prévus dans les prochains mois.

— Oui.

— Et je dois avouer, Maurice, que je trouve ces déplacements assez épuisants et je déteste l'idée de dîner avec des étrangers tous les soirs. Par moments, j'ai du mal à régler tout ce qui concerne les hôtels et les trains. À quoi s'ajoute le problème de la gestion du linge, et celui du relevé des dépenses remboursables, et ainsi de suite. Il m'est venu une idée : je serais très content d'avoir à mes côtés quelqu'un qui me seconderait. Un assistant, si vous voulez. Quelqu'un qui ferait le même travail que vous depuis quelques jours.

— Je vois, répondit-il et je compris qu'il était assez enthousiasmé par la tournure que prenait notre conversation.

— Est-ce quelque chose que vous pourriez envisager ? demandai-je.

— Rien ne me plairait davantage !

— Bien sûr, entre deux voyages, vous pourriez retourner à Berlin mais si nous parlons d'une période d'emploi de six mois, je vous donnerais alors un salaire qui vous offrirait une sécurité financière pour toute cette période. Vous pourriez quitter le Savoy ou, si vous préférez, y rester et trouver un logement plus confortable. Ce serait à vous de décider. »

Je citai un montant ; il était fort généreux et plus élevé que ce que je pouvais raisonnablement me permettre, mais je désirais ardemment qu'il accepte. Et lorsque nous échangeâmes une poignée de main pour sceller notre accord, je me sentis plus heureux que jamais depuis des années. C'était comme si j'avais remporté le Prix une deuxième fois.

« Merci, fit-il, sincèrement réjoui. Vous êtes très gentil.

— Tout le plaisir est pour moi », lui répondis-je – la phrase la plus sincère que j'aie énoncée depuis que j'étais descendu de l'avion.

3. Rome

À Rome, bien sûr, nous parlâmes de Dieu quand Maurice fit la remarque qu'il avait été élevé dans une famille anglicane et gardait un attachement sentimental à sa religion.

« Et vous ? me demanda-t-il. Est-ce que vous pratiquez une religion ?

— Il faut vous rappeler, je vivais en Europe dans les années 1930 et 1940. Je n'ai guère d'autre choix que d'être athée.

— Et avant ça ?

— C'est trop loin pour que je m'en souvienne. Si vous avez une inclination pour les choses spirituelles, je suppose que Rome est l'endroit idéal. » Je pris une grande inspiration et me demandai si je devais introduire un nouveau personnage dans notre dialogue, une personne dont l'importance dans ma vie n'aurait pas pu être surestimée. « J'avais un ami autrefois, lui dis-je. Oskar Gött. Sa grande ambition dans la vie était de venir ici. Il avait lu un livre sur les catacombes et voulait les visiter.

— A-t-il réussi à mener son projet à bien ?

— Non, dis-je en secouant la tête. Il est mort peu de temps avant le début de la guerre.

— Comment est-il mort ?

— Fusillé. »

Maurice hocha la tête et je m'arrêtai devant un banc, avant de m'asseoir et de fermer les yeux en penchant la tête un peu en arrière pour que le soleil de cette fin de matinée me réchauffe le visage. Je le sentis s'asseoir à côté de moi ; le léger effleurement de sa jambe contre la mienne me fit frémir. Un passant aurait pu nous prendre pour un père et son fils, une erreur qui avait été commise quelques soirs plus tôt quand nous avions pris nos chambres à l'hôtel, des chambres contiguës à nouveau sur ma demande insistante, et cette confusion m'avait contrarié plus que je ne l'aurais pensé. Maurice s'était contenté de rire.

« Vous me rappelez ce garçon, avouai-je enfin. Oskar. Vous avez le même genre de visage, rond, gai, avec des yeux bleu vif et une tignasse de cheveux noirs qui vous retombe sur le front.

— Parlez-moi de lui. Était-il un de vos bons amis ? »

J'hésitai. C'était une partie de ma vie que j'avais enfouie au fond de ma mémoire depuis tant de décennies, sans jamais raconter l'histoire à qui que ce soit. Et pourtant, assis ce jour-là sur un banc dans le parc de la Caffarella, ce jeune homme de vingt-deux ans me donnait envie de révéler mes secrets de la manière la plus autodestructive qui soit. J'avais envie de me confier à lui, de lui livrer mon histoire.

Nous nous étions rencontrés, Oskar et moi, au début de l'année 1939, peu de temps après mon dix-septième anniversaire, au Nachmittagscafé près du Volkspark am Weinbergsweg à Berlin. Comme Maurice, Oskar, qui avait quelques mois de moins que moi, était serveur ; il travaillait pour ses parents dans un petit restaurant qu'ils possédaient depuis de nombreuses années dans le nord de la ville. Ce n'était pas mon habitude de me rendre dans ce genre de lieu seul mais le jour en question, il s'était mis à pleuvoir alors que je rentrais chez moi et je m'étais abrité à l'intérieur, choisissant une chaise près de la fenêtre, avant de commander une tasse de café et une tranche de *Stollen*. Je remarquai un livre posé sur le rebord de la fenêtre, un roman d'aventures que j'avais lu avec plaisir plusieurs fois. Cependant, ce volume était considérablement plus imposant que celui que j'avais à la maison, plus de trois fois son épaisseur, en fait ; alors je le ramassai et regardai la page de titre. Je découvris que c'était une tromperie, car la jaquette du livre avait été remplacée par une autre, moins sujette à controverse.

Avant que j'aie le temps de me demander pourquoi quelqu'un aurait fait une chose aussi bizarre, un garçon sortit en courant de la cuisine et se précipita avec un empressement exagéré ; je levai la tête lorsqu'il s'arrêta à côté de ma table pour repousser d'une main la mèche de cheveux qui lui était tombée sur le front et me regarder, en plein désarroi. Je perçus l'angoisse lisible sur son visage, mais au-delà, je ressentis un frémissement au creux de mon ventre comme jamais auparavant. Bien entendu, je savais depuis quelques années que j'étais homosexuel et à dix-sept ans, j'étais capable d'identifier le désir sexuel. Pendant un temps, j'avais essayé de me forcer à être attiré par les filles mais cela ne fonctionnait pas, et je ne voyais pas l'intérêt de poursuivre un but aussi vain. Mon homosexualité, je le savais, était quelque chose que je ne pourrais jamais changer et aussi quelque chose que je ne pourrais jamais vivre pleinement. Après tout, Himmler avait fait un discours à peine un an auparavant dans lequel il avait dénoncé l'individuel comme nuisible au bien public et j'avais écouté ses paroles sur notre TSF, me demandant pourquoi une malédiction pareille avait été placée sur ma tête. Il avait déclaré qu'il fallait éradiquer l'homosexualité – « Comme on arrache les mauvaises herbes, qu'on jette en tas avant de les brûler » – et selon les rumeurs, des homosexuels notoires avaient été envoyés dans des camps de concentration ou fusillés.

Naturellement, ces idées me terrifiaient. Mon projet était donc de feindre le désintérêt pour tous les enjeux sexuels, de devenir un eunuque pour mes amis, sans trahir le moindre embryon de désir ni me livrer à la moindre plaisanterie salace, voire faire mine de ne pas les comprendre. Si cela s'avérait nécessaire, je supposai qu'un jour peut-être je prendrais femme et me comporterais comme un mari, mais je me promis que ce ne serait qu'en dernier recours, si ma survie en dépendait.

« Mon livre, dit le garçon en tendant la main vers moi. Je le cherchais, justement.

— Vous avez changé la jaquette, répondis-je. Puis-je savoir pourquoi ? »

Il se mordit la lèvre nerveusement et jeta un coup d'œil autour de lui. Malgré le temps peu clément, les tables près de la mienne étaient plutôt désertes.

« Donnez-le-moi, s'il vous plaît », dit-il en baissant la voix. J'acquiesçai et le lui rendis. « Vous ne direz à personne ce que vous avez vu, n'est-ce pas ?

— Non. Ce ne sont pas mes affaires, et de toute manière, j'ai déjà lu ce livre. Chez moi, dans ma chambre. Avec les rideaux fermés. Vous n'avez pas peur de le lire en public ?

— Bien sûr que si. C'est pour cela que j'ai fait en sorte qu'on le prenne pour un autre. Quand je me suis rendu compte que je l'avais laissé ici, j'ai cru que j'allais me trouver mal. S'il était tombé entre de mauvaises mains, j'aurais pu avoir des ennuis. »

Le livre était *Les Buddenbrook*, de Thomas Mann, et j'étais au courant, comme Oskar, que son auteur avait fui l'Allemagne pour aller se réfugier en Suisse six ans auparavant et qu'ensuite, quand il avait été déclaré ennemi du Reich, ses textes avaient été interdits. Depuis sa maison à Zürich, il avait écrit abondamment sur son mépris pour le Führer et le parti nazi, et bien que les autorités aient fait disparaître la majorité de ses articles, certains étaient sortis dans des journaux clandestins et ses opinions s'étaient répandues dans les rangs d'un peuple finalement très apathique.

« Joignez-vous à moi, si ça vous tente, fis-je en désignant la chaise en face de moi. Je serais heureux de savoir ce que vous en pensez.

— Je ne peux pas, dit-il en jetant un coup d'œil vers le comptoir où un homme d'un certain âge que je pris pour son père nous observait avec circonspection. Mon service ne se termine pas avant deux bonnes heures. C'est la première fois que je vous vois ici, n'est-ce pas ?

— Je suis entré pour m'abriter de la pluie. »

Il hocha la tête et parut ne pas savoir quoi dire ; il finit par brandir le livre d'un geste appréciatif et avec un sourire, me lança : « Merci pour ça. » Puis il tourna les talons et quelques secondes après, il disparaissait dans la cuisine.

La conversation avait été brève mais ensuite, je me rendis compte que j'étais incapable de le sortir de ma tête. Donc, trois jours plus tard, je retournai au café, et arrivai cette fois presque deux heures plus tard en espérant que la fin de son service serait proche. Lorsqu'il sortit de la cuisine, il me remarqua et me salua de la main, apparemment heureux de me revoir.

« Avez-vous fini la lecture de votre livre ? demandai-je lorsqu'il vint me dire bonjour.

— J'ai terminé hier soir. Et maintenant, je lis Dickens. *Le Conte de deux cités*. Personne ne peut désapprouver Dickens, c'est certain.

— Je ne serais pas aussi sûr, répondis-je d'un ton que je voulus léger. De nos jours, on peut trouver à redire à tout. Vous joindrez-vous à moi, cette fois ? ajoutai-je mais à ma grande déception, il secoua la tête.

— Mon père n'aime pas que je m'installe ici avec des amis. L'idée de nous servir le contrarie. Si nous allions ailleurs ? Connaissez-vous la Böttcher Tavern ? Elle ne se trouve pas loin d'ici. À quelques rues à peine.

— Bien sûr. Et comment vous appelez-vous ?

— Oskar Gött. Et vous ?

— Erich Ackermann.

— Je vous retrouverai là-bas à 17 heures. Buvez-vous de la bière, Erich ?

— Oui.

— Alors, je vous offrirai une bière. Pour vous remercier d'avoir gardé mon secret. »

Je quittai le Nachmittag et me promenai dans le quartier en regardant les aiguilles de ma montre avancer mollement. Quand approcha enfin l'heure de notre rendez-vous, je marchai d'un pas enthousiaste vers le bar qui se trouvait en face des quartiers généraux SS, où se tenait un grand garde mince et roux, bien différent du type aryen classique, un fusil sur l'épaule. Je sentis son regard peser sur moi tandis que je traversai la rue en courant et poussai les portes ; jetant un regard circulaire, j'aperçus Oskar assis à une table dans un coin, en train de dessiner dans un carnet et je souris.

À ce moment-là, pendant les premiers mois de 1939, l'hypothèse selon laquelle la guerre allait arriver était répandue. Peu importait ce que les Britanniques disaient ou faisaient, il semblait clair que le Führer voulait le conflit armé, sachant que seul un engagement international de grande envergure pourrait faire de l'Allemagne la première puissance du monde. Pour les jeunes hommes de mon âge, cette pensée était effrayante. Nous avions vu les effets de la dernière guerre sur nos pères – ceux d'entre nous qui avaient encore le leur, en tout cas – et nous redoutions de voir nos vies suivre le même chemin. Peut-être n'était-il donc pas si étrange que la première pensée qui me vint en apercevant Oskar à la Böttcher Tavern était que la guerre devait être évitée à tout prix ; pas question qu'un être d'une aussi grande beauté soit exposé à la brutalité aveugle du champ de bataille.

« Oskar, dis-je en m'asseyant et aussitôt il referma son carnet et posa son fusain dessus.

— Mon ami ! » répondit-il en souriant, et je déglutis avec nervosité. Jamais auparavant je n'avais rencontré quelqu'un dont la simple présence physique pouvait m'envoûter à ce point. Nous commandâmes deux bières et les levâmes à notre santé. Il m'expliqua qu'il détestait travailler au café parce que son père était une brute, mais son projet était de mettre de côté suffisamment d'argent pour pouvoir voyager et voir le monde. « Je voudrais être un artiste. Et Paris est l'endroit rêvé pour ça. Es-tu déjà allé à Paris ?

— Non, je n'ai jamais quitté Berlin.

— J'aimerais voir Londres aussi, ajouta-t-il, et Rome. J'ai lu un livre sur les catacombes un jour et depuis, je suis fasciné. »

Ni l'un ni l'autre ne mentionna la possibilité d'une guerre. En ce temps-là, les jeunes Allemands se divisaient en deux groupes : ceux qui étaient impatients de la voir commencer et ceux qui prétendaient qu'elle n'était absolument pas une éventualité, comme s'il suffisait de l'ignorer pour étouffer l'enfant belliqueux au berceau.

« Tu dessinais quand je suis entré, dis-je en désignant son carnet d'un mouvement du menton. Tu me montres ce que tu as fait ? »

Il secoua la tête et sourit, le visage un peu empourpré. « Non. De toute façon, je ne dessine pas, je gribouille. Tu vois ce que je veux dire ? Quelque chose pour passer le temps. J'ai des toiles à la maison et c'est là que je fais mes vrais travaux. Je peins à l'huile, surtout. Mais en ce moment, j'ai du mal à trouver l'inspiration. Je peins des paysages, des coupes de fruits et des grands bâtiments juste parce que je sais le faire et que je peux les vendre dans la rue. Ce que je voudrais vraiment, c'est peindre quelque chose que personne n'a jamais peint auparavant. Ou quelque chose de familier d'une manière inhabituelle pour offrir au spectateur la possibilité de voir la chose sous un angle inattendu. Est-ce que tu comprends, Erich ? Je m'entends parler et je m'inquiète, tu dois me trouver ridicule.

— Pas du tout, répondis-je, fort séduit par l'idée qu'Oskar soit un grand peintre. J'aimerais bien être un artiste aussi, un jour.

— Tu peins ?

— Non, j'arrive tout juste à dessiner une ligne droite, répondis-je en riant. Mais j'écris un peu. Des nouvelles, c'est tout. Peut-être un jour j'écrirai un roman. Comme toi, je n'ai pas encore trouvé mon sujet mais j'espère qu'il se présentera un jour.

— Me laisseras-tu lire une de tes histoires ?

— Seulement si tu me montres un de tes tableaux. »

Nous parlâmes d'autres choses. De l'école que nous fréquentions, de nos camarades de classe, des matières qui nous intéressaient et de celles qui nous ennuyaient. Et – parce que toutes les conversations finissaient par aborder ce sujet, tôt ou tard – nous parlâmes du Führer et de nos réunions hebdomadaires avec les Jeunesses hitlériennes. Nous appartenions à des corps différents et partagions le plaisir des exercices en plein air, tout en nous accordant sur le fait que les cours de doctrine nous ennuyaient atrocement. Nous assistions tous les deux aux rassemblements annuels des Jeunesses du Parti depuis que nous étions sortis de la Deutsches

Jungvolk, la subdivision réservée aux garçons de dix à quatorze ans, et trouvions l'atmosphère oppressante, avec le nombre faramineux de membres qui s'y retrouvaient et le bruit terrifiant de leur patriotisme si peu éclairé.

« Je l'ai vu une fois, me dit Oskar en se penchant un peu vers moi et en baissant la voix. Il y a un an, peut-être un peu moins. Je sortais de la Hauptbahnhof lorsqu'un cortège de voitures est apparu dans Lüneburgerstraße et tout le monde s'est arrêté pour regarder. Sa voiture, une Große Mercedes noire, est passée devant moi, et il a tourné la tête à l'instant où je regardais dans sa direction ; nos regards se sont croisés. J'ai claqué des talons pour le saluer, et après, j'en ai éprouvé une honte terrible. »

Je m'écartai, incrédule, quand il dit cette dernière phrase. L'avais-je bien entendue ? Venait-il de déclarer qu'il avait eu honte de saluer le Führer ?

« Je t'ai peut-être choqué », fit-il, et dans sa voix, il y avait de l'angoisse. Ce n'était pas une opinion que les gens énonçaient à haute voix, même si c'était vrai, et surtout pas devant une nouvelle connaissance dont on ne savait pas encore si on pouvait lui faire confiance.

« Un peu, dis-je. Tu ne crois pas en lui ?

— Il me fait peur », concéda Oskar et je compris, car il me faisait peur à moi aussi. Mais en même temps, mon petit frère et moi étions juifs, enfin, un quart juifs, et les purges avaient déjà commencé. Les Juifs avaient été déchus de leur nationalité depuis plus de trois ans et je connaissais au moins deux couples dont les fiançailles avaient été annulées après la promulgation de la loi interdisant aux Juifs d'épouser des Allemands non juifs. Quatre mois à peine auparavant, la ville avait connu un moment de véritable chaos après qu'un garçon de mon âge, un Juif, avait abattu un diplomate nazi dans l'ambassade allemande à Paris. Les jours suivants, les SS s'étaient déchaînés dans toute la ville de Berlin, détruisant des magasins juifs, des synagogues, profanant des cimetières et arrêtant des dizaines de milliers de personnes qu'ils déportèrent ensuite dans les camps. En rentrant chez moi au pas de course ce soir-là, pour échapper à toute cette violence, j'avais assisté au tabassage à mort d'un vieil homme par un officier de quarante ans de moins que lui, j'avais remarqué un autre de mes concitoyens sortant d'une bijouterie avec le visage en sang parce que la vitrine de sa boutique avait été pulvérisée, et près de chez moi, j'avais vu une jeune fille se faire violer par un Sturmbannführer SS dans une ruelle pendant que son collègue maintenait son père contre le mur et l'obligeait à regarder. Je n'avais pas eu à subir quoi que ce fût de ce genre car je n'avais aucune caractéristique physique du Juif, et nous n'étions pas pratiquants, par conséquent, nous ne fréquentions pas d'autres Juifs et n'allions pas à la synagogue. Mais le fait demeurait : mon frère et moi étions des *Mischlinge*.

« On dit qu'il va restaurer la puissance de l'Allemagne, avançai-je prudemment.

— Et il se peut qu'il réussisse, dit Oskar. Il a du charisme, c'est vrai, et ses talents d'orateur galvanisent les foules. Les gens le suivent, pour l'instant. Il les a infectés avec sa haine. Il exige une loyauté absolue et si quelqu'un ose le critiquer, il perd son emploi. Je crois qu'il conduira une grande armée, mais quel sera le résultat ?

— Un Reich de mille ans. Tout au moins, c'est ce qu'il dit.

— Et c'est ce que tu veux ?

— Tout ce que je veux, c'est vivre en paix, répondis-je. Je veux lire des livres et peut-être un jour en écrire. L'avenir de la mère patrie ne me concerne pas. »

Il sourit et tendit le bras pour poser sa main sur la mienne dans un geste dont l'intention était certainement fraternelle, mais qui envoya des étincelles d'électricité dans tout mon corps. Jamais un garçon ne m'avait touché ainsi auparavant. « J'ai le même souhait, dit-il. Avec mes peintures.

— Penses-tu que je pourrais trouver de l'inspiration à Paris, moi aussi ? demandai-je.

— Pour ton roman ? Bien sûr ! De grands écrivains ont vécu là-bas. Hugo, Hemingway, Fitzgerald. De nombreux classiques de la littérature ont été écrits dans cette ville. Elle encourage la créativité, c'est du moins ce que j'ai entendu dire. »

Une image se forma dans mon esprit, nous deux habitant un petit appartement au dernier étage d'un vieux bâtiment décrépi près de Notre-Dame, lui en train de peindre dans son atelier, moi écrivant dans mon bureau, pour nous retrouver le soir et ne former plus qu'un dans notre chambre à coucher. Cette idée était presque trop magnifique pour être imaginée. Avant que je puisse l'énoncer à haute voix et me mettre dans une situation terriblement embarrassante, il se leva et s'excusa pour aller aux toilettes. Pendant qu'il était parti, je contemplai son carnet de dessins, me disant de ne pas m'en approcher, de ne pas m'immiscer dans sa vie privée, mais je ne pus résister et le tirai vers moi, avant de l'ouvrir à la première page. Il était flambant neuf et ne contenait qu'un seul dessin ; tandis que je le contemplais, mon cœur se serra dans ma poitrine, et je me noyai sous des vagues de déception. Le croquis représentait une jeune femme très belle aux longs cheveux noirs, offrant son profil gauche ; elle était assise sur une ottomane, le dos tourné vers l'artiste. Sa main droite effleurait sa joue et elle était nue. Un aperçu de son sein était visible du côté gauche du dessin et il y avait quelque chose dans son regard qui suggérait le désir. Je me demandai si cette créature était sortie de l'imagination d'Oskar ou si cette fille avait posé sans pudeur pour lui, et dans ce cas, était-elle sa maîtresse ? Refermant le carnet, je le replaçai de son côté de la table, et reposai le fusain par-dessus ; lorsqu'il revint quelques instants plus tard, il me dit que mon visage était soudain empreint de tristesse et que selon lui, la seule chose à faire pour me rendre ma gaieté était que nous restions là tous les deux à boire jusqu'à n'avoir plus de quoi payer, une suggestion que j'acceptai aussitôt.

« Savait-il que vous aviez regardé son dessin ? demanda Maurice, et je me tournai vers lui, m'extrayant avec un frisson de ce Berlin perdu pour retrouver une Rome bien vivante.

— Non. Je crois qu'il aurait été déçu s'il m'avait surpris et peut-être que notre amitié naissante serait morte aussitôt. En tout cas, nous devînmes très gais, et lorsque la soirée toucha à sa fin, j'étais certain d'être amoureux de lui, mais chaque fois que mon regard se posait sur son carnet de croquis, je ressentais l'impossibilité d'une relation amoureuse, et je buvais un autre verre pour anesthésier la douleur. »

Je jetai un coup d'œil à ma montre, il était temps que nous bougions ; nous nous levâmes et retournâmes à l'hôtel en parlant d'autres choses. Plus tard, je m'installai seul au bar, perdu dans mes pensées, et lorsque Maurice me rejoignit, il avait pris une douche et sentait le savon, ses cheveux encore un peu humides ; je trouvai ce parfum enivrant. Nous parlâmes encore de son écriture et il me redit à quel point il me savait gré de l'allocation que je lui versais, car grâce à elle il avait déménagé dans un petit appartement plus près du Savoy où il se trouvait plus à son aise pour écrire.

Tandis que nous marchions dans les couloirs vers nos chambres, il marqua une pause devant ma porte et je tendis la main pour prendre la sienne et lui souhaiter bonne nuit, mais à ma grande surprise, il se pencha en avant et me serra contre lui. Comme un acteur inexpérimenté, je ne sus que faire de mes bras ; devais-je les laisser ballants ou lui rendre son étreinte ? Je respirai son odeur musquée et mes lèvres, tout près de son cou, se seraient volontiers attardées contre sa peau.

Mais avant que je puisse me trouver dans une situation terriblement embarrassante, il s'écarta de moi.

« Vos conseils me sont tellement utiles, Erich. J'ai de la chance de pouvoir apprendre de vous. J'espère que vous savez combien je vous suis reconnaissant. »

Là-dessus, il disparut et j'entrai dans ma chambre, sachant que je ne m'endormirais pas avant des heures.

4. Madrid

Je ne revis pas Maurice pendant plus d'un mois. Il repartit à Berlin et je rentrai à Cambridge. J'attendis avec impatience le voyage à Madrid, et lorsque le moment arriva, je le guettai dans le hall de l'Hôtel Atlántico en faisant semblant de lire sans quitter la porte des yeux. J'évitais de regarder du côté de la réceptionniste, avec qui j'avais eu une altercation plus tôt en découvrant que la chambre de Maurice ne serait pas à côté de la mienne mais à l'étage en dessous. Quand je l'avais suppliée de changer, elle s'était montrée intraitable et je m'étais peut-être couvert de honte, avec mon caprice enfantin. Néanmoins, lorsqu'il fit son apparition, mon humeur s'égaya et nous nous étreignîmes comme de vieux amis, avant de nous rendre dans un bar à tapas voisin où il mangea comme un jeune ogre pendant que je me contentais de le regarder.

Le jour suivant, un déjeuner était organisé en mon honneur dans un salon privé du Musée du Prado, et bien que nous soyons arrivés tôt pour nous plonger dans la contemplation des œuvres de Titien, je le perdis à un moment et finis par aller seul à la réception, où je me retrouvai à côté de l'écrivain américain Dash Hardy, dont les romans étaient publiés en Espagne par le même éditeur que moi. Comme il passait un semestre dans la capitale espagnole, à enseigner à l'université, il avait été invité à la réception, mais angoissé par la disparition de Maurice, je trouvai difficile de me concentrer sur notre conversation. Cependant, je me souviens qu'il me félicita pour mon dernier succès et ajouta que, bien qu'il n'eût pas lu mon roman parce qu'il ne lisait aucun auteur non américain, il avait reçu l'assurance de notre éditeur commun qu'il s'agissait d'un texte d'une certaine valeur.

« Je vous en prie, n'en prenez pas offense », me dit-il avec son accent traînant, enfonçant ses doigts boudinés dans sa bouche pour retirer un morceau de petit four logé entre ses dents avant de l'examiner avec l'intensité d'un analyste médico-légal, puis de s'en débarrasser en l'envoyant d'une pichenette sur la moquette. « Je ne lis pas non plus les femmes et je m'arrange pour le faire savoir dans toutes les interviews parce que cette déclaration m'assure inévitablement un maximum de publicité. La brigade du politiquement correct monte immédiatement sur ses grands chevaux et en un temps record, je me retrouve en vedette de toutes les pages littéraires.

— Vous cherchez donc la polémique.

— Non, répondit-il. Je suis un écrivain de fiction qui habite un appartement très cher donnant sur Central Park West. Et j'ai besoin de vendre des livres pour payer les charges de copropriété. »

Nous bavardâmes pendant une dizaine de minutes mais je peinai à trouver des sujets communs. Je me rappelai son autobiographie que j'avais lue quelques années plus tôt, dans laquelle il listait avec abondance de détails crus les nombreuses rencontres homosexuelles de sa jeunesse et de sa vie de jeune adulte, des souvenirs tellement exacts qu'ils paraissaient presque sordides. Il était le genre d'écrivain qui, pour moi, était un homo professionnel, dont la nature définissait à la fois son personnage public et son travail, et c'était quelque chose qui m'avait toujours mis mal à l'aise.

« Et je vois qu'un charmant jeune homme voyage avec vous, finit par dire Dash avec un sourire lascif et un clin d'œil. Je l'ai remarqué tout à l'heure plongé dans la contemplation des tableaux du Greco et je n'ai pas pu m'empêcher d'aller me présenter. Il était trop beau pour être ignoré. Il m'a reconnu immédiatement, ce qui bien entendu m'a enchanté, et il m'a dit qu'il était votre assistant. Vous en avez de la chance, mon vieux. »

Avant que je puisse répondre, j'aperçus Maurice entrant enfin dans la pièce, complètement absorbé dans une discussion avec une romancière, une précédente lauréate du Prix, et à les voir là, elle serrant sa main tandis qu'ils conversaient avec passion, je sentis la jalousie m'envahir. Je n'avais qu'une envie, l'attraper par le bras et sortir en courant du Prado, mais en agissant ainsi, j'aurais insulté mes hôtes.

« Le voici, dit Dash en se retournant et en suivant mon regard. Où l'avez-vous ramassé, d'ailleurs ? Il est beau comme un dieu, mais il a aussi un côté très gamin des rues, vous ne trouvez pas ?

— Je ne l'ai ramassé nulle part, répondis-je, essayant de contrôler mon irritation devant tant de vulgarité. C'est tout simplement un jeune écrivain qui m'assiste de temps en temps, voilà tout. »

Il parut se réjouir de mon inconfort. « Vous me rappelez ma tante Gloria. Elle est morte depuis longtemps, bien entendu. La pauvre chérie ne pouvait supporter qu'on aborde le sujet du sexe. Elle a fait une attaque au milieu de la lecture de mon premier roman et s'est retrouvée à l'hôpital jusqu'à la fin de ses jours. Je ne sais pas si c'est le livre qui l'a déclenchée mais j'ai toujours espéré que ce soit le cas. Et dites-moi, Erich, est-il soumis, ce jeune assistant, ou dominant ? »

Je le regardai fixement à nouveau, appelant de mes vœux le coup d'envoi de la réception pour que cet échange prenne fin, et prétendis ne pas comprendre ce qu'il voulait dire.

« Oh, ne jouez pas les hypocrites. Vous savez pertinemment de quoi je parle. Comment s'appelle-t-il ?

— Maurice », dis-je. Il renversa sa tête en arrière et éclata de rire.

« Forcément ! Vous n'auriez pas pu inventer mieux ! Quel dommage que vous ne vous appeliez pas Clive.

Est-ce qu'il vous facture à la journée ou est-il l'un de ces garçons agréables qui acceptent de vous donner tout ce qu'ils ont tant que vous leur ouvrez suffisamment de portes ? Vous l'avez amené au bon endroit, c'est certain, ajouta-t-il en promenant son regard dans la salle qui maintenant s'était remplie d'écrivains, d'éditeurs et de créateurs de tendances littéraires. J'imagine que ce soir, il vous sera très reconnaissant.

— Vous vous trompez complètement. Grands Dieux, ce n'est qu'un jeune garçon. Nous sommes amis, c'est tout.

— Ne soyez pas ridicule. Vous avez au moins quarante ans de plus que lui. Vous ne pouvez pas être amis. S'il ne vous donne pas ce que vous voulez, vous devriez le renvoyer d'où il vient et trouver quelqu'un de plus conciliant. Les cours d'écriture créative sont pleins de jeunes hommes complaisants qui n'ont aucun scrupule dans ce domaine. Croyez-moi, je suis bien placé pour le savoir. »

Quelques instants plus tard, nous fûmes appelés à nous installer autour de la table et j'eus l'immense contrariété de me trouver assis à une distance considérable de Maurice, pris en sandwich entre le directeur marketing de ma maison d'édition et le rédacteur en chef d'un magazine littéraire. Lui, en revanche, avait pour voisin un charmant jeune écrivain espagnol qui avait publié trois romans en trois ans, dont le dernier était un succès international de premier ordre. Ils passèrent presque tout le déjeuner absorbés dans leur conversation ponctuée d'éclats de rire, mais pas une fois Maurice ne se tourna vers moi. Et lorsqu'il sortit son inévitable carnet de son sac pour noter quelque chose que son compagnon avait dit, il me fallut déployer des efforts surhumains pour ne pas attraper la salière et la lui jeter à la figure.

Plus tard ce soir-là, comme c'était notre habitude, nous passâmes une heure au bar de l'hôtel ; j'essayai de ne pas laisser mon humeur maussade entacher notre moment ensemble, sans vraiment réussir, visiblement, car il me demanda si quelque chose n'allait pas.

« Pourquoi ? La journée a été tout à fait agréable.

— Vous avez juste l'air de ne pas être dans votre assiette.

— C'est de la fatigue, rien d'autre. Mais tu as passé une bonne journée, n'est-ce pas ? Apparemment, au déjeuner, tu t'amusais beaucoup.

— J'ai adoré, dit-il avec enthousiasme. Tous ces écrivains ! J'avais l'impression d'en être un, moi aussi.

— Tu en es un, insistai-je, malgré le fait qu'il ne m'ait rien donné à lire depuis un certain temps.

— Ce n'est pas vrai. Il faudra attendre que j'aie fini mon roman, que je l'aie *publié*.

— Eh bien, il faut en commencer un, pour le finir.

— Oh, mais c'est le cas. Je ne vous en ai pas parlé ? J'ai enfin eu une idée. Pour une histoire. Je me suis assis et je me suis mis à écrire.

— Très bien. Et vas-tu me dire de quoi il est question ?

— Pas encore, répliqua-t-il en secouant la tête. Le truc, c'est que je suis superstitieux sur ce genre de sujets. Est-ce que ça vous ennuie si je continue sans trop en parler, pour le moment ?

— Cela ne m'ennuie pas du tout, fis-je alors que ça m'ennuyait beaucoup. Fais au mieux pour toi. Et ton compagnon au déjeuner, le romancier espagnol, t'a-t-il donné quelque conseil ?

— Nous n'avons pas vraiment parlé de livres.

— De quoi avez-vous parlé, alors ?

— De sa femme, surtout. Et de ses maîtresses. Il en a un nombre considérable.

— Je suis surpris que tu aies supporté d'écouter toutes ces histoires.

— Il m'a donné sa carte et m'a dit de le contacter si je reviens un jour à Madrid.

— Tu sais comment t'y prendre pour te faire ta place parmi nous, les écrivains. Et tu n'as pas envie de fréquenter des gens un peu moins… expérimentés ? Des amis de ton âge, peut-être ? Même si j'imagine qu'il serait malavisé que tu te laisses distraire de ton travail.

— Je ne suis jamais plus heureux que lorsque je suis seul, me dit-il. Et si je voulais de la compagnie… » Il s'interrompit et désigna le hall de l'hôtel, dans mon dos. « Oh… Regardez qui vient d'arriver. »

Je me retournai et aperçus Dash Hardy dans le hall, cherchant des yeux quelqu'un qui le reconnaisse et lui témoigne l'adoration requise. Il devait avoir une chambre dans le même hôtel que nous et mon cœur se serra, tant j'étais certain qu'il remarquerait notre présence et gâcherait notre soirée en insistant pour se joindre à nous, avant de draguer Maurice ouvertement et enchaîner les sous-entendus grivois qui semblaient spécialement conçus pour me désarçonner. De fait, je compris qu'il nous avait repérés car il sourit à notre intention et leva une main dans une esquisse de salut ; mais à ma grande surprise, et pour mon plus grand soulagement, il se détourna et s'approcha des ascenseurs.

« Dieu merci, je ne supporte pas cet homme-là.

— Vous avez dit que je devais me concentrer exclusivement sur mon travail, déclara Maurice, ignorant ma remarque. Mais vous vous êtes laissé distraire, au début de votre carrière, n'est-ce pas ? Par Oskar, je veux dire. Alors peut-être qu'un peu de distraction, c'est une bonne chose.

— Je ne comprends pas.

— Quand nous étions à Rome, vous m'avez raconté comment vous vous étiez rencontrés. À ce moment-là, vous n'étiez pas concentré sur votre écriture mais sur vos désirs, n'est-ce pas ? Comment ont-ils évolué par la suite ? »

Ils ont évolué comme évoluent ces choses-là, lui dis-je. Deux adolescents avec beaucoup de choses en commun, vivant dans la peur de la guerre, feignant une loyauté à une mère patrie à laquelle nous ne nous sentions pas particulièrement attachés. Quelque chose est passé entre Oskar et moi ce soir-là à la Böttcher Tavern, peut-être parce que nous étions complètement ivres, ou peut-être parce que nous avions tous les deux des ambitions artistiques, mais quelle que soit la raison, nous sommes rapidement devenus de vrais amis. En dehors des moments où il se trouvait au café de son père pour travailler, ou chez lui en train de peindre, ou aux réunions des Jeunesses hitlériennes, nous étions le plus souvent ensemble, échangeant des idées, discutant de romans et de peintres, faisant des projets pour ce qui serait, espérions-nous, notre extraordinaire avenir. Son travail se développa considérablement pendant cette période et désormais, il me montrait les études qu'il faisait de la fille que j'avais vue dans son carnet le premier soir. Dans ses dessins, elle ne le regardait jamais et elle était toujours nue, mais il n'y avait rien de lubrique dans la manière dont il la dépeignait ou parlait d'elle. Comme je savais que je ne supporterais pas qu'il me dise si elle était réelle ou imaginée, je ne demandai jamais comment elle s'appelait, et il ne me le dit pas, mais il était évident que si elle était bien réelle, l'intimité qu'il partageait avec elle était recréée dans ses œuvres, qui étaient de plus en plus réussies. De mon côté, mon travail souffrait ; je découvris que j'étais incapable de me concentrer sur mon écriture – toutes mes pensées étaient occupées par lui. Peut-être cela paraît-il curieux, dis-je à Maurice, que nous n'ayons jamais parlé de notre vie sentimentale, ni l'un ni l'autre, mais les garçons d'alors n'étaient pas comme ceux d'aujourd'hui. Je ne m'enquérais pas de ses *affaires de cœur* et il ne m'interrogeait pas sur les miennes. Si nous l'avions fait, nous aurions seulement été embarrassés l'un et l'autre.

Quelques mois après notre rencontre, pour fêter le dix-septième anniversaire d'Oskar, nous décidâmes de faire une randonnée à bicyclette du côté des lacs Havel, et de là, pousser vers Potsdam, ce qui représentait une distance d'environ quarante kilomètres. Nous partîmes un samedi matin, montrâmes nos papiers aux soldats en faction aux portes de la ville et nous dirigeâmes vers l'ouest en direction du Stade olympique. Nous arrivâmes à l'entrée de Scharfe Lanke vers l'heure du déjeuner, et assis au bord du lac, nous mangeâmes nos sandwichs et bûmes de la bière tiède qui, lorsque nous débouchâmes les bouteilles, déborda par-dessus le goulot sur nos doigts que nous léchâmes avidement. Il faisait chaud et nous étions trempés de sueur après l'effort physique ; Oskar suggéra que nous nous baignions.

« Mais nous n'avons pas de maillot, objectai-je.

— Oh, nous n'en avons pas besoin. » Il rit, et se mit debout pour enlever ses bretelles et commencer à déboutonner sa chemise.

« Il n'y a personne sur des kilomètres à la ronde. Personne ne nous surprendra. »

Il se déshabillait si rapidement, les chaussures et les chaussettes déjà ôtées, le pantalon enlevé en un instant, qu'il semblait inutile de discuter avec lui, mais si je devais l'imiter, je savais que mon désir ne serait que trop visible.

« Qu'est-ce qu'il y a ? » demanda-t-il en se tournant vers moi, les sourcils froncés, tout en enlevant son caleçon qui s'en alla rejoindre le tas de vêtements à ses pieds. Il se révélait maintenant totalement à moi, toutes mes représentations imaginaires devenant réelles en un instant, et je fus abasourdi devant l'aisance avec laquelle il assumait sa nudité. J'essayai de ne pas regarder son sexe, qui pendait, inerte, impudique, d'une épaisse toison de poils foncés. « Tu es intimidé, Erich ? Mais il n'y a aucune raison.

— Ce n'est pas ça, dis-je, sans trop savoir si je devais le regarder ou détourner les yeux. La vérité est que je ne sais pas nager. » Ce mensonge me parut être une excuse satisfaisante.

« Tu ne sais pas nager ? fit-il dans un grand éclat de rire en attrapant un pied derrière sa cuisse pour replier sa jambe et étirer ses muscles avec un grognement de satisfaction, avant de faire de même avec l'autre. Comment est-ce possible ? C'est facile, de nager. De toute manière, l'eau n'est pas profonde ici, à mon avis. Il te suffit de ne pas aller trop loin. Garde toujours tes pieds en contact avec le sable et barbote. Ça te rafraîchira.

— Non. » Il se contenta de hausser les épaules et d'avancer en direction de l'eau. Je le regardai reculer, tout mon corps vibrant de désir. L'effet produit par sa nudité était si puissant que j'eus du mal à réprimer un grognement tandis qu'il entrait dans l'eau et s'immergeait rapidement avant de réapparaître d'un bond avec un rugissement de plaisir. J'avais tellement envie d'être là-bas avec lui que je détournai les yeux, me concentrant sur d'autres choses jusqu'à ce que mon ardeur se soit un peu calmée, puis j'enlevai rapidement mes vêtements et me jetai à l'eau, sans me préoccuper de sa fraîcheur, en avançant pour me cacher aussi vite que possible. Au loin, Oskar me fit un grand geste de la main et je lui répondis.

« Tu vois ? dit-il en se rapprochant de moi à la nage. Je t'avais dit que c'était facile. Tu as ça dans le sang !

— J'imagine que c'est parce que je n'avais jamais essayé », répondis-je en lui souriant. Je le regardai s'allonger sur le dos et étirer les bras pour s'éloigner de moi, nageant avec la confiance d'un requin. Je commençai à nager aussi, et enfin à m'amuser, mais tout à coup, j'entendis le bruit de violentes éclaboussures au loin ; je regardai du côté de mon ami et vis ses bras battant l'air désespérément tandis qu'il disparaissait sous l'eau par intervalles. Je compris qu'il était en mauvaise posture. Je le rejoignis à la nage, le plus rapidement possible, et il commença par se débattre, comme le font toujours les gens qui se noient, puis il s'arrêta et je le tournai de manière à maintenir sa tête hors de l'eau en tenant fermement son menton dans ma main. De l'autre bras, je nous ramenai au bord. Une fois que je nous eus sortis de l'eau, nous restâmes plusieurs minutes allongés, épuisés et haletants, jusqu'à ce qu'Oskar se tourne sur le côté pour tousser frénétiquement tandis que l'eau remontait de ses poumons. Je mis une main sur son épaule en l'assurant que tout allait bien, qu'il était vivant et qu'il n'avait plus rien à craindre. Nous restâmes là un long moment, le soleil dardant ses rayons sur nous, et lorsqu'il s'endormit, mon bras était posé sur sa poitrine, ma main abandonnée juste en dessous de son nombril. J'étais encore allongé dans cette position quelques minutes plus tard lorsqu'il se réveilla en sursaut, et très gêné, il s'empressa de s'écarter de moi tandis que je me remettais sur mon séant. Je cachai rapidement ma nudité avec ma main, même s'il était évident qu'il avait remarqué mon érection, car il se détourna, le visage troublé, et ne dit rien. Il se leva, se dirigea vers ses vêtements et se rhabilla, gardant tout le temps le dos tourné vers moi ; il attendit que je sois moi aussi complètement rhabillé pour prendre la parole.

« Je ne sais pas ce qui s'est passé, dit-il l'air un peu gêné. Je suppose que je me suis baigné trop tôt après avoir mangé. J'ai eu une crampe, et mes jambes refusaient de répondre.

— Tout s'est bien fini, c'est l'essentiel.

— Tu m'as dit que tu ne savais pas nager. Mais en réalité, tu es un excellent nageur. Je l'ai bien vu quand tu m'as ramené au bord. Pourquoi as-tu menti ?

— Je n'ai pas menti. J'étais concentré sur le fait de t'aider, c'est tout, et je suppose que j'ai tout simplement réagi d'instinct. »

Il réfléchit et je voyais bien qu'il n'était pas convaincu. « En tout cas, merci, Erich, finit-il par dire, le front barré de traits marqués tandis qu'il repensait à ce moment où il avait entrevu sa propre mortalité. Je me serais noyé si tu n'avais pas été là. »

Je me tournai vers lui et nous échangeâmes un long regard ; j'étais déconcerté par la gêne qui s'était installée entre nous. « Nous devrions reprendre la route », fis-je. L'après-midi avait été particulière, fort déroutante, j'avais hâte de me retrouver sur ma bicyclette pour noyer mes désirs dans l'effort physique. « Il nous reste encore une vingtaine de kilomètres avant d'arriver à Potsdam. »

Plus tard, il me sembla que nous avions passé un accord tacite pour ne pas reparler de cet incident et nous nous offrîmes un bon dîner copieusement arrosé de bière. Finalement, fatigués par les activités de la journée, nous allâmes nous coucher plus tôt que d'habitude. J'eus beaucoup de mal à trouver le sommeil, troublé par le bruit peu familier de sa respiration dans le lit voisin. Je finis par me lever, m'asseoir à côté de la fenêtre et entrouvrir les rideaux pour contempler les champs qui s'étendaient dehors. La lune était presque pleine et tandis qu'un peu de lumière entrait dans la chambre, je me retournai pour observer la courbure du dos d'Oskar, appréciant le cadeau que m'offraient les draps en dévoilant sa peau. Mon excitation fut réveillée, et je me caressai aussi silencieusement que possible, me rappelant tout ce que j'avais vu l'après-midi même et ce que je voyais maintenant, avant de jouir dans un mouchoir si rapidement que mon cri de plaisir me parut résonner assez fort pour le réveiller. Ensuite, à la fois satisfait et frustré, je retournai dans mon lit et m'endormis rapidement.

« Qu'auriez-vous fait s'il s'était réveillé ? demanda Maurice en me regardant les yeux écarquillés sans toutefois paraître le moins du monde embarrassé, malgré la nature crue de ces souvenirs.

— Je ne sais pas, répondis-je en secouant la tête. J'aurais éclaté de rire, j'imagine. Ou je serais mort de honte. L'un ou l'autre. »

Il m'interrogea sur d'autres aspects de cette journée, et les conversations que nous eûmes le lendemain matin, mais le récit de ces souvenirs, ajouté au vin, m'avait épuisé et je finis par annoncer que je devais aller me coucher. Nous terminâmes ce qui restait dans nos verres avant de nous souhaiter bonne nuit et nous retirer dans nos chambres.

Juste avant de m'endormir, il me revint que j'avais oublié de lui communiquer l'heure à laquelle nous devions nous retrouver le lendemain matin, et comme il n'y avait pas de téléphone à côté du lit, je n'avais pas d'autre choix que de me lever, enfiler mes vêtements et descendre d'un étage jusqu'à sa chambre. Je tapai doucement à la porte de cette manière ambiguë qu'on utilise quand on veut attirer l'attention de l'occupant tout en étant réticent à le déranger. Il ne répondit pas, alors je frappai plus fort, collant mon visage contre le panneau en bois cette fois en appelant son nom à mi-voix. À nouveau, pas de réponse, et je supposai qu'il était plongé dans un profond sommeil d'où il me serait impossible de le tirer. Je repartis dans ma chambre et gribouillai un mot sur une feuille à en-tête de l'hôtel avant de retourner le glisser sous sa porte, après avoir frappé encore une fois, et n'avoir recueilli qu'un silence frustrant.

En repartant vers l'escalier, cependant, je vis Dash Hardy qui remontait du hall avec une bouteille de champagne. Il se tourna vers moi et se figea immédiatement, comme s'il avait aperçu un fantôme, avant de retrouver son sang-froid et de me demander si j'avais passé une bonne soirée. Je répondis par l'affirmative et ajoutai que j'étais fatigué, que j'étais ravi de l'avoir croisé – même si ce n'était pas le cas –, puis je repartis.

« Bonne nuit, Erich, lança-t-il dans mon dos, avant d'ajouter d'une voix chantante : Faites de beaux rêves ! »

Je levai les yeux au ciel, agacé, et ce n'est qu'en m'endormant que je me demandai pourquoi il tenait deux verres.

5. Paris

En juillet, je me trouvais assis à la terrasse d'un bar à Montmartre en train de boire un verre de rosé à l'ombre d'un marronnier qui me protégeait du soleil de fin d'été, quand j'assistai aux derniers instants d'une union matrimoniale. Une femme qui devait avoir presque cinquante ans, très belle, avec des cheveux noirs courts et des lunettes de soleil très chères, était assise seule depuis mon arrivée devant un grand verre de vin blanc, une enveloppe posée sur la table. Elle avait déjà fumé trois cigarettes et en allumait une quatrième lorsque apparut un homme, peut-être un peu plus âgé mais habillé avec la même élégance ; il se tint devant elle les mains serrées comme pour s'excuser de son retard et elle se leva pour lui permettre de l'embrasser sur les joues. La serveuse apporta un deuxième verre et la femme lui servit du vin tandis qu'il fouillait dans son sac et en sortait une enveloppe similaire à la sienne. Ils parlèrent un peu et à un moment, il rit et passa un bras autour des épaules de sa compagne, puis ils prirent les enveloppes et en sortirent deux documents de taille importante. Arrivés à la dernière page de la liasse, ils tinrent leur stylo au-dessus de la feuille un instant avant de signer simultanément, puis ils échangèrent, et signèrent à nouveau. Pour finir, l'homme rangea les deux documents dans son sac, l'homme et la femme ôtèrent leurs alliances, les laissèrent tomber dans leur verre et se levèrent. Ils échangèrent un baiser sur les lèvres, leurs mains, leurs doigts s'effleurèrent un instant puis ils partirent dans des directions opposées, avant de disparaître de ma vue et de leur vie d'avant pour toujours.

J'étais encore en train de contempler les verres et leur précieux contenu lorsque Maurice apparut au coin de la rue, levant la main pour me saluer avant de s'asseoir à côté de moi. Il faisait chaud cette après-midi-là et lorsqu'on lui apporta sa bière, il en but un tiers sans reprendre son souffle, puis s'adossa avec un soupir satisfait.

« J'ai visité le cimetière du Père Lachaise pendant que vous faisiez vos interviews, me dit-il. J'ai posé la main sur la tombe d'Oscar Wilde.

— Et je suppose que tu ne la laveras plus jamais, répondis-je.

— Quand je mourrai, je veux être inhumé comme ça. » Il se redressa. « Ou avoir un monument dans le Poets' Corner de l'abbaye de Westminster.

— J'espère que tu plaisantes.

— Bien sûr ! fit-il en éclatant de rire. Je ne suis pas arrogant à ce point. Non, je me fiche de ce qu'il adviendra de moi du moment que mes livres survivent.

— C'est important pour toi ?

— Oui. C'est la seule chose qui importe. Enfin, ça, et comme je vous l'ai déjà dit, le fait de devenir père.

— Tu y tiens toujours ?

— Absolument.

— Mais tu es si jeune… »

Il haussa les épaules. « Je ne vois pas le rapport. Vous n'avez jamais voulu en avoir, d'enfant ?

— Eh bien, cela aurait été… » Mais il m'interrompit. « Ce n'est pas parce que vous êtes homo que vous n'auriez pas aimé être père.

— C'est vrai, mais pour être honnête, je n'y ai jamais beaucoup réfléchi. Je savais que ça n'arriverait pas, alors ça ne m'a pas beaucoup tourmenté. »

Je jetai un coup d'œil vers la rue, où une paire de lycéennes passaient, vêtues de jupes courtes. Je regardai attentivement pour voir si Maurice les suivrait des yeux et ce fut le cas pendant quelques instants, mais sans intérêt particulier ; il finit sa bière et en commanda une autre.

« Au fait, fit-il en plongeant la main dans son porte-documents pour en sortir un magazine qu'il me tendit. J'ai un cadeau pour vous. » La publication était intitulée *Coney Island* et j'éprouvai instantanément de l'aversion pour la couverture, un plan rapproché d'un clown vomissant des lettres sur les têtes de George Bush et Michael Dukakis.

« Merci, répondis-je, sans trop savoir pourquoi il pensait qu'une telle publication allait m'intéresser.

— Regardez page seize », m'ordonna-t-il. J'obéis et je découvris un titre, « Rouge », avec les mots « par Maurice Swift » en gros caractères juste en dessous. « Ma première nouvelle publiée, dit-il avec un large sourire.

— Maurice ! m'exclamai-je, très heureux pour lui. Félicitations !

— Merci.

— Je ne savais pas que tu envoyais des textes à des magazines.

— Je ne le faisais pas. Mais il se trouve que je connais un des rédacteurs de celui-ci et il m'a demandé si par hasard j'avais quelque chose qui pourrait leur convenir. Alors j'ai envoyé ce texte-là, et il l'a bien aimé.

— Eh bien, je suis très content pour toi. Tu dois y voir un bel encouragement.

— Oui.

— Et ton roman ? Comment avance-t-il ? »

Il fit la grimace. « Lentement. J'ai les premiers chapitres et je crois que je tiens mes personnages, mais je ne suis pas certain de la direction que ça prend.

— Tu n'as pas fait le plan complet ?

— Oh non ! » On aurait dit que je venais de l'accuser de passer ses journées à regarder la télévision. « Je ne pourrais jamais faire une chose pareille. Est-ce qu'on ne finit pas par s'ennuyer quand on sait à l'avance tout ce qui va se passer ?

— Je ne crois pas… » répondis-je. J'aurais peut-être poussé la discussion plus loin sur ce sujet si nous n'avions pas été interrompus par notre serveuse, qui s'approcha, tenant un plateau avec les deux verres laissés par le couple de divorcés ; elle regarda au fond des verres avec une expression étonnée. Elle me demanda si j'avais vu qui les avait laissés là. Je racontai les événements tels que je les avais observés et elle secoua la tête, incrédule, avant de retourner à l'intérieur du bar. Quelques instants plus tard, le fidèle carnet de Maurice était à nouveau sur la table et il gribouillait à toute vitesse.

« Qu'est-ce que tu écris ? lui demandai-je.

— Ce que vous venez de lui raconter. C'est une bonne histoire. Je pense que je pourrais m'en servir.

— Il se trouve qu'après leur départ, j'ai eu la même pensée. Je me suis dit que ça ferait un bon début de roman. J'étais en train de creuser différentes pistes dans ma tête. »

Il brandit son carnet et l'agita d'un geste triomphant. « Désolé, Erich. Elle est à moi maintenant. J'ai été le premier à l'écrire !

— D'accord.

— Ça ne vous ennuie pas, dites-moi ?

— Non, bien sûr que non, fis-je, un peu surpris par son larcin. Tu viens ce soir chez Shakespeare & Company, j'espère ?

— Bien sûr. À quelle heure est votre lecture ?

— 19 heures.

— Et ensuite ?

— Dîner avec les éditeurs.

— Ah, fit-il. Vous voulez bien que je vous laisse aller sans moi à ce dîner-là ? J'ai une amie à Paris. Nous avons envisagé de nous retrouver pour boire un verre. Bien sûr, je vous accompagnerai si vous y tenez vraiment mais…

— La décision t'appartient. Ne te donne pas cette peine si ça ne t'intéresse pas.

— Bien sûr que ça m'intéresse, dit-il. Et en temps normal, j'adorerais venir. C'est juste que ça fait longtemps que je ne l'ai pas vue. C'était une de mes collègues au Savoy.

— Et vous étiez amis ?

— Oui, bons amis.

— Comment s'appelle-t-elle ? demandai-je.

— Clémence. Elle espère devenir photographe un jour. Elle fait des nus.

— J'espère qu'elle ne t'a pas pris comme modèle, lançai-je en riant.

— En fait, si.

— Oh. » Je me surpris à piquer un fard, un mélange de gêne et d'envie me parcourant tout le corps. « Et tu ne t'inquiètes pas que les photos soient montrées au public ?

— Pas du tout. Je serais heureux que des gens les voient. Elles sont très artistiques. Elle a photographié des tas d'autres personnes aussi, pas seulement moi. Je suis sûr qu'elle fera une exposition un jour. Ça vous dirait que je vous en rapporte une ? »

Il sourit. Se moquait-il de moi ? Était-il en train de tester la puissance de son pouvoir sur moi ? « Non, merci, dis-je d'un ton pincé.

— Comme vous voulez. Mais il suffit que je trouve un téléphone et je l'appelle pour lui dire que je ne peux pas venir ce soir si…

— Non, l'interrompis-je. Bien sûr que tu dois aller la voir. Je ne voudrais pas gâcher ta soirée. » J'hésitai un instant. « Est-ce que tu penses venir au bar de l'hôtel après ? Après mon retour ? Nous pourrions y prendre notre dernier verre, comme d'habitude.

— À quelle heure rentrerez-vous ?

— Vers 22 heures, je suppose.

— Disons que si j'y suis, j'y suis, et sinon, c'est que je suis encore avec Clémence, ou que je suis allé me coucher tôt. Du coup, ne m'attendez pas.

— D'accord », fis-je, amèrement déçu. La serveuse revint et je cherchai dans ma serviette l'appareil Polaroid que j'avais apporté. Je ne l'avais acheté que récemment et depuis, j'essayais de trouver une occasion d'obtenir une photo de Maurice et moi ensemble. « Et si on se faisait prendre en photo ? demandai-je.

— Ah bon ? fit-il, le sourcil un peu froncé. Pour quoi faire ?

— Pour rien, répondis-je. Pour célébrer notre amitié. »

Il haussa les épaules. « D'accord. » Il rapprocha sa chaise de la mienne, et à mon grand plaisir, il passa son bras autour de mes épaules et sourit à la jeune femme, qui recula de trois pas avant de déclencher la photo. Elle me rendit l'appareil et quelques instants plus tard, la récompense apparut et je la contemplai, en extase, tandis que les contours commençaient à se dessiner.

Maurice regardait droit vers l'objectif ; au moment crucial, j'avais tourné la tête pour le regarder, lui.

Il reprit la place qu'il occupait précédemment et un silence gêné s'installa. Ne voulant pas que l'atmosphère entre nous s'alourdisse davantage, je commandai d'autres verres et lorsqu'ils nous furent apportés, il me dit que depuis Madrid, il réfléchissait beaucoup à mon amitié avec Oskar et qu'il était attristé en pensant à notre jeunesse dans l'Allemagne nazie, avec l'ombre de la guerre pesant sur notre avenir.

Bien entendu, lui expliquai-je, lorsque je me remémorais cette période, je me rendais compte que j'avais été plus focalisé sur mon désir de posséder Oskar que sur les événements extraordinaires qui se déroulaient autour de nous. Nous savions que sous peu, nous serions appelés sous les drapeaux et je redoutais ce jour, pas parce que j'avais peur de la mort, mais parce que je ne voulais pas que nous soyons séparés. Nous avions fini par aborder ce sujet un soir, quand je compris qu'Oskar était tout aussi angoissé que moi par l'avenir.

« J'espérais qu'une résolution quelconque serait trouvée », m'avoua-t-il tandis que nous étions assis à boire de la bière à la Böttcher Tavern. Par la fenêtre je voyais à nouveau le garde aux cheveux roux planté devant le quartier général SS, qui ne quittait pas la rue des yeux. Le pauvre garçon donnait l'impression d'être toujours en service, sans jamais avoir le droit de s'éloigner des grilles. « Mais aujourd'hui, cela paraît improbable, n'est-ce pas ?

— Mon père pense que les Anglais n'ont pas tellement envie de s'engager dans une deuxième guerre, alors ils laisseront le Führer prendre tout ce qu'il voudra du moment qu'il ne s'intéresse pas à eux.

— Ton père a tort. Hitler ira conquérir les pays au nord de la France et traversera la mer du Nord pour les envahir. S'il prend la France, cela deviendra encore plus facile. Malgré tout, ajouta-t-il, je crois que je préférerais être marin que soldat. As-tu décidé dans quel corps tu te feras enrôler ?

— La Luftwaffe. » Ce fut la première réponse qui me vint à l'esprit.

« Pas moi, répondit-il en secouant la tête. Je ne veux pas me faire descendre et tomber du ciel.

— Tu as raison, dis-je trop rapidement. Alors peut-être que je deviendrai marin moi aussi. »

Il me gratifia d'un regard courroucé et je rougis, car je savais que la flatterie par l'imitation l'agaçait. Depuis cette fameuse après-midi près de Scharfe Lanke, je sentais qu'il était devenu un peu soupçonneux sur mes intentions.

« Ce qui m'inquiète le plus, c'est l'idée de mourir sans avoir rien accompli dans ma vie. Un écrivain est censé s'améliorer en vieillissant, mais qu'est-ce que je pourrais bien réussir à faire si je suis tué avant mes vingt ans ?

— Il faut que tu t'attèles à ce roman sans attendre, dit-il avec un sourire un peu amer. Pour notre génération, l'avenir n'est guère réjouissant.

— Mais comment le pourrais-je alors que je n'ai pas de matière sur laquelle écrire ? Je n'ai rien vu, rien fait. Un écrivain a besoin d'expériences sur lesquelles s'appuyer. D'histoires d'amour, ajoutai-je d'une voix hésitante. Un peintre aussi, j'en suis sûr.

— C'est vrai, dit-il en plongeant la main dans son sac. En fait, j'ai quelque chose à te montrer. Tu veux bien ?

— Bien sûr.

— Je peins beaucoup ces derniers temps. Tard le soir et tôt le matin, et j'ai l'impression d'être enfin arrivé à quelque chose. Jette un œil là-dessus. » Il me tendit une toile enroulée et je défis la ficelle qui l'entourait, avant de la dérouler lentement en prenant garde à ce qu'aucune partie de la toile ne touche la nappe humide. Le tableau se révéla à moi par étapes. D'abord un orteil, puis un pied. Une jambe nue. Une poitrine. Une paire de seins ronds aux tétons roses. Puis le visage d'une jeune fille, celui que j'avais vu dans tous ses croquis jusqu'à maintenant, mais pour une fois, il n'était pas partiellement caché, il me regardait bien en face, un air de défi dans les yeux. Son bras gauche était posé sur son corps nu, ses doigts entre ses jambes, qui étaient écartées juste assez pour offrir un aperçu de son sexe. Il n'y avait rien de pornographique dans le tableau, mais je fus désorienté par la charge érotique que contenaient à la fois le travail du pinceau et le sourire de la fille. Je regardai mon ami, dont le visage exprimait un mélange d'espoir et d'enthousiasme.

« Alors ? Qu'est-ce que tu en penses ?

— Je ne sais pas trop, dis-je. Assez choquant, tu ne trouves pas ?

— Choquant ? » répéta-t-il en reculant sur sa chaise. Je me rendis compte que ce que, dans ma pruderie, je considérais éventuellement comme scandaleux, se définissait à ses yeux comme de l'art. « Tu veux dire, l'ombre que j'ai ajoutée sur ses épaules ? Oui, j'avais des doutes là-dessus, moi aussi, peut-être que j'en ai fait un peu trop, là. Je crois que ça fonctionne, mais je n'en suis pas sûr. En revanche, je suis content de ses mains, parce que j'ai toujours du mal avec les mains, mais elles sont assez bien, tu ne trouves pas ? Et la manière dont elle a posé ses doigts juste au-dessus de sa chatte ? J'ai vraiment l'impression d'avoir réussi à saisir son âme autant que sa présence physique. »

Abasourdi, je pris une inspiration. Il n'avait pas l'air plus gêné dans le choix de ses mots que si nous avions discuté d'un sujet complètement prosaïque, comme le temps, l'heure, le prix du pain.

« Bien sûr, comme tu le sais, celui-ci est le plus récent d'une longue série, ajouta-t-il. Mais en abandonnant le choix systématique du profil, j'ai vraiment le sentiment d'avoir découvert quelque chose d'important.

— Seulement en la faisant se tourner ? C'est ça, ta grande innovation ?

— Non, c'est plus que ça, dit-il, et je sentis qu'il était un peu blessé. C'est le défi dans son regard. La manière qu'elle a de se cacher tout en nous invitant, en même temps, à l'observer dans ce moment d'extrême intimité.

— Mais il ne s'agit que d'une fille nue sur un canapé, affirmai-je, parfaitement conscient du ton que j'employais et essayant de cacher la violence de ma contrariété. Le concept n'a franchement rien d'original. Est-ce que les artistes ne prennent pas cela pour objet depuis des siècles ?

— Si, bien sûr, répondit-il, sa confiance un peu ébranlée maintenant. Mais j'essaye d'y apporter quelque chose de nouveau. Les peintres recherchent la beauté, et où allons-nous la trouver ailleurs que dans la forme féminine, la plus belle des créations de Dieu ?

— Vraiment ? fis-je. Plus belle qu'un lever de soleil ? Qu'un océan ? Qu'un ciel rempli d'étoiles ?

— Oui, tellement plus belle ! s'écria-t-il, et retrouvant son enthousiasme il se mit à agiter les mains. Chaque fois que je suis seul avec une fille, chaque fois que je fais l'amour à une fille, je découvre que je suis consumé par elle d'une manière dont je ne le suis jamais par la nature. Tu dois avoir éprouvé la même chose, non ? »

Je le regardai fixement, sans trop savoir comment répondre. Supposait-il que j'avais, comme lui, de l'expérience dans le domaine du sexe ?

« Bien sûr, dis-je d'un ton hésitant. Mais il y a plus dans l'art que…

— Et chaque peintre apporte au nu quelque chose de nouveau, poursuivit-il. Exactement comme si tu devais écrire sur, je ne sais pas, moi, disons, la Grande Guerre, tu essayerais de trouver une nouvelle perspective pour l'aborder, un point de vue différent. Voilà ce que j'essaye de faire dans ce portrait. Tu te souviens que je t'ai dit un jour que je voulais peindre ce qui était familier d'une manière inédite ? Je n'y suis pas encore, bien sûr. J'ai beaucoup de chemin à parcourir, beaucoup de choses à apprendre. Mais je me rapproche, tu ne trouves pas ? »

Je ne dis rien ; je roulai la toile et nouai la ficelle à nouveau avant de la lui rendre.

« Est-ce que tu as montré ceci à quelqu'un d'autre ? » demandai-je et il secoua la tête. Je bus une grande gorgée de bière avant de reprendre. « Oskar, je suis ton ami, j'espère que tu le sais. Et je tiens beaucoup à toi. Alors, ce que je vais te dire, je le dis par amitié et loyauté. »

Il recula et fronça les sourcils. « D'accord. Vas-y.

— Je trouve que ce tableau est à la fois grossier et obscène. Je sais que tu y trouves de la beauté, et du style, et de l'élégance et de l'originalité, mais j'ai bien peur que ce soit raté. Tu en es trop proche pour reconnaître son indéniable vulgarité. Les mains que tu as mentionnées sont bien dessinées, certes, mais leur action peut presque être qualifiée de pornographique. Ne peux-tu pas le voir ? C'est comme si tu avais peint ce tableau pour titiller le spectateur ou, pire, pour te titiller, toi.

— Non ! s'écria-t-il, le visage peiné. Comment peux-tu penser une chose pareille ?

— Ton sujet ne paraît pas perdu dans ses propres désirs, mais elle semble vouloir qu'on la désire, elle, ce qui donne à ce tableau un effet manipulateur. C'est le genre de chose qu'un garçon de quinze ans pourrait cacher dans un placard fermé à double tour, mais qui ne sera jamais exposé dans une galerie. Je te dis cela non pas pour te blesser, mon ami, mais pour t'aider. Je pense que si tu devais montrer ça à quelqu'un d'autre, tu ferais l'objet de moqueries. Peut-être plus. Et tu sais que le Reich ne tolère absolument pas la pornographie. »

Il resta silencieux un long moment, la tête baissée, à réfléchir à ce que je venais de dire. Lorsqu'il parla, il n'y avait plus le moindre plaisir dans sa voix, et son visage n'exprimait que l'humiliation.

« Je croyais avoir saisi quelque chose de nouveau, dit-il à mi-voix. J'ai travaillé tellement dur sur ce tableau.

— Bien entendu, je n'y connais rien en peinture, avouai-je, tentant de paraître léger. Et je pourrais bien me tromper. Mais je ne serais pas un véritable ami si je ne partageais pas mes impressions avec toi. Tu te souviens du week-end où nous sommes allés à Potsdam ?

— Oui, bien sûr. Et alors ?

— Il y avait tant de choses à saisir. Les paysages, le lac où nous avons nagé. Les vaches. Ne pourrais-tu pas te concentrer sur quelque chose comme ça, pour changer ?

— Des vaches ? fit-il en me regardant comme si j'étais devenu fou. Tu crois que j'ai envie de peindre des vaches ? Les vaches n'ont pas d'âme. Alysse, au moins, a une âme.

— Alysse ? demandai-je. Et qui est Alysse ? »

D'un mouvement du menton, il désigna la toile. « Mon modèle.

— Alors, elle existe, elle n'est pas un fantasme ?

— Bien sûr qu'elle existe ! Je ne pourrais jamais peindre quelque chose comme ça à partir de mon imagination. Je ne suis pas aussi créatif. »

Je ne pus me retenir davantage ; je devais poser la question. « Et est-ce que tu es amoureux d'elle ?

— Oui, très amoureux, dit-il, comme si c'était la chose la plus évidente au monde. Nous sommes amoureux. »

Je m'écartai, le contemplant avec consternation. « Si c'est le cas, comment se fait-il que tu n'aies jamais parlé d'elle avant aujourd'hui ?

— Eh bien, je ne pensais pas que…

— Nous sommes amis, non ? Enfin, sauf s'il s'agit d'une petite idylle estivale…

— Non, ce n'est pas ça, insista-t-il. C'est bien plus.

— Comment peux-tu en être aussi certain ?

— Je le sais, c'est tout. »

Je secouai la tête. « Si tu l'aimais tant que ça, tu m'aurais parlé d'elle.

— En temps normal, peut-être que oui, répondit-il. Mais là il faut que je fasse attention. Que nous fassions tous attention.

— À quoi ?

— À tout. À tout le monde. »

Je regardai autour de nous. Soudain, il me sembla que tous les clients de la taverne nous épiaient, nous observaient, connaissaient les sentiments d'Oskar pour cette fille et mes sentiments pour lui. Au fond de mon cœur, j'avais toujours su qu'Oskar ne partageait pas mon désir amoureux, mais j'étais profondément blessé de l'imaginer dans l'intimité avec quelqu'un d'autre.

« Je ne suis pas sûr que tu aies raison, reprit-il. Un artiste ne doit-il pas rester fidèle à son instinct ?

— Je ne peux pas te dire ce que tu devrais penser, Oskar. Je peux juste te dire ce que je ressens.

— Et tu penses que je devrais le détruire ? demanda-t-il.

— Oui. Non seulement ça, mais je pense que tu devrais cesser de peindre Alysse. Peut-être que tu es trop proche d'elle. Tu devrais garder ton talent pour quelque chose de plus convenable. »

Il blêmit mais je n'éprouvai pas le moindre remords. Je voulais qu'il brûle la toile, qu'il sente qu'elle était tellement mauvaise qu'il devait abandonner complètement l'idée, et du même coup, la fille. Peins des vaches, me dis-je. Peins toutes les vaches que tu veux. Tu peux même te diversifier en peignant aussi des moutons, si cela satisfait tes besoins artistiques.

« Est-ce qu'il l'a fait ? demanda Maurice, qui n'avait pas dit un mot pendant que je racontais l'histoire. L'a-t-il détruite ?

— Oui, répondis-je, incapable de le regarder. Nous sommes restés longtemps à la taverne, nous avons beaucoup bu, et comme c'était souvent le cas dans ces moments-là, il devint larmoyant, et la tête basse, se mit à pleurer sur ce qu'il appelait son manque de talent. Finalement, il saisit la toile et la déchira en deux, puis encore en deux et encore en deux. »

Maurice ne dit rien, mais finit son verre en regardant vers la rue.

« J'espère que tu ne penses pas du mal de moi après avoir entendu ça, lançai-je, et il secoua la tête ; il tendit le bras et posa sa main sur la mienne, exactement comme Oskar l'avait fait presque cinquante ans auparavant à Berlin.

— Bien sûr que non. Vous avez agi guidé par la jalousie, mais aussi par amour. Et vous n'étiez qu'un enfant. Personne ne contrôle ses émotions à cet âge-là. »

Je jetai un coup d'œil à ma montre et soupirai. « Enfin... Il faut que nous retournions à l'hôtel, je dois me changer. »

Il ne vint pas me rejoindre au bar ce soir-là, après mon dîner avec les éditeurs. Et malgré ses instructions, j'y restai un moment, espérant finir par le voir. Mais quand arriva minuit, je renonçai et décidai de monter dans ma chambre, un peu abattu, et je collai mon oreille contre sa porte à l'affût du moindre bruit à l'intérieur, mais rien ne me parvint. Lorsque je me mis au lit, j'étais fatigué et prêt à dormir, mais avant d'éteindre la lumière, je remarquai le magazine qu'il m'avait donné plus tôt, posé sur la table de nuit. Je le pris et lus sa nouvelle. Elle n'était pas bonne. Pas bonne du tout. Elle était tellement mauvaise que je commençai à me demander s'il avait suffisamment de talent pour devenir écrivain et si je ne lui rendais pas un mauvais service en l'encourageant. Je feuilletai le magazine et mon cœur se serra lorsque je lus les noms sur la dernière page, car le rédacteur en chef n'était autre que Dash Hardy, l'auteur américain que nous avions rencontré à Madrid. C'était lui qui avait commandé ce texte, qui y avait trouvé de la valeur et qui l'avait publié.

Bien entendu, en y repensant, je vois bien que je n'avais pas utilisé les bons mots pour décrire le portrait qu'Oskar avait fait d'Alysse. Malgré ma jeunesse et mon ignorance en matière d'art, je savais qu'il était aux antipodes du grossier et de l'obscène. En réalité, il était magnifique. Mais quelle ironie ! En 1939, j'avais vu quelque chose de beau et j'avais affirmé à son créateur qu'il s'agissait d'un simulacre. Et là, presque cinquante ans plus tard, je venais de lire quelque chose d'épouvantablement mauvais et quand on m'interrogerait, j'en dirais certainement le plus grand bien.

Vraiment, quels comportements déraisonnables.

6. New York

Ce fut la première fois que nous fîmes le voyage ensemble et nous profitâmes du vol transatlantique pour planifier notre séjour. Je devais faire une lecture au centre culturel 92nd Street Y, une autre lors d'une table ronde avec des romanciers à l'Université de New York, et une troisième dans une bibliothèque de Brooklyn ; j'avais aussi les interviews, séances de dédicaces et émissions de radio habituelles. Maurice accepta de m'accompagner à toutes les occasions tant qu'il pouvait réserver une soirée à de vieux amis qui vivaient à New York.

Les événements se passèrent bien, sauf la table ronde avec d'autres auteurs ; j'avais été programmé avec un romancier encensé de Park Slope qui avait au moins vingt ans de moins que moi et semblait avoir passé la journée entière à tourner une publicité pour une marque de mode chic, et une jeune femme dont le premier roman avait été publié six ans auparavant mais qui ne laissait aucunement supposer qu'elle était engagée dans un deuxième projet d'écriture. Pour une raison inconnue, elle insista pour m'appeler Herr Ackermann, malgré des demandes répétées de ma part pour qu'elle m'appelle Erich. (« Je ne pourrais pas, dit-elle en coulisses en demandant à un bénévole de lui donner un verre de vin. Vous avez l'âge d'être, disons, mon grand-père. ») La femme (appelons-la Susan) et le quadragénaire (essayons Andrew) s'assirent de part et d'autre de moi sur la scène et comme le roman de Susan faisait des parallèles artificiels et terriblement forcés entre les tensions politiques en Allemagne au cours des années 1930 et l'opposition américaine à la guerre du Vietnam quelque trois décennies plus tard, le modérateur me demanda si je trouvais que sa description correspondait précisément à mon expérience de la ville à cette époque-là.

« C'était il y a si longtemps qu'il m'est difficile de me souvenir, dis-je en regardant un public dont l'attention semblait exclusivement concentrée sur l'homme plus jeune assis à ma gauche. Vous savez, je n'étais qu'un adolescent à l'époque et je ne me préoccupais pas vraiment de politique. Je pensais à mon avenir et j'espérais pouvoir bâtir une carrière d'écrivain. Cependant, bien que je trouve que le livre de Susan soit très bien documenté – elle a parfaitement saisi la géographie de la ville – j'émettrais quelques réserves sur le fréquent manque de sens moral chez les personnages allemands. »

Il s'agissait d'un bel euphémisme, car j'avais lu le roman quelques semaines auparavant lorsque j'avais reçu mon programme et j'avais trouvé sa description des conflits raciaux d'une grande platitude et sa pensée d'une naïveté affligeante ; les recherches de l'auteur semblaient consister exclusivement en visionnages de vieux films sur la Seconde Guerre mondiale. En entendant cet embryon de critique, elle se tourna vers moi, aussitôt sur la défensive. « De sens moral ? Pourriez-vous clarifier ce que vous entendez par là, Herr Ackermann ?

— Le fait est, commençai-je, impressionné par sa manière de s'adresser à moi en suggérant que ma définition était totalement subjective, que certains Allemands à cette époque-là exprimaient assez explicitement leur désaccord avec les politiques de Hitler et nombre d'entre eux cherchèrent à fuir le pays. Je trouve dommage qu'ils soient si rarement représentés dans les romans de guerre.

— Je n'ai pas écrit un “roman de guerre”, dit-elle en dessinant les guillemets en l'air avec les doigts. Je vous prie de ne pas ranger mon texte dans une boîte.

— Je crois que vous devriez faire bien attention à la manière dont vous allez vous exprimer, là, dit Andrew qui s'était maintenant penché en avant, d'une voix où l'amusement et l'indignation se disputaient la vedette. Susan est une experte de cette période de l'histoire.

— Et moi, je l'ai vécue, répondis-je.

— Mais comme vous l'avez dit, vous n'étiez qu'un enfant.

— Certes, mais souvent les gens supposent qu'après la montée du national-socialisme, toute la nation s'est transformée, du jour au lendemain, en une horde de barbares antisémites. En tant qu'écrivains de fiction, ne devrions-nous pas rechercher les histoires qu'on raconte moins souvent ? Et certaines se trouvent dans la vie des gens qui ont pris position contre les Nazis et en sont morts.

— Je suis désolée, intervint Susan, levant les bras en l'air, donnant l'impression qu'elle aurait besoin d'un calmant si je continuais à parler. Toute la famille du meilleur ami de mon mari a été tuée dans les camps. Alors, ce sujet est chargé d'émotion pour moi. Que vous osiez ne serait-ce que suggérer, Herr Ackermann, que…

— Je dis simplement que… commençai-je mais je fus immédiatement coupé par Andrew qui posa une main sur mon genou pour me faire taire.

— Il se peut que je me trompe, Erich, fit-il, mais n'apparteniez-vous pas aux Jeunesses hitlériennes ?

— Eh bien oui, dis-je, sentant la sueur me picoter le dos. C'est un fait bien connu. Les garçons de mon âge n'avaient pas d'autre choix que de s'y inscrire. Tout comme les filles devaient être membres de la Ligue des jeunes filles allemandes.

— Les femmes ne font pas la guerre, insista Susan. Et elles ne la déclenchent jamais.

— Dites ça à Mme Thatcher. À Hélène de Troie.

— Et vous étiez soldat dans l'armée allemande ? poursuivit Andrew.

— Dans la Wehrmacht, oui, reconnus-je. Je ne m'en suis jamais caché. Même si je n'ai pas été au front, bien entendu. J'occupais un emploi de bureau à Berlin pendant…

— Eh bien, peut-être qu'avant de nous raconter vos histoires sur tous ces bons Allemands qui ont essayé d'arrêter Hitler, déclara-t-il, vous pourriez marquer une pause de quelques instants et accorder une pensée aux familles de ceux qui ont perdu la vie en apportant la liberté au monde.

— Bien dit », renchérit Susan, et à ce moment-là, le public se mit à applaudir frénétiquement devant ce patriotisme de pacotille, ce cliché si facile, puis se lança dans une ovation debout à l'attention d'Andrew, qu'il prétendit ne pas voir, gardant le nez dans son verre d'eau, sans cesser de tripoter son alliance. À partir de là, les romanciers comme le modérateur m'ignorèrent complètement. Pourtant, après, en coulisses, ils me demandèrent chacun de signer un exemplaire d'*Effroi* et de poser pour des photos, puis nous nous séparâmes avec une poignée de main comme si nous étions de vieux amis.

« Quel connard, dit Maurice alors que nous étions dans le taxi qui nous ramenait vers l'hôtel, en parlant du mannequin déguisé en écrivain. Il faisait son show, c'est tout. Et vous avez vu comment les gens le félicitaient ensuite, quand ils allaient se faire dédicacer leur livre ? Comme s'il avait à lui tout seul mené la bataille de Dunkerque. Ce n'est quand même pas comme si *vous* aviez personnellement tué qui que ce soit. Vous l'avez dit, vous travailliez dans les bureaux.

— Je suppose que je ne suis pas forcément bien placé pour soutenir l'existence d'une résistance aux Nazis alors que je n'en faisais pas partie.

— Vous suiviez les ordres. Si vous ne l'aviez pas fait, vous auriez été fusillé. »

Sans répondre, je regardai défiler les rues par la fenêtre et pour la première fois depuis que nous nous connaissions, je refusai le dernier verre au bar de l'hôtel et montai directement dans ma chambre, où je pris un long bain chaud et bus seul jusqu'à une heure tardive de la nuit.

La journée suivante se passa sans incident et le matin d'après, je me réveillai tôt, impatient de retrouver Maurice pour le petit déjeuner. Il m'avait manqué lorsqu'il était sorti avec ses amis, mais nous avions convenu de nous rejoindre à 10 heures dans le hall de l'hôtel. Il ne vint pas et quelques heures plus tard, alors que je descendais de ma chambre, je le vis en train de franchir les portes, portant les mêmes vêtements que la veille, et plutôt débraillé. Le soulagement dut se lire sur mon visage car il eut l'air un peu contrit, m'expliquant qu'il avait fait des excès et décidé de passer la nuit dans l'appartement d'un ami.

« Tu aurais pu me prévenir, dis-je. J'ignorais si tu étais vivant ou mort.

— Ne soyez pas si mélodramatique, Erich », fit-il en agitant la main d'un geste désinvolte, et son dédain me frappa comme un coup de poing dans le ventre. Notre relation avait apparemment commencé à changer et il ne ressentait plus le besoin d'être aussi respectueux qu'autrefois.

« Allez, dit-il. Je suis affamé. Venez donc avec moi, je vais commander quelque chose à manger. »

J'avais envie de dire non, que j'avais mieux à faire que le suivre comme un toutou toute la journée, mais il était déjà reparti vers les ascenseurs, et sachant que je risquais de ne pas le revoir avant plusieurs heures si je ne l'accompagnais pas, je ravalai ma fierté et me glissai entre les portes juste avant qu'elles ne se referment. Nous montâmes en silence jusqu'à nos chambres au onzième étage.

Je sentis une sorte de frisson érotique en entrant dans sa chambre. Sa valise gisait grande ouverte sur une table et son lit était défait après sa sieste de l'après-midi précédente, les draps tout froissés. J'aperçus des sous-vêtements et des chaussettes éparpillés sur le sol et l'intimité de la scène était terriblement excitante.

« Avez-vous déjeuné ? demanda-t-il en envoyant promener ses chaussures à l'autre bout de la pièce.

— Bien sûr, il est 14 heures passées.

— Eh bien moi, je crève de faim. Si vous voulez bien me commander à manger au service d'étage. Un cheeseburger et des frites, par exemple. J'ai besoin d'une douche. »

Je tendis le bras vers le carnet en cuir qui se trouvait sur le bureau et tournai les pages.

« Tu veux quelque chose à boire ? demandai-je.

— Un coca light. Avec plein de glace. »

Pendant que je composai le numéro et passai la commande, il s'assit et enleva ses chaussettes, examinant ses orteils quelques instants, avant d'enlever son T-shirt pour dévoiler son corps pour la première fois devant moi. Il était musclé et glabre, et lorsqu'il se pencha, les sillons profonds de ses muscles abdominaux se dessinèrent nettement. Une cicatrice barrait son bas ventre. Impossible de ne pas la regarder et alors même que je savais qu'il m'observait, je ne pus détourner les yeux.

« J'ai été opéré de l'appendicite quand j'avais douze ans, me dit-il en se mettant debout. Le chirurgien a raté son coup, c'est pour ça que la cicatrice est si visible. Quand on la touche, elle devient rouge vif. Essayez, si vous voulez. »

Je m'approchai de lui et tendis le bras, posant l'extrémité de mon index sur la ligne avant de la suivre, et effectivement, elle s'enflamma un peu à mon contact. Lorsque j'arrivai à l'endroit où la rougeur se fondait dans la teinte naturelle de sa peau, je posai ma paume à plat sur son ventre, sa chaleur et sa fermeté contre ma main flétrie.

« Vous voyez ? » fit-il avant de reculer et de défaire la ceinture de son jean ; il l'enleva et le jeta sur le lit sans plus de cérémonie. Il était planté devant moi en boxer et je me forçai à détourner les yeux, non sans apercevoir un vague sourire sur son visage.

« Je te laisse, dis-je.

— Non, restez, s'il vous plaît. Le garçon d'étage risque de venir pendant que je suis sous la douche et j'aurais besoin que vous lui ouvriez. »

Il entra dans la salle de bains, laissant la porte légèrement entrouverte, et au bout de quelques instants, j'entendis l'eau dégringoler dans la douche, puis le bruit s'assourdit lorsqu'il passa dans la cabine. Jouait-il avec moi, me demandai-je, ou manquait-il totalement de pudeur ? Il y avait quelque chose de délibéré dans les actes de Maurice. Je m'approchai de la porte de la salle de bains et épiai son corps nu, caché par la paroi de verre et la buée qui l'enveloppait, et lorsqu'il se retourna je repartis vers le lit, sentant monter un désir presque irrésistible. Je me souviens encore, avec une certaine gêne, de m'être jeté sur son oreiller pour y enfouir mon visage, espérant y sentir son odeur. Avant de me trouver dans une situation encore plus embarrassante, j'entendis frapper à la porte ; on lui apportait son déjeuner.

Sortant de la salle de bains quelques minutes plus tard dans un peignoir blanc vaguement ceinturé, il m'invita à partager son repas, mais je déclinai sa proposition, précisant que j'allais retourner dans ma chambre.

« Non, restez, insista-t-il. Je déteste manger seul. Parlez-moi encore de votre ami Oskar.

— Une autre fois, Maurice, dis-je en secouant la tête. Je ne suis pas d'humeur à raconter une histoire.

— Mais je veux savoir. Asseyez-vous. Continuez à me raconter. Erich, asseyez-vous. »

Et bien sûr, j'étais totalement incapable de le décevoir, alors j'obéis et commençai à parler.

C'était l'été 1939, deux mois environ avant que la guerre soit déclarée, et j'avais convenu de retrouver mon ami dans notre lieu habituel pour fêter son dix-septième anniversaire. Il était installé seul près de la fenêtre ; je traversai la rue et frappai à la vitre, le saluant de la main. Avec un grand sourire il me fit signe de venir le rejoindre. J'étais tellement heureux. La serveuse nous apporta nos bières et nous trinquâmes.

« Joyeux anniversaire », lançai-je en sortant de mon sac un cadeau que j'avais soigneusement emballé le matin même. Surpris, il eut un mouvement de recul lorsque je le posai sur la table devant lui. Il enleva le papier et souleva le couvercle de la boîte. Mon cadeau était un stylo à plume, un de ceux que mon grand-père m'avait offerts pour mon anniversaire, quelques années auparavant. Le plus beau de tous, et celui qui m'était le plus précieux. Je voulais qu'il soit à Oskar.

« Ah, fit-il, en fronçant un peu les sourcils, et son expression me troubla un peu car il n'avait pas l'air aussi heureux que je m'y attendais. C'est très gentil de ta part.

— Tu l'aimes ?

— Oui, beaucoup.

— Qu'est-ce qui ne va pas ? insistai-je.

— Rien. Pourquoi me demandes-tu ça ?

— Je ne sais pas, mais il se passe quelque chose. Je le vois à ta mine. »

Avant qu'il ait le temps de répondre, une jeune fille se glissa sur la chaise voisine de la mienne et nous regarda, l'un puis l'autre.

« Alysse, dit Oskar en se tournant vers elle. Voici Erich, dont je t'ai parlé.

— Enfin », fit-elle en me tendant la main. Je la reconnus immédiatement comme étant la jeune fille croquée et peinte par Oskar. Elle semblait nerveuse, jetant des regards éperdus vers le bar et essayant de se faire toute petite, comme si elle voulait passer complètement inaperçue. « Je pensais qu'Oskar vous avait inventé. Il parle de vous tellement souvent mais il ne nous avait jamais présentés.

— C'est parce que je n'ai pas confiance en lui, déclara Oskar.

— Quoi ? demandai-je, consterné. Pourquoi ?

— Je me suis dit que tu pourrais me la voler, poursuivit-il en riant. Je plaisante, Erich. N'aie pas l'air si effaré !

— Personne ne pourrait m'enlever à toi », murmura-t-elle, et ils se sourirent longuement avant de se pencher pour échanger un baiser. Lorsqu'ils se séparèrent, ils gardèrent leur sourire niais, étourdis d'amour.

« Et d'où vient ceci ? demanda-t-elle en contemplant le stylo de mon grand-père. Comme il est beau.

— Il est à Erich, précisa Oskar. Ou plutôt, il est à moi. Il me l'a offert pour mon anniversaire. »

Elle le prit et l'examina sous toutes les coutures. La lumière qui entrait par la fenêtre fit étinceler l'incrustation en or. « Erich, dit-elle en me regardant, les yeux écarquillés, quelle belle attention. Il est si beau.

— Je crois qu'Oskar ne l'aime pas, fis-je.

— Il est seulement gêné, assura-t-elle en haussant les épaules. Montre-lui, ajouta-t-elle en se tournant vers mon ami.

— Non, cela n'a pas d'importance, répondit-il.

— Montre-lui, insista-t-elle. Cela m'est égal. »

Il soupira et fouilla dans son sac pour en sortir un autre stylo à plume, beaucoup moins cher, du genre de ceux qu'on pouvait acheter dans n'importe quelle papeterie, quoiqu'il fût gravé de ses initiales, *OG*. « C'est le cadeau qu'Alysse m'a offert. Une coïncidence, rien de plus.

— Je suis battue, dit-elle en riant. Le vôtre est beaucoup plus beau, Erich.

— Effectivement, oui. Depuis combien de temps vous vous connaissez, tous les deux ?

— Environ dix-huit mois, répondit-elle sans relever ma grossièreté. Nous étions seulement amis au départ, puis, finalement, les choses ont changé. Pendant longtemps, il était trop timide pour m'embrasser.

— Mais pas trop timide pour vous peindre ? » demandai-je.

Elle rit mais à ma grande déception, elle ne parut pas particulièrement gênée. « Ne croyez pas que je suis le genre de fille qui se déshabille pour n'importe qui, Erich. Je suis sa muse. Oskar sera un grand peintre un jour, j'en suis certaine. Mon portrait sera peut-être exposé au Louvre, comme la Joconde.

— Seriez-vous en train de vous comparer à elle ou de comparer Oskar à Léonard de Vinci ? m'enquis-je en essayant de ne pas laisser transparaître le sarcasme dans ma voix.

— Ni l'un ni l'autre, fit-elle. Je voulais seulement…

— Si tu avais une petite amie aussi belle qu'Alysse, dit Oskar, ne voudrais-tu pas la peindre ?

— Je ne sais pas. Je n'ai jamais eu de petite amie.

— Mais c'est impossible !

— C'est pourtant vrai.

— Peut-être devrais-je vous présenter à certaines de mes amies, proposa Alysse.

— Pourquoi vous donner cette peine ? demandai-je. Oskar et moi allons bientôt partir à la guerre. Nous aurons de la chance si nous sommes encore en vie en 1940. Je ne veux pas perdre le peu de temps qui me reste à essayer d'impressionner une poule quelconque. »

Le silence se fit autour de la table. Le sourire d'Alysse disparut complètement et Oskar me regarda comme s'il avait du mal à croire que j'aie dit une chose pareille.

« Je suis réaliste, c'est tout, repris-je, incapable de les regarder. Ils ouvrent de plus en plus de bureaux de recrutement partout dans Berlin. D'ici un an, j'aurai dix-huit ans, et quel espoir nous restera-t-il ?

— Ils peuvent en ouvrir autant qu'ils veulent. Ils ne m'enrôleront pas.

— Oskar ! s'écria Alysse.

— Mais c'est vrai.

— Oskar, répéta-t-elle, plus bas, cherchant visiblement à lui donner un avertissement.

— Qu'est-ce que vous voulez dire ? » demandai-je.

Ils échangèrent un long regard, et Alysse finit par hausser les épaules. « Vous devez garder ça pour vous, Erich.

— Garder quoi pour moi ? Que se passe-t-il ?

— Nous allons partir dans peu de temps, révéla-t-il. Nous avons le projet d'aller vivre ailleurs.

— Mais où ? Dans une autre région d'Allemagne ?

— Bien sûr que non. Nous allons quitter l'Europe. »

Alysse jeta un coup d'œil à sa montre et secoua la tête. « Il faut que je parte. Je dois aller chercher mon frère à l'école. Je te vois tout à l'heure, Oskar? Tu viens dîner ?

— Bien sûr. Je serai là à 18 heures.

— Erich, c'était un plaisir de faire votre connaissance, ajouta-t-elle en se levant pour enfiler son manteau. Mais je vous en prie, parlez d'autre chose, d'accord ? De quelque chose de gai. C'est l'anniversaire d'Oskar, après tout. »

Je hochai la tête et la regardai partir.

Un bruit nous parvint de l'extérieur et nous regardâmes tous les deux par la fenêtre. Alysse avait été arrêtée par le grand SS rouquin qui lui faisait signe d'approcher.

« Qu'est-ce qui se passe ? » fit Oskar, le sourcil froncé.

Le garde s'adressa à Alysse et elle chercha ses papiers dans sa poche. Elle les lui donna, il les prit et la regarda longuement avant de reporter son attention sur les documents.

« J'y vais, annonça Oskar en se levant mais je m'empressai de lui attraper le bras.

— Non, attends. Laisse faire, nous verrons bien comment ça tourne. »

Il s'immobilisa et nous regardâmes le garde passer tous les papiers en revue, puis enlever ses gants et lentement caresser le visage d'Alysse du bout du doigt. Je le vis sourire et je reconnus l'éclat du désir dans son regard.

« Le salopard, siffla Oskar entre ses dents et il me fallut déployer toute ma force pour l'empêcher de bouger.

— Si tu sors maintenant, ça ne fera que vous attirer des ennuis à tous les deux, lui dis-je, la bouche collée contre son oreille droite. Attends encore une minute, il va certainement la laisser partir. »

Il se détendit un peu et comme je l'avais prédit, le garde finit par rendre ses papiers à Alysse et elle reprit sa route, ne se retournant qu'une seule fois pour lancer un regard apeuré dans notre direction.

« Alors ? » demandai-je une fois qu'elle eut disparu et que nous eûmes retrouvé nos places. Je voyais bien comme mon ami s'était emballé ; je n'avais jamais vu une émotion aussi intense sur son visage. « Que se passe-t-il ? Tu ne peux pas quitter l'Allemagne.

— Il le faut.

— Mais pourquoi ?

— À cause d'Alysse.

— Je ne comprends pas. »

Il jeta autour de lui un regard nerveux et bien que les tables voisines fussent désertes, il se mit à chuchoter. « Je te dis cela uniquement parce que tu es mon ami. Tu dois promettre de ne rien révéler à personne.

— Tu as ma parole.

— Alysse n'est pas comme toi et moi. Tu connais les lois de Nuremberg, je suppose ?

— Bien sûr.

— C'est une *Mischling* de premier degré. Elle a deux grands-parents juifs, ajouta-t-il pour que ce soit bien clair. Et deux grands-parents allemands.

— Où est le problème ? Le Führer lui-même a dit que les *Mischlinge* de premier degré ne seraient pas arrêtés.

— Non, Erich. Il a dit qu'ils ne seraient pas arrêtés "pour le moment", mais qu'il décidera de leur sort une fois qu'on aura gagné la guerre. Une guerre qui risque de commencer d'ici quelques mois. Et qui sait s'il tiendra parole ? Il pourrait changer d'avis d'un jour à l'autre et Alysse me serait enlevée. Comme tous les membres de sa famille. Les Juifs sont déjà déportés et envoyés dans des camps de travail. J'ai entendu dire qu'on en fusillait certains.

— Et à cause de ça, tu vas abandonner à la fois ton devoir et la mère patrie ? »

Il se pencha vers moi au point que nos visages se touchaient presque. « Tu n'as jamais l'impression que c'est la mère patrie qui nous a abandonnés ?

— Non, affirmai-je, reculant un peu, écrasé par un mélange de colère, de chagrin et de haine. Non, je n'ai pas du tout cette impression. »

« Vous ressentiez de la haine ? » demanda Maurice d'une distance d'environ cinquante ans, assis dans cette chambre d'hôtel à New York, à écouter cette partie de mon histoire. Ses cheveux avaient séché. Son assiette était vide, son couteau et sa fourchette posés à côté et il me regardait fixement tandis que je contemplais les toits de la ville par la fenêtre. « Mais de la haine contre qui ?

— Contre Alysse, évidemment, fis-je en me tournant vers lui. Je haïssais cette fille de tout mon être. Je ne crois pas avoir ressenti une telle haine pour quelqu'un, ni avant, ni depuis. Elle allait m'enlever Oskar.

— Mais il l'aimait. Et il percevait le danger qui la menaçait. »

Je secouai la tête. « Je m'en fichais. Tout ce que je voyais, c'était la perte que j'allais subir. »

Nous n'échangeâmes plus un mot, puis Maurice se leva, prit des vêtements dans son armoire et annonça qu'il allait s'habiller dans la salle de bains. Je me mis debout et lui dis que je le retrouverais plus tard, peut-être pour dîner. J'entendis l'eau couler dans le lavabo et remarquai son sac posé par terre, à l'endroit où il l'avait déposé en arrivant. Je me penchai pour le ramasser et le poser sur le lit, lorsqu'il s'ouvrit et un livre s'en échappa. Je jetai un coup d'œil au titre.

C'était le dernier roman de Dash Hardy ; je levai les yeux au ciel, agacé. Pourquoi lisait-il un tel torchon ?

me demandai-je. Instinctivement, j'ouvris le volume et sans surprise, j'y découvris l'inscription suivante. *Pour Maurice, avec ma plus profonde tendresse*.

Avec une date. Il avait dû le signer plus tôt ce matin-là, avant que Maurice ne quitte son appartement.

7. Amsterdam

Il ne restait plus qu'une ville dans ma tournée de promotion, pourtant j'hésitais à inviter Maurice à m'accompagner. Son arrogance croissante commençait à m'être pénible mais j'étais plus blessé encore par sa relation avec Dash. Malgré mes griefs, il occupait plus que jamais mes pensées et je voulais de tout mon cœur le revoir, surtout parce que ce voyage marquerait la fin du temps passé ensemble. Je lui achetai donc un billet, et alors même que je n'avais reçu ni appel téléphonique ni lettre de réponse, il fit son apparition à l'Amstel Hotel le soir dit, de fort belle humeur.

Mon éditeur m'avait réservé une suite avec une vue sur les canaux ; cependant, une fois de plus, l'hôtel n'avait pas respecté son engagement et la chambre dite standard de Maurice se trouvait de l'autre côté du couloir, et donnait sur la place Professor-Tulpplein. Je ne tenais plus comme autrefois à ce que nous occupions des chambres voisines, mais devant la vue depuis mes fenêtres, il parut si fasciné que je lui proposai de permuter. Il accepta aussitôt et s'empressa de déménager ses affaires dans la suite tandis que j'emportai les miennes dans ce qu'on appelait une « chambre classique ».

Une fois terminées toutes les interviews habituelles et la lecture dans une librairie du centre-ville, nous trouvâmes un bar confortable donnant sur le Blauwbrug pour passer notre dernière soirée à Amsterdam et nous choisîmes une petite table au fond, entourée de coussins et baignée de la douce lueur des bougies.

« Notre dernière soirée ensemble, dit-il en trinquant avec moi. Les six derniers mois ont été une expérience fabuleuse, Erich. Je vous en suis très reconnaissant.

— Eh bien, tu as été d'une aide extraordinaire, répondis-je. Je ne parle pas seulement de ton efficacité mais aussi de ton amitié. Je ne sais pas comment j'aurais survécu à tous ces voyages sans toi. J'imagine que les romanciers reconnus doivent trouver ces déplacements très pénibles.

— Mais vous êtes un romancier reconnu, affirma-t-il en riant. En tout cas, depuis que vous avez remporté le Prix.

— Je parle des très riches et très connus, me reprisje. Ceux qui ont des lecteurs, pas ceux qui remportent des prix.

— Les deux sont-ils forcément incompatibles ?

— Dans un monde parfait, non. Mais dans le monde réel, ils le sont généralement.

— Je serai différent, dit-il en hochant la tête avec conviction.

— Vraiment ? Comment ?

— Je vais avoir des lecteurs *et* remporter des prix.

— Tu ne te contentes pas de peu, toi, n'est-ce pas ? fis-je en esquissant un sourire.

— Mon agent pense que je peux réussir à associer l'artistique et le commercial. »

Je levai les yeux, surpris par cette dernière révélation. « Ton agent ? Depuis quand as-tu un agent ?

— Je ne vous l'ai pas dit ? Ça ne fait pas longtemps. Je l'ai rencontrée quand nous étions à New York et elle a demandé à lire mon roman.

— Comment l'as-tu trouvée, pour commencer ?

— Vous vous souvenez, à Madrid, le déjeuner qui avait été organisé en votre honneur au Prado ?

— Oui.

— Le romancier espagnol assis à côté de moi. Il m'a mis en relation avec elle. Elle est son agent, à lui aussi. »

Je bus une longue gorgée, essayant de ne pas me laisser emporter par le tourbillon de mes pensées. « Et ton roman, finis-je par demander. Il est impossible que tu l'aies déjà terminé... ?

— Non, mais j'y suis presque. Je lui ai donné quelques chapitres. Elle attend de lire l'ensemble mais elle aime tellement ce qu'elle a lu qu'elle m'a fait signer un contrat.

— Je vois..., fis-je en essayant de cacher mon irritation. Tu sais que j'ai un agent, moi aussi ?

— Oui, mais vous ne m'avez jamais proposé de me présenter.

— Parce que tu n'avais encore rien de présentable.

— Eh bien, je suppose que mon ami à Madrid a eu le sentiment que, sur la base de ce que j'avais déjà écrit, j'avais quelque chose de spécial.

— Quel don de divination. Alors, quand ce chef-d'œuvre sera-t-il terminé ?

— D'ici deux ou trois semaines, j'espère. Et ce n'est pas la peine d'être si sarcastique, Erich, c'est inconvenant pour un homme de votre âge. Elle espère commencer à le proposer à des éditeurs au printemps.

— Eh bien, je me réjouis à l'idée de le lire. Est-ce que tu m'as apporté des chapitres ?

— Oh non, répondit-il en secouant la tête. Non, je suis désolé, mais je ne laisserai personne le lire avant qu'il soit publié.

— Tu veux dire, *à moins* qu'il soit publié.

— Non, *avant* qu'il soit publié. Je choisis de voir les choses du bon côté.

— Je tiens seulement à ce que tu ne sois pas contrarié si…

— Pourquoi ne me soutenez-vous pas davantage ? » demanda-t-il. Il posa son verre et me regarda d'un air interrogateur.

« Je te soutiens, dis-je en rougissant un peu. Il se trouve que je sais à quel point ce milieu peut être dur, c'est tout, et je ne voudrais pas que tu sois déçu. Certains jeunes écrivains doivent produire deux ou trois romans avant d'en sortir un qui soit suffisamment bon pour trouver un éditeur.

— On dirait que vous êtes jaloux.

— Pourquoi diable serais-je jaloux ?

— Je ne vois pas de raison, et c'est bien pour cela que votre attitude est si bizarre. Je n'arrive pas à décider si vous pensez que je ne suis pas assez bon pour réussir, ou si vous préféreriez juste me voir échouer. Je ne peux pas être votre protégé jusqu'à la fin des temps, vous savez. Et je n'aurai pas toujours besoin d'un mentor.

— Ça n'est pas très gentil. Tu dois quand même savoir, depuis le temps, que je suis ton allié.

— J'ai toujours supposé que c'était le cas.

— Et c'est le cas, Maurice, insistai-je et je tendis le bras pour essayer de poser ma main sur la sienne, mais il la retira comme s'il allait se brûler à mon contact. Peut-être me suis-je mal exprimé, c'est tout, dis-je à mi-voix. Je suis sûr que tu as raison et que ton roman sera un grand succès.

— Merci, fit-il sans grand enthousiasme.

— Je suppose que cela signifie que tu ne seras pas disponible l'année prochaine.

— L'année prochaine ? Pour quoi ?

— Pour la sortie en poche d'*Effroi*. J'imagine que je serai à nouveau invité à l'étranger, dans des tas de villes et autres festivals littéraires. Tu peux te joindre à moi si tu le veux. Nous pourrions…

— Je ne crois pas, Erich. Il est probablement temps que je me concentre sur ma propre carrière, et pas sur la vôtre.

— Bien sûr, fis-je, humilié, et la main qui saisit mon verre tremblait un peu.

— De toute façon, comme c'est notre dernière soirée ensemble, dit-il avec un sourire, semblant souhaiter que la sérénité domine, je voudrais savoir ce qui s'est passé pour Oskar et Alysse. Est-ce qu'ils ont réussi à fuir l'Allemagne à temps ?

— Oh, c'était il y a si longtemps... », marmonnai-je, pas du tout d'humeur à me replonger dans les moments si sombres, préférant que nous rentrions tout simplement à l'hôtel. Je me sentais très déprimé, au bord des larmes. Étais-je jaloux ? me demandai-je. Et si oui, jaloux de quoi ?

« Mais je dois savoir comment ça s'est fini, insista-t-il. Allez, vous êtes un grand conteur. Vous ne pouvez pas vous arrêter avant d'avoir révélé le dernier chapitre.

— Il n'y a pas grand-chose à raconter, dis-je avec un soupir.

— Forcément, il y a quelque chose. Quand nous étions à Madrid, vous avez affirmé qu'Oskar et Alysse avaient décidé de quitter Berlin. Qu'elle était une... quel était ce mot que vous avez utilisé, rappelez-moi ?

— Une *Mischling*, fis-je. Et ce n'était pas à Madrid, c'était à New York.

— Bien sûr. J'ai tellement voyagé que je m'emmêle les pinceaux. »

Je sus que je n'avais pas le choix. Toute ma vie m'avait conduit à ce point-là, après tout. Pendant les cinquante années qui s'étaient écoulées depuis le début de la guerre, ces événements étaient restés gravés dans ma mémoire, une ombre m'empêchant d'être heureux. Et quand je m'étais avancé sur la scène ce soir-là, à Londres, pour recevoir le Prix, j'avais pensé à eux deux, j'avais même imaginé que je les voyais assis au premier rang dans le public, un petit garçon entre eux, les seuls qui n'applaudissaient pas, qui ne se levaient pas pour m'acclamer, qui restaient assis, exactement tels qu'ils étaient en 1939, sans cesser de me regarder et de se demander comment un succès aussi extraordinaire pouvait arriver à un homme qui avait commis un acte aussi haineux et impardonnable.

Effectivement, il m'était impossible de laisser Oskar et Alysse s'enfuir de Berlin ensemble. Mes sentiments pour lui étaient trop forts et dans la confusion de mes pulsions, j'étais tellement dépassé que je ne pouvais tout simplement plus penser juste. Je m'étais convaincu que si je pouvais, d'une manière ou d'une autre, le persuader de rester, notre amitié se transformerait en quelque chose de plus intime. Deux jours après son anniversaire, il me laissa un message à la maison pour me demander de le retrouver en fin d'après-midi près de l'entrée du zoo du Tiergarten, et tandis que nous retournions vers Marxingstraße, je le suppliai de revenir sur sa décision.

« Je ne peux pas, me dit-il avec fermeté. Bon sang, Erich, tu vis dans cette ville. Tu vois bien ce qui se passe. Je ne vais pas rester planté là et attendre qu'ils emmènent Alysse.

— Oh, mais écoute-toi parler, m'emportai-je, en colère maintenant, tant j'étais frustré. Il s'agit de Juifs, Oskar. Je sais que tu crois l'aimer mais…

— Erich, tu es juif, toi aussi, me fit-il remarquer.

— Non, insistai-je. Pas vraiment.

— Si l'un de nous devait s'inquiéter de la manière dont la situation est en train de changer, ça devrait être toi, pas moi. De toute manière, les dispositions sont prises, alors il est inutile d'essayer de me faire changer d'avis. Nous partons en Amérique, sa famille et moi. Voilà pourquoi je voulais te voir cette après-midi. Je voulais te dire au revoir. »

Je le regardai fixement, sentant la nausée me soulever l'estomac. « Vous allez avoir besoin de billets, dis-je quand je retrouvai ma capacité à parler.

— Son père les a. Nous allons prendre le train pour Paris et de là, aller à Calais. Ensuite, le bateau pour traverser la Manche et de Southampton, nous irons jusqu'à New York.

— Et que feras-tu quand tu seras là-bas ?

— Je ne sais pas trop, mais le père d'Alysse est un homme plein de ressources. Il connaît beaucoup de monde dans la ville. Peut-être que nous monterons une affaire. Je ne sais pas. Tout ce qui importe, c'est que nous serons en sécurité, là-bas.

— Et les postes de contrôle ? demandai-je. Tu sais que vous ne les passerez jamais. Vos papiers ne seront pas en ordre.

— Tu serais étonné de voir ce que les faussaires sont capables de faire aujourd'hui, Erich. Et dans la situation présente, ils gagnent des fortunes.

— Je suppose que son père a payé pour ça aussi.

— Il a un peu d'argent.

— Bien sûr qu'il a un peu d'argent, maugréai-je, amer. Comme tous ces salopards de Juifs. Ils ont plus d'argent que nous autres réunis. Peut-être que Hitler a raison, finalement. Peut-être que nous serons beaucoup mieux une fois qu'ils auront disparu d'Allemagne. »

Son sourire s'atténua. « Ils n'ont rien. Tu sais aussi bien que moi que les Juifs ont été envoyés on ne sait où depuis quelque temps. Combien de Juifs as-tu croisés dans les rues ces derniers mois ? Ils ont tous disparu. C'est la même chose dans toute l'Europe. Premier degré, deuxième degré, ce sera pareil si Hitler se retrouve seul maître à bord. Les lois de Nuremberg seront abrogées. C'est maintenant qu'il faut partir.

— Et vous partez quand ? demandai-je enfin.

— Ce soir, à la tombée de la nuit.

— Mais c'est bien trop tôt !

— Nous sommes prêts. Il n'y a aucune raison de rester plus longtemps. Je t'écrirai quand nous arriverons en Angleterre. Et il ne nous reste plus qu'à prier pour qu'en cas de guerre, l'Allemagne perde. »

Sans réfléchir, je l'attrapai par le bras, le tirai dans une ruelle adjacente déserte, et le plaquai contre le mur.

« Ne dis pas des choses comme ça. Si quelqu'un t'entend, tu te feras fusiller.

— D'accord, Erich. Lâche-moi, maintenant.

— Pas avant que tu me promettes de ne pas partir. Le jour viendra où tu regretteras cette décision. Tu comprendras que tu as déserté la mère patrie au moment où elle avait le plus besoin de toi et tu t'en voudras. Et tu auras fait tout ça pour quoi ? Pour une fille ?

— Mais ce n'est pas *une* fille, rétorqua Oskar. Tu ne comprends donc pas que je l'aime ?

— Tu as dix-sept ans. Tu serais prêt à dire que tu es amoureux d'un sanglier s'il te laissait faire ce que tu veux. »

Son sourire disparut et je vis son visage s'assombrir. « Fais attention, Erich. Je tiens à notre amitié, mais il y a une ligne que je ne te laisserai pas franchir.

— Tu confonds la loyauté et l'amour, voilà ce qui ne va pas chez toi.

— C'est faux, répondit-il. Et un jour, quand tu tomberas amoureux de quelqu'un, tu le comprendras.

— Tu penses que je ne sais pas ce qu'est être amoureux ? demandai-je.

— Sans vouloir me montrer cruel… il n'y a pas de fille dans ta vie, n'est-ce pas ? Et il n'y en a jamais eu. Du moins, aucune dont tu m'aies parlé.

— Je n'ai pas besoin d'une fille pour comprendre l'amour », dis-je en prenant son visage entre mes mains avant de coller mes lèvres sur les siennes. Pendant quelques instants, peut-être sous l'effet de la surprise, il entrouvrit les lèvres et je sentis sa résistance faiblir un peu. Mais ensuite, aussi rapidement que ça avait commencé, le seul baiser de ma vie prit fin. Oskar s'écarta de moi et s'essuya la bouche avec sa main en secouant la tête. Je ne me détournai pas. Je ne ressentais pas la moindre honte et je le regardai droit dans les yeux, espérant le défier du regard comme Alysse l'avait fait sur la peinture quand elle s'était tournée face au spectateur. Je n'avais aucune idée de ce qui risquait de se passer ensuite, s'il allait s'enfuir en courant ou se déchaîner contre moi. Il ne fit ni l'un ni l'autre, il se contenta de me regarder, le visage triste ; il laissa échapper un soupir déçu.

« Je m'en doutais, fit-il à mi-voix. Mais quoi que tu espères, ce n'est pas possible.

— Pourquoi pas ?

— Parce que je ne suis pas comme ça.

— Si tu essayais…

— Je ne veux pas essayer. Je suis désolé. Ça ne m'intéresse pas.

— Par contre, tu es prêt à baiser cette pute ? hurlai-je, terriblement humilié, le visage baigné de larmes.

— Arrête, Erich.

— C'est bien ce qu'elle est, non ? Elle se déshabille pour que tu puisses la peindre nue. Et c'est la fille pour laquelle tu es prêt à renoncer à ta vie ?

— Je pars, Erich, dit-il en se détournant.

— Ne t'en va pas ! criai-je, essayant de le rattraper. S'il te plaît… Je suis désolé. »

Mais il était trop tard. Il était parti.

Je décidai de ne pas le suivre. Je fis demi-tour et marchai en direction de chez moi, une rage d'une violence inouïe commençant à bouillir en moi, menaçant d'exploser dans ma poitrine au moment où je passais devant la Böttcher Tavern, où nous n'irions plus jamais boire des bières. Appuyé contre le mur, je saisis dans la vitre mon reflet et celui du bâtiment derrière moi, déformés.

Les bureaux du quartier général SS.

Je me retournai et je vis le soldat roux planté dehors, comme toujours, en train de contempler la rue, l'air de s'ennuyer affreusement, et son regard se posa sur moi. Sans prendre le temps de réfléchir, je traversai la rue, sortis mes papiers de ma poche intérieure et exigeai de parler au Untersturmführer de garde.

« Qu'est-ce que vous voulez ? me demanda-t-il.

— J'ai des informations.

— C'est moi le responsable. Dites-moi.

— Pas à vous. Je veux quelqu'un de plus important. Je sais quelque chose que vos supérieurs seront contents d'apprendre. »

Il leva un sourcil et rit, comme si je n'étais qu'un enfant. « Rentre chez toi. Avant d'avoir des ennuis.

— Je sais où se trouvent les Juifs, sifflai-je entre mes dents, me penchant pour qu'il puisse voir la fureur qui attisait mon regard. Ils se cachent dans les égouts comme des rats.

— Rentre chez toi, répéta-t-il.

— Si vous ne me laissez pas parler au Untersturmführer, j'écrirai une lettre à vos supérieurs et il sera alors trop tard pour agir. Et cela vous retombera dessus. Je dirai que vous n'avez pas voulu m'écouter. »

Il lui fallut un long moment pour se décider, mais comme il ressentait la même peur des officiers SS que tout le monde, il me conduisit sans grande amabilité à l'intérieur ; pendant tout le temps où j'attendis, ma colère ne fit que croître. Finalement, on m'indiqua une petite pièce froide, où était assis un homme fatigué en uniforme gris.

« Vous voulez communiquer des informations ? demanda-t-il, l'air complètement las.

— Des Juifs, lui dis-je. Toute une famille juive. Ils sont quatre. Ils habitent près d'ici. Dans le centre de Berlin. »

Il sourit et secoua la tête. « Il n'y a plus de Juifs ici. Ils ont tous été évacués, vous le savez certainement. Et une famille de quatre aurait forcément été appréhendée, à ce stade.

— Tout le monde sait qu'il y a des gens qui se cachent. Des gens dont vous ne pensez même pas qu'ils sont juifs, avec leurs faux papiers et leurs fausses identités. »

Il plissa les yeux et me regarda attentivement.

« Et si les SS ne savent pas qui ils sont, comment vous le savez, vous ?

— Parce qu'elle me l'a dit.

— Qui ?

— La fille. Leur fille. »

Il rit un peu. « Laissez-moi deviner. Une ancienne petite amie ? Elle vous a plaqué pour un autre et maintenant vous essayez de vous venger en inventant une histoire ? Ou alors, elle a refusé vos avances ?

— Ce n'est pas ça du tout, dis-je en me penchant en avant et en laissant ma fureur s'exprimer. Vous pensez que je baiserais une Juive ? Peut-être que c'est ce que vous aimez faire. C'est pour ça que vous ne semblez pas très enclin à creuser cette piste ? Peut-être que je ne devrais pas vous parler du tout, Untersturmführer. Peut-être que je devrais m'adresser plutôt à votre Obersturmführer. »

Il finit par céder. « Dites-m'en davantage sur cette famille. » Il ouvrit un carnet et lécha la mine de son crayon.

« Je vous l'ai dit, ils sont quatre. Un homme et sa femme, leur fille et un jeune garçon. Il n'a que cinq ou six ans, je crois. Ils prétendent être des *Mischlinge* au deuxième degré, alors jusqu'à maintenant, ils n'ont pas été inquiétés. Mais c'est faux ! Ils sont juifs, les quatre grands-parents sont juifs, et ils vivent ici en violation des lois raciales. Mais ils s'inquiètent d'être percés à jour. Ils ont de l'argent et des papiers. Ils ont le projet d'aller en France et de traverser la Manche, pour se réfugier en Amérique.

— Nous irons les voir demain. Il ne sera pas difficile de découvrir la vérité.

— Demain, ce sera trop tard, lui dis-je. Ils partent ce soir. »

Il me lança un regard perçant. « Vous en êtes sûr ?

— Ils ont endormi votre méfiance, déclarai-je, sentant une certaine hystérie se glisser dans ma voix maintenant que je semblais sur le point de le convaincre enfin. Ils sont restés ici alors que vous déportiez les autres. Ils rient de vous en étalant leur sale juiverie sous le nez des enfants du Reich, et dans quelques heures ils seront sur le point de quitter la mère patrie pour rassembler, avec leur argent, une armée contre nous.

— Donnez-moi leurs noms, et leur adresse. »

Je n'hésitai pas.

Quelques instants plus tard, il quitta la pièce et j'entendis le bruit de soldats qui se rassemblaient dans la cour. Je compris qu'il ne reviendrait pas dans le bureau où je me trouvais. Sortant du bâtiment en courant, j'aperçus un groupe de six soldats, conduits par l'Untersturmführer en personne, qui s'entassait dans une Jeep avant de partir dans la direction du domicile d'Alysse, à quelques minutes de là. À cet instant précis, je ressentis une pointe de terreur, de nausée à l'idée de ce que j'avais fait, mais je pensais toujours que si Alysse et sa famille étaient emmenés, Oskar resterait à Berlin, et avec le temps, il l'oublierait et notre amitié continuerait comme avant. Peut-être qu'elle lui manquerait tellement qu'il ne serait plus question de filles, jamais. Il n'y aurait plus que nous deux.

Je courus dans les rues derrière la Jeep et lorsqu'elle approcha de la porte de la maison d'Alysse, le chauffeur s'arrêta tandis que l'Untersturmführer levait les yeux vers les fenêtres de l'étage, dont les rideaux étaient tirés mais laissaient passer une faible lumière à travers le tissu mince. Il fit signe à son Rottenführer, et le jeune homme, à l'aide de la crosse de son fusil et de son pied droit, enfonça la porte ; les soldats SS s'engouffrèrent à l'intérieur, rugissant à pleins poumons, une insulte à la dignité paisible de la nuit.

Il ne leur fallut que peu de temps pour sortir toute la famille et les aligner dans la rue. Je voyais les voisins dissimulés derrière leurs rideaux, qui assistaient à l'arrestation, craignant sans doute que la prochaine porte défoncée soit la leur. Deux soldats tenaient les parents d'Alysse en respect au bout de leur fusil tandis que les autres fouillaient la maison à la recherche de quelque chose de compromettant. Le petit garçon restait courageux et silencieux, alors qu'Alysse paraissait terrifiée, tremblant comme une feuille dans la fraîcheur de la nuit. De l'endroit où je me trouvais, à moitié caché dans l'ombre d'une ruelle adjacente, j'éprouvai un grand plaisir à la voir ainsi.

L'Untersturmführer sortit quelques minutes plus tard, brandissant des billets de train. Il les agita sous le nez du père d'Alysse, qui protesta de son innocence, en vain. Un camion SS arriva, les portes arrière furent ouvertes, et on fit monter les malheureux pour les emmener vers un lieu d'où personne ne revenait. Je commençai à être anxieux, impatient que la scène se termine et qu'ils disparaissent enfin dans la nuit.

Mais avant que le dernier passager – le petit garçon – soit hissé dans le camion, j'entendis le bruit de quelqu'un qui courait dans la rue derrière moi et en me retournant, j'aperçus Oskar qui fonçait vers les soldats allemands, un pistolet à la main. Il jeta sa valise et tira aussitôt, un premier soldat tomba, il tira à nouveau, un autre fut abattu. La mère d'Alysse se mit à crier et les autres soldats se retournèrent vers lui et ouvrirent le feu, un déferlement de bruit et de lumières aveuglantes dans la nuit sombre. Il ne fallut pas longtemps pour qu'il tombe à son tour. Son corps s'écroula à mes pieds, de sa bouche et d'une blessure au milieu de sa poitrine le sang coulait et maculait son manteau ; je le regardai fixement, paralysé de terreur. Alysse hurla son nom et bondit du camion pour courir vers lui, son jeune frère sur ses talons, l'appelant à grands cris, tandis que leurs parents leur ordonnaient de revenir. Il restait à Oskar à peine un souffle de vie, il ne survivrait pas longtemps. Sa respiration vacillait ; Alysse l'atteignit juste avant que les soldats tirent à nouveau, et dans un cri elle s'écroula en travers de son corps. Je fis un pas pour me rapprocher d'eux et, au même instant, l'enfant fut projeté en l'air et retomba sur le sol près de sa sœur, l'arrière de la tête emporté par une balle, sa cervelle coulant sur les pavés comme de la boue. Oskar et Alysse me regardèrent sans la moindre émotion, leurs corps agités de spasmes, et moins d'une minute plus tard, leur vie s'était arrêtée.

Ils étaient morts. Je les avais tous tués.

Pendant mon récit, j'avais gardé les yeux rivés sur la table devant moi, sans un regard pour Maurice. Mais maintenant, il n'y avait plus rien à dire, alors je levai la tête, sans savoir quelle expression je découvrirais sur son visage ; elle était indéchiffrable.

« Et après ? me demanda-t-il, voyant que je n'allais pas reparler avant qu'il me relance.

— Après ça, je suis rentré chez moi, fis-je en haussant les épaules. Je n'ai jamais revu les parents d'Alysse. Je suppose qu'ils ont été déportés dans un camp et qu'ils y sont morts. Le jour suivant, quand je suis retourné sur les lieux, les corps avaient été enlevés et il restait seulement un peu de sang qui s'était infiltré entre les pavés et des traces sur mes chaussures. La guerre commença peu de temps après et j'y pris part. Ensuite, lorsqu'elle se termina, je partis m'installer en Angleterre pour étudier et écrire. Le reste de ma vie a été paisible, jusqu'à ce que je reçoive le Prix. Et que je te rencontre, ajoutai-je prudemment.

— Je crois que nous devrions retourner à l'hôtel, déclara-t-il en détournant les yeux.

— Tu ne veux pas que nous restions un peu ? Tu n'as rien à me demander ?

— Non, fit-il en se levant et en mettant son manteau. Je veux juste dormir. Nous avons assez parlé. J'ai entendu tout ce que j'avais besoin d'entendre. »

Je hochai la tête et me levai à mon tour, blessé qu'il ne veuille ni me réconforter ni me condamner. C'était mon histoire, l'histoire qui définissait ma vie et il semblait y être insensible.

Une fois de retour à l'hôtel, seul dans ma chambre, la contrariété m'envahit. J'avais caché ces secrets au plus profond de moi pendant un demi-siècle et le fait de les révéler à quelqu'un, en plus à quelqu'un qui avait réveillé en moi un désir qui ne s'était pas manifesté depuis des décennies, était un événement si important que je savais que je ne pourrais pas dormir. Je marchai longtemps de long en large dans ma chambre avant d'aller taper doucement à la porte de sa suite. Lorsqu'il l'ouvrit, la chemise déboutonnée, pieds nus, il parut à la fois surpris et agacé de me voir.

« Quoi ? fit-il. Il est tard. Qu'est-ce que vous voulez ?

— Je me disais qu'on pourrait peut-être discuter.

— Je ne crois pas, non. »

J'avançai d'un pas, essayant de franchir le seuil, mais il tendit un bras et posa une main ferme sur ma poitrine.

« S'il te plaît. J'ai eu une idée, c'est tout.

— Eh bien, dites-moi quelle idée. »

J'hésitai. Je ne voulais pas en parler là, dans le couloir, mais il était évident qu'il n'allait pas me laisser entrer. « Tu sais que je retourne à Cambridge demain.

— Oui, bien sûr. Et alors ?

— C'est un très bon endroit pour écrire.

— Eh bien, écrivez.

— Je pensais que tu aimerais peut-être venir là-bas avec moi. Je pourrais certainement te trouver un logement…

— Ça ne m'intéresse pas, d'aller vivre à Cambridge. Est-ce que vous ne pensez pas, Erich, que peut-être depuis le début vous me voyez comme vous voulez me voir et pas comme je suis vraiment ? »

Je fronçai les sourcils, refusant d'envisager cette possibilité. « Tu pourrais étudier là-bas et préparer un diplôme, poursuivis-je. Même si tu n'as pas les résultats scolaires nécessaires, je suis sûr…

— Erich, j'ai dit que je ne voulais pas vivre là-bas.

— Mais c'est une si belle ville. Il m'est même arrivé de penser que ce serait une bonne idée d'acheter une maison, ajoutai-je, inventant de nouvelles idées au fur et à mesure. Tu pourrais y avoir ta chambre, continuai-je, incapable de le regarder dans les yeux, gardant la tête baissée. Une chambre à toi, bien sûr. Et comme je n'ai pas d'enfants, un jour…

— Je suis fatigué, Erich. Je vais me coucher.

— Oui, bien sûr, soufflai-je en m'en allant, ma voix à peine audible dans mon désarroi. C'était une idée idiote. »

Je commençai à me diriger vers ma chambre mais soudain, il m'interpella et je me retournai.

« Comment s'appelait-il ?

— Quoi ? fis-je, troublé par sa question. Comment s'appelait qui ?

— Le petit garçon. Le frère d'Alysse. Est-ce que vous vous rappelez son nom ou sa vie était-elle aussi insignifiante pour vous que celle de sa sœur ? Comment s'appelait-il, Erich ? »

Je le regardai fixement, et déglutis avec peine. Je scrutai la moquette, les tableaux, les abat-jour, cherchant l'inspiration, mais rien ne me vint. Je me tournai vers lui et secouai la tête.

« Je ne me souviens pas. Je pense même ne l'avoir jamais su. »

Il me sourit, secoua la tête et disparut.

Le matin suivant, lorsque je descendis avec ma valise, j'appris par le réceptionniste qu'il avait quitté l'hôtel une heure plus tôt.

Il n'avait pas laissé de message pour moi.

8. Berlin Ouest

Fidèle à ses ambitions, Maurice publia son premier roman l'année suivante et bénéficia à la fois de critiques positives et de ventes importantes. Dès ses premières interviews, il révéla que son personnage principal, un jeune homosexuel tombant amoureux de son meilleur ami dans le Berlin d'avant-guerre, s'inspirait de moi.

« Tous les actes d'Ernst dans mon roman viennent d'histoires qu'Erich Ackermann m'a racontées sur sa propre vie, répétait-il à l'envi à la télévision, à la radio, et dans les journaux. Bien que j'aie inventé certains personnages et réuni d'autres pour servir mon intrigue, les faits essentiels demeurent vrais. Étant un grand admirateur du travail de Herr Ackermann depuis mon adolescence, j'ai naturellement été choqué d'apprendre certaines choses qu'il m'a révélées sur son passé, mais si personne ne pourrait cautionner son comportement, quels que soient les actes qu'il a commis il y a cinquante ans, il n'en reste pas moins que son œuvre est d'une puissance remarquable. Il demeure un écrivain très impressionnant. »

Les premiers éléments que j'appris de toute cette affaire me furent communiqués alors que j'étais au milieu d'un cours à Cambridge. C'était un cours sur Thomas Hardy que j'avais donné plusieurs fois auparavant et je dus m'interrompre lorsque la porte s'ouvrit sur un cameraman et un jeune reporter qui foncèrent droit sur le pupitre sans se présenter pour poser la question à laquelle je m'attendais presque depuis le début de ma vie d'adulte :

« Professeur Ackermann, quelle est votre réaction face aux affirmations du romancier Maurice Swift selon lesquelles vous auriez volontairement envoyé deux Juifs vers les camps de la mort nazis en 1939 en les dénonçant aux SS et fourni des informations qui ont conduit au meurtre de deux autres jeunes personnes le même soir ? »

Le silence qui emplit la salle parut infiniment long. Pour moi, le temps semblait s'être arrêté. Je baissai les yeux vers mes notes avec un demi-sourire ; il était difficile de ne pas ressentir le caractère définitif de l'instant, tandis que je rassemblais mes feuilles et les rangeais dans mon porte-documents, avec un dernier regard circulaire à l'amphithéâtre, certain que plus jamais je ne reprendrais la parole depuis ce pupitre ou un autre. Je vis mes étudiants me regarder fixement, leurs visages à la fois incrédules et troublés, et mon regard se posa sur une fille qui, sous le choc, avait plaqué sa main devant sa bouche. C'était une étudiante médiocre et récemment, j'avais mis une mauvaise note à un de ses essais ; je sus immédiatement qu'elle prendrait plaisir à ma chute, qu'elle se délecterait d'avoir été témoin de tout. *J'étais là*, dirait-elle à ses amis. *J'étais là quand ils ont confondu le vieux Nazi et qu'ils lui ont envoyé à la figure tout ce qu'il avait fait. Je n'étais pas surprise. J'ai toujours su qu'il cachait quelque chose. Il s'est décomposé et s'est mis à pleurer. À crier. C'était horrible à voir.*

« En fait, trois jeunes personnes furent abattues ce soir-là, dis-je au journaliste tout en descendant de l'estrade et en me dirigeant vers la sortie sans hâte excessive. Mais sur l'autre point, vous avez raison : deux personnes ont été envoyées dans les camps. Le nombre de morts que j'ai sur la conscience s'élève à cinq, en réalité. »

Après cela, les événements se précipitèrent. Si je n'avais pas été lauréat du Prix, les journaux ne m'auraient sans doute pas manifesté autant d'intérêt, mais j'avais acquis une petite célébrité qui agit comme de l'oxygène pur pour attiser le feu de la publicité qui suivit. En plus, nous étions en 1989 et on retrouvait encore des criminels de guerre dans des endroits aussi éloignés que l'Afrique du Sud, l'Australie et l'Afrique. Ajouter sur la liste le nom d'une petite ville universitaire de la province anglaise fournissait un scandale dont les éditorialistes pouvaient faire leurs choux gras pendant des mois. En tant qu'écrivain, il m'était difficile de leur en vouloir d'exploiter cette histoire.

Les autorités de l'université de Cambridge prononcèrent ma suspension immédiate, par le biais d'un communiqué de presse, affirmant qu'elles ne savaient rien de mes activités pendant la guerre et s'étaient fiées à ma parole quand j'avais affirmé n'avoir été impliqué dans aucune activité criminelle pendant l'époque nazie. Je fus convoqué à un conseil extraordinaire mais je déclinai l'invitation, comme peut-être j'aurais dû décliner toutes les invitations de la précédente année, et envoyai ma lettre de démission, qui fut acceptée avec reconnaissance par retour du courrier.

Les librairies du monde entier enlevèrent mes romans de leurs rayons, même si les organisateurs du Prix refusèrent, malgré les critiques virulentes, de me retirer la distinction, arguant que le Prix avait été accordé à un livre, pas à un auteur et que *Effroi* demeurait un texte sublime, indépendamment des actes monstrueux perpétrés par son créateur. En réaction, un grand nombre d'écrivains boycottèrent le Prix cette année-là, refusant de présenter leur livre, et ce n'est qu'une fois l'effervescence retombée qu'ils recherchèrent à nouveau la consécration représentée par le petit trophée en verre accompagné d'un chèque d'un montant intéressant. L'adaptation cinématographique d'*Effroi*, dont le tournage devait commencer deux mois plus tard, fut promptement abandonnée, et des représentants de ma maison d'édition, avec qui je travaillais depuis la sortie de mon premier roman en 1953, me contactèrent pour me dire qu'au vu des événements récents, ils pensaient ne plus pouvoir soutenir ma carrière d'écrivain comme ils l'avaient fait dans le passé. Ils dénonçaient mon contrat avec effet immédiat, ajoutaient-ils, et mes six romans seraient bientôt en rupture d'impression. (Ils ne firent pas mention de mon recueil de poèmes mal inspiré, même si je peux supposer qu'il s'agissait simplement d'une négligence de leur part.) Mon œuvre serait donc effacée, ma contribution à la littérature sur plus d'un demi-siècle serait oblitérée comme si je n'avais jamais écrit le moindre mot. Et j'acceptai tout cela sans la moindre rancœur. Après tout, qu'aurais-je pu dire pour me justifier ?

Il me fallut un peu de temps pour déménager mes affaires. Il y avait les livres de toute une vie, sans parler de dizaines d'années de correspondance et de papiers à trier et, à ma grande consternation, quelque cinq cents étudiants, dont je connaissais la plupart personnellement, défilèrent dans les rues pendant les jours où j'étais encore sur place. Ils portaient des banderoles avec ma photo au centre, une moustache à la Hitler ajoutée sur mon portrait et une ligne rouge me barrant le visage. *Dehors les Nazis !* criaient-ils. *Dehors les Nazis !* Quelqu'un lança une pierre dans une de mes fenêtres et le coupable, un jeune étudiant du département d'histoire, fut suspendu pour une durée de trois semaines. Une pétition réclamant sa réintégration fut signée en masse et il acquit le statut de héros auprès de ses pairs, apparaissant même lors d'une émission de *Newsnight* pour défendre ses actes. Oh, comme ces jeunes gens savouraient leur indignation !

La plupart des grands journaux et médias me contactèrent directement pour me demander des interviews – mon agent avait bien entendu cessé de me représenter, et leurs invitations par téléphone aboutissaient à l'accueil de l'université – et ils m'offraient des montants exorbitants pour que je cède au domaine public ce qu'ils appelaient « ma version de l'histoire ». Je refusai toutes les propositions, en déclarant que je n'avais rien à dire pour ma défense. J'ai commis les actes dont je suis accusé. Je plaide coupable. Que voulez-vous de plus ?

Je choisis de ne pas lire le roman de Maurice, au début, puis une après-midi, alors que je traversais l'aéroport de Heathrow une dernière fois, je le vis exposé en un nombre important d'exemplaires dans la vitrine d'une librairie :

Deux Allemands
Par Maurice Swift

Je trouvai le titre assez banal, et si j'avais été à sa place, j'aurais peut-être opté pour quelque chose d'un peu plus sensationnel. Je l'achetai malgré tout et jetai un coup d'œil aux accroches publicitaires sur la quatrième de couverture. Naturellement, aussi bien Dash Hardy que le romancier espagnol avaient encensé le livre.

Je finis par le lire, en une après-midi. Il avait de nombreux défauts. Pour commencer, il était trop long. Plus de trois cent cinquante pages, pour une histoire qui aurait pu être racontée en moitié moins. Il y avait un nombre considérable d'anachronismes, de noms de lieux qui n'existaient pas à l'époque, et certains passages étaient inutilement ampoulés. Je l'avais averti de ce danger. Dis ce que tu as à dire, lui avais-je rappelé, et ensuite, avance, dis autre chose. Parfois, après tout, le ciel est seulement bleu.

Puis je me rappelai autre chose que je lui avais suggéré à Copenhague et je me sentis assez fier de constater qu'il m'avait pris au mot. *Tout le monde a des secrets*, avais-je affirmé. *Nous avons tous dans notre passé des choses que nous n'aimerions pas voir exposées au grand jour. Et c'est là que tu trouveras ton histoire.* Il avait dû noter cela dans son incontournable carnet et quand il entendit les premières phrases révélant un secret, il sut exactement ce qu'il allait en faire. J'avais littéralement été l'auteur de mon propre malheur.

La jaquette intérieure comportait une photo de Maurice et il avait l'air bien plus adulte qu'avant. Les chemises à carreaux, les jeans et la barbe de trois jours avaient disparu ; maintenant, il portait un costume élégant avec une chemise blanche ouverte au col et des lunettes à monture noire. La tignasse de cheveux bruns avait été domptée pour lui donner un air plus mûr. Le nom de la photographe était Clémence Charbonneau, et je m'interrogeai. Était-ce l'amie qu'il avait retrouvée à Paris et qui l'avait photographié nu ?

Il me fallut un temps considérable pour avoir une réaction émotionnelle à ma relation avec Maurice. Elle finit cependant par se manifester après mon retour à Berlin Ouest, où je louais un petit appartement au dernier étage d'un immeuble proche de ce qui autrefois était la Böttcher Tavern, mais qui était devenu un supermarché. C'était là que j'avais choisi de passer ce qui me restait de temps à vivre, près des souvenirs heureux de mon enfance. Je triais des papiers un soir quand je tombai sur les reçus des voyages en avion et en train que j'avais financés pour lui. Copenhague, Rome, Madrid, Paris, New York et Amsterdam. Les villes où nous avions parlé, où j'avais révélé tant de choses sur moi, et où je m'étais comporté d'une façon stupide dans l'espoir que ce jeune homme intrigant tomberait amoureux de moi. Je m'écroulai en les jetant dans la corbeille, me demandant si la souffrance qu'il m'avait infligée, les manipulations cruelles et le vol de l'histoire de ma vie, en valaient la peine, à ses yeux. Et assis là, en pleurant à chaudes larmes, je pensai à Oskar, Alysse, son petit frère et les autres membres de sa famille, et je sentis mon cœur prêt à cesser de battre, écrasé par le chagrin et la culpabilité. Quel droit avais-je de me sentir lésé par les actes de Maurice ? Tout ce qu'il avait fait, c'était prendre mes souvenirs et les transformer en un best-seller qui serait oublié avec le temps. Comment pouvais-je comparer ses crimes aux miens ?

Je le revis une seule fois.

Quelques mois après mon installation à Berlin. Son roman avait été traduit en allemand, et ironie du sort, publié par le même éditeur qui autrefois sortait mes livres. Il était devenu un énorme succès, le plus gros de la saison, et je vis dans le journal l'annonce de la lecture et de l'interview qu'il allait donner à la Literaturhaus. Je tergiversai longuement, devais-je y aller ou pas ; mais le soir dit, mes jambes me portèrent là-bas comme de leur propre volonté. J'avais adopté un vague déguisement pour éviter que quelqu'un dans la salle me reconnaisse : une vieille paire de lunettes qui ne m'était pas vraiment utile et un chapeau. Je m'étais récemment laissé pousser la barbe et la moustache, et j'avais beaucoup vieilli.

Une foule immense était présente pour l'événement et choisissant un siège au fond, je me mis à feuilleter une brochure de la librairie qui annonçait les nouvelles parutions. Il y eut un tonnerre d'applaudissements lorsque Maurice s'avança vers l'estrade et à ma grande surprise, je reconnus l'homme qui l'accompagnait et qui prit le micro. C'était l'acteur mécontent qui avait lu avec réticence l'extrait d'*Effroi* que j'avais choisi, il y avait si longtemps. Embauché également ce soir-là, il devait être plus satisfait du choix de Maurice qu'il ne l'avait été du mien car il lut avec talent, et quand il eut terminé, le public l'applaudit chaleureusement. Après, en regardant Maurice se mettre à répondre aux questions posées par un journaliste, je fus frappé par la confiance qu'il montrait, la richesse de ses allusions littéraires et la finesse avec laquelle il distillait ses remarques pleines de modestie. Il était né pour ça, pensai-je, et il ferait probablement une carrière brillante jusqu'à la fin de sa vie. Son écriture allait s'améliorer et il serait indéfectiblement soutenu par les médias. J'étais certain que son avenir était assuré.

Quand des membres de l'assistance l'interrogèrent à mon sujet, il répondit avec honnêteté et ne dit rien de calomnieux ou faux. Il n'essaya pas de me dénigrer et continua à soutenir que bien que son roman fût un texte de fiction fondé sur des faits réels, cela ne retirait rien aux œuvres que j'avais écrites au cours de ma vie.

« Je ne pense pas qu'Erich Ackermann ait été un homme mauvais, affirma-t-il à un moment, avec un haussement d'épaules. Il manquait de discernement. Il était fou d'amour. Mais fou d'amour à une époque très dangereuse. »

Je levai les yeux au ciel en entendant cette phrase. On avait l'impression qu'il l'avait déjà dite cent fois, cette formule de sagesse bas de gamme qui amènerait le public à hocher la tête avec gravité et le juger à la fois d'une grande indulgence et d'une naïveté charmante. À la fin de l'événement, il se leva, savoura l'ovation, et une file se forma pour les dédicaces. Au départ, j'hésitai à y prendre place mais je finis par attraper un exemplaire de l'édition allemande et commençai à faire la queue. Il leva à peine les yeux lorsque arriva mon tour et demanda : « Voudriez-vous que je mette votre nom ? » puis il croisa mon regard. Que pouvais-je faire d'autre que sourire ? Il eut l'élégance de rougir tandis que je lui présentai la page de titre. Je secouai la tête : « Une simple signature, s'il vous plaît. » Il s'exécuta d'une main tremblante et me regarda m'éloigner, l'air surpris. À ce moment-là, j'eus un sentiment de triomphe, bien que je ne comprenne pas pourquoi, même en cherchant bien, parce que je n'avais rien accompli d'extraordinaire.

Bientôt, la vie reprit son cours et les médias trouvèrent quelqu'un d'autre à persécuter. J'avais été économe toute ma vie et avec les droits d'auteur que j'avais reçus des ventes d'*Effroi*, sans parler de la dotation financière du Prix, je savais que je pouvais vivre confortablement jusqu'à la fin de mes jours, qui ne se situerait pas au-delà d'un an ou deux. Je sentais déjà mon énergie vitale ralentir. Mon enthousiasme était mort. Je n'écrirais plus jamais. Et sans écrire, sans enseigner, il ne restait vraiment plus rien pour me tenir.

Et un soir, ce fut la chute du Mur.

On était en novembre 1989 et j'étais chez moi lorsque la radio commença à diffuser l'information : la République démocratique allemande avait enfin rouvert ses frontières après plus de quarante ans. En moins d'une heure, les rues au pied de mon appartement se remplirent de monde. J'avais une vue parfaite sur la foule, les gens marchaient vers le mur, interpellant les gardes plantés sur les miradors. Je regardai avec un mélange d'effroi et d'excitation, et tout à coup, au moment où je m'apprêtais à aller me coucher, j'aperçus un jeune homme d'environ seize ans, beau, aux cheveux bruns, porté par l'exaltation de la jeunesse. Il grimpa maladroitement sur les épaules de ses amis, les bras tendus pour s'accrocher et se hisser en haut du mur, et une fois debout, il leva les bras dans un geste triomphal tandis que la foule l'acclamait. Quelques instants plus tard, il se retourna pour contempler l'Est pour la première fois, et quelqu'un dut attirer son attention car il se baissa en tendant la main vers un garçon de l'autre côté, du même âge que lui, qui avait aussi escaladé le mur.

Je les observai attentivement, le visage collé contre la vitre, attendant que leurs doigts se touchent.

Interlude

Le nid d'hirondelles

Howard était allé au village pour acheter des pêches et Gore, assis seul sur la terrasse dominant la mer Tyrrhénienne, était vêtu d'un pantalon en lin, d'une chemise blanche ouverte et de mules rouge écarlate dessinées pour lui par Gianni Versace. Il les lui avait données cérémonieusement quand il était venu séjourner là, quelques mois plus tôt. Cette chaussure avait un aspect vaguement papal, qui séduisait les deux passions de Gore : l'histoire et le pouvoir. Il n'avait rencontré que deux papes dans sa vie, Montini et Wojtyla, et tous deux avaient paru écrasés par un sens aigu du caractère privilégié de leur destin, même si son grand-père lui avait autrefois raconté une histoire amusante sur une soirée passée en compagnie de Pacelli, qui avait tourné au vinaigre quand les sujets pénibles du judaïsme et du Reich avaient été abordés.

Sur la table devant lui étaient posés un cappuccino, une paire de jumelles, un carnet Fabriano, un stylo Caran d'Ache, les épreuves de son dernier roman et deux livres. Le premier était le roman de Dash Hardy qu'il venait de lire et dont il méprisait la prose insipide et la réticence à décrire l'anatomie la plus élémentaire. Le deuxième lui avait été envoyé un mois auparavant, mais il ne s'était pas encore penché dessus. Il aurait dû au moins le parcourir rapidement puisque son auteur, un jeune homme dont les traits étaient plutôt agréables à l'œil, devait arriver ce matin-là avec Dash pour passer la nuit à La Rondinaia.

Impossible toutefois de ne pas être submergé par la multitude de livres qu'il recevait, sans qu'il les demande, jour après jour, semaine après semaine, mois après mois, un poids invraisemblable. Ampelio, leur facteur depuis de nombreuses années, avait écrit une lettre indignée où il se plaignait de maux de dos à force de devoir monter l'escalier chargé d'autant de paquets. Heureusement, Ampelio avait été récemment muté plus au nord sur la côte amalfitaine, vers Salerne, et avait été remplacé par un jeune homme de dix-neuf ans aux jambes souples et bronzées, au prénom prédestiné d'Egidio – *jeune chèvre* –, et dont le bec-de-lièvre ajoutait quelque chose d'érotique à un visage qui autrement aurait été beau sans être remarquable. Egidio, qui jouissait des capacités athlétiques de la jeunesse, bondissait sur ces marches rustiques avec ce qu'on ne pouvait décrire autrement qu'un joyeux abandon et il n'y avait pas eu d'autres plaintes ; si Gore était heureux des apparitions quotidiennes et des saluts enjoués du jeune homme, il aurait souhaité que les paquets soient un peu moins nombreux. Ces deux ou trois dernières années, il avait apporté de Rome la plupart de ses livres, ceux qu'il voulait avoir autour de lui, mais ils prenaient tellement de place dans la villa que parfois il se sentait un peu claustrophobe. Pourtant Howard, le paisible Howard, ne se plaignait jamais. N'y aurait-il pas de fin à l'édition de livres ? se demanda Gore. Peut-être serait-ce une bonne idée que tout le monde cesse d'écrire pendant deux ou trois ans pour laisser les lecteurs rattraper leur retard.

Gore connaissait Dash depuis des années et même s'il l'aimait plutôt bien, il trouvait qu'il était surtout un écrivaillon avec un petit peu de talent qui avait réussi à faire carrière en prenant soin de ne jamais offenser les dames de cinquante ans et les homosexuels non déclarés, qui constituaient la plus grande part de son lectorat. Ses livres étaient efficaces mais si douloureusement banals que même le président Reagan en avait emporté un en vacances en Californie vers la fin de son déconcertant règne et déclaré qu'il s'agissait d'un portrait magistral des ouvriers des aciéries américaines, sans se rendre compte que les ouvriers en question forniquaient à qui mieux mieux entre les lignes. Gore aimait à penser que Nancy – qui était tellement distrayante autrefois, avant de vendre son âme aux Républicains – savait ce qui se passait en réalité, mais avait renoncé à l'expliquer à son cher Ronnie par peur de lui faire perdre son innocence.

Dash et lui s'étaient rencontrés pour la première fois dans un club homo de West Village dans les années 1950. Gore avait déjà publié quelques romans, traversé d'un pas léger le scandale causé par *Un garçon près de la rivière* avec la grâce d'une jeune Margot Fonteyn, et sa réputation était plus solidement établie que celle de la plupart des hommes de son âge. Il arpentait les soirées main dans la main avec des Kennedy, des Astor, des Rockefeller, Tennessee et Jimmy Dean, et invariablement, avant de partir, lâchait une remarque dont les invités feraient des gorges chaudes le lendemain matin. Il n'était pas rare qu'un jeune homme l'approche lors de ces soirées, offrant sa queue ou son cul en échange d'un ticket d'entrée dans le monde des privilégiés, mais Gore préférait ne pas céder à ce genre de transactions. *On peut baiser, si tu veux*, disait-il si le jeune homme était mignon, *mais n'attends de moi rien de plus qu'un orgasme*. Ce n'était pas comme s'il aimait baiser ou se faire baiser. Il avait essayé quelques fois mais ce n'était pas vraiment pour lui. Ses goûts étaient bien plus simples. Une branlette suffisait à son plaisir. Un peu de frottage, peut-être. Et il avait beau avoir une immense admiration pour les empereurs romains, il n'avait jamais souhaité imiter leurs escapades plus choquantes.

Ce soir-là, néanmoins, il avait remarqué le jeune homme qui le regardait fixement de l'autre côté de la salle, mais comme il ne ressemblait guère qu'au fruit des amours illicites de Charles Laughton et Margaret Rutherford, il n'avait rien fait pour encourager son intérêt. Gore avait passé une partie de la soirée avec Elizabeth et Monty, mais ils étaient partis tôt, après qu'il avait dit quelque chose qui avait fait pleurer Monty, et il envisageait de rentrer seul quand le jeune homme – Dash – s'était approché et assis à sa table avec un marin, se présentant comme l'auteur d'un premier roman dont la sortie était prévue l'automne suivant.

« Quelle perspective réjouissante, marmonna-t-il, remarquant à peine l'écrivain mais savourant la contemplation du marin, qui le matait avec le genre de sourire qui, sans la moindre ambiguïté, signifiait qu'il suffisait d'un mot de sa part et ils iraient se dégourdir le poireau ensemble. Mais ne m'en dites pas un mot, très cher. Cela gâcherait la joie de le lire ensuite. »

Dash avait paru déçu. Visiblement, il aurait voulu raconter toute l'histoire du début à la fin et que Gore lui répète à quel point elle paraissait fabuleuse. Le marin, ayant peut-être passé trop de temps à assister à une conversation qui ne l'intéressait pas, se leva et se dirigea vers le bar pour commander trois daïquiris à la banane et pendant son absence, Dash dit à Gore tout le respect qu'il avait pour son travail, lui suggérant une pipe aux toilettes comme témoignage de son admiration ; Gore déclina poliment la proposition. Ce n'était pas seulement parce qu'il se réservait pour le marin, c'était aussi que l'image de ce jeune homme à genoux, ses grosses lèvres autour de sa queue, le répugnait.

« Mais c'est très gentil de le proposer, ajouta-t-il, pour ne pas paraître grossier.

— Oh, avec plaisir, dit Dash. Je ferais pareil pour n'importe qui.

— Et comment as-tu rencontré… comment s'appelle-t-il, au fait ? Le mathurin, là-bas.

— Gene », répondit Dash, jetant un coup d'œil en direction du bar, où le jeune homme était activement occupé à repousser les avances d'un individu beaucoup plus âgé qui semblait absolument vouloir lui pincer les fesses. Le couvre-chef du marin était incliné de manière aguicheuse et laissait voir de jolies boucles blondes qui rappelaient à Gore le garçon qu'il avait aimé à St Albans avant la guerre.

« Gene, répéta-t-il à voix basse. Comme Gene Kelly. Approprié, je suppose. Bien que mon propre père s'appelât aussi Gene ; son admiration pour la chatte était telle qu'il ne se serait jamais incliné devant un homme.

— En as-tu déjà visité ?

— Certainement pas, dit Gore en frissonnant. Et toi ?

— Une fois, reconnut Dash. Ma mère voulait que j'épouse une certaine Clara Day-Whitley, une débutante du Maryland et, dans un moment de faiblesse, craignant pour mon héritage, j'acceptai. Sauf que Clara exigea que nous commettions l'acte avant de se décider, parce qu'elle ne voulait pas, selon ses propres termes, se retrouver coincée avec Joe le Ramollo jusqu'à la fin de ses jours. En y repensant, je crois qu'elle était nymphomane. Elle me tripotait constamment. Bref, j'ai dit d'accord et nous nous sommes mis au lit un samedi après-midi alors que ses parents étaient à une réunion du Rotary Club. Je ne suis pas trop mauvais acteur mais il ne lui a pas fallu longtemps pour se rendre compte qu'elle allait se faire arnaquer.

— Ta mère a dû en être fort chagrinée.

— Effectivement, oui.

— Lui as-tu avoué la vérité, après ?

— Oh non, je ne pourrais pas. Cela aurait déclenché une attaque. Elle est toujours à l'affût d'une épouse convenable pour moi mais j'espère qu'il n'y aura pas d'autres développements dans ce sens.

— Et ton roman ? demanda Gore. S'agit-il d'une histoire d'amour ?

— En quelque sorte. Un jeune homme rencontre une fille qui…

— Oui, très bien. Je suppose que tu m'en enverras un exemplaire. Je te promets que je le lirai.

— Vraiment ?

— Bien sûr. J'en suis moite d'impatience », ajouta-t-il en écrivant son adresse sur une serviette avant de la lui donner. Il soupçonna que Dash allait l'encadrer et la garder éternellement, pourtant il eut tort. Lorsque Dash rentra chez lui ce soir-là – seul, car Gore était effectivement parti avec le marin et Dash avait été heureux de lui céder le jeune homme –, il recopia l'adresse dans son répertoire avant de froisser la serviette en papier et de la jeter dans la corbeille, comme l'aurait fait n'importe qui.

Lorsque le roman arriva quelques semaines plus tard, Gore tint sa promesse et, à sa grande surprise, il éprouva une certaine admiration et écrivit à Dash pour lui en faire part. Après des débuts peu prometteurs, une sorte d'amitié grandit entre eux et ils se voyaient chaque fois qu'ils se trouvaient dans la même ville ou dans la même région. Depuis de nombreuses années, Gore se faisait un devoir de lire chacun des livres de Dash à leur sortie, et bien qu'il trouvât que Dash n'était plus un aussi bon écrivain qu'autrefois, il découvrit qu'il appréciait davantage sa compagnie. Peut-être était-ce la générosité qui vient avec l'âge, songea-t-il. Dash pouvait être idiot, parfois, mais il n'était jamais désagréable. Il n'avait pas ce penchant pour la méchanceté et l'envie qu'avait Gore, même s'il avait été blessé de nombreuses fois dans sa vie, toujours par des jeunes hommes qui se servaient de lui pour profiter de ses relations avant de le jeter comme le journal de la veille. Dash n'avait pas de Howard, il n'en avait jamais eu, et sa vie aurait été incommensurablement plus agréable s'il en avait eu un. Mais Dash ne voulait pas de Howard, Gore le savait. Il voulait, en quelque sorte, un Howie. Un gamin tout juste sorti de la puberté avec un joli minois, des tablettes de chocolat et une paire de fesses qui aurait pu servir de casse-noix. Certes, Gore avait aimé ce genre de choses lui aussi, autrefois, et cela lui arrivait encore, parfois, lorsque les jeunes gens des villages voisins venaient au Nid d'hirondelles pour des fêtes. Avec le temps, il était de moins en moins intéressé par les plaisirs de la chair. Bien entendu, s'ils lui étaient offerts sur un plateau et qu'ils ne provoquaient pas de complications, pourquoi pas ? En revanche s'il devait engager le moindre effort dans un jeu de séduction, c'était trop épuisant.

Il fut distrait de sa rêverie par un bruit de voix et remarqua un petit voilier au loin, et trois jeunes gens – non, ils étaient quatre, l'un d'eux était dans l'eau – qui plongeaient du pont dans l'eau bleu marine. Ils étaient jeunes, pas plus de quinze ans, leurs corps bruns animés d'une grande énergie. Gore attrapa ses jumelles, les regarda plonger tour à tour, retourner au bateau à la nage avant de monter l'échelle et de recommencer. Il reconnut l'un d'eux : Alessandro, le « défenseur de l'humanité », le fils de la femme qui venait deux fois par semaine faire le ménage à La Rondinaia. Un autre devait être Dante, un garçon qui donnait un coup de main à son père dans sa galerie d'art le week-end. Gore aimait bien Dante. Un jour il l'avait observé en train de baiser sa petite amie derrière l'église de Santa Trofimena, le mouvement de va-et-vient de ses fesses d'une efficacité mécanique tandis qu'il la pressait contre le mur ; il avait crié comme un petit chien surpris quand il avait joui. Les autres garçons, Gore ne les connaissait pas et ils n'étaient pas tellement agréables à regarder, alors il posa les jumelles et termina son café.

Ils seraient bientôt là, se dit-il en jetant un coup d'œil à sa montre. D'un côté, il était heureux à l'idée de revoir son vieil ami et de découvrir si sa dernière toquade avait la même beauté que sur sa photo d'auteur. D'un autre côté, il aurait préféré que tout cela ait lieu la semaine précédente et ne soit plus qu'un souvenir de plus en plus vague. En vérité, il aurait préféré passer la journée à lire et à écrire, avec la perspective de quelques cocktails sur la terrasse en compagnie de Howard. De conversations tranquilles. Aucun besoin d'être en représentation. Mais Dash avait écrit pour lui annoncer qu'ils venaient dans la région d'Amalfi et qu'il espérait que cela ne les dérangerait pas trop s'ils s'arrêtaient une nuit chez eux. Gore, qui était ce jour-là d'une humeur exceptionnellement bonne car il avait eu une conversation amusante avec Egidio torse nu, avait répondu que bien entendu ils passeraient la nuit, qu'il serait offensé s'ils ne restaient pas. Dash avait ensuite envoyé un télégramme, comme c'était désuet, pour dire : SERONS LÀ LE 11 STOP IMPATIENT STOP AMITIÉ À HOWARD STOP

Environ une heure plus tard, après avoir relu quelques douzaines de pages de ses épreuves, il vit une voiture monter la côte et laissa échapper un profond soupir. Il lui restait encore dix minutes avant qu'ils arrivent en haut et sonnent ; Cassiopeia l'interromprait pour lui dire que ses invités étaient là.

Il se plongea à nouveau dans la contemplation de la mer, mais alors que le voilier était encore là, il n'y avait plus trace des jeunes nageurs. Peut-être s'étaient-ils tous noyés, pensa-t-il, se rendant compte qu'il se fichait pas mal que ce soit le cas. Les corps seraient un jour rejetés sur les rochers, et leurs mères passeraient un moment inoubliable à hurler dans les rues, s'arracher les cheveux et déchirer leurs vêtements en pleurant leurs héros perdus.

Le jeune homme était encore plus beau en personne que sur sa photo, cependant quelque chose dans sa personnalité rendit Gore immédiatement soupçonneux. Il avait été beau lui-même, autrefois, et il connaissait le pouvoir que les garçons séduisants pouvaient exercer sur les homosexuels d'un certain âge, des hommes qui aspiraient non seulement au contact de leur peau jeune mais à la sensation trompeuse qu'ils demeuraient eux aussi des objets du désir, malgré leur visage ridé, leurs varices et les poils qui leur sortaient des oreilles et du nez. Certains jeunes gens dans le village flattaient autant Gore que Howard avec leurs attentions lorsqu'ils les surprenaient assis seuls à la terrasse d'un café en train de parcourir les pages d'une édition du *New York Times* vieille de deux jours. Il lui arrivait d'y prendre plaisir, savourant leurs sourires, leurs dents blanches et la manière dont ils passaient la main sous leur T-shirt pour gratter leur ventre plat, découvrant une ligne de poils noirs qui descendait de leur nombril à leur entrejambe. Il ne payait jamais pour un garçon, il ne l'avait pas fait depuis des années, mais quand il partait, il laissait toujours un pourboire pour le serveur et un autre pour le jeune, qui s'empressait de ramasser l'argent de sa main brune avec un *Grazie, grande uomo*, avant de filer retrouver ses amis et leur raconter que quinze minutes de conversation avec le célèbre écrivain de La Rondinaia pouvaient rapporter assez de lires pour emmener une fille au cinéma et lui offrir un *gelato e espresso* après la séance.

À la seconde où il arriva sur la terrasse, Gore remarqua que le jeune homme avait beaucoup travaillé son apparence. Il donnait l'impression de sortir à peine du lit. Ses cheveux bruns étaient soigneusement coupés, tombant assez sur son front pour qu'il soit forcé de les repousser de temps en temps. Il portait une chemise blanche très chère, minutieusement froissée, et un short bleu marine qui lui arrivait juste en dessous du genou, dévoilant des mollets galbés à la pilosité agréable. Une paire d'espadrilles et le genre de lunettes de soleil que portait Marcello Mastroianni dans *La Dolce Vita* complétaient la panoplie tandis qu'une brise légère soufflait jusqu'au nez de Gore un parfum agréable mêlant savon bon marché, shampoing, draps frais et sueur adolescente.

Dash, ce pauvre Dash sans défense, était visiblement follement épris, ne cessant de déposer des gerbes de fleurs métaphoriques aux pieds du jeune homme tandis que celui-ci déambulait sur la terrasse, admirant la vue. Mais alors que Jésus avait approché Jérusalem en pleurant à chaudes larmes les souffrances qui attendaient la ville lors de la destruction du Second Temple, Gore se lamenta en silence, son cœur pleurant sur la souffrance que ce jeune homme allait inévitablement causer à son ami.

« À couper le souffle, dit Maurice, en levant une main au-dessus de ses yeux pour les protéger du soleil tandis qu'il contemplait la mer. Et ces falaises, ajouta-t-il en se penchant pour jeter un coup d'œil à la paroi rocheuse. Vivre entouré de tant de beauté… j'imagine à peine ce que cela doit être. »

Gore alla le rejoindre et agita une main en direction de la falaise. « Les Grecs croyaient que ces falaises hébergeaient les quatre vents domptés par Éole.

— Éole, le fils de Poséidon ? demanda Maurice en se tournant vers son hôte qui fut un instant pris de court devant les yeux bleus du jeune homme, dont la couleur rappelait celle de l'eau en dessous.

— Non, mais l'erreur est courante, répondit Gore en secouant la tête. Un Éole différent, peut-être pas aussi connu. Le mien était le fils d'un roi mortel, Hippotès. Vous avez lu l'*Odyssée* ?

— Bien entendu.

— Souvenez-vous de la scène où Ulysse et son équipage arrivent sur l'île d'Éolia après avoir fui la grotte de Polyphème. Éole leur envoie un vent d'ouest pour accélérer leur voyage de retour vers Ithaque, mais tandis qu'ils approchent enfin de leur terre natale, les imprudents marins ouvrent le sac en peau de bœuf qu'Éole leur a donné contenant tous les vents du monde sauf le vent d'ouest. Ils sont alors repoussés jusqu'à leur bienfaiteur, qui conclut que les dieux sont opposés à leur retour. J'ai de belles éditions d'Homère dans ma bibliothèque à l'étage. Je vous les montrerai, si vous voulez.

— Avec grand plaisir.

— Maurice est un lecteur compulsif », affirma Dash en les rejoignant. Il se plaça à droite du jeune homme, si près de lui que Gore comprit que, par ce geste, il établissait clairement son droit de propriété. Il repartit vers la table, agacé que son ami se montre si possessif avec un trophée qui, comme l'œuvre d'un peintre médiocre, peut passer pour beau à première vue mais s'avère sans substance sous les coups de pinceau.

« En même temps, que peut-on faire d'autre que lire ? demanda Gore. Bien que je doive admettre qu'il y a des moments où je me dis que je ne devrais lire que les textes d'auteurs morts. Je ne suis pas certain que les vivants aient encore des choses à raconter.

— Je ne peux pas être d'accord, rétorqua Maurice d'un air de défi en s'éloignant de Dash pour aller s'asseoir en face de Gore. Je trouve qu'il n'y a que les vieux pétris d'amertume et de déception qui sortent ce genre de choses. Ils veulent croire que lorsqu'ils seront six pieds sous terre, la littérature mourra.

— Charmant », fit Gore, impressionné par la façon dont ce garçon défendait son point de vue. Tant d'autres cédaient instantanément, craignant d'être victimes de sa langue acérée. « Cela ne fait que quelques minutes que vous êtes ici et vous m'insultez déjà.

— Je ne voulais pas parler de vous, bien entendu », objecta Maurice en rougissant un peu, et Gore se rendit compte que, oui, il était possible de déconcerter ce garçon. Il n'en fallait pas beaucoup, en réalité. « C'est juste que, quand on est un jeune écrivain, c'est parfois difficile d'être pris au sérieux.

— Il en est de même pour les vieux écrivains, fit Gore en haussant les épaules. Ils pensent que j'ai déjà dit tout ce que j'avais à dire parce que je suis trop vieux. Si seulement nous pouvions avoir quarante ans pour toujours, ils graveraient la moindre de nos phrases dans le marbre.

— Je ne veux pas attendre aussi longtemps, Gore, dit Maurice, qui n'avait pas été invité, nota Gore, à l'appeler par son prénom ; mais visiblement, il n'avait pas l'intention de respecter les codes.

— Venez avec moi, monsieur Swift », lança Gore en souriant, avant de se rendre compte que peut-être ses dents n'étaient pas d'un blanc aussi éclatant que celles de son jeune invité. Il désigna l'escalier qui conduisait dans la villa. « Laissez-moi vous montrer ma bibliothèque. Dash, reste ici et détends-toi, j'insiste. Ton visage est fort rouge et il est hors de question que j'appelle une ambulance pour venir te chercher tout à l'heure. »

En haut, Gore le conduisit dans des pièces vastes et aérées jusqu'à celle qu'il avait décidé de consacrer à ses livres et Maurice entra, puis regarda autour de lui avec une admiration manifeste avant de s'approcher des collections.

« On dirait une église, chuchota-t-il.

— Une cathédrale », corrigea Gore, qui prenait grand plaisir à montrer sa bibliothèque aux véritables esthètes, et quelle que fût sa personnalité, il paraissait clair, vu l'expression sur le visage de Maurice, qu'il en était un – il semblait plus à l'aise entouré de livres que de gens.

« Je pourrais vivre ici, dit Maurice.

— Je serais obligé de vous faire payer un loyer.

— Oh, on ne sait jamais, fit le jeune homme en se retournant avant de lui sourire. Peut-être que vous me prendriez tout simplement en pitié et feriez de moi votre pupille.

— Nous ne sommes pas dans un roman victorien », répliqua Gore. Il n'était pas étonnant que Dash soit complètement envoûté par ce garçon. Il avait réponse à tout et il était prêt à jouer de tous ses charmes pour asseoir sa domination.

« Vous savez, la dernière personne qui ait mis le pied dans cette pièce est Henry Kissinger », révéla Gore en reprenant un peu ses esprits alors que le jeune homme s'éloignait pour parcourir les rayonnages des yeux, les mains croisées dans le dos comme s'il ne voulait pas risquer de laisser une marque de doigts quelque part. Ses lèvres bougeaient un peu quand il énonçait dans un souffle les noms des auteurs et les titres. « Il est venu il y a quelques semaines à peine et il a passé la nuit ici. Je l'ai trouvé à 5 heures du matin en train de lire *Les Histoires*, de Polybe. Il serait encore là aujourd'hui si ses services de renseignements n'avaient pas insisté sur le fait qu'il était temps de partir. »

Le jeune homme se retourna et sourit sans un mot, son visage exprimant quelque chose comme : *Tenteriez-vous de m'impressionner en me jetant des noms connus à la figure ?* Gore pouvait égrener des noms de célébrités jusqu'au bout de la nuit, après tout, s'il le fallait. Il avait connu tous ceux qui méritaient de l'être et c'était encore le cas. Même là, à presque soixante-cinq ans, les gens venaient à La Rondinaia en pèlerinage. Hommes politiques, acteurs, musiciens, cinéastes, romanciers. Les James et les Forster, comme il les appelait. Les premiers étant ses visiteurs américains, les seconds, les Britanniques. Ils avaient tous une vision romantique de l'Italie et évoluaient dans des cercles suffisamment aisés pour pouvoir ignorer la misère. Ils adoraient la côte amalfitaine pour son intimité et il allait sans dire qu'ils adoraient tous Gore, et le craignaient.

« J'ai par ici quelque chose qui vous intéressera peut-être », annonça-t-il, ces pensées lui rappelant un trésor particulier. Il s'avança jusqu'à un mur où se trouvaient deux piles de livres entre lesquelles trônait un petit Picasso. Il ne lui fallut que quelques instants pour trouver ce qu'il cherchait. « C'est une première édition. Vous l'avez probablement lu.

— *Maurice*, dit Maurice en le retournant en tous sens et en passant son doigt le long des lettres gravées avant de découvrir le frontispice. Oui, je l'ai lu. J'adore Forster. Il est signé et dédicacé, ajouta-t-il, le visage émerveillé. Vous l'avez rencontré ?

— Plusieurs fois, répondit Gore, reprenant son livre et du même coup, l'autorité, avant d'ouvrir le volume à une page au hasard pour lire à haute voix les premières lignes sur lesquelles son regard se posa : *Avec la franchise crue de sa jeunesse, il prit sa mère à part et lui dit qu'il respecterait toujours ses choix religieux ainsi que ceux des filles, mais que sa conscience ne lui permettait plus d'aller à l'église. Elle répondit que c'était fort malheureux.* Les mères…, ajouta-t-il. Ma propre mère, Nina, a commencé comme actrice, vous savez. Elle a ensuite renoncé à cette profession pour devenir une alcoolique, une traînée et une aliénée. Je ne sais pas pourquoi elle n'aurait pas pu faire tout ensemble. Historiquement, les deux carrières ne se sont jamais avérées incompatibles.

— Vous avez raconté ça à d'autres, n'est-ce pas ? demanda Maurice en souriant. On dirait un couplet bien répété.

— Non », affirma Gore, choqué par cette remarque effrontée. Pour qui se prenait-il, ce garçon ?

« Et quel genre d'homme était-ce ? demanda Maurice.

— Qui ?

— Forster. »

Gore hésita avant de répondre. Il ressentit un désir soudain d'enculer violemment ce garçon, puis de le balancer du haut de la falaise, regarder son corps rebondir sur les rochers, ses os pulvérisés en mille morceaux. « Collet monté, répondit-il enfin, réussissant, sans trop savoir comment, à apaiser sa colère et son trouble grandissants. Maniéré. Zélé. Si les dieux étaient descendus de l'Olympe et avaient mélangé sang, os et peau pour concevoir une créature sans empathie parfaitement adaptée pour passer son temps enfermé derrière les murs du King's College, à Cambridge, cette créature aurait certainement porté le nom de Morgan. Il était à peine capable de fonctionner dans le monde réel. Je suppose qu'il se mettait à transpirer et suer à grosses gouttes chaque fois qu'il descendait à l'épicerie acheter du papier toilette. D'ailleurs, il est assez difficile d'imaginer Morgan en train d'utiliser du papier toilette, n'est-ce pas ? On soupçonne plutôt qu'il était trop prude pour s'adonner à ce type d'activité humaine. *Où est Morgan ? Oh, il est allé chier sa crotte du matin*. Non, je n'arrive pas du tout à l'imaginer. Bref. »

Il lança un regard à Maurice, espérant un rire, mais le jeune homme se contenta d'un hochement de tête, ce qui l'agaça. Il avait pensé que tout cela était assez bon et méritait un peu plus de reconnaissance. Après tout, il était poli de rire aux bons mots de ses supérieurs. Le fils aîné de la reine, ce cocu à tête de loutre qui brûlait d'envie d'accéder au trône, était venu dîner un soir l'année précédente et Gore avait ri à *toutes* ses plaisanteries, bien que l'homme eût autant de sens de l'humour qu'un membre des Sonderkommandos. Il avait à peine mangé, Gore se souvenait de cela aussi, promenant un morceau de poisson tout autour de son assiette comme s'il cherchait une fleurette de brocoli sous laquelle le cacher.

« J'imagine que vos parents ne vous ont pas donné ce prénom en pensant au roman ? demanda-t-il en rangeant le livre à sa place sur l'étagère.

— Non, répondit Maurice en secouant la tête. Mes parents n'étaient pas des lecteurs. Je doute qu'ils aient même entendu parler de Forster.

— Je perçois des inflexions typiques du Yorkshire dans votre voix, non ? Mais vous essayez de vous en débarrasser en imitant sans grande réussite les présentateurs du BBC World Service.

— Je n'essaye pas de me débarrasser de quoi que ce soit, rétorqua Maurice. Mais effectivement, je suis originaire de Harrogate. Et je parle ainsi depuis que je suis enfant.

— Ça faisait tellement longtemps que vous le vouliez, n'est-ce pas ? dit Gore à mi-voix et la question aurait pu être seulement rhétorique.

— Pardon ?

— Peu importe. Je me demande ce que je peux vous montrer d'autre. »

Il se tourna et fit un tour dans la bibliothèque, cherchant quelque chose qui puisse impressionner son invité. « Que lisiez-vous durant votre voyage jusqu'ici ?

— Le dernier roman de Dash. Il me l'a donné quand nous nous sommes retrouvés à Heathrow. J'avais déjà quelque chose que je me réjouissais de commencer mais j'ai été obligé de le mettre de côté.

— Incroyablement vulgaire. Vous êtes en train de me dire que vous étiez assis côte à côte pendant le vol – je suppose que vous aviez des places voisines dans l'avion – et que vous avez été obligé de lire son livre alors qu'il vous regardait tourner les pages ? Et ensuite, dans le train depuis Rome aussi ?

— Oui, dit Maurice.

— Pathétique, fit Gore avec dédain. Ça me rappelle un jour où j'ai accepté de rencontrer un autre romancier pour dîner à Cologne, un écrivain sans envergure, en toute honnêteté. Il m'a fait attendre exprès dans le hall de son hôtel, peut-être pour affirmer une sorte de supériorité sur moi, et quand il a daigné apparaître, il tenait un livre sous son bras, un des siens, et il prétendit qu'il l'avait relu pendant le vol. *Quel con*, me dis-je.

Enfin, je suppose qu'il fallait bien que quelqu'un le lise. Ce n'est pas comme si le public avait manifesté le moindre engouement. »

Il attendit que Maurice demande de quel romancier il s'agissait et comme la question n'arrivait pas, il ressentit un mélange de déception et de frustration.

« Qu'en avez-vous pensé ? demanda-t-il. Du livre de Dash ?

— Ce n'est pas le meilleur, s'empressa de répondre Maurice. Il me reste encore trois cents pages. J'aurais abandonné s'il n'avait pas souhaité que je lui fasse un rapport circonstancié de ma lecture. »

Gore sourit et tapota du bout des doigts sur le bureau. Intéressant, pensa-t-il, comme ce garçon est prompt à se moquer de son bienfaiteur.

« J'aurais dû demander quel était le livre que vous aviez l'intention de lire ?

— *Myra Breckinridge* », répondit Maurice et Gore ne put se retenir. Il éclata de rire.

« Oh, cher enfant. Vous êtes terriblement adroit, n'est-ce pas ? Je vois bien que vous allez avoir un succès extraordinaire. »

Lors du dîner, la discussion porta sur le roman de Maurice. Pendant toute l'après-midi, Gore avait évité d'y faire la moindre référence mais Howard, qui était revenu à la maison très agité car il s'était fait voler son portefeuille dans un café, puis avait, sans succès, couru après le voleur dans les rues de Ravello, lui demanda quand il serait publié.

« Oh, mais il est déjà sorti, rectifia Dash, ravi que la conversation se tourne enfin vers son protégé, ce qui était bien plus séduisant pour lui que le sermon sur l'empereur Galba que Gore leur infligeait depuis presque quarante minutes. L'édition britannique, du moins. Et certaines des éditions européennes. Les Américains ne le sortiront pas avant septembre. C'est là que tu entres en scène, Gore.

— Moi ? » fit Gore en prenant une crevette dans son assiette pour la décortiquer en trois mouvements d'une dextérité remarquable ; puis il la trempa dans l'excellente sauce au chili de Cassiopeia et la mit dans sa bouche. Il y avait des centaines de raisons de passer l'automne de sa vie sur la côte amalfitaine mais l'une des principales était la qualité des produits de la mer. « Qu'est-ce que j'ai à voir dans tout ça ?

— Nous avons pensé que tu pourrais le soutenir officiellement. Cela ne t'ennuie pas qu'on te le demande, n'est-ce pas ?

— On... ?

— Maurice et moi.

— Dash, je vous en prie, fit Maurice, essayant d'avoir l'air mal à l'aise mais se révélant bien piètre acteur.

— Est-ce ce que vous espériez, Maurice ? demanda Gore, en se tournant vers le jeune homme pour le regarder droit dans les yeux. Espériez-vous que je vous propose une recommandation ?

— En fait, je préférerais que vous ne le fassiez pas, répondit-il.

— Maurice ! s'écria Dash, effaré.

— Vraiment ? dit Gore, également surpris par sa remarque. Puis-je savoir pourquoi ?

— Parce que je ne voudrais pas que vous pensiez que c'est la seule raison pour laquelle je suis venu ici aujourd'hui. Quand Dash a suggéré que vous pourriez nous accueillir ce soir, j'ai annulé toutes mes obligations pour être là. Je suis un de vos fervents admirateurs depuis de nombreuses années et l'occasion de vous rencontrer était trop belle pour que je la laisse passer. Mais je ne voudrais pas que vous pensiez que je suis venu ici uniquement pour profiter de votre bonté. »

Gore ne put s'empêcher de rire. On avait dit beaucoup de choses outrancières sur lui depuis des décennies, des milliers de commentaires désobligeants avaient été énoncés par des gens comme Truman, Harper, Norman, Buckley, Tricky Dicky, Updike et tous les autres, pourtant personne n'avait eu le culot de l'accuser d'avoir de la bonté. Il jeta un coup d'œil en direction de Howard, qui souriait aussi en servant du vin.

« Alors, sachez la chose suivante : même si vous me proposiez une recommandation, je la refuserais, poursuivit Maurice.

— Si votre éditeur vous entendait, il vous bâillonnerait.

— Bien entendu, si vous trouviez le temps de lire mon roman, je serais très intéressé de savoir ce que vous en pensez. En privé, bien sûr. D'homme à homme. »

Gore but une gorgée et, pour une fois, en resta muet. À quel jeu ce gamin jouait-il, exactement ? Il était difficile à suivre. Était-il sérieux lorsqu'il déclarait qu'il refuserait un éloge de sa part s'il lui proposait d'en rédiger un, et si c'était bien le cas, s'agissait-il d'une insulte ou d'un compliment ? Peut-être, pensa-t-il, son nom ne pesait-il plus assez dans le monde littéraire pour que deux phrases de lui imprimées sur la jaquette d'un premier roman aient de la valeur. Si tel était le cas, il était sans doute temps de quitter l'Italie et de retrouver la vie publique. Ou le jeune homme ne voulait-il pas du parrainage d'un homme de l'âge de Gore, préférant le soutien d'écrivains plus jeunes, plus dans le vent ? Un lourd chagrin l'écrasa tout à coup et tandis qu'il tendait la main vers une autre crevette, il changea d'avis et la remit dans le plat avec ses congénères ; il n'avait plus d'appétit.

« Quel est le sujet de votre roman ? demanda Howard, en s'installant confortablement et en regardant Maurice avec une expression qui suggérait qu'il n'aurait pas d'objection si le jeune homme enlevait un à un ses vêtements tout en répondant à la question.

— C'est un roman sur Erich Ackermann, déclara Dash qui se pencha en avant, emporté par son élan, son visage soudain animé de l'enthousiasme d'un obèse devant un buffet à volonté.

— Qui est Erich Ackermann ?

— *Effroi*, dit Gore. Tu l'as lu.

— Ah bon ?

— Oui, et tu l'as apprécié.

— D'accord. » Howard parut réfléchir quelques instants. « Ce n'était pas l'homme que nous avons rencontré dans ce fameux festival à Jaïpur ? Avec la moustache et la pipe ? Celui qui ne cessait de se mettre à chanter à des moments tout à fait inopportuns ?

— Non, ça, c'était Günter Grass.

— Ah oui. Je l'ai bien aimé, lui. »

Gore leva un sourcil. Il n'était pas ravi que Howard soit séduit par d'autres écrivains, surtout quand ils étaient éminents. Même s'il n'aimait pas trop non plus qu'il apprécie des écrivains plus jeunes, ceux dont la notoriété était seulement une promesse.

« En fait, ce n'est pas un roman *sur* Erich Ackermann, interrompit Maurice, avec un peu d'irritation dans la voix. Sérieusement, Dash, j'aimerais bien que vous cessiez de répéter ça. C'est un roman, après tout. Une œuvre de fiction. Pas une biographie.

— Vous avez écrit un roman dont un personnage est Erich Ackermann ?

— C'est une manière assez juste de le formuler, oui.

— Et qu'en dit-il, lui ?

— Il n'a rien dit, dans un sens ni dans l'autre.

— Lui avez-vous demandé sa permission ?

— Non.

— N'y a-t-il pas un conflit moral, là ? demanda Howard.

— Aucun, trancha Dash. Il ne peut pas y avoir de polémique autour de la moralité quand il s'agit d'art. Un écrivain doit raconter l'histoire qui s'empare de son âme. Gore a bien écrit sur Aaron Burr, après tout. Et Lincoln. Et l'empereur Julien.

— Oui, mais ils sont morts depuis longtemps. Ackermann est toujours vivant, n'est-ce pas ?

— Il enseigne à Cambridge, dit Gore. Comme Morgan autrefois.

— Ce n'est plus le cas, indiqua Maurice. Il est parti. Avant qu'ils puissent le renvoyer.

— Oh, je n'étais pas au courant. Poussé vers la sortie, sans doute, par les forces du politiquement correct et les indignés de la moralité. Pauvre Erich.

— Il vit à Berlin, désormais.

— De retour là où son histoire a commencé.

— Pauvre Erich ? répéta Dash en se penchant en avant. Gore, ai-je bien entendu ? *Pauvre Erich ?* Tu n'as pas suivi l'actualité ? Tu ne sais donc pas ce qu'il a fait ?

— J'ai lu deux ou trois choses, répondit Gore d'un ton léger. Des éditoriaux dans les journaux, et j'ai aussi jeté un œil à un texte complètement idiot que Wolfe a écrit pour le *New York Review of Books*. Et tout ce que je peux en dire, c'est que la moitié des romanciers du monde entier ont mis leur grain de sel, ce qui a fourni à chacun d'entre eux les quelques minutes de publicité qu'il recherchait. Comme la concurrence est féroce quand il s'agit d'exprimer son indignation ! D'après moi, Bellow est le seul qui ait dit quelque chose d'intelligent sur le sujet.

— Qu'a-t-il dit ? demanda Maurice. Je n'ai pas entendu.

— Qu'il se foutait totalement de ce qu'Ackermann avait fait quand il était jeune. Tout ce qui l'intéresse, ce sont les livres de l'auteur.

— Belle solidarité, remarqua Dash, dégoûté.

— Solidarité avec qui ? s'enquit Gore. Les Juifs ? Les écrivains juifs ? Les vieux ? Avec qui est-il censé partager cette unanimité morale ? Nous avons tous des squelettes dans nos placards, des histoires que nous préférerions cacher au monde. Si vous saviez certaines choses que j'ai faites quand j'étais jeune... Ou Howard. Et je suppose que tu n'étais pas un saint non plus, Dash.

— Non, mais je n'ai jamais envoyé une famille de Juifs dans les chambres à gaz.

— C'est certainement une question de perspective », affirma Gore calmement, en se remettant à manger. Avec la reprise du débat, son appétit était revenu. « Si toi, Howard ou moi avions, à l'âge de dix-neuf ans, vécu dans l'Allemagne de M. Hitler, où les garçons étaient embrigadés pour défiler, saluer, défiler, saluer, arpentant les rues dans leurs beaux uniformes Hugo Boss, les cheveux empestant la gomina coiffés de leurs jolis calots, le corps crépitant comme du bois humide dans le feu sous le poids de leurs hormones en pleine explosion, ne serions-nous pas devenus membres des Jeunesses hitlériennes nous aussi, avant d'intégrer la Wehrmacht ? Je suis né à West Point, bon sang. J'étais fils de militaire. Tout dépend des circonstances entourant sa naissance, non ? Ackermann faisait son devoir à l'égard de son pays. Devrions-nous le critiquer pour ça ? Même le jeune Maurice ici présent aurait peut-être trahi ses amis s'il avait vécu à cette période.

— Je ne crois pas, déclara Maurice en secouant la tête.

— C'est facile à dire quand la question demeure hypothétique. Il y a des gens qui sacrifieraient n'importe qui et n'importe quoi pour avancer, après tout. Ils sont assez faciles à repérer, une fois qu'on sait ce qu'il faut chercher. » Un silence inconfortable s'ensuivit, pendant lequel Gore parut assez content de lui. Howard semblait amusé. Dash était fou de rage et Maurice avait l'air complètement dépassé. « Bien entendu, je parle d'Ackermann, finit par ajouter Gore. Pas de toi, très cher. Je suis sûr que tu es un homme d'une grande intégrité.

— Et est-ce que l'un ou l'autre des amis d'Ackermann s'est manifesté pour défendre sa réputation ? questionna Howard.

— Personne n'aurait eu le culot de le faire, répondit Dash.

— Qu'est-ce qu'a dit Woodrow Wilson, déjà ? demanda Gore. Que la loyauté ne signifie rien à moins qu'elle se fonde sur le principe absolu du sacrifice de soi ? Quelque chose dans ce genre…

— Et tu penses que d'autres écrivains devraient se sacrifier pour des romanciers comme Erich Ackermann ? s'enquit Dash. Tu le ferais, toi ?

— Probablement pas. Mais en même temps, je le connais à peine.

— Eh bien, voilà. »

Le silence retomba autour de la table, tout le monde comprenant que s'ils poursuivaient sur ce sujet, la soirée pourrait se terminer en une dispute dont personne n'avait envie. Howard ouvrit une autre bouteille de vin, remplit les verres de tous les convives, et c'est en trinquant qu'ils mirent fin à cette conversation.

« Puis-je savoir depuis combien de temps vous êtes ensemble ? demanda Howard lorsque le silence commença à être trop lourd, en regardant alternativement Dash et Maurice.

— Eh bien, il est difficile de le dire avec précision…, commença Dash.

— Nous ne sommes pas ensemble, l'interrompit Maurice. Nous sommes amis, certainement. Mais rien de plus.

— Vous n'êtes pas amants ? demanda Gore.

— Nous sommes amis, répéta Maurice.

— Mais vous avez été amants ? Dans le passé ?

— Ces questions sont bien personnelles.

— Ah bon ? Je ne vois pas pourquoi. Vous n'êtes pas un enfant et nous ne sommes pas rassemblés à la convention annuelle des Puritains-Balais-dans-le-cul. Il n'y a rien de bien spécial à être amants, si ? Qu'en dis-tu, Dash ?

— Comme le dit Maurice, répondit Dash, l'air dépité, presque comme s'il allait fondre en larmes. Nous sommes amis, de très bons amis. Nous tenons énormément l'un à l'autre.

— Votre relation nous indiffère totalement, à Howard et à moi, croyez-le bien, dit Gore. Alors il n'y a aucune raison de cacher la vérité. Mais si vous voulez maintenir l'ambiguïté, faites-le. Même si je ne puis m'empêcher de penser que c'est un peu ridicule. Nous sommes en 1990, après tout.

— D'un point de vue purement logistique, intervint Howard, nous avons besoin de savoir si vous souhaitez des chambres séparées ce soir. Naturellement, Gore et moi avions supposé que vous partageriez la même chambre.

— S'il n'y en a qu'une seule qui soit prête, dit Dash, je vous en prie, ne vous donnez pas de travail supplémentaire pour nous. Je veux bien partager la même chambre si…

— Deux chambres, s'il vous plaît, déclara Maurice en regardant Howard. Je ne voudrais pas empêcher Dash de dormir à cause de mes ronflements.

— Mais tu ne ronfles pas, remarqua Dash.

— Ah…, fit Gore avec un sourire et un clin d'œil à l'intention de Dash, qui piqua un fard et leva les yeux vers son hôte en se mordant la lèvre inférieure. Je vais en informer Cassiopeia, ajouta Gore qui agita une clochette et donna des ordres en italien à la bonne qui apparut sur la terrasse au-dessus d'eux. En tout cas, quel que soit votre arrangement, je suis certain qu'il est raisonnable. Howard et moi avons toujours gardé chacun notre chambre et nous trouvons que c'est un mode de vie très satisfaisant. Dash, veux-tu un peu de vin ?

— Non, merci Gore.

— Tu as l'air contrarié. Quelqu'un a-t-il dit quelque chose qui t'ait déplu ?

— Non, je suis juste fatigué, c'est tout. »

Gore se radoucit un peu. Dash était un crétin et pire, une médiocrité dans la profession qu'il s'était choisie, mais il n'y avait aucune raison qu'il soit si abusivement exploité par un gamin qu'il avait pris sous son aile. Toute sa vie, Gore avait vu passer des garçons comme Maurice. Quand il était jeune, dès qu'il commença à être connu dans le monde des livres, ils sortaient de tous les coins, collant à ses basques, et ensuite, une fois qu'ils s'étaient fait un nom, ils le laissaient tomber sans vergogne. Au début, leurs agissements machiavéliques l'avaient blessé. Puis, pendant une longue période, ils avaient été simplement agaçants. Mais finalement, il apprit à maîtriser les règles du jeu et utilisa ces garçons uniquement pour le sexe, sans rien leur donner en retour, en se débarrassant d'eux avant qu'ils puissent lui demander un service. Si seulement Dash pouvait être aussi futé. Il était temps de l'égayer un peu, pensa Gore.

« Au fait, je voulais te dire, j'ai lu ton nouveau roman.

— Ah bon ? fit Dash, le regard plein d'espoir.

— Oui. C'est le meilleur depuis de nombreuses années, si tu me permets. J'ai pensé que je pourrais écrire une petite chronique pour le *New Yorker*. Quelque chose pour le recommander aux lecteurs.

— Ce serait très gentil de ta part. Chaque petite contribution compte, comme tu le sais.

— Maurice me confiait tout à l'heure qu'il le lisait dans l'avion, dit Gore.

— Oui, je dois admettre que j'ai été flatté lorsque je l'ai vu sortir le livre de son sac quand nous nous sommes assis. »

Gore, levant son verre de vin, le posa et regarda Maurice, puis Dash, puis à nouveau Maurice.

« Vous aviez apporté le roman ? demanda Gore.

— Bien sûr, je lui en avais envoyé un exemplaire dès sa sortie, poursuivit Dash. Mais je sais à quel point il est occupé et je ne m'attendais pas à ce qu'il trouve le temps de le lire.

— Je croyais que Dash vous l'avait donné à l'aéroport, lança Gore en regardant le jeune homme.

— Vous avez dû mal comprendre, rétorqua Maurice. J'ai dit qu'il y avait de nombreux exemplaires du roman dans la librairie de l'aéroport.

— Est-ce ce que vous avez dit ? fit Gore. Ce n'est pas ce que j'ai retenu.

— C'est un très bon texte, Dash, assura Maurice en se tournant vers son bienfaiteur. Très émouvant et intelligent sur les mystères de la chair. J'espère pouvoir écrire aussi bien que vous un jour. »

Dash jeta un regard circulaire autour de la table, le visage illuminé d'un large sourire, tandis que Maurice attrapait son verre et le vidait d'un trait. Gore savoura l'expression du jeune homme à ce moment-là, même s'il était impossible d'interpréter ses pensées avec exactitude. Il pourrait écrire mille mots rien que pour la décrire, songea-t-il.

Il découvrit Dash en train d'arpenter le parc tôt le lendemain matin, alors que Howard et Maurice n'étaient pas encore réveillés. Gore faisait généralement une promenade à cette heure de la journée, tout de suite après son bain, pour que l'air frais du matin dissipe les dernières nappes de brouillard de son cerveau. Ces derniers temps, ses rêves étaient devenus troublants et son sommeil, plus agité ; des caractéristiques qu'il avait imputées à son âge. Il aurait soixante-cinq ans cette année. L'âge de la retraite. Aucun de ses deux parents n'avait vécu au-delà de soixante-quatorze ans et l'idée qu'il lui restait moins de dix ans à vivre l'inquiétait beaucoup. Il y avait encore tant de livres à écrire et, bien qu'il feignît l'indifférence vis-à-vis du monde de l'édition actuel, tant de livres qu'il voulait lire.

Parfois il se demandait qui partirait le premier, Howard ou lui. N'y avait-il pas quelque chose dans *Les Hauts de Hurlevent* sur Heathcliff voulant que Cathy meure avant lui pour qu'elle n'ait pas à subir le traumatisme de devoir vivre seule ? Ou était-ce l'inverse ? Il ne se souvenait pas. Cette lecture remontait à si longtemps. Cependant la phrase s'y trouvait bien, quelque part. Est-ce que je veux que Howard meure avant moi ? se demanda-t-il ; un *non* sans équivoque se formula aussitôt. *Faites-moi partir le premier*, marmonna-t-il, s'adressant aux dieux. Que Howard soit confronté à la solitude. Dans l'Antiquité, on aurait offert un sacrifice pour de telles demandes. Un animal aurait été tué et ses organes vitaux auraient été brûlés sur un autel tandis que le prêtre aurait porté un masque pour ne pas voir le mal s'échappant avec la fumée. Pendant un court instant, il pensa qu'il serait facile d'installer une estrade à La Rondinaia, de se procurer un petit agneau auprès d'un des garçons du village, puis il secoua la tête, riant de l'absurdité du projet. Howard le ferait interner s'il le découvrait habillé en moine en train de réciter des incantations sur la terrasse.

Il aperçut Dash qui déambulait à l'endroit où le jardin butait contre la paroi de la falaise, sa silhouette ridicule dans sa chemise hawaïenne criarde et un short qui dénudait ses jambes blanches et glabres. Le premier instinct de Gore fut de retourner vers la villa, où il prendrait son petit déjeuner tranquille, mais la démarche accablée et l'expression triste de son ami le convainquirent d'aller le rejoindre.

« *Mio amico* » lança-t-il en le saluant d'un geste de la main, et Dash lui sourit, hochant la tête, l'air sinistre. Il semblait fatigué et Gore soupçonna qu'il n'avait pas bien dormi. Cassiopeia avait mis Dash et Maurice dans des chambres voisines, séparées par une mince cloison entre leurs deux lits, et il avait peut-être entendu le jeune homme se lever la nuit quand il était venu dévoiler ses ambitions.

« Bonjour Gore, dit Dash. Quelle matinée splendide, n'est-ce pas ? »

Gore ne répondit pas car il détestait parler du temps et méprisait ceux qui le faisaient. Il régla son pas sur celui de Dash et ils marchèrent en silence, contemplant les fleurs sauvages tout en se dirigeant vers les bosquets d'oliviers et les vignes.

« Tu as de la chance de vivre dans un endroit aussi beau, déclara enfin Dash.

— Oui, reconnut Gore. Je ne crois pas que je pourrais partir un jour.

— Les États-Unis ne te manquent donc pas ?

— Pas particulièrement. J'ai eu assez d'Amérique pour dix vies entières. Ce n'est plus le pays qu'il était autrefois. Parfois, je me surprends même à regretter Nixon et quand on a atteint ce niveau-là, il est temps de tirer sa révérence. »

Dash sourit. « Qui vois-tu encore ? Parmi les gens du passé, j'entends.

— Tout le monde. Parfois, quand je suis réveillé, parfois quand je dors. J'étais certain de pouvoir sentir la présence de Nina ici le mois dernier, alors qu'elle est décédée depuis plus de dix ans. » Il marqua une pause, se baissa pour ramasser une pierre et la jeta tranquillement dans la végétation. « Jackie vient quand elle est en Italie, ce qui est gentil de sa part. Lee et elle sont venues ensemble l'an dernier. Nous nous sommes soûlés et chacun notre tour, nous avons essayé de faire le commentaire le plus vulgaire sur George Bush.

— Qui a gagné ?

— La princesse Radziwill, bien entendu. C'est peut-être une très mauvaise actrice, mais elle connaît plus de blagues salaces qu'un marin et son élocution est toujours parfaite. »

Dash ne fit aucun commentaire ; Gore pencha un peu la tête en arrière, ferma les yeux et inspira profondément le parfum des fleurs.

« Tu travailles sur un nouveau projet, je suppose ? demanda Dash au bout d'un moment et Gore hocha la tête.

— Un recueil de mes essais.

— *Tous* tes essais ?

— Eh bien, une bonne partie. Le livre sera gros.

— Rentreras-tu pour en assurer la promotion ?

— Mon cher Dash, chez moi, c'est ici.

— Tu vois bien ce que je veux dire.

— Je le pense, oui, dit Gore. Je resterai même peut-être un mois ou deux. Pour revoir ceux qui sont toujours vivants et terrifiés à l'idée de me croiser par hasard. » Autrefois, il aurait été invité à séjourner à la Maison Blanche une fois à Washington, cependant il n'y avait guère de chance que cela arrive, maintenant. Il avait couché dans la chambre de Lincoln des dizaines de fois du temps où Jack et Jackie étaient aux commandes. Jamais sous Lyndon, qui l'avait snobé parce qu'il n'aimait pas l'idée qu'un homo souille les draps. Deux fois sous Tricky Dicky, y compris une nuit où ils s'étaient soûlés au whisky et étaient descendus faire une razzia à la cuisine, comme deux adolescents, ce qui avait réveillé Pat qui leur avait passé un savon tout à fait jouissif. Ford ne l'avait jamais aimé, Carter ne l'avait jamais compris et Reagan ne l'avait jamais approuvé. Bush, semblait-il, n'avait pas entendu parler de lui. C'en était donc terminé, il en était certain, jusqu'à ce qu'un Démocrate cultivé, s'il en existait, soit élu à nouveau. « Asseyons-nous, proposa-t-il en montrant un banc dans l'ombre d'un olivier, face à la mer.

— Comment s'appellent ces plantes ? demanda Dash en désignant un bosquet de fleurs à cinq pétales d'une couleur rose vif aux bords dentelés comme l'ourlet festonné de la robe de bal d'une débutante.

— Elles sont jolies, n'est-ce pas ? répondit Gore. Mais c'est à Howard qu'il faut demander. C'est lui, le jardinier. Dash, tu es amoureux de ce garçon ? C'est bien ça ? »

Son compagnon ne parut pas surpris par la question ni par sa soudaineté. Il déglutit et baissa les yeux, pour se plonger dans la contemplation d'une colonie de fourmis qui décampaient en file indienne, avant de hocher la tête.

« C'est ridicule, je sais, j'ai cinquante-huit ans après tout.

— Et lui ?

— Vingt-quatre.

— Est-ce qu'il est homo ? C'est difficile à dire. Il est resté tellement énigmatique sur ce sujet pendant le dîner hier soir.

— Je crois que Maurice est ce qu'il a besoin d'être, quand il en a besoin. C'est un manipulateur, c'est certain. Et je ne l'aime pas beaucoup, Gore, pour être honnête. Parfois je crois même que je le déteste. Il est grossier et désagréable, totalement égocentrique et il me traite comme un chien. Mais je n'arrive pas à me libérer de son emprise. Quand nous sommes ensemble, je souffre, et quand nous sommes séparés, il occupe toutes mes pensées. Je me demande avec qui il est, ce qu'il fait, s'il lui arrive de penser à moi. Ce n'était pas comme ça quand nous nous sommes rencontrés, bien entendu. J'avais le dessus. Je suis… eh bien, je suis ce que je suis.

— Un écrivain reconnu, affirma Gore en posant la main sur le bras de son ami. Et un bon écrivain aussi. Une dyade rare.

— Un écrivain compétent, corrigea Dash avec un demi-sourire. Ne prétendons pas autre chose. Je sais écrire, oui, mais on ne se souviendra pas de moi. Au contraire de toi. Mes livres manquent de l'alchimie nécessaire pour garantir l'immortalité. Tu seras encore lu quand nous aurons nourri les vers, Gore. Pas moi. »

Gore ne dit rien. C'était une représentation juste de l'avenir, de son point de vue, et il n'avait aucune envie d'exprimer de la condescendance en prétendant le contraire.

« La première fois que je l'ai vu, reprit Dash, c'était comme si tous les nerfs de mon corps s'étaient soudain tendus en sa présence. Je n'arrivais pas à le quitter des yeux et quand je l'ai approché…

— Où cela s'est-il passé ? demanda Gore.

— Au Prado. » Il rit et secoua la tête. « Je sais, c'est terriblement cliché. Une scène tout droit sortie d'un très mauvais film hollywoodien.

— Il n'y a plus que cela aujourd'hui, à mon avis, dit Gore. Dans quelle salle ?

— Quoi ?

— Maurice. Quand tu l'as vu la première fois. Te souviens-tu dans quelle salle du musée il se trouvait ? Que regardait-il ?

— Les tableaux du Greco. Il était vêtu d'un pantalon blanc et d'une chemise bleu marine, dont la couleur était assortie à ses chaussures. Il ne portait pas de chaussettes et son eau de Cologne avait une touche de lavande. Il avait un assez joli sac à l'épaule, en cuir, couleur crème, et un exemplaire de *El País*, dont la une était une grande photo de Felipe Gonzáles désignant du doigt Francisco Ordóñez.

— Oh mon cher Dash…, fit Gore en secouant la tête d'un air triste. Tu es vraiment mordu, n'est-ce pas ?

— À ce moment-là, il était avec Erich, bien sûr.

— Avec lui, dans quel sens ?

— Difficile à dire, mais je suis pratiquement certain qu'il ne s'est rien passé entre eux sur le plan physique. Il se servait de lui de la même manière qu'il se sert de moi. Le pauvre Erich était amoureux de lui aussi, évidemment.

— Tu m'as rabroué hier soir car j'ai utilisé l'expression *le pauvre Erich*. »

Dash haussa les épaules. « Peut-être que je me sens mieux disposé à son égard aujourd'hui. Il est probablement passé par les mêmes tourments que ceux que je vis depuis presque deux ans.

— Il ne te laisse pas le toucher, n'est-ce pas ? demanda Gore et Dash secoua la tête. Et il ne te touche pas ? »

Dash garda le silence, se contentant de contempler l'horizon, de regarder le mouvement de balancier des vagues au petit matin.

«Je ne comprends pas très bien, fit Gore quand il apparut clairement que Dash n'allait pas répondre. Il est beau, oui. Il a un sex-appeal indéniable et il est conscient du pouvoir que lui donne sa beauté. Trop conscient, pourraient dire certains. C'est pourtant le cas de la plupart des jeunes de son âge. Qu'est-ce qu'il a de si spécial ? Qu'est-ce qu'Erich et toi voyez en lui, et que je ne vois pas ?

— Je ne sais pas, reconnut Dash. Mais quoi que ce soit, j'y suis asservi. Comme l'était Erich, j'en suis certain. J'étais follement jaloux lorsque je les ai vus la première fois ensemble. J'ai supposé que Maurice n'était qu'un petit jeune qu'Ackermann avait ramassé lors d'un de ses voyages. Puis j'ai vite compris que leur relation était plus compliquée que je ne l'avais initialement supposé. Dès la seconde où je les ai rencontrés, j'ai voulu les séparer, et une fois que j'ai mis dans la tête de Maurice qu'il avait tiré tout ce qui était possible de son mentor numéro un, ça n'a pas été difficile de le persuader de passer au mentor numéro deux. Quelqu'un qui avait ses entrées sur la scène littéraire de New York. Ce qu'Erich n'a jamais vraiment eu, même après la sortie d'*Effroi*.

— Et alors, il a laissé tomber Ackermann, comme ça ?

— Comme une vieille chaussette. Erich a été anéanti. Maurice ne m'en a pas beaucoup parlé, il peut être très discret quand il le veut, mais c'était peu de temps avant que la vie de ce pauvre homme ne soit complètement détruite.

— Certainement suite aux révélations contenues dans le livre de Maurice ?

— Je crois qu'il aurait pu les surmonter en se battant s'il avait voulu. Mais je soupçonne qu'il n'avait pas l'énergie de lutter, sans le gamin à ses côtés.

— Et depuis ?

— Eh bien, le roman est un succès phénoménal. Maurice est demandé partout, la jeune star montante des cercles littéraires londoniens, alors que je ne suis rien de plus que le vieil homo désespéré dont le meilleur roman est derrière lui, et qui court après un jeune, la langue pendante, en s'humiliant chaque jour un peu plus. Certaines fois, je préférerais qu'il soit mort ou que je sois mort ou que nous soyons morts tous les deux. Hier, lorsque nous montions la route jusqu'à votre maison, j'ai sérieusement envisagé de nous faire passer par-dessus le parapet pour nous jeter dans la mer. Je n'en ai pas été capable, bien entendu. »

Gore tendit le bras et prit la main de Dash dans la sienne dans un geste d'amitié, avant de la serrer fort.

« Que se passera-t-il ensuite ? demanda-t-il. Quand vous partirez d'ici, tout à l'heure ?

— Je ne sais pas. Il rentre à Londres, il travaille déjà sur son prochain roman. J'ai proposé de l'accompagner mais il a refusé. Il m'a dit qu'il me ferait signe la prochaine fois qu'il viendrait à New York.

Me ferait signe ! Je suppose que je vais rentrer et l'attendre, tout simplement. Je ne peux pas faire grand-chose d'autre.

— Vas-tu commencer à travailler sur un nouveau livre ?

— Je vais essayer. Je ne suis pas sûr d'être capable de me concentrer sur un roman alors que je me sens tellement submergé par le désir.

— Tu sais qu'il ne viendra pas, n'est-ce pas ?

— Oui.

— Que lorsqu'il te dira au revoir aujourd'hui, ce sera très probablement pour toujours ?

— Oui, je sais. »

Dash soupira et regarda un oiseau se poser sur une des fleurs, fouillant ses étamines pendant quelques instants avant de relever la tête, son bec tremblant faiblement.

Un mouvement sur la terrasse attira le regard de Gore. Deux hommes, se dirigeant vers la table du petit déjeuner.

« Ils sont levés, dit Gore. Et si nous rentrions ?

— Allons-y. »

Ils se levèrent et se mirent à marcher vers la villa.

« Tu n'as jamais regretté de ne pas avoir de femme ? demanda Dash. Ne t'est-il pas arrivé de regretter de ne pas pouvoir mener une vie normale au lieu de souffrir sans arrêt comme c'est le lot des hommes comme nous, condamnés à être séduits par de jolis garçons qui ne restent jamais avec nous, quoi que nous fassions pour eux ?

— Non, dit Gore en secouant la tête. Je n'ai jamais eu ce regret. L'idée même me paraît cauchemardesque. »

Devant eux, Maurice se penchait par-dessus la balustrade, les regardait approcher, et, pensa Gore, savait pertinemment que Howard, derrière lui, devait l'observer. Il était torse nu, sa peau luisait dans la lumière du soleil, ses abdominaux magnifiquement dessinés et ses cheveux encore mouillés après sa douche étaient repoussés en arrière.

« Cette citation de *Villette*, murmura Dash. Quelle est-elle, déjà ? *Pourquoi lui porter tant d'affection ? Il a plein de défauts.*

— C'est drôle, dit Gore en riant un peu. Je pensais aux *Hauts de Hurlevent* tout à l'heure, juste avant que nous nous retrouvions. On sait qu'on est dans une fureur noire quand on commence à penser de manière obsessionnelle aux Brontë. »

La porte de la chambre était entrouverte et il la poussa sans dire un mot, observant le jeune homme qui prenait la chemise qu'il portait la veille au soir pour la plier soigneusement et la ranger dans sa valise.

« Gore, fit Maurice en levant les yeux avec un sourire, depuis combien de temps êtes-vous là ?

— Pas longtemps, répondit Gore, avant de refermer la porte derrière lui. Ça ne vous ennuie pas que j'entre ? ajouta-t-il, d'un ton qui laissait entendre explicitement qu'il se fichait pas mal de la réponse.

— Pas du tout. J'étais juste en train de finir mes bagages.

— Avez-vous bien dormi ? demanda-t-il, se laissant tomber lourdement dans un fauteuil en osier près de la fenêtre ; il croisa les jambes.

— Très bien, je vous remercie.

— Greta Garbo a dormi dans ce lit un jour, du temps où nous vivions à Rome », déclara Gore en jetant un coup d'œil autour de la pièce comme s'il faisait l'inventaire. Les tableaux étaient toujours accrochés aux murs. Les objets d'art semblaient à leur place. « Bettino Craxi aussi. Ainsi que Nelson Rockefeller. La princesse Margaret. Ici à Ravello, ce lit a accueilli Paul Simon, Edmund White. Paul et Joanne. Et tant d'autres. Du coup, on se demande… n'est-ce pas ?

— On se demande quoi ? demanda Maurice.

— Comment *vous*, dit Gore en pointant un index sur le jeune homme, avez atterri dans ce lit. Un gamin du Yorkshire, d'à peine plus de vingt ans, qui n'a encore pas fait grand-chose de sa vie.

— À l'exception d'un roman qui se vend assez bien.

— Oui, mais je ne suis pas certain que cela signifie grand-chose, désormais. »

Maurice leva les yeux au ciel et Gore sentit son irritation grandir. C'était lui le géant et il ne se laisserait pas voler dans les plumes par un gamin qui se rasait depuis peu. « Vous n'allez pas affirmer que la littérature est morte, n'est-ce pas ? demanda Maurice. Nous en avons déjà discuté.

— Je n'allais rien avancer de tel, répondit Gore, essayant de contrôler son agacement. Vous devez vous rappeler que j'ai publié *Ouragan* quand j'avais dix-neuf ans. Et j'avais à peine votre âge quand *Un garçon près de la rivière* est sorti, provoquant un véritable scandale. E. P. Dutton m'a assuré qu'on ne me le pardonnerait jamais et pendant des années le *New York Times* m'a mis à l'index, et a refusé de chroniquer mes livres. J'ai dû aller travailler à Hollywood pour gagner ma vie, à cause de leur puritanisme. Et croyez-moi, tant que vous ne vous êtes pas retrouvé à passer les portes d'un studio matin et soir, vous ne savez pas ce que signifie se rouler dans la merde.

— Je ne m'intéresse pas du tout au cinéma, dit Maurice d'un ton désinvolte. Je ne veux qu'une chose, écrire des romans.

— Donc, non, la littérature est loin d'être morte, poursuivit Gore, ignorant l'interruption. Ce que vous faites à Dash, vous savez, ce n'est pas gentil du tout.

— Je ne sais pas de quoi vous parlez.

— Bien sûr que vous le savez. Ne jouez pas les innocents.

— Et avez-vous toujours été gentil, Gore ? Parce que d'après ce que j'ai lu sur vous, je soupçonne que vous avez fait du mal à beaucoup de gens en chemin.

— C'est probablement vrai. Mais je ne crois pas avoir entrepris de détruire un homme. Ça, jamais. »

Sans rien dire, Maurice retourna à sa valise.

« Mais vous n'avez pas répondu à ma question, fit remarquer Gore.

— De quelle question s'agissait-il ?

— Comment un jeune homme comme vous s'est retrouvé à dormir dans un lit comme celui-là.

— Howard m'a conseillé de le prendre. Il a dit qu'il était plus confortable que celui qu'il allait donner à Dash. »

Gore sourit. « Certains pourraient arguer que votre mentor aurait dû se voir attribuer la meilleure chambre. »

Maurice fronça les sourcils. « Je ne suis pas sûr que je décrirais Dash comme mon mentor.

— Ah bon ? Comment le décririez-vous, alors ?

— Je vous l'ai dit hier soir. Un ami. Quelqu'un pour qui j'ai de l'admiration. Et c'est un bon écrivain, Dash.

— *Et c'est un bon écrivain, Dash*, répéta Gore en imitant l'accent du jeune homme qui était soudain plus prononcé. Faites attention, Maurice. Vos racines transparaissent.

— Oui, et il ne sera jamais autre chose. Ne prétendons pas qu'il est Proust.

— Non, il n'est pas Proust, reconnut Gore. Mais il a fait montre d'une générosité à votre égard qui devrait lui valoir votre reconnaissance.

— Et c'est le cas, affirma Maurice. Ai-je fait quoi que ce soit qui vous laisse penser le contraire ?

— La manière dont vous le regardez. Le mépris avec lequel vous le traitez. Votre façon de le mener par le bout du nez, lui laissant espérer une marque d'affection de votre part. Je suppose que vous en avez fini avec lui maintenant, et que vous êtes prêt à partir ailleurs chercher des pâturages plus verts ? »

Maurice haussa les épaules. « Je crois, oui. Ma vie est devenue assez bousculée ces derniers temps. Et Dash peut se montrer… Comment dire ? Très demandeur. Cela devient épuisant, au bout d'un moment.

— Je ne peux que l'imaginer. Je dois vous reconnaître cela : vous savez ce que vous voulez de la vie et vous êtes déterminé à l'obtenir. Peut-être n'étais-je pas si différent de vous quand j'avais votre âge. Même si j'étais plus beau, évidemment. »

Maurice sourit. « J'ai vu les photos. Oui, vous l'étiez.

— C'est donc tout ? fit Gore. Être écrivain, c'est tout ce que vous avez toujours voulu ? Rien d'autre ? » Maurice hésita et Gore le vit se mordre la lèvre. Y avait-il une faiblesse là, quelque part, une faille dans l'armure de ce jeune homme ? « Ce n'est pas tout, on dirait. Il y a autre chose que vous voulez ? Je vous prenais pour un homme d'une seule résolution, mais non. Expliquez-moi, je suis intrigué.

— Vous allez vous moquer.

— Non.

— Cela vous paraîtra ridicule.

— Probablement, mais tout me paraît ridicule, ces temps-ci.

— Je voudrais un enfant, dit Maurice.

— Un enfant ?

— Oui, un enfant. »

Gore eut un mouvement de recul, écarquilla les yeux. « Un enfant ? répéta-t-il.

— Est-ce si inhabituel ? »

Gore regarda fixement le jeune homme, sans trop savoir que faire de cette déclaration. « Je pensais lire en vous comme dans un livre, finit-il par dire. Cependant je dois admettre que je ne m'attendais pas à ça. Pour quelle raison voulez-vous donc un enfant ? Quel bénéfice peut représenter un bébé qui couine ? Ces créatures exigent une attention constante. Un chiot, je pourrais comprendre. Mais un enfant ? Vraiment ? »

Maurice secoua la tête et sourit. « Vous ne pouvez pas comprendre. À l'évidence, vous n'en avez jamais voulu un.

— Je déteste même en croiser dans la rue. Les enfants n'ont pas droit de cité ici à La Rondinaia.

— Vous m'avez rencontré il y a seulement vingt-quatre heures, Gore. N'ayez pas la présomption de me connaître.

— Très bien. Mais vous savez ce qu'on dit en Italie ? *Quando dio vuole castigarci, ci manda quello che desideriamo.*

— Ce qui signifie ?

— Quand les dieux souhaitent nous punir, ils accèdent à nos prières. »

Un long silence s'installa, et ni l'un ni l'autre ne sembla vouloir le rompre. Gore avait du mal à se rappeler d'un de ses collègues écrivains parlant d'enfants. Même les femmes ne le faisaient pas. *Surtout* pas les femmes.

« Eh bien, fit-il enfin, réticent à quitter la pièce alors qu'il était mené au score. Vous savez, j'ai veillé tard hier soir.

— Ah oui ?

— Oui. J'ai décidé de lire votre roman. »

Maurice s'assit sur le lit et se passa une main sur le menton, l'air un peu inquiet. « D'accord… Et qu'en avez-vous pensé ? »

Gore leva les yeux vers le plafond et le fixa, réfléchissant à sa réponse. « Vous écrivez bien, commença-t-il. Vous êtes très fort dans les descriptions de lieux. Les dialogues sonnent juste, alors qu'il a dû être difficile pour vous de les recréer avec une telle distance dans le temps et l'espace. J'ai eu du mal avec ça dans *Burr* et *Lincoln*, mais vous vous en sortez bien. Vous aimez peut-être un peu trop les allitérations et visiblement, vous n'avez jamais rencontré de nom qui puisse se passer d'adjectif. Mais il y a dans le livre un élément érotique puissant qui fonctionne très bien. Le moment où Erich et son ami vont au lac, lorsque Oskar se déshabille, est vraiment excitant, d'un point de vue strictement physique.

— Je voulais décrire Oskar Gött comme un être sans aucun complexe sur ces sujets.

— Il ne me semble pas sans complexe, plutôt rempli de fierté. Mais aussi un peu naïf. Il ne lui serait pas venu à l'esprit qu'Erich voulait le toucher. J'ai bien aimé le moment où ils se sont réveillés tous les deux sur la rive ensuite, avec une érection, sans savoir comment explorer le moment. Oui, c'est un bon roman, je n'ai pas de critique majeure à formuler. Je ne suis pas surpris que ça marche si bien pour vous.

— Merci, dit Maurice, l'air soulagé. C'est très important pour moi, de vous entendre en parler ainsi.

— Pourquoi ?

— Pardon ?

— Pourquoi est-ce important ? »

Maurice haussa les épaules, comme si la réponse était si évidente qu'elle ne valait pas la peine d'être formulée. « Eh bien, parce que vous êtes ce que vous êtes, bien entendu. Et je ne suis que ce que je suis.

— Et qu'est-ce que cela veut dire ? D'après vous, qu'est-ce qui nous sépare, en dehors de quarante ans ?

— Vous êtes une figure importante de la littérature du XXe siècle. Vous resterez dans les mémoires.

— Ah bon ?

— Oui, je le pense. J'en suis certain. »

Gore sourit. « Dash m'a dit quelque chose d'approchant ce matin. Mais pour être honnête, je me fiche complètement de rester dans les mémoires. »

Maurice sourit aussi et secoua la tête. Ses dents étaient d'un blanc éclatant. « Je n'y crois pas une seconde, fit-il.

— *Sic transit gloria mundi*, dit Gore.

— *Toute gloire est passagère.* Erich m'a répondu la même chose un jour. Nous étions à Rome. »

Le sourire de Gore s'effaça un peu. Il ne s'attendait pas à ce que le jeune homme connaisse la signification de ces mots. Et il détestait répéter ce que d'autres disaient. Il lui fallait être le premier, toujours le premier.

« La nuit dernière, déclara-t-il.

— Quoi, la nuit dernière ?

— Il devait être 3 ou 4 heures. J'avais fini de lire et éteint ma lampe. Et il s'est passé une chose très étrange. »

Maurice le regarda, maîtrisant parfaitement son expression. « Quoi donc ?

— Tout doucement, la porte de ma chambre s'est ouverte et un individu est entré, vêtu seulement d'un peignoir rouge. Il a fermé la porte derrière lui et s'est avancé jusqu'à la fenêtre avant de se retourner pour me regarder. J'ai ouvert les yeux et je me suis demandé si j'étais perdu au beau milieu d'un rêve. J'ai fait des rêves similaires dans le passé, vous savez. De garçons que j'ai connus, de garçons que je n'ai jamais vus et de garçons que j'aurais voulu connaître. Bref, le clair de lune entrait dans la chambre d'une manière qui éclairait la silhouette seulement à moitié ; l'homme a enlevé son peignoir, et l'a laissé tomber par terre. Il était nu en dessous, et son corps était une œuvre d'art. Michel-Ange aurait pu le sculpter sans réussir à saisir sa beauté. Les muscles pectoraux subtilement dessinés. Le ventre si plat. Le membre impressionnant entre ses jambes, apparemment prêt à donner du plaisir si le signal du consentement était donné.

— Et qu'avez-vous fait ? demanda Maurice.

— Je me suis tourné de l'autre côté. Non pas pour inviter la silhouette dans mon lit, comprenez-moi bien. Mais pour lui signifier que je n'étais pas du tout intéressé.

— Peut-être que vous regretterez toute votre vie d'avoir dit non, fit Maurice en se levant pour rassembler ses dernières affaires et les jeter tout simplement dans sa valise sans plus se soucier de les plier. Un jour, vous aurez sans doute le sentiment d'avoir laissé passer une belle occasion.

— Ne vous méprenez pas, reconnut Gore. Je ne suis pas insensible, alors je l'ai envisagé. Mais j'ai résisté, parce que je ne suis pas idiot. Ce matin, je suis assez content d'avoir refusé. Quelque chose me dit que si j'avais écarté les couvertures et invité le jeune homme dans mon lit, ma vie aurait ensuite pris une tournure malheureuse.

— Peut-être que vous avez mangé du fromage rance avant d'aller vous coucher, dit Maurice.

— Nous n'avons pas mangé de fromage.

— Alors peut-être que vous perdez la tête, tout simplement.

— Oh, je l'ai perdue il y a des années. Mais cela ne fait pas assez longtemps pour que je ne repère pas les situations où on se joue de moi.

— Vous pensez que je me suis joué de vous ?

— Je crois que vous êtes venu ici avec cet espoir. Et que vous avez été déçu en découvrant que je ne suis pas une cible si facile. Erich Ackermann, c'était une chose, un chat, j'imagine. Et Dash, qu'est-ce qu'il est ? Un matou. Arpentant furtivement les ruelles en espérant une petite gâterie nocturne. Moi je suis d'une autre étoffe, n'est-ce pas ? Je suis un lion. Un animal de la jungle. Et je soupçonne que vous aussi. C'est la raison pour laquelle ça ne pourrait jamais marcher entre nous. »

Sans un mot, Maurice alla jusqu'à la fenêtre et contempla la vue. La mer était calme et d'un endroit invisible, au pied des falaises, montaient les cris joyeux de jeunes nageurs. Quand il se retourna, son visage était empreint de froideur.

« Vous faites probablement des rêves érotiques parce que votre vie sexuelle est désertique. Il ne doit pas y avoir au monde une personne sensée qui voudrait baiser Howard.

— Mon cher, ce n'est pas ainsi que cela fonctionne entre nous, dit Gore, un peu ébranlé. N'imaginez pas que vous comprenez ce qui se passe entre Howard et moi, parce que vous ne comprenez pas. Ce qui nous lie est bien plus profond que le sexe.

— Tant mieux, fit Maurice. Parce que l'image de deux vieux pleins de gras en train de se grimper dessus et de tirailler sur la petite queue ramollie de leur partenaire me donnerait plutôt envie de vomir.

— Dash est peut-être idiot », dit Gore, en se levant et en se dirigeant vers la porte, choqué de se rendre compte qu'il était plus susceptible aux insultes qu'il ne l'avait imaginé. Des hommes plus intéressants que Maurice l'avaient insulté par le passé et il s'en était toujours fichu comme de sa dernière chemise. « Et Ackermann était peut-être aussi un idiot, je n'en sais rien. Mais ce n'est pas mon cas. Alors, ayez la courtoisie de vous en souvenir lorsque vous reconstruirez les événements de la nuit dernière sous la forme que vous choisirez pour vous décrire comme la victime innocente des avances libidineuses d'un vieillard. »

Maurice ne répondit pas, se contentant de le regarder fixement comme s'il s'était lassé de la conversation.

« J'ai connu beaucoup de putes dans ma vie, ajouta Gore en passant la main sur le peignoir rouge accroché à la porte de la chambre, avant de franchir le seuil. Des hommes et des femmes. Et en général, j'ai toujours trouvé qu'elles étaient de bonne compagnie, avec un sens de l'honneur extrêmement poussé. Une pute ne vous trompera jamais, elle a trop d'intégrité pour cela. Mais vous, monsieur Swift, vous êtes une insulte à la profession. » Il frissonna en jetant un regard dans la chambre, ne voulant pas regarder le jeune homme dans les yeux par crainte des horreurs qu'il pourrait y voir, l'indifférence étant la pire. « Je serai sur la terrasse dans quelques minutes pour vous saluer de la main. Je suis très impatient de vous dire adieu. »

« Alors ? » demanda Howard plus tard, quand ils se retrouvèrent seuls, à siroter des cocktails sur la terrasse, savourant la vue sur la mer, éternellement gratifiante. Le voilier et les garçons étaient de retour – aucun n'avait péri noyé, finalement – et cette fois, ils avaient amené des filles avec eux. Ils criaient de plaisir et de désir en plongeant du pont avant de remonter en vitesse à l'échelle pour recommencer, tirant sur leur maillot trop grand et laissant voir, de temps en temps, un morceau de postérieur blanc contrastant avec leur peau bronzée. « Qu'est-ce que tu en as pensé ? Il est beau, n'est-ce pas ?

— Oh oui, convint Gore.

— Et Dash en est fou.

— Complètement.

— Tu crois qu'il y arrivera ?

— À devenir écrivain ? » Il réfléchit et ferma les yeux quelques instants, essayant d'imaginer le monde littéraire de demain, dont il ne ferait plus partie. « Je n'ai pas le moindre doute là-dessus. Il fera une carrière magnifique.

— Tant mieux pour lui.

— Une chose, fit Gore. Le lit dans la chambre d'amis. Celui dans lequel Maurice a dormi la nuit dernière. Nous l'avons depuis tellement d'années. Je crois qu'il est peut-être temps qu'on s'en débarrasse, qu'en penses-tu ? Qu'on investisse dans un neuf. »

II

L'HOMME DE LA TRIBU

> « Quand une chose a été dite et bien, n'ayez aucun scrupule. Prenez-la et copiez-la. »
>
> Anatole France

1. Septembre

Nous étions au début de l'année 2000 et nous célébrions notre cinquième anniversaire de mariage en sortant dîner. Notre arrivée à Norwich était récente et nous ne connaissions pas encore la ville, mais après avoir cherché un peu, nous avions réservé une table dans un restaurant à Tombland dont tu m'avais dit qu'il avait un avis positif dans le journal local. Tu étais très beau ce soir-là, je m'en souviens. Tu portais une veste bleu marine sur une chemise d'un blanc éclatant dont les deux premiers boutons étaient ouverts pour laisser apercevoir ta poitrine. Tu avais passé l'après-midi à la salle de sport et ton visage avait un éclat qui me rappela la raison pour laquelle je t'avais toujours trouvé irrésistible.

Je n'étais allée en East Anglia qu'une seule fois, pour l'entretien d'embauche ; toi, tu t'y étais rendu en trois occasions, d'abord pour faire une conférence aux étudiants en écriture créative de l'université où j'allais désormais travailler, et plus tard, pour participer à deux festivals littéraires.

« Intestins de veau de lait remplis de lait maternel, dis-tu en prenant grand plaisir à lire à haute voix l'intitulé de ce plat assez répugnant.

— Ils ne se fatiguent pas beaucoup pour le rendre appétissant, tu ne trouves pas ?

— Effectivement. Mais ça vaudrait la peine d'essayer.

— Je crois que je vais prendre la dorade.

— Dégonflée. »

Une bougie à la flamme vacillante était posée sur la table entre nous ; et après avoir passé la commande et servi le vin, tu dis tout à coup que tu m'aimais. Je voyais la lueur de la bougie se refléter dans tes iris et tes yeux parurent si humides que, l'espace d'un instant, je crus que tu allais verser une larme. Je ne t'avais vu pleurer qu'une seule fois, lors de notre quatrième fausse couche, quand nous avons commencé à comprendre que nous n'y arriverions jamais.

Tu voulais tellement avoir des enfants. Tu avais été clair sur ce point dès le départ et c'était quelque chose qui te rendait extrêmement attirant à mes yeux. Moi aussi, j'en voulais, même si mon désir n'était peut-être pas aussi intense. J'avais toujours pensé que j'en aurais un jour et que la seule question était quand, pas si. Lorsque je pris conscience que mes chances d'en avoir étaient minces, je vécus la chose comme une trahison. Les fausses couches devinrent de plus en plus traumatisantes pour moi, quatre vies expulsées sans pitié et sans avertissement de ce que mon gynécologue appelait mon ventre inhospitalier.

« Tu es impatiente de commencer à travailler ? demandas-tu quand nous eûmes dévoré nos plats et décidé de commander une autre bouteille de vin.

— J'ai un peu peur, en fait, admis-je.

— De quoi ?

— Des étudiants. Qu'ils me voient comme un imposteur.

— Mais qu'est-ce qui te fait redouter une chose pareille ?

— Je n'ai publié qu'un roman.

— Ce qui est un de plus que ce qu'ils ont publié à eux tous.

— Je sais, mais quand même. Il est important pour moi qu'ils n'aient pas l'impression de perdre leur temps et leur argent, qu'ils ne pensent pas que s'ils étaient venus un ou deux ans plus tôt, ils auraient eu pour enseignant quelqu'un de plus expérimenté.

— Je suis sûr qu'ils seront enthousiastes. Tu es célèbre, Edith, après tout.

— On ne peut pas dire ça », lâchai-je avec désinvolture, même si c'était vrai.

J'étais un peu célèbre parce que mon premier roman avait été un succès inattendu, à la fois critique et commercial. Il avait même été adapté pour la télévision. Mais je n'avais jamais donné un cours d'écriture de ma vie, et je n'en avais jamais suivi ; du coup, je ne savais pas trop bien par quel bout le prendre. J'avais postulé pour ce poste uniquement parce que trois ans s'étaient écoulés depuis la publication de *Frayeurs*, et même si j'avançais bien dans mon deuxième roman, il ne prenait pas tournure aussi rapidement que je l'aurais espéré. Je m'étais dit qu'un moment en milieu universitaire, où je serais confrontée à l'écriture tous les jours mais sans être collée à mon ordinateur du matin au soir, pourrait être salutaire. Et tu avais accueilli cette idée très positivement, en n'émettant aucune objection à ce que nous quittions Londres pour un an. Nous allions sous-louer l'appartement, as-tu dit. Et vu que les loyers à Norwich étaient plus bas, nous risquions même de gagner de l'argent dans l'affaire.

« Ils seront peut-être arrogants, poursuivis-je, reparlant de mes inquiétudes concernant les étudiants. Surtout les garçons.

— Te voilà sexiste, maintenant.

— Non, réaliste. Je n'ai que trente et un ans. Il y a des chances que certains d'entre eux ne soient pas beaucoup plus jeunes que moi. Ils éprouveront peut-être de la jalousie.

— Je crois que tu te fais du souci pour rien, affirmas-tu en repoussant mes angoisses d'un geste de la main. Tu dois entrer le premier jour d'un pas assuré, c'est tout. Accepte l'idée que tu as accompli plus de choses qu'eux et qu'ils sont là pour apprendre de toi. Et ignore toute forme d'arrogance.

— Peut-être que tu pourrais faire le cours à ma place ? » ai-je demandé avec un sourire, sachant dès l'instant où les mots sortaient de ma bouche que ce n'était pas une bonne idée, car tu te mis à boire une longue gorgée de vin, les sourcils froncés. Lorsque tu reposas le verre sur la table, tes lèvres étaient légèrement teintées de violet, ce qui, pour une raison inconnue, me remit en mémoire un prêtre que j'avais connu enfant et dont les lèvres avaient toujours cette couleur. Il venait à mon école pour parler de l'importance de rester pure pour notre futur mari et il avait une obsession particulière pour une de mes amies, rousse, dont il affirmait qu'elle avait le diable tapi en elle.

« Ils ne voudraient pas de moi, tranchas-tu. Ils veulent des étoiles montantes, pas des auteurs dépassés.

— Ils auraient de la chance de t'avoir. »

Tu me lanças un regard signifiant *Je t'en prie, pas de condescendance*, et je changeai aussitôt de sujet. Nous étions encore à trois mois de Noël mais nous discutâmes de l'endroit où nous passerions la journée, avec ta famille ou la mienne, nous décidant pour la tienne. Puis nous parlâmes de ma sœur Rebecca, dont le divorce récent avait été assez difficile. Elle avait deux enfants, mes neveux Damien et Edward, et cela aggravait la situation car Rebecca se comportait affreusement mal avec leur père, Robert : elle faisait tout pour que ce soit compliqué pour lui de voir les garçons et ensuite, se plaignait qu'il ne passait pas assez de temps avec eux. J'avais toujours bien aimé mon beau-frère et je me demandais pourquoi il lui avait fallu autant de temps pour quitter ma sœur, qui avait passé sa vie à tyranniser les autres, y compris moi, mais j'étais obligée de prendre parti pour elle. Cependant, je te confiai que

Robert m'avait appelée la veille au soir pour savoir si nous pouvions nous voir pour parler.

« De quoi ?

— Je ne sais pas trop. Il préférait ne pas en parler au téléphone et a demandé s'il pouvait passer à l'appartement la semaine prochaine. Je lui ai répondu que nous n'y étions plus, que nous serions ici à Norwich pendant les huit prochains mois ; il a hésité un moment avant de proposer de venir en voiture si j'avais une après-midi de libre.

— J'espère que tu lui as dit non.

— Eh bien, je ne savais pas quoi répondre. C'était tellement surprenant, et il était là, à attendre, au bout du fil.

— Alors tu lui as dit oui ?

— Je crois que oui.

— Tu *crois* que oui ?

— Très bien, j'ai dit oui.

— Oh, bon sang, Edith ! Si Rebecca découvre que tu lui as parlé, elle se pointera ici en criant au scandale et en moins de temps qu'il n'en faudra pour le dire, elle ne nous laissera plus voir les garçons, nous non plus.

— Pourquoi le découvrirait-elle ? demandai-je.

— Parce que tout finit par se savoir. Il est impossible de garder des secrets dans une famille. Enfin, Robert ne va pas faire toute la route jusqu'à Norwich juste pour papoter, si ?

— Je ne sais pas pourquoi il tient à venir jusqu'ici, protestai-je. Comme je te l'ai dit, il ne s'est pas étendu au téléphone.

— Eh bien, ça ne fera que créer des ennuis, je te le promets. Il voudra que tu prennes position lors de l'audience pour la garde des garçons.

— Oh… mais je ne peux pas envisager une chose pareille.

— Bien sûr que non ! Mais il va te le demander. Il va vouloir que tu parles de toutes les choses que ta sœur a faites, toutes ces années, les agressions verbales, la fois où elle l'a frappé…

— Oh là là, tu crois ? » Un jour, cela faisait tout juste un an, j'étais tombée par hasard sur Robert dans un supermarché et j'avais vu son œil au beurre noir. Bien qu'il ait tout nié, je savais qui en était responsable. Elle me frappait aussi quand nous étions enfants, même une fois adolescentes. Avec une violence féroce, incontrôlable, qui explosait et sortait d'elle comme le jet de lave d'un volcan chaque fois qu'elle pensait que nos parents me favorisaient. Elle ne cessa que lorsque je commençai à lui rendre ses coups.

« Eh bien, je m'inquiéterai quand ce sera le moment », dis-je en haussant les épaules.

Le silence s'installa à nouveau et j'essayai de rassembler mon courage pour te poser la question qui me tarabustait depuis que j'avais accepté le poste à l'UEA.

« Et toi, alors ? demandai-je enfin. As-tu décidé ce que tu aimerais faire ?

— Ce que j'aimerais faire ? De quel point de vue ?

— Eh bien, pour occuper tes journées. Est-ce que tu vas écrire ?

— Pour quoi faire ? Les éditeurs ne se bousculent pas franchement à ma porte.

— Tu pourrais démarrer un nouveau projet, suggérai-je.

— Pourquoi ferais-je ça ?

— Parce que tu es un écrivain brillant », affirmai-je et tu m'as regardée avec une expression tellement peinée que l'espace d'un instant, j'ai cru que tu allais te lever et partir. « Je suis désolée, repris-je. Je ne sais jamais quoi dire quand on aborde ce sujet. Je déteste t'entendre si défaitiste. »

En réalité, je ne supportais pas de te voir si malheureux chaque fois que nous parlions de ta carrière au point mort, et même si tu aurais été fâché si tu l'avais su, j'avais pitié de toi. Mais plus que tout, cela me *contrariait*. J'aurais voulu que tu acceptes simplement que les choses ne s'étaient pas passées comme tu l'avais espéré et que tu travailles à les améliorer. Bon sang, tu n'avais que trente-quatre ans ! La plupart des écrivains n'en sont qu'au début de leur carrière à cet âge ! Mais tout t'était arrivé si facilement au début, n'est-ce pas ? Tu avais seulement vingt-quatre ans à la publication de ton premier roman et probablement, tu n'étais pas assez mûr pour gérer le succès de *Deux Allemands*. Et tu reconnaîtrais certainement que tu t'étais précipité pour le deuxième, *La Cabane dans les arbres*, ce qui expliquait pourquoi il avait si mal marché. Ton troisième livre fut refusé parce qu'il n'était vraiment pas bon, et les trois qui suivirent furent rejetés parce qu'à ce stade, tu te contentais de jeter des idées contre le mur en espérant que l'une d'elles collerait. Et après ça, tu décrétas que c'en était fini de l'écriture pour toujours. Que tu n'avais eu qu'une seule bonne idée et même celle-là n'était pas de toi, c'était l'histoire de quelqu'un d'autre que tu avais transcrite, recevant des louanges non pas pour la qualité du livre lui-même mais pour le fait d'avoir révélé au monde le passé de traître d'un contemporain.

Et pourtant, quand je lus les livres suivants, je compris pourquoi ils avaient été refusés : ils étaient totalement dépourvus d'authenticité. Et – le pire crime possible – ils étaient ennuyeux. Tu as d'ailleurs toujours dit que tu avais du mal quand il s'agissait de trouver de bonnes idées, n'est-ce pas ? Que si quelqu'un te donnait une histoire, tu pouvais l'écrire mieux que personne, mais que tu avais besoin de l'idée de départ pour te lancer.

« Tu adores écrire, ne l'oublie pas, dis-je doucement, espérant que tu ne réagirais pas mal à mes paroles.

— C'est faux, rétorquas-tu en remplissant ton verre de vin mais en ignorant le mien, qui était presque vide. Je déteste ça.

— Ce n'est pas vrai.

— Je sais ce que je dis, quand même.

— Tu détestes ce que l'écriture t'a fait, voilà tout. La déception provoquée par tes dernières tentatives. Mais l'activité elle-même, je sais que tu l'aimes toujours. Je le sais. Depuis le jour où nous nous sommes rencontrés, tu as toujours été obsédé par l'idée que le monde doit te voir comme un écrivain.

— N'importe quoi.

— Je me souviens que tu m'as même expliqué que tu pensais publier seulement quatre ou cinq livres au cours de ta vie pour que le monde te prenne plus au sérieux.

— Je n'ai jamais rien dit de tel. Il faut être un abruti sacrément narcissique pour sortir une chose pareille !

— Je m'en souviens très clairement, repris-je en me servant du vin. Je me rappelle même où nous nous trouvions quand tu l'as dit.

— Franchement, Edith, si c'est comme ça que tu me vois, je ne sais pas pourquoi tu m'as épousé, pour commencer.

— Et si tu n'écris pas, fis-je, ignorant sa remarque, qu'est-ce que tu vas faire ? Tu ne peux pas juste traîner dans l'appartement toute la journée à regarder les mouches voler.

— Je trouverai de quoi m'occuper. Il faut bien que quelqu'un fasse les courses, la lessive, ce genre de choses. »

Une ombre se dessina sur la table et je levai les yeux ; un jeune homme se tenait là. Il devait avoir à peine plus de vingt ans, ses cheveux blonds lui retombaient sur le front. Sa peau était claire mais ses joues étaient un peu rouges. Si Eton College éditait une brochure, ce qui était probablement le cas, il pourrait aisément être en photo sur la couverture.

« Je suis désolé de vous interrompre, déclara-t-il en nous regardant alternativement avant de fixer son regard sur moi. Vous êtes Edith Camberley, n'est-ce pas ?

— Oui. » J'étais surprise qu'il sache qui j'étais. Je n'avais jamais été reconnue en public.

« Je suis désolé de vous interrompre, répéta-t-il en tripotant l'anneau d'argent sur son majeur droit. Je m'appelle Garrett Colby. Je suis un de vos étudiants. Ou je vais l'être, à partir de la semaine prochaine.

— Oh, dis-je, ressentant soudain une étrange excitation. Je suis ravie de vous rencontrer !

— Je vous ai vue mais j'hésitais à venir. Je suis désolé de vous interrompre.

— C'est la troisième fois que vous le dites », fis-tu. Je te lançai un regard explicite que tu désamorças avec un sourire, attrapant un des chocolats à la menthe qu'on avait servis avec les cafés avant de le fourrer dans ta bouche et de te mettre à mastiquer bruyamment.

« Cette année s'annonce prometteuse, dis-je.

— Je dois reconnaître que je suis assez tendu, répondit-il.

— Sur quoi travaillez-vous ? Un roman ?

— Des nouvelles. J'écris des nouvelles depuis que je suis enfant.

— Mais vous êtes toujours un enfant, lanças-tu. On dirait que vous avez douze ans.

— J'en ai vingt-deux.

— On dirait que vous n'avez même pas l'âge de vous raser. »

Le pauvre Garrett devint encore plus rouge et j'eus mal au cœur pour lui. J'essayai de te donner un coup de pied sous la table mais je ne réussis qu'à me cogner l'orteil contre le pied de ta chaise.

« Laissez tomber, dis-je. Mon mari fait parfois des remarques ridicules.

— Quel genre de nouvelles écrivez-vous ? demandas-tu.

— Le plus souvent, il s'agit d'animaux.

— D'animaux ?

— Oui, je travaille sur des nouvelles à la première personne racontés par… des animaux.

— Quels genres d'animaux ? demandai-je.

— Il y en a une racontée par une girafe. Et une autre par un gorille. J'en ai publié une dans *Granta* l'an dernier, et le narrateur était un pélican.

— À strictement parler, un pélican est un oiseau, pas un animal, corrigeas-tu.

— C'est vrai, reconnut Garrett. Mais j'ai intégré les oiseaux. Y a-t-il un nom collectif désignant à la fois les animaux et les oiseaux ?

— Les oisimaux ? fis-tu. Animoiseaux ?

— Fascinant, dis-je, même si je trouvais tout cela un peu étrange.

— Alors, vous êtes auteur de littérature enfantine ? demandas-tu, en regardant le jeune homme. Ou vous espérez le devenir ?

— Non, dit Garrett en reculant d'un pas, et je vis que, pour une raison quelconque, il se sentait insulté par cette remarque. Non, mes textes sont destinés aux adultes, sans ambiguïté.

— Eh bien, pourquoi n'écrivez-vous pas sur les gens ? demandas-tu. Sur des vraies personnes. Elles ne vous intéressent donc pas ?

— Si, mais c'est la relation entre les gens et les animaux qui m'intéresse le plus, répondit-il. C'est difficile à expliquer. J'imagine qu'il faudrait lire une de mes nouvelles.

— Heureusement, ce sera le travail de ma femme, et pas le mien. »

Garrett avait l'air un peu contrarié, comme s'il regrettait de nous avoir approchés, finalement, et il jeta un coup d'œil vers sa table, où un autre jeune homme était assis, regardant vers nous le visage inquiet.

« Et qui est-ce, là-bas ? demandai-je, désireuse de remettre un peu de légèreté dans la conversation. Un autre étudiant ?

— Oui, répondit-il. Enfin, non. Enfin, oui, il est étudiant mais pas en écriture. Il est en médecine.

— Médecine vétérinaire ? as-tu demandé.

— Non, médecine tout court. Nous nous sommes rencontrés il y a quelques semaines. Nous sommes tous les deux venus en avance à Norwich pour prendre nos marques. Nous logeons dans la même résidence.

— C'est votre petit ami ? » fis-tu. Je te regardai fixement, me demandant pourquoi tu essayais de le mettre mal à l'aise, mais il ne semblait pas y avoir la moindre méchanceté dans le ton que tu avais utilisé.

« En quelque sorte, répondit Garrett, un peu plus assuré. Nous ne sommes pas encore sûrs. Enfin, je ne voulais pas vous interrompre.

— Vous l'avez déjà dit.

— Je voulais juste dire bonjour.

— Et je suis heureuse que vous l'ayez fait. Je me réjouis de vous voir mercredi. »

Il sourit et hocha la tête. L'expression sur son visage lorsqu'il s'éloigna était un mélange d'humiliation et de déception. Je me tournai vers toi, prête à me plaindre, mais avant que je puisse ouvrir la bouche, il revint.

« Je suis désolé de vous interrompre.

— Oh, mais c'est pas vrai, dis-tu en levant les yeux au ciel, très agacé.

— C'est juste que… – il te regardait, toi – est-ce que vous n'étiez pas écrivain, vous aussi ? »

Je ressentis soudain un coup au creux de mon estomac, comme si quelqu'un venait de me pousser d'une hauteur considérable et que je tombais, sans pouvoir me rattraper à quoi que ce soit pour interrompre ma chute.

« Qu'est-ce que vous entendez par *étiez* ? demandas-tu.

— C'est juste que lorsque j'ai su que Miss Camberley allait animer le séminaire…

— Je vous en prie, appelez-moi Edith.

— J'ai lu son roman. Ou je l'ai relu, plutôt. Et ensuite j'ai trouvé quelques interviews d'elle et elles mentionnaient votre nom. C'est Maurice Swift, n'est-ce pas ?

— C'est exact.

— Je crois que j'ai lu votre roman aussi.

— Lequel ?

— *Deux Allemands.*

— Vous *croyez* l'avoir lu ?

— Quand j'étais à l'école. Je crois que je l'ai emprunté à la bibliothèque.»

Tu souris vaguement. «Mais vous n'en êtes pas sûr ? C'était peut-être autre chose. *Le Crime de l'Orient-Express*, par exemple. Ou *Guerre et Paix* ?

— Je suis presque sûr que c'était *Deux Allemands*. C'est juste que je n'arrive pas vraiment à me rappeler quel était le sujet, c'est tout.

— Eh bien, le thème était deux Allemands. L'indice se trouve dans le titre, vous voyez.

— Oui, bien sûr. Ce que je veux dire, c'est que je ne me souviens pas de l'intrigue.

— Oh, peu importe, fis-tu. Elle n'était pas géniale, de toute manière.

— Est-ce que vous travaillez sur un deuxième livre ?

— Le deuxième roman de mon mari a été publié en 1991, rectifiai-je.

— Oh, je suis désolé, dit Garrett. J'ai dû le manquer. Alors, vous travaillez sur le troisième ? »

Tu inspiras profondément par le nez avant d'expirer. Pendant quelques instants, j'eus l'impression que tout le restaurant était devenu poussière. «Je regrette, je ne parle jamais de travaux en cours. Et ma femme et moi sommes en train de fêter notre anniversaire de mariage, alors peut-être que vous pourriez avoir la gentillesse de cesser de vous excuser de nous interrompre et vous casser, tout simplement.»

Je gardai les yeux rivés sur la table. Je ne pouvais pas présenter mes excuses au jeune homme ; ce faisant, j'aurais pris son parti contre le tien. Mais je me sentis mal pour lui. Il laissa échapper un petit rire, comme si toute cette affaire était une plaisanterie extraordinaire, puis il s'éloigna sans un mot, retournant à sa table et à son putatif petit ami.

« Tu étais vraiment obligé ? te demandai-je en te lançant un regard fâché. Je n'ai pas encore donné mon premier cours et déjà tu t'es mis à dos l'un de mes étudiants.

— Quel culot », dis-tu en faisant un geste au serveur pour demander l'addition, et je savais que tu restais délibérément vague sur la personne dont tu parlais, Garrett ou moi.

Tu vois, Maurice, tu n'as peut-être jamais été bon pour trouver des idées pour tes livres mais personne n'aurait pu nier que tu avais une certaine habileté avec les mots.

2. Octobre

Trois semaines après la rentrée, j'eus l'occasion de me rappeler un incident qui avait eu lieu pendant notre première année ensemble. Le souvenir fut ravivé par une nouvelle soumise au groupe par un de mes plus faibles étudiants décrivant une rencontre désagréable entre deux vieux amis, de nombreuses années après leur séparation. La nouvelle elle-même n'était pas très bonne et ne fut pas bien reçue. Garrett, le garçon que tu avais essayé d'humilier pendant notre dîner d'anniversaire de mariage, se montra particulièrement dur, ce qui me déçut car j'avais espéré que sa timidité masque une certaine empathie. En réalité, elle ne cachait qu'une ambition forcenée qui se révélerait au cours de l'année.

Mais la nouvelle de l'étudiant n'avait finalement pas grand-chose à voir. Elle me ramena au pays de Galles, où je t'avais accompagné à un festival littéraire ; nous sortions ensemble depuis quelques mois. Il ne m'avait pas fallu longtemps pour être éperdument éprise de toi et l'occasion de me présenter en public comme ta petite amie augmentait mon espoir que notre relation s'inscrirait dans le long terme. J'étais déjà allée à ce genre de rencontres avant, bien entendu, mais toujours en spectatrice, et je n'avais jamais eu accès aux coulisses où les écrivains et les éditeurs se retrouvent avant les événements. À l'époque, j'esquissais des idées pour mon premier roman et je me demandais si je ferais un jour partie de ce monde-là ; l'expérience était tout à fait passionnante.

Il restait un peu de temps avant que ta table ronde ne commence et tandis que nous étions assis en sirotant un verre de vin, je remarquai que tu ne cessais de regarder vers la porte où apparaissaient d'autres écrivains. Tu gratifias certains d'un salut de la main, tu en ignoras d'autres, et quelques-uns s'approchèrent pour te dire bonjour ; tout à coup, je te vis écarquiller les yeux et ton visage se décomposa. Tu te penchas pour attraper le prospectus qui était posé sur la table entre nous et le feuilleter à la recherche du programme du jour.

« Merde, lanças-tu en arrêtant ton doigt sur un nom.

— Qu'est-ce qu'il y a ? demandai-je.

— Rien…

— Ça ne peut pas être rien. On dirait que tu as vu un fantôme. »

Il était évident qu'il se passait quelque chose. Je remarquai un homme âgé qui regardait fixement vers nous, avec sur le visage une expression que je n'avais jamais vue auparavant. Un mélange d'humiliation, de regret et de résignation. Il s'avança lentement, en s'appuyant sur une canne.

« Maurice, dit-il avec un fort accent new-yorkais, quand il arriva à notre table. C'est bien toi, n'est-ce pas ?

— Bonjour Dash, répondis-tu en te levant pour lui serrer la main. Ça fait longtemps…

— Un peu plus de cinq ans. Tu n'as pas changé. Un peu plus âgé, bien sûr, mais toujours aussi beau.

— Merci », dis-tu en souriant, et quand il apparut clairement qu'il n'allait pas s'en aller, tu l'invitas à s'asseoir, ce qu'il fit en me poussant un peu pour s'installer dans le fauteuil face à toi. Vous restâtes silencieux un moment, vous contentant de vous regarder fixement, et comme la gêne commençait à être perceptible, je me présentai et il me serra la main en se présentant à son tour. Bien entendu, je reconnus son nom. Je n'avais lu aucun de ses livres, même si j'en avais toujours eu l'intention, car il publiait depuis des années et avait bonne réputation.

« Avez-vous fait une lecture ensemble un jour ? demandai-je en les regardant tour à tour. C'est comme ça que vous vous êtes connus ?

— Oh non, dit Dash. Maurice n'aurait jamais partagé la scène avec quelqu'un d'aussi rassis que moi. Non, nous nous sommes rencontrés il y a de nombreuses années quand il cherchait encore des gens pour lui mettre le pied à l'étrier. C'était à Séville, n'est-ce pas ?

— Madrid, rectifias-tu.

— C'est exact, Madrid. Erich Ackermann recevait un prix, si je me souviens bien…

— Ce n'était pas un prix, c'était juste un déjeuner.

— Mon Dieu, quelle mémoire ! s'exclama-t-il en joignant les mains et je remarquai la présence de nombreuses taches brunes sur sa peau. Tu t'en souviens comme si c'était hier. Est-ce que tu te souviens de ce que nous avons mangé, aussi ? »

Tu souris mais tu ne dis rien.

« Bref, poursuivit-il, Maurice et moi, nous nous sommes rencontrés cette après-midi-là et nous sommes devenus grands amis. Pendant un certain temps, du moins. Il a vécu dans mon appartement à New York pendant… combien de temps était-ce ? Un an ? Dix-huit mois ?

— Moins que cela, répondis-tu. Dix mois, pas plus.

— Si tu veux, nous n'allons pas pinailler sur de petits détails. Une période intéressante, si je me rappelle bien. Nous allions partout ensemble, nous formions un drôle de couple. »

Tu objectas. « Pas vraiment un couple.

— Je l'ai présenté à tous les gens qui valaient la peine d'être connus. Nous avons dîné avec Mme Astor, passé un week-end avec Edmund sur Fire Island, nous sommes allés sur la côte amalfitaine où nous avons logé une nuit chez Gore et Howard. Nous avons même vu des matchs des Jets ensemble, tu te souviens ?

— Mais tu détestes le sport ! m'exclamai-je en me tournant vers toi, surprise.

— En revanche, moi, j'adore. Et Maurice était très... comment dirais-je ? *Obligeant*. Un garçon tout à fait obligeant. Jusqu'à un certain point, en tout cas. » Il marqua une pause et laissa échapper un lourd soupir. « Mais ensuite, son roman a été publié et il était bien trop occupé pour s'embarrasser de moi !

— Ce n'est pas ce qui s'est passé, fis-tu d'un ton glacial. Je voyageais beaucoup et...

— C'est ce que je dis, tu étais très occupé. Avez-vous lu Erich Ackermann, ma chère ? »

Je secouai la tête. « Je ne lis pas de livres écrits par des fascistes.

— Pourquoi donc ? Si vous les ignorez, il ne restera pas grand-chose à lire. Les écrivains sont tous des fascistes. Nous aimons contrôler le discours et écraser quiconque ose ne pas être d'accord avec nous.

— Êtes-vous là pour un événement ? demandas-tu avant que je puisse répondre à son observation.

— Oui, j'ai un nouveau roman qui vient de sortir. Tu ne le savais pas ?

— Non. Il s'intitule comment ?

— *Le Codicille d'Agnès Fontaine.*

— Désolé, je n'en ai pas entendu parler.

— On en parle beaucoup, pourtant. »

Tu haussas les épaules. « Eh bien, je ferai en sorte d'acheter un exemplaire à la librairie du festival et de vous le faire dédicacer.

— Je me souviens de la première fois que je t'ai dédicacé un livre, dit-il en se penchant en avant. C'était très tôt le matin à New York et tu avais une chambre dans un hôtel avec Erich, pour faire ce que tu faisais pour lui à cette époque. Tu te rappelles ?

— Non, lâchas-tu.

— Eh bien, moi si. J'ai lu ton deuxième livre, au fait. Comment s'appelle-t-il, déjà ? *L'Abri de jardin* ?

— *La Cabane dans les arbres.*

— Pas aussi bon que *Deux Allemands*, n'est-ce pas ? Je me demande ce que le pauvre vieux Erich en a pensé.

— Eh bien, il était déjà mort quand le livre est sorti, alors je doute qu'il ait eu le moindre avis.

— Évidemment, dit l'Américain. Il est mort seul à Berlin. J'ai lu quelque part qu'il était décédé depuis une semaine lorsqu'on a découvert le corps. Un de ses voisins s'est plaint de l'odeur. Quelle triste fin pour une carrière aussi illustre.

— Je croyais que vous n'aviez pas d'estime pour lui.

— Qu'est-ce qui t'a fait croire une chose pareille ?

— Les centaines de critiques que vous énonciez sur ses livres quand on se connaissait.

— Oh non, fit-il paraissant horrifié par l'accusation. Non, j'avais une grande admiration pour Erich. Ses romans resteront dans les mémoires, je pense. Et le scandale sera oublié. Ses poèmes resteront aussi.

— Il disait toujours qu'ils étaient mal avisés.

— Il se trompait sur ce point. Mais il s'est trompé sur beaucoup de choses, n'est-ce pas ? »

Avant que tu aies le temps de répondre, une jeune bénévole s'approcha et annonça qu'elle allait escorter Dash jusqu'au lieu de sa rencontre. Il se leva avec précaution, prenant un temps infini pour ajuster son corps à la position verticale et pour trouver son équilibre avec sa canne, puis il baissa les yeux et nous regarda.

« À tout à l'heure, peut-être, Maurice.

— Peu probable, répondis-tu. Après ma présentation, nous prenons le prochain train pour Londres.

— C'est certainement mieux ainsi, répondit-il en agitant la main tout en nous tournant le dos prêt à partir. Au revoir, mon garçon. Je suppose que nous ne nous reverrons jamais. »

Je le regardai s'éloigner et me sentis hésiter entre le rire et la confusion.

« Quel vieux cochon revêche, as-tu marmonné. Il était amoureux de moi autrefois.

— Vraiment ?

— Ce genre de choses arrive.

— Eh bien, je suis bien placée pour le savoir, dis-je en te souriant. Tu ne lui as pas brisé le cœur, j'espère ?

— C'était il y a si longtemps, je m'en souviens à peine. Enfin, quelle heure est-il ? Si on se promenait un peu ? J'aimerais bien jeter un œil à la librairie. »

J'acquiesçai et je t'emboîtai le pas. Dash Hardy mourut peu de temps après, n'est-ce pas ? Je me souviens avoir appris la nouvelle en lisant le journal au petit déjeuner et avoir été choquée que quelqu'un avec qui j'avais parlé si récemment se soit pendu dans son appartement à Manhattan. Tu as lu l'article aussi mais tu n'as pas commenté, même si jusqu'au soir tu es resté assez silencieux, dans mon souvenir.

J'occupais le poste depuis un mois et l'expérience s'avérait positive. Mes peurs initiales sur l'enseignement de l'écriture s'étaient dissipées car les étudiants étaient à la fois respectueux et travailleurs. Il n'y en avait qu'une, une Polonaise appelée Maja, qui me préoccupait. À cause de difficultés liées à son visa, elle était arrivée tard sur le campus et avait manqué les deux premières semaines de cours. Visiblement, elle peinait à s'intégrer. Elle travaillait sur un roman dont le point de départ était très bizarre : Adolf Hitler résolvait des affaires criminelles dans l'Allemagne de l'après-Première Guerre mondiale ; tous les commentaires critiques énoncés sur son travail la mettaient en rage. En même temps, elle ne faisait pas beaucoup d'efforts pour s'intéresser à celui de ses camarades. Alors un jour, je la pris à part et lui demandai si je pouvais l'aider d'une manière ou d'une autre, mais elle parut offensée par ma question et je m'empressai de battre en retraite. Je te confiai mon inquiétude et ta première réaction fut de m'interroger sur le niveau de son anglais.

« Son anglais est parfait, te dis-je. Il n'y a pas de problème de ce côté-là.

— Je demande, parce que si elle ne maîtrise pas la langue, peut-être qu'elle a l'impression qu'elle ne peut pas participer autant que les autres.

— Non, ce n'est pas ça. Je ne sais pas trop où est le problème. Elle semble juste détester tout le monde, moi incluse. J'ignore pourquoi. »

J'avais envie de poursuivre la discussion avec toi, d'entendre tes conseils, parce que je soupçonnais que quelque chose se préparait avec Maja, mais tu lisais un roman qui avait été sélectionné l'automne précédent pour le Prix et je voyais bien que tu étais de plus en plus furieux. C'était un roman long, plus de cinq cents pages, et je savais que l'auteur, Douglas Sherman, avait publié son premier livre l'année où tu avais sorti *Deux Allemands*. Je me souviens t'avoir entendu dire que vous aimiez voyager ensemble lors des tournées promotionnelles, au début, deux jeunes et beaux romanciers à l'avenir assuré, le monde littéraire tellement désireux de vous accueillir tous les deux. Mais depuis, Douglas avait publié quatre autres romans, chacun mieux reçu que le précédent. Il avait pris une place de plus en plus importante tandis que toi, bien sûr, tu te débattais pour continuer à exister.

« Je ne sais pas pourquoi tu continues à lire ça, dis-je. C'est un comportement masochiste.

— Parce que je termine toujours un roman une fois que je l'ai commencé. C'est une règle que je respecte.

— Pas moi, fis-je en m'écroulant sur le canapé tout en contemplant la pile de textes écrits par les étudiants posée sur la table basse, mais sans faire d'effort pour prendre le premier. La vie est trop courte. En ce qui me concerne, je donne à un écrivain cent pages, et s'il n'est pas capable de retenir mon attention au-delà, je passe à autre chose.

— Ridicule.

— Comme ça, tu me trouves ridicule ?

— Pas toi, non. Cette façon de faire me semble ridicule. Tu ne peux pas dire que tu as lu un roman si tu ne l'as pas lu de la première à la dernière ligne. Oui, peut-être que tu t'ennuieras au début, mais si ça s'améliore et que soudain, tout ce qui précède s'éclaire ?

— Si tu veux. Mais je pense quand même qu'il s'agit d'une erreur, vu ton histoire.

— À t'entendre, on croirait qu'on est amants.

— Surtout alors que tu te sens si…

— Que je me sens si quoi ? » demandas-tu en posant le livre pour me regarder fixement. Tu écartas un peu les jambes et attrapas les accoudoirs du fauteuil, et une image du mémorial de Lincoln me vint à l'esprit.

« Que tu te sens si perdu.

— Qu'est-ce qui te fait penser que je me sens perdu ?

— N'allons pas sur ce terrain-là… », dis-je en regardant derrière toi, par la fenêtre du salon, un chat noir et blanc qui avait grimpé sur le rebord et me fixait. Il leva une patte et l'appuya contre la vitre ; l'espace d'un court moment surréaliste, je crus qu'il me faisait signe de le rejoindre, comme ces *maneki-nekos* que l'on voit dans les vitrines des restaurants chinois.

« Oh, si. Allons-y. Vas-y, Edith, explique-moi pourquoi tu penses que je me sens perdu.

— Parce que tu n'écris pas.

— Nous en avons déjà parlé.

— C'est pour ça que nous devrions parler d'autre chose. »

Tu restas silencieux un long moment, avant de finir par convenir, avec un soupir : « Peut-être que tu as raison. Désolé, Edith. Je me comporte vraiment comme un gros con. Rien de tout cela n'est ta faute.

— Tu n'es pas obligé de t'excuser.

— En fait, si. Nous sommes dans ce joli appartement. Tu travailles, tu gagnes l'argent du ménage tout en écrivant, et moi je ne fais que rester assis là, à me plaindre. Je vais essayer d'améliorer les choses, je te le promets.

— Eh bien, dis-je avec un sourire. Ce serait parfait. Tu pourrais commencer par repeindre la chambre. La couleur des murs me donne mal à la tête.

— D'accord.

— Et fixer la balustrade de l'escalier qui monte à l'appartement, ce serait utile. Tu as remarqué comme elle est branlante ?

— Ou je pourrais lire ces textes, suggéras-tu en désignant la pile posée sur la table basse d'un mouvement de tête. Et te faire des notes de lecture.

— Pourquoi te demanderais-je une chose pareille ?

— Pour que tu n'aies pas à les lire toi-même. Je suppose qu'ils sont tous mauvais.

— Ils ne le sont pas, en fait. Et ce sont les textes de mes étudiants, qui comptent sur moi pour pouvoir leur en parler en cours. Il faut que je les lise ; autrement, comment leur donner des conseils ?

— Ce n'était qu'une suggestion. Et d'ailleurs comment avance ton livre ? Tu progresses bien ?

— Je crois que ça se passe assez bien.

— Tu en es où ?

— Pas loin de la fin du premier jet.

— Et combien de réécritures tu envisages ?

— Une, peut-être deux, au maximum.

— Et ensuite, je pourrai le lire ?

— Non, pas avant qu'il soit publié, désolée. »

Tu pris l'air courroucé. Tu n'aimais pas que je refuse de te montrer mon travail avant la fin, je le savais, pourtant je m'étais expliquée de nombreuses fois. Je respectais ton avis, bien sûr, mais je t'aimais et je ne voulais pas qu'un roman s'interpose entre nous. Si tu le trouvais mauvais, peut-être que tu ne me le dirais pas. Et si tu pensais qu'il était bon, peut-être que je soupçonnerais que tes compliments n'étaient pas sincères.

« Alors, dans combien de temps vas-tu le rendre ?

— Quatre ou cinq mois, je dirais.

— Bon, je ne vais pas t'embêter davantage avec ça. » Là-dessus, tu t'es levé, tu t'es approché, tu as soulevé mon menton avec ton index et tu m'as embrassée doucement sur les lèvres mais tu as prolongé ce baiser très longtemps, si longtemps que j'ai cru que j'allais étouffer, et j'ai fini par m'écarter.

Quelques jours plus tard, pendant mon cours, quelqu'un frappa à la porte et lorsqu'elle s'ouvrit, j'eus la surprise de voir mon beau-frère Robert debout sur le seuil avec un sourire penaud. Les étudiants se tournèrent pour le regarder, contrariés par l'interruption, et pour une raison inconnue, je me surpris à rougir.

« Désolé, Edith. Est-ce que je te dérange ?

— Eh bien, nous sommes au milieu d'un cours.

— Est-ce que je pourrais te parler une minute ? »

Je sortis dans le couloir, sentant monter en moi une certaine agitation en refermant la porte. « Qu'est-ce qui se passe ? C'est Rebecca ? Les garçons ?

— Non, non, répondit-il précipitamment. Non, il ne s'agit pas de ça. Tout le monde va bien. J'ai juste besoin de te parler, c'est tout. »

Je le regardai fixement, ressentant un mélange de pitié et d'irritation. « Eh bien, je ne peux pas, là, tout de suite, lui dis-je en désignant le groupe derrière la porte. Nous venons à peine de commencer.

— Ce n'est pas grave. Je peux attendre. »

Je lui expliquai comment se rendre au bar des étudiants de troisième cycle, ajoutant que je l'y retrouverais à 17 heures.

Lorsque j'arrivai, je fus contente de constater qu'il avait choisi une table dans un coin où nous pourrions parler tranquillement.

« Alors, comment vas-tu ? demandai-je.

— Mal. Et toi ?

— Ça peut aller.

— Et Maurice ?

— Il va bien. Il a été d'un soutien incroyable pour ce projet d'installation ici. Je n'aurais pas pu le faire sans son aide, pour être honnête.

— Cela ne me surprend pas, dit Robert. Je t'ai toujours envié le...

— Le quoi ? demandai-je, ne sachant pas trop comment cette phrase allait se terminer.

— Eh bien, l'amour qui vous lie. Tout le monde voit bien à quel point vous êtes heureux ensemble. »

Je fus extrêmement touchée par sa remarque, et à ma grande surprise, sentis mes yeux se remplir de larmes.

« Je suppose que tu es ici pour parler de Rebecca, dis-je en parvenant enfin à relever les yeux.

— Oui. Est-ce que vous avez communiqué récemment ?

— Pas vraiment, avouai-je. Je suis allée la voir peu de temps avant notre départ pour Norwich mais je n'ai pas de nouvelles depuis.

— Alors, tu as rencontré Arjan ?

— Eh bien, il était là-bas, oui.

— Qu'est-ce que tu en penses ? »

Je jetai un coup d'œil aux tables où mes étudiants buvaient et riaient, et malgré toute l'affection que j'avais pour Robert, j'aurais préféré être en leur compagnie, en train de parler de littérature, plutôt que d'être assise ici, empêtrée contre mon gré dans un drame familial.

« Il a l'air gentil. Ça paraît un peu rapide, qu'elle s'installe déjà avec quelqu'un, pourtant il était plutôt agréable, j'ai trouvé. Je suis désolée, je sais que tu veux probablement que je dise autre chose mais…

— En fait, non, me dit-il en m'interrompant.

— Non ?

— Non, il vit avec mes deux garçons alors, bien sûr, je préférerais que ce soit un type bien. Je l'ai rencontré, moi aussi. Je voulais le détester mais je n'ai pas pu. Rebecca se lassera de lui rapidement, je pense.

— Je le crois aussi. Écoute, pour être tout à fait franche, Arjan est… disons, convenable, n'est-ce pas ? Et jeune. Mais il est trop gentil. Soit elle se fatiguera de lui soit il en aura assez de se faire malmener et s'en ira. Je soupçonne que derrière la gentillesse se cachent de la force et un certain courage, et toute personne qui se retrouve en étroite relation avec ma sœur en a besoin.

— Tu trouves que je manque de force et de courage ?

— Je n'ai pas dit ça.

— C'est ce que tu as sous-entendu. »

Je posai mon verre et pris sa main dans la mienne. Au même instant, je remarquai mon étudiante polonaise courroucée, Maja, en train de me regarder. Elle savait que Robert n'était pas mon mari, bien entendu, et peut-être se demandait-elle pourquoi je le touchais.

« Je n'ai rien contre toi, Robert, dis-je à mi-voix.

— Je sais. Je suis désolé.

— Bon… et si tu me disais pourquoi tu es venu me voir ?

— Pour te demander un service.

— D'accord.

— Je voudrais que tu parles à Rebecca pour moi. »

Je fermai les yeux quelques secondes. J'avais espéré me tromper. « Je suis vraiment obligée ?

— Oui, il le faut. Elle ne prend plus mes appels, désormais.

— Qu'est-ce que tu veux que je lui dise ?

— Tu pourrais commencer par lui demander pourquoi elle refuse de répondre à mes coups de fil.

— Et ensuite ?

— Je n'ai pas réfléchi au-delà de ça.

— Ah, super. Merci.

— Je crois que nous avons besoin de quelqu'un qui joue les intermédiaires.

— Peut-être, mais est-ce que tu crois vraiment que je suis la mieux placée ? Elle me déteste.

— Ce n'est pas vrai.

— Allez…

— Elle n'est peut-être pas une fan inconditionnelle mais…

— Elle m'a dit qu'elle trouvait que mon roman était merdique. Elle l'a qualifié de, je cite, *texte d'une vulgarité à faire rougir*. Ses mots sont gravés dans ma mémoire.

— Elle est jalouse de ta réussite, c'est tout.

— Tant mieux, je suis contente.

— Tu devrais le prendre comme un compliment.

— Eh bien, ce n'est pas le cas.

— Edith, s'il te plaît. Elle ne me laisse pas voir les garçons.

— Ce n'est pas juste, je le reconnais. Mais tu devrais t'adresser à un avocat, non ? Est-ce que cela ne serait pas plus facile ? De t'informer sur tes droits ?

— Je n'ai pas envie de faire ce genre de démarche dès maintenant. À la seconde où nous mettrons le débat entre les mains des juristes, tout nous échappera. Je veux en appeler à sa générosité d'âme.

— Ah, tu vois, c'est là que tu commets une erreur.

— Je pense juste que si quelqu'un pouvait lui dire à quel point c'est important pour moi d'être un bon père, d'être une influence positive sur les garçons, alors elle se comporterait peut-être un peu plus…

— Un peu plus comme un être humain ?

— Oui, je crois que c'est ça. »

Je soupirai. Il était évident que Rebecca traitait Robert d'une manière infâme. J'allais lui dire le fond de ma pensée lorsque la porte du bar s'ouvrit et tu apparus.

Tu jetas un coup d'œil dans la salle, ton regard s'arrêta un moment sur les étudiants, et tu parcourus les visages, espérant me voir au milieu d'eux. Ce n'est que lorsque tu eus examiné le reste de la pièce que tu remarquas notre présence ; tu levas un sourcil surpris et tu nous rejoignis.

« Robert, dis-tu en passant un bras autour de ses épaules. En voilà une surprise.

— Oui, j'ai débarqué sans prévenir au milieu du cours d'Edith. La situation n'est pas géniale à la maison, comme tu le sais. J'avais besoin de quelques conseils. »

Tu acquiesças et demandas ce que nous buvions avant de te diriger vers le bar. Rien qu'à voir ta démarche, je sentais que tu n'étais pas content, et immédiatement, j'en fus mal à l'aise, et incapable de me concentrer sur les paroles de Robert. Je lançai un coup d'œil vers toi mais tu me tournais le dos. Nos regards se croisèrent néanmoins dans le miroir derrière le bar, et quelque chose dans l'expression de ton visage provoqua chez moi un sentiment de culpabilité, comme si je t'avais déçu.

Je ne comprenais pas trop ce que j'avais fait de mal mais je savais que tu allais m'en tenir rigueur pendant un temps considérable.

3. Novembre

Ce n'était pas mon idée, de t'inviter à venir parler aux étudiants et en toute honnêteté, j'avais supposé que tu refuserais. En fait, elle était née dans l'esprit de Maja, qui vint me voir après le cours un jour, prétendant qu'elle adorait *Deux Allemands* mais encore plus *La Cabane dans les arbres*, ce que je trouvais étrange. Je lui promis de te soumettre le projet mais l'avertis que tu risquais fort de refuser. Cependant, à ma grande surprise, tu acceptas immédiatement.

Nous fixâmes une date et je passai la matinée à lire les nouvelles qui avaient été proposées pour le séminaire en sentant au creux de mon estomac une angoisse étrange, que j'avais du mal à comprendre. Tu arrivas à mon bureau vers 15 h 30 ; c'était la première fois que tu venais. Tu passas ton temps à examiner les livres qui avaient été laissés sur les étagères par la femme écrivain en congé maternité que je remplaçais. Tu en sortis quelques-uns avant de faire des commentaires désobligeants sur leurs auteurs.

« C'est une nouvelle chemise ? demandai-je tandis que nous nous dirigions vers la salle de cours peu de temps avant le début de ton intervention. Et un nouveau jean ? Tu as acheté une tenue toute neuve pour aujourd'hui ?

— Ne sois pas ridicule », soufflas-tu. Je détournai les yeux parce que tu rougissais – je suis toujours gênée quand je perçois la gêne chez les autres. C'était *bien* des vêtements neufs. Je ne parvenais pas à décider si le fait que tu fasses tant d'efforts pour un groupe d'aspirants-écrivains était attendrissant ou pathétique. Tu voulais donc tellement les impressionner ?

Quand nous entrâmes, je remarquai que la vénération que les étudiants – *mes* étudiants – te témoignaient était bien supérieure à celle qu'ils avaient pour moi. Je ne crois pas être paranoïaque, Maurice, quand je dis que c'était comme s'ils pensaient qu'enfin, un *véritable* écrivain était venu leur parler, simplement parce que tu as un pénis. Même les filles, qui aimaient toutes prétendre qu'elles étaient d'ardentes féministes, te regardaient avec plus de respect qu'elles n'en avaient jamais eu à mon égard. *Surtout* les filles, en réalité.

Je commençai par te présenter, en donnant les titres de tes deux romans publiés, et fis une plaisanterie téléphonée sur le fait qu'il avait été terriblement facile de te convaincre de venir les voir, puisque nous vivions ensemble. Sans préambule, tu saisis un exemplaire de *La Cabane dans les arbres* – tu l'as toujours préféré à *Deux Allemands* – et tu lus un extrait proche du milieu, dans lequel un jeune garçon passe à travers le plancher de la construction à laquelle le titre fait référence et reste suspendu en l'air une bonne partie de l'après-midi, jusqu'à ce qu'un agriculteur qui passe par là vienne le sauver. À la fin de ta lecture, ils applaudirent frénétiquement, et je constatai, en voyant l'expression de ton visage, à quel point leur approbation avait de l'importance pour toi.

«Je ne vais pas poser de questions à Maurice, fis-je une fois le calme revenu. Je sais déjà tout ce qu'il y a à savoir sur lui.

— Pas tout, lanças-tu au milieu des rires.

— Je vous laisse donc l'interroger à loisir.»

Maja posa la première question – je m'y attendais. Pendant toute la lecture elle t'avait regardé fixement, comme si elle assistait à la seconde venue du Christ, et il était évident, à l'expression de son visage, qu'elle te trouvait extrêmement séduisant. Elle te déshabillait du regard, mais il serait probablement plus adéquat de suggérer qu'elle aurait voulu t'arracher tes vêtements et se mettre à genoux pour te sucer. Je ne me rappelle pas sa question, mais je me souviens que tu l'as prise comme simple point de départ pour te lancer dans un monologue sur l'état actuel du monde éditorial qui, de ton point de vue, était consternant. Je cessai d'écouter, et réfléchis à l'endroit où nous pourrions aller dîner ensuite. Et oui, je laissai mon regard s'attarder sur un des garçons, Nicholas Bray, très jeune mais très mignon, qui me plaisait depuis le début.

Plusieurs autres questions furent posées, puis Garrett Colby leva la main et tu te tournas vers lui ; à ton expression, je compris que tu le reconnaissais, sans te rappeler où tu l'avais rencontré exactement.

« Je me demandais si vous pouviez nous dire sur quoi vous travaillez en ce moment, questionna-t-il et tu secouas la tête.

— Non, je ne peux pas, répondis-tu. Comme je vous l'ai déjà dit, Garrett, je préfère ne pas parler de mon projet en cours. Juste au cas où.

— Au cas où quoi ?

— Au cas où quelqu'un me volerait mon idée.

— Mais une idée n'est rien de plus qu'une idée, objecta-t-il. Vous pourriez nous exposer l'idée de *Gatsby le Magnifique*, par exemple, et cela ne signifie pas pour autant que l'un d'entre nous soit capable de l'écrire, comme ça, de but en blanc.

— C'est exact. Mais quand même, je préfère ne rien dire.

— Tout ceci nous amène à une question plus générale, n'est-ce pas ? poursuivit Garrett.

— Ah bon ?

— Oui. Celle de la propriété littéraire, ou même du vol littéraire. À la question de savoir si nos histoires nous appartiennent, ou pas.

— Je ne vois pas bien où vous voulez en venir», dis-tu. Mais moi, je voyais bien où il voulait t'amener et je me demandai comment il avait le culot d'aborder cet aspect. En y repensant, c'était franchement grossier de sa part de traiter ainsi un écrivain venu en visite, sans parler d'un écrivain qui avait eu le succès que tu avais connu.

«Eh bien, prenons *Deux Allemands*. Ce n'était pas vraiment votre idée, n'est-ce pas ? Vous avez simplement raconté l'histoire d'Erich Ackermann en la présentant comme une œuvre de fiction.

— Mais c'est bien une œuvre de fiction. Dans le livre tout n'est pas exactement comme Erich me l'a décrit. J'ai pris ce qu'il m'a raconté de sa vie, embelli certains détails, ignoré d'autres. Plusieurs choses qu'il m'a racontées sur Oskar Gött, par exemple, auraient pu influencer l'opinion du lecteur sur ce personnage, mais j'ai choisi de ne pas les inclure parce que j'avais une idée très précise de la manière dont je voulais présenter la relation entre les deux garçons.

— Quelles choses ?

— Je préférerais ne pas détailler. Une fois que je commence à aborder ce sujet, je me retrouve obligé de parler de tous les aspects de l'histoire et de séparer l'histoire personnelle d'Erich de ma propre création. Au bout du compte, c'est un roman et vous devriez le considérer comme tel. Ne cherchez pas des faits dans la fiction. Ce n'est pas le propos d'un roman.

— Quel est le propos d'un roman, alors ? lança le beau Nicholas.

— Je me suis souvent posé la question, fis-tu avec un sourire. En toute honnêteté, je ne sais pas vraiment. Je sais seulement que j'aime en lire. Et en écrire.

— Alors, vous travaillez bien sur quelque chose ? demanda Garrett, qui ne lâchait pas le morceau.

— Je l'ai dit, non ?

— Non, vous avez dit que vous ne parliez jamais de travail en cours.

— C'est exact.

— Mais vous avez bien un projet, n'est-ce pas ? Il s'est passé tellement de temps depuis la sortie de *La Cabane dans les arbres*. »

Assise à côté de toi, je te sentais devenir de plus en plus mal à ton aise, et tu mis un long moment avant de répondre.

« C'est vous qui écrivez le livre pour enfants avec les animaux qui parlent, n'est-ce pas ?

— Ce n'est pas un livre pour enfants, répondit Garrett. C'est une allégorie. L'important n'est pas que les animaux parlent, c'est ce qu'ils ont à dire. Comme dans *La Ferme des animaux*.

— Vous comparez votre travail à celui d'Orwell ? rétorquas-tu, en riant.

— Non, bien sûr que non, fit Garrett, un peu plus fébrile. Ce n'est pas ce que je voulais dire.

— C'est ce que tu as sous-entendu », lança Maja.

Garrett leva les yeux au ciel et laissa échapper un profond soupir. Les deux étudiants s'étaient disputés plusieurs fois en cours et Maja semblait prendre plaisir à le casser.

« Écoutez, pour certains romans, l'écriture prend beaucoup de temps, dis-tu, revenant à la question initiale. Il sera prêt quand il sera prêt. Jusque-là, je n'ai pas grand-chose à ajouter sur le sujet en dehors du fait que j'espère publier d'ici… » Tu marquas une pause en levant les yeux vers le plafond. « D'ici deux ans. »

Je me tournai vers toi et essayai de ne pas manifester ma surprise. Mais j'étais ravie qu'enfin, tu penses en ces termes. Norwich devait avoir un effet positif sur toi comme sur moi, décidai-je.

Il y eut quelques questions supplémentaires, puis nous allâmes tous prendre un verre au bar de l'université, où tu commandas des pizzas pour les étudiants en t'assurant de passer un peu de temps avec chaque groupe, comme si tu leur accordais une faveur immense en leur communiquant ta sagesse.

« Vous en avez lu des pages ? demanda Nicholas, mon chouchou, en s'approchant de l'endroit où je me trouvais, près de la fenêtre, pour me tendre un verre de vin blanc.

— Est-ce que j'ai lu quoi ? questionnai-je.

— Des pages du nouveau roman de votre mari. »

Je secouai la tête et pris le temps d'apprécier son charme. Il avait environ huit ans de moins que moi – vingt-trois ans –, des cheveux noirs courts qui paraissaient d'une propreté irréelle, et un visage enfantin. J'imaginais que lorsqu'il était petit, il avait dû être un écolier indiscipliné comme celui de *Just William*, faisant toutes sortes de bêtises mais sachant pertinemment que personne ne pouvait rester fâché contre lui très longtemps.

« Non, dis-je, décidant de ne pas mentionner le fait que j'avais appris l'existence d'un nouveau roman en même temps qu'eux tous. Non, il ne me laisse pas lire quoi que ce soit quand il est encore en train de travailler sur le texte.

— Est-ce qu'il pense que vous aussi, vous risquez de le voler ? »

Je ris et secouai la tête. « Je ne crois pas, fis-je, avec l'impression que je devais racheter mes pensées traîtresses en te défendant. D'ailleurs ce ne serait pas une mauvaise idée. Il écrit bien mieux que moi.

— Vous en êtes persuadée ?

— Oui, bien sûr. » Je crois que je l'étais, effectivement, à ce moment-là. Mais peut-être que c'était seulement parce que tu avais déjà publié un roman quand nous nous étions rencontrés, et que depuis, j'avais de l'admiration pour toi. « Pourquoi, pas vous ?

— Non, pas du tout, répondit Nicholas en me regardant droit dans les yeux. Honnêtement, je pense que vous êtes d'une autre envergure. Ou vous le serez un jour. »

Malgré la tension qui semblait grandir entre nous pendant ces semaines-là, mon travail au moins allait bien. Je me rapprochais de la fin du premier jet de mon roman et j'étais certaine que j'aurais quelque chose à présenter d'ici la fin du printemps. Je me sentais encouragée par les mails que je recevais de temps en temps de mon agent et de mon éditeur, même si je refusais encore de leur dire quoi que ce soit sur l'histoire, préférant qu'ils réagissent à l'état fini plutôt que risquer qu'ils le lisent ensuite avec des idées préconçues. Ils paraissaient l'accepter et mes journées étaient consacrées à l'enseignement, la lecture et l'écriture. Je pourrais m'habituer à cette vie, pensai-je, me demandant si un poste plus pérenne serait éventuellement disponible à l'université dans un avenir proche et me permettrait de rester quelques années de plus. J'aimais l'idée d'écrire un troisième roman, beaucoup plus court, dans une période d'intense créativité.

L'université organisait son festival littéraire d'automne en novembre, avec une série d'entretiens dans l'un des théâtres un mardi soir, et alors même que tu évitais généralement ce genre d'événements, tu proposas que nous allions ensemble écouter Leona Alwin interrogée par le romancier Henry Sutton. Quelques années plus tôt, Leona avait reçu un exemplaire non corrigé de *Frayeurs* et avait eu la gentillesse de le lire et d'écrire un bref compliment qui avait été repris sur la jaquette ; et cela t'avait impressionné, car tu avais toujours admiré ses livres.

En fin d'après-midi, je rentrai me changer et lorsque je montai l'escalier conduisant à notre appartement, la balustrade trembla dans ma main et je trébuchai, tombant en avant. J'évitai la blessure en tendant les bras pour amortir ma chute.

« Bon sang, marmonnai-je en me remettant debout, et quand j'ouvris la porte, je te vis sortir de la pièce qui me servait de bureau.

— C'était quoi, ce bruit ?

— Je suis tombée. Je croyais que tu allais réparer cette main courante. L'un de nous va se casser le cou un jour, si on ne fait pas attention.

— Pardon, j'ai oublié, dis-tu en me prenant par le bras tandis que je frottais mon menton meurtri. Ça va ? Tu ne t'es pas fait mal ? »

Je secouai la tête et je dépoussiérai mon manteau. « Ça va, dis-je. Mais qu'est-ce que tu faisais dans cette pièce ?

— Dans cette pièce ?

— Dans mon bureau ?

— *Ton* bureau ? » demandas-tu en levant un sourcil. J'entendis la vivacité dans ma voix et essayai de la contrôler pour ne pas gâcher la soirée. Cependant c'était bien mon bureau et nous en parlions toujours en ces termes. Les rares fois où tu utilisais ton ordinateur, tu le faisais toujours sur la table de la cuisine.

« Bon, *le* bureau, rectifiai-je.

— Rien, me dis-tu en passant devant moi pour aller à la cuisine mettre en route la bouilloire. Je cherchais un stylo, c'est tout. On ne devait pas se retrouver à l'université ?

— J'avais besoin d'une douche. J'ai couru comme une dingue toute la journée. Je ne serai pas longue, nous pourrons partir ensemble. »

Mais avant de me déshabiller, j'eus l'envie soudaine d'aller jeter un coup d'œil dans l'autre pièce. Je vis quelques stylos posés sur ma table de travail, et quand je touchai l'ordinateur, ignorant la voix dans ma tête qui me répétait de ne pas chercher à savoir, je découvris qu'il était chaud. Ma première idée fut que tu t'en étais servi pour aller sur des sites porno. T'avais-je dérangé au mauvais moment ? Je bougeai la souris pour la réveiller et allai voir l'historique de navigation, mais il n'y avait rien de compromettant, seulement des recherches que j'avais faites moi-même les jours précédents. Peut-être était-ce simplement le soleil, me dis-je. Après tout, vu la disposition de la maison, la chaleur pouvait devenir oppressante dans le bureau l'après-midi.

La lecture et l'entretien se passèrent très bien. Leona Alwin mêlait érudition et sens de l'humour raffiné, parlant de son travail et du travail d'autres avec perspicacité. Tu paraissais ébloui par elle et lorsque les lumières se rallumèrent, tu te tournas vers moi avec, sur le visage, un enthousiasme que je n'y avais pas vu depuis longtemps.

« Elle est fabuleuse, non ? » dis-tu et j'acquiesçai ; tu me pris par la main et nous traversâmes la cour en direction du bâtiment où était donnée la réception. Une fois à l'intérieur, nous bûmes du champagne, attendant une occasion de nous présenter à l'invitée d'honneur. Tout à coup, tu te penchas pour m'embrasser, et ce n'était pas un petit bisou, mais un vrai baiser ; nos lèvres s'ouvrirent et tandis que ta langue se glissait dans ma bouche, je sentis une chaleur m'envahir tout le corps, me rappelant que je n'avais jamais eu envie d'un homme autant que j'avais envie de toi depuis toujours. Lorsque tu t'écartas de moi, tu avais une expression espiègle. Tu te penchas et je crus que tu allais m'embrasser à nouveau, mais non, tu me chuchotas à l'oreille :

« Allons quelque part pour baiser. »

Mes yeux s'écarquillèrent de surprise et je plaquai une main sur ma bouche pour retenir un éclat de rire, mais cette idée, et sa spontanéité, m'excitèrent immédiatement. Je regardai autour de nous, la salle de plus en plus envahie de monde. « On ne peut pas. On va se faire surprendre.

— Et alors ? » dis-tu en me prenant par la main pour m'emmener dans un couloir ; nous essayâmes d'ouvrir quelques portes, qui étaient toutes fermées à clé. Je jetai un coup d'œil derrière nous au cas où nous aurions été suivis mais personne n'allait quitter la salle alors que Leona tenait toujours salon. Nous arrivâmes au bout du couloir où il ne restait que deux portes, face à face. J'en essayai une, toi, l'autre, mais elles refusèrent de s'ouvrir.

« Pas de bol », lâchas-tu.

Je te regardai, t'attrapai par le bras et souris.

« Quoi ? » demandas-tu.

Je reculai dans le coin et tu levas un sourcil. J'avais perdu la tête ; c'était terriblement risqué, il y avait une centaine de personnes au bout du couloir, mais je savais qu'il fallait que tu me prennes immédiatement, ou je deviendrais folle.

« Ici ?

— Oui », répondis-je. Tu te rapprochas de moi et me plaquas contre le mur, fouillant sous ma robe pour descendre ma culotte tout en défaisant la braguette de ton pantalon. En quelques secondes, tu étais en moi et nous ne nous quittâmes pas du regard, ta main s'enroula doucement autour de mon cou, ton pouce appuyant fort contre ma carotide. Nous jouîmes, ensemble. Ce fut intense et sexy, et après, nous continuâmes à nous regarder fixement, notre désir amplifié, loin d'être étanché. Quelques instants plus tard, nous arrangeâmes nos tenues et retournâmes à la réception, en gloussant comme des adolescents.

La première personne que nous croisâmes en franchissant le seuil fut Leona Alwin en personne, et même si j'aurais voulu aller aux toilettes me repoudrer le nez avant de lui parler, il n'y avait aucun moyen de l'éviter. Je me présentai, gênée par l'odeur de sexe qui nous enveloppait, j'en étais certaine, mais elle ne parut rien remarquer. Elle sembla absolument ravie de me rencontrer.

« Oh, bien sûr, fit-elle avec enthousiasme. C'est vous qui avez écrit ce roman magnifique !

— Vous êtes très aimable, répondis-je. Et très généreuse. Votre soutien m'a beaucoup aidée.

— Je suis sûre que non, fit-elle en balayant ma gratitude d'un geste de la main. Les bons textes se font toujours une place, voilà ce que je crois. C'est l'un des meilleurs premiers romans que j'aie lu depuis des années.

— Il est vraiment admirable que quelqu'un de votre envergure soit si intéressé par le travail de jeunes écrivains.

— Eh bien, j'essaye de me tenir au courant. Je trouve insupportables les romanciers vieillissants qui refusent de s'intéresser aux jeunes. La plupart d'entre eux semblent penser qu'ils sont les seuls qui méritent d'être lus, voyez-vous, et que la littérature telle que nous la connaissons prendra fin le jour où ils publieront leur dernier livre. Les hommes le pensent certainement. Imaginez-vous un Anglais blanc de soixante-quinze ans avec vingt romans à son actif lisant le premier roman d'une fille noire de vingt-huit ans originaire des Caraïbes ? Cela n'arrivera jamais. Ils préfèrent dire au monde qu'ils relisent tout Henry James dans l'ordre chronologique et qu'ils le trouvent un peu suffisant. » C'est alors qu'elle se tourna vers toi, Maurice, et je sus, à la manière dont tu te tenais, que tu attendais qu'elle te reconnaisse.

« Très heureux de vous revoir, Leona, déclaras-tu en te penchant en avant et en l'embrassant sur les deux joues, à son grand étonnement. Votre présentation était passionnante.

— Merci, monsieur…

— Maurice, dis-tu alors, avec un mouvement de recul, et l'expression de ton visage changea aussi rapidement que lorsque, tout à l'heure, je t'avais proposé de me baiser. Maurice Swift.

— Ah… je suis heureuse de vous rencontrer aussi, monsieur Swift. Êtes-vous le petit ami d'Edith ? Oh non, son mari, je vois vos alliances. Depuis combien de temps êtes-vous mariés ? Vous devez être très fier d'elle ! »

Tu la fixas quelques instants sans rien dire. Je vis se profiler l'horreur de ce qui allait suivre sans trouver aucun moyen de l'empêcher.

« Nous nous sommes rencontrés au Festival d'Édimbourg il y a quelques années, dis-tu.

— Oh, je suis désolée, fit Leona en te touchant le bras ; elle avait l'air très gênée. Vous êtes écrivain aussi, donc ? Je n'avais pas compris.

— Je suis Maurice Swift, répétas-tu, d'un ton qui disait clairement que tu n'aurais pas été plus abasourdi si elle avait avoué ne pas connaître William Shakespeare.

— Mon mari a écrit *Deux Allemands*, dis-je, mais il parut clair, à sa mine, qu'elle n'en avait jamais entendu parler.

— Oh, c'est formidable. Félicitations. Et comment ça se passe pour vous ?

— Il a été publié il y a onze ans, rétorquas-tu.

— Oh, mais oui, c'est vrai. Je me souviens, maintenant. » Elle était piètre menteuse. « Vous devez me pardonner, monsieur Swift. Je suis vieille comme Hérode. Certains jours j'ai même du mal à me souvenir des titres de mes propres livres.

— Ce n'est pas vrai, assénas-tu froidement. Je vous ai entendue tout à l'heure. Vous êtes parfaitement réactive. C'est juste que vous n'avez jamais entendu parler de moi ni de mes livres, c'est tout. Ce n'est pas grave, je m'en fiche. Aucune raison que ce soit le cas, en fait. »

Leona sourit, gênée, et se tourna vers moi, me demandant comment avançait mon prochain livre, et je répondis par quelques platitudes, mais le charme était rompu. Je voulais partir, me confronter à l'humeur dans laquelle tu te trouvais probablement pour pouvoir ensuite passer à autre chose. Je soupçonnai que Leona voulait se sortir de là aussi, car elle s'empressa de se rapprocher d'un autre convive et nous nous retrouvâmes seuls à nouveau, l'élan de nos récents ébats complètement disparu, remplacé par l'humiliation qui t'avait été infligée.

« On y va ? » fis-tu et je hochai la tête, me dépêchant d'avaler le fond de mon verre avant de courir pour te rattraper tandis que tu te dirigeais vers la sortie.

Te souviens-tu de ce qui s'est passé quand nous sommes rentrés à la maison, Maurice ? Tu vas trouver que j'exagère mais je m'en souviens très clairement. Nous nous sommes à peine dit trois mots dans le taxi mais une fois arrivés en haut de l'escalier, chez nous, tu m'as attirée contre toi et tu as recommencé à m'embrasser. Il n'y avait rien de la tendresse d'avant ; tu m'as retournée, tu m'as arraché brutalement mes sous-vêtements et avant que je puisse énoncer la moindre protestation, tu me pénétrais à nouveau. J'ai laissé échapper un cri mais tu t'es enfoncé violemment en moi, et j'ai serré les dents, me disant que c'était ce que je voulais, ce genre de passion, ce genre de spontanéité, alors que j'avais l'impression que le désir que nous avions éprouvé plus tôt avait fait place à de la cruauté, de la méchanceté. Comme si tu me punissais.

« Deux fois le même soir, dis-tu juste après, avec un sourire. Qui a dit que le désir était mort ? »

Je me retournai pour te faire face, essayant de sourire moi aussi, voulant désespérément donner l'impression que ça m'avait plu pour pouvoir m'en convaincre. Puis mes jambes cédèrent et je glissai jusqu'au sol, où je restai quelques minutes tandis que tu allais dans la cuisine te servir une bière.

4. Décembre

Quand ma mère se cassa le bras en glissant sur du verglas, nous décidâmes d'aller passer Noël avec ma famille plutôt que la tienne, et j'eus l'impression que tu étais soulagé. Même si je savais que tes parents ne m'avaient jamais particulièrement aimée – ta mère mettait nos fausses couches sur le compte de mon travail d'écriture, te répétant à l'envi que tu ne devrais pas me « laisser » travailler, et ton père refusait d'accepter que je sois anglaise, insistant sur le fait que ma couleur de peau signifiait que j'étais immigrée, même si j'étais née à Hackney – j'étais prête à supporter leurs stéréotypes de genre dépassés et leur racisme ordinaire si cela m'évitait de me retrouver à côté de ma sœur. Mais finalement, mon sens du devoir l'emporta et je compris que je ne pouvais pas laisser ma mère accueillir seule Rebecca et les garçons, d'autant plus que je l'avais à peine vue depuis septembre.

L'odeur de pois cajans, bananes plantains, couche couche et patates douces confites qui flottait dans l'air me ramena instantanément à mon enfance. Mes parents étaient arrivés en Angleterre au début des années 1960, et quand nous étions enfants, nous retournions dans les Caraïbes tous les deux ou trois ans pour voir la famille restée là-bas. Mais je ne m'y sentais pas à ma place ; j'étais plus à l'aise en Angleterre, qui était le seul environnement que j'aie connu, même si les enfants à l'école, et même certains enseignants, n'hésitaient pas à utiliser des qualificatifs raciaux contre moi.

Nous entrâmes dans le salon, notre verre de vin à la main, et je me dirigeai vers la bibliothèque à côté du fauteuil de maman. En parcourant les titres des livres qu'elle avait empruntés à la bibliothèque, j'eus la surprise de voir un exemplaire du *Garçon près de la rivière*, de Gore Vidal.

« Regarde, dis-je en brandissant le livre ; tu y jetas un coup d'œil et souris.

— Je n'aurais jamais pensé que c'était votre truc, Amoya, dis-tu en te tournant vers ma mère. Toutes ces scènes entre garçons.

— Quand je l'ai emprunté, je n'avais pas réalisé qu'il y aurait tant de sexe, répondit-elle. Et finalement, toute cette indécence me plaît. Maintenant que Henry est parti, la seule proximité que j'ai avec le sexe passe par les livres. À ce propos, vous savez que Rebecca vient accompagnée d'Arjan, n'est-ce pas ?

— Je n'en étais pas certaine, répondis-je. Mais je me doutais que ce serait le cas. Est-ce que tu l'as déjà rencontré ?

— Oui, dit-elle prudemment, car elle aimait Robert tout autant que moi et ne voulait pas paraître déloyale. C'est très difficile de savoir quoi dire, n'est-ce pas ? Rien de tout ceci n'est sa faute, finalement, et il donne l'impression d'être très gentil.

— D'où vient-il ? » demandas-tu. Tu n'étais pas venu avec moi le jour où je leur avais rendu visite, à Rebecca et lui, et tu avais montré bien peu d'intérêt pour lui depuis. « D'Inde, c'est ça ?

— D'Europe de l'Est, je crois. De Lettonie ou d'Estonie. Par là.

— Et qu'est-ce qu'il fait ?

— Il est acteur. Enfin, il essaye. Il est bien plus jeune que Rebecca, ce qui ne devrait pas vous surprendre. Et il est très séduisant.

— Eh bien, quitte à tromper son mari puis le laisser, dis-tu, autant le faire pour quelqu'un de jeune et beau, j'imagine. »

Après coup, nous avons tous essayé de mettre la dispute sur le compte de ce que maman appela délicatement la maîtrise pas tout à fait parfaite de l'anglais par Arjan, mais bien entendu, il y avait beaucoup plus que cela en jeu.

Rebecca, Arjan et les garçons arrivèrent les bras chargés de cadeaux de Noël. En trop grande quantité, pensai-je, comme si elle essayait de prouver quelque chose par sa générosité. Damien et Edward avaient tous les deux un nouveau téléphone, ce qui semblait ridicule, vu qu'ils n'avaient que neuf et sept ans, et elle m'avait acheté un de mes parfums préférés – en oubliant d'enlever l'étiquette de la boutique hors taxes de l'aéroport de Heathrow.

« En toute honnêteté, fit ma sœur en s'installant confortablement dans le fauteuil avec une coupe de champagne, j'aurais préféré rester à la maison cette année, plutôt que de venir ici.

— Eh bien, tu peux toujours repartir, rétorquai-je. Il n'y aura guère de circulation à cette heure de la journée et nous pouvons te préparer un panier-repas.

— J'ai eu un emploi du temps complètement délirant ces derniers temps, poursuivit-elle, ignorant ma remarque. Il y a deux semaines, je me suis retrouvée dans trois pays différents en trois jours. Absolument épuisant.

— Quels pays ? demandai-je. L'Angleterre, l'Écosse et le pays de Galles ?

— Non, rétorqua-t-elle. L'Angleterre, la France et l'Italie, si tu veux vraiment le savoir.

— Je ne suis pas certaine que l'Angleterre compte, chérie, glissa maman. Tu y vis, après tout.

— Bien sûr qu'elle compte. C'est un pays, non ?

— Alors, parlez-nous un peu de vous, Arjan », dis-tu en te tournant vers lui, et je voyais bien que tu ne savais pas si tu devais être de son côté ou pas. Il avait dix ans de moins que ma sœur, qui venait d'avoir trente-huit ans, et il était très séduisant, de constitution athlétique, avec une peau parfaite. Bien entendu, il avait aussi six ans de moins que toi.

« Que voulez-vous savoir ? demanda-t-il poliment.

— Vous voulez devenir acteur, c'est bien cela ?

— Oh non, fit Arjan en secouant la tête.

— C'est ce qu'on nous a dit.

— Je ne *veux* pas être acteur, corrigea-t-il. Je *suis* acteur.

— Ah. Bien sûr.

— Je joue depuis que je suis sorti de l'adolescence.

— Et vous jouez quelque chose, en ce moment ?

— Non, pas en ce moment.

— Vous vous reposez, je suppose, avanças-tu en hochant la tête. Beaucoup d'acteurs font ça, à ce qu'on m'a dit. Et puis, ce n'est pas comme si vous étiez obligé de jouer les serveurs, n'est-ce pas ? Vu l'argent que gagne Rebecca.

— Rebecca n'a pas à subvenir à mes besoins, répondit-il avec une certaine dignité. J'ai assez de travail pour gagner ma vie.

— Arjan vient d'être pris pour tourner dans une nouvelle série télé très prestigieuse, annonça Rebecca. Il va jouer un violeur en série qui démembre ses victimes après les avoir tuées et se nourrit de leurs organes. Qui sait où ça le mènera…

— Vous ne préféreriez pas travailler dans le cinéma ou le théâtre ? interrogeas-tu, une tension désormais perceptible dans ta voix.

— J'accepte volontiers les propositions qui me sont faites, dit Arjan, ne semblant pas s'offenser de ta question condescendante. Peut-être que j'aurai une proposition de film à l'avenir mais cela n'arrive pas à tout le monde. Tant que je peux continuer à exercer mon métier d'acteur, je suis content.

— Oui, mais je suis certain que vous ne rêviez pas, enfant, d'être un violeur en série. Ça n'a pas grand-chose à voir avec Shakespeare, n'est-ce pas ?

— Anthony Hopkins a joué un rôle de ce genre dans *Le Silence des agneaux*, non ? demandai-je. Et il a même gagné un Oscar. Comment s'appelait-il, déjà ?

— Hannibal Lecter, déclara maman. Hannibal le Cannibale.

— Je n'ai pas fermé l'œil de la nuit après avoir vu ce film, dit Rebecca en frissonnant.

— En fait, j'ai joué Laërte pendant six mois.

— Vraiment ? répondis-tu en levant un sourcil comme si tu ne le croyais pas. Dans quel *Hamlet* ? »

Arjan fronça les sourcils, visiblement perplexe devant la question. « Celui de Shakespeare.

— Non, je voulais dire, qui jouait Hamlet ? » fis-tu avec un soupir moqueur, et quand il donna le nom de l'acteur, tu secouas la tête et prétendis que tu n'avais jamais entendu parler de lui, alors que je savais que c'était faux. Nous l'avions vu dans une mini-série peu de temps auparavant et nous avions tous deux trouvé qu'il était vraiment bon.

« J'ai joué d'autres rôles du répertoire classique, reprit Arjan. J'ai joué Perkin Warbeck au Royal

Exchange à Manchester, et Bonario dans *Volpone* au Festival d'Édimbourg. Et l'an dernier j'ai joué McCann dans *L'Anniversaire*, même si je n'ai pas eu de très bonnes critiques.

— Ah oui ? fis-tu avec un sourire narquois. Et pourquoi donc ?

— Ils ont prétendu que j'étais trop jeune pour le rôle. Qu'il était fait pour un homme beaucoup plus âgé. Quelqu'un de votre âge, je crois. »

Je buvais une gorgée de vin quand il énonça cette phrase et je faillis tout recracher quand je vis ta tête.

« Eh bien, je ne suis pas acteur, dis-tu après une longue pause. Je préfère créer les mots, ne pas me contenter de rester planté sur une scène et de les répéter bêtement comme un… comme un… » Tu avais du mal à finir ta phrase.

« Comme un perroquet ? » proposa Rebecca. Elle était visiblement ravie de voir la victoire facile que son amant avait remportée sur toi.

« Au fait, j'ai lu votre roman », reprit Arjan, et on aurait dit qu'il avait pris tout à coup une assurance considérable. Nous levâmes la tête tous les deux pour voir à qui il parlait.

« Merci, dis-je. Vous n'étiez pas obligé.

— Je ne l'ai pas lu parce que j'allais vous rencontrer aujourd'hui. Je l'avais déjà lu quand j'ai rencontré Rebecca. Il y a peut-être deux ans. Je l'ai beaucoup aimé.

— Qu'est-ce que vous avez aimé, exactement ? » Je me tournai vers toi, surprise par la question. Essayais-tu de le prendre en flagrant délit de mensonge ?

« J'ai aimé l'histoire. J'ai aimé les personnages et j'ai aimé la manière dont c'était écrit.

— Pourriez-vous être un peu plus précis ? demandas-tu et je sentis mon estomac se serrer, certaine qu'après avoir donné une réponse aussi insipide, il ne pourrait probablement pas. Vous voyez, c'est toujours utile pour un écrivain de savoir quels passages ont impressionné le lecteur. Nous sommes de si mauvais juges de notre propre travail. »

Il te regarda quelques instants sans parler ; il avait bien compris que tu essayais de le remettre à sa place. Il soutint ton regard un certain temps, puis il se tourna à nouveau vers moi et posa son verre à vin sur la table.

« Le moment où la fille prend la voiture de son oncle. Elle a bu et elle va dans le fossé. Les portières étaient… » Il réfléchit. « Comment dit-on ? Ils ne pouvaient pas ouvrir les portières parce qu'ils étaient écrasés entre deux arbres, c'est ça ?

— Oui, confirmai-je.

— J'ai bien aimé la tension dans cette scène. Et quand elle a escaladé la banquette arrière pour s'échapper. J'ai fait quelque chose de similaire un jour. J'avais pris moi aussi la voiture de mon oncle en cachette. Et j'ai eu un accident. La fille avec qui j'étais, une fille que j'aimais beaucoup, a été grièvement blessée. Et elle ne m'a jamais pardonné.

— Que lui est-il arrivé ? questionnai-je.

— Le pare-brise a éclaté et elle a pris des centaines d'éclats de verre dans le visage. Elle a eu besoin de beaucoup d'opérations.

— Et est-ce que ça a marché ? Les opérations ?

— Oui, mais il y avait encore des marques. Bref, j'ai beaucoup aimé ce passage. Vous écrivez très bien sur la frayeur.

— Ben… c'est le titre du roman, en même temps, marmonnas-tu, agacé. *Frayeurs*.

— Oui, mais le roman ne porte pas vraiment là-dessus, si ? poursuivit Arjan. Je trouve d'ailleurs qu'il a très peu à voir avec la peur. De mon point de vue, le sujet central est la bravoure.

— Vous êtes très perspicace, dis-je. Tout le monde ne le repère pas.

— À ta place, je ne prendrais pas la grosse tête, souffla Rebecca. Comme il est acteur, Arjan s'intéresse évidemment beaucoup à la littérature, et il lit beaucoup.

— Quelque chose me dit que lorsque vous étiez à l'école, vous étiez le garçon qui avait toujours bien révisé avant de venir en cours », fis-tu. Je te fusillai du regard, agacée par ta susceptibilité.

« J'imagine que c'est vrai, reconnut Arjan, refusant de mordre à l'hameçon. Je voulais avoir mes examens et…

— Oui, bien sûr, le coupas-tu en lui faisant signe que ça ne t'intéressait plus vraiment.

— Rebecca m'a expliqué que vous étiez vous aussi écrivain autrefois, dit Arjan et je tressaillis en entendant les mots qu'il avait choisis.

— Je vous demande pardon ? fis-tu.

— Elle a dit que vous avez écrit un roman, autrefois.

— J'en ai écrit deux, en réalité, corrigeas-tu ; *six*, pensai-je.

— Il doit y avoir une espèce de concurrence entre vous, alors ? » demanda-t-il en nous regardant alternativement l'un et l'autre, et je secouai la tête.

« Oh non, pas du tout. Mon mari est publié depuis beaucoup plus longtemps que moi et il est très respecté. Je ne suis qu'une débutante dans le métier.

— Et pourtant, votre livre a eu beaucoup de succès.

— Oui, admis-je, pour une fois, prête à accepter le compliment. C'est vrai. »

Tu t'immisças dans la conversation. « C'est votre utilisation du temps passé qui me dérange.

— Je ne comprends pas, répondit Arjan en plissant les yeux.

— Vous avez dit que *j'étais* écrivain. Je *n'étais* pas écrivain, je *suis* écrivain.

— Tout comme je suis acteur. Peut-être que vous vous reposez, vous aussi. Beaucoup d'écrivains font ça, à ce qu'on m'a dit. Enfin, je me réjouis de lire votre prochain livre. Quand il sortira, je veux dire. S'il trouve un éditeur. »

Avant que tu puisses réagir, maman entra pour nous annoncer que le dîner était servi. Je ne crois pas avoir un jour été aussi heureuse de voir quelqu'un faire irruption dans une pièce.

Plus tard, je te surpris à ruminer dans le couloir, devant de vieilles photos de famille. J'angoissai à l'idée que tu sois fâché contre moi, mais tu souris, te penchas et m'embrassas.

« Et si l'année prochaine, on n'allait ni dans ta famille ni dans la mienne pour Noël ? proposas-tu. Nous pourrions partir en vacances. Dans un pays chaud. Juste toi et moi.

— Ça me paraît une bonne idée. Comment tu te sens ?

— Bien. Pourquoi tu poses la question ?

— Tu étais très silencieux pendant le dîner.

— Je mangeais. »

J'hésitai quelques instants, sans trop savoir si je devais aborder le sujet ou non.

« Tu sais, Arjan ne cherchait pas à se montrer grossier avec toi, finis-je par dire. Il voulait probablement…

— J'en ai rien à foutre d'Arjan. Il y a quelque chose d'un peu tragique chez lui, tu ne trouves pas ?

— Non, pas vraiment.

— Tu ne trouves pas qu'il se fait des idées ?

— Dans quel sens ?

— Avec ses rêves de devenir un grand nom de Hollywood. »

Je restai silencieuse, me demandant si tu le croyais effectivement ou si tu avais simplement décidé de tordre ses propos pour qu'ils collent à ton a priori. « En fait, j'ai trouvé qu'il décrivait de manière assez réaliste ses perspectives d'avenir, avançai-je enfin.

— Il te plaît bien, finalement. »

Je levai les yeux au ciel. « Tu plaisantes, j'espère ! » m'exclamai-je, détestant la tournure que prenait cette conversation.

Tu me regardas fixement pendant un long moment, puis tu me gratifias d'un large sourire. « Bien sûr que je plaisante. Détends-toi, Edith ! C'est Noël ! »

Je m'écartai de toi mais avant que je puisse dire quoi que ce soit, quelqu'un sonna à la porte et j'entendis maman me crier depuis le salon d'aller voir qui c'était.

« Pardon, fis-je en essayant de te contourner alors que tu me tenais pressée contre le mur. Maurice, tu m'empêches de passer », ajoutai-je d'un ton un peu plus vif. Tu te décalas sur le côté, juste assez pour que je me fraye un passage jusqu'à la porte d'entrée pour ouvrir. Debout dans le cône de lumière blanchâtre projeté par l'ampoule se trouvait Robert. Il portait un pardessus gris qui semblait flambant neuf et le genre d'écharpe qui lui avait forcément été offert par sa mère. Il était aussi allé chez le coiffeur. Sa coupe était un peu trop jeune ; elle aurait parfaitement convenu à quelqu'un ayant dix ans de moins mais sur lui, elle dégageait quelque chose d'un peu désespéré.

« Bonsoir, Edith. Joyeux Noël.

— Robert…, fis-je avec un mouvement de recul, surprise de le voir là. Personne n'a annoncé que tu allais… Est-ce que Rebecca t'attend ?

— J'ai peut-être oublié de lui dire que je passerais.

— D'accord… » Je restai plantée là, à le regarder, sans trop savoir quoi faire, et c'est là que tu apparus derrière moi.

« Bonsoir Robert.

— Maurice.

— Tu as l'air d'avoir froid, l'ami.

— Effectivement, je me gèle les couilles. Est-ce que je peux entrer ?

— Je ne sais pas trop, répliquai-je. Tu crois que c'est une bonne idée ? »

Tu t'empressas d'intervenir : « Bien sûr que tu peux », et tu ouvris la porte en grand. « Tu fais toujours partie de la famille. Entre. »

Je me décalai pour le laisser accéder au hall d'entrée, et il enleva son manteau, son écharpe avant de se pencher pour déposer une bise maladroite sur ma joue. Ses lèvres froides me firent frissonner un peu. « Tu n'as pas bu, n'est-ce pas ? demandai-je. Tu n'es pas venu faire des histoires ?

— Je suis parfaitement sobre. J'ai déjeuné avec ma mère et je n'ai pas touché une goutte d'alcool parce que je voulais venir en voiture voir les garçons.

— Ils sont juste là, lui dis-tu en désignant le salon.

— Ils sont assez fatigués, remarquai-je. Ils ont passé la journée à jouer et ont presque mangé l'équivalent de leur poids au dîner.

— Robert, fit une voix dans mon dos et je me retournai pour voir ma sœur là, son visage était l'expression même du mécontentement. Qu'est-ce que tu viens foutre ici ?

— Joyeux Noël, répéta-t-il en avançant pour lui faire une bise à elle aussi, mais elle recula et tendit les mains devant elle comme pour maintenir une distance prudente entre eux.

— Je t'interdis de me donner du joyeux Noël, rétorqua-t-elle. Je t'ai posé une question. Qu'est-ce que tu viens foutre ici ?

— Tout à fait dans l'esprit de cette période de fêtes, je vois.

— Robert, je…

— Je voulais passer un peu de temps avec mes fils, soupira-t-il. Est-ce un délit ?

— Non, mais nous en avons déjà parlé. Ils seront avec toi toute la journée du 27.

— Ce n'est pas pareil. Je n'ai pas pu les voir ouvrir leurs cadeaux ce matin. C'est la première fois que ça arrive.

— Eh bien, moi j'étais là. Et Arjan aussi. Alors, tout allait bien. Ils n'avaient pas besoin de toi. Ils n'ont même pas parlé de toi.

— Rebecca, c'est inutilement cruel », dis-je et elle se tourna vers moi, levant un doigt menaçant, me signifiant de me mêler de mes affaires. Elle était un peu ivre et son ton me ramena à notre enfance, quand elle s'en prenait brusquement à moi ; la scène pouvait rapidement devenir violente. Ce souvenir m'effraya.

« Je veux juste voir mes enfants, répéta Robert calmement. Est-ce que je peux entrer ? S'il te plaît ?

— Non, tu ne peux pas. Si tu entres maintenant, tu vas les énerver à nouveau alors que je prévoyais de les mettre au lit bientôt. Ce serait mieux que tu partes.

— Rebecca, il a fait toute cette route, protestai-je. Quelques minutes ne devraient pas…

— Oh ça y est, fit-elle en levant les yeux au ciel. Tu prends toujours parti pour lui !

— Je ne prends le parti de personne. Mais c'est le jour de Noël, après tout.

— Tu vois ? dit-elle en se tournant vers Arjan qui nous avait rejoints dans l'entrée, un peu en retrait, paraissant ne pas trop savoir quel devait être son rôle, s'il en avait un, dans cette conversation. Voilà ce que je dois supporter. Personne n'est jamais de mon côté.

— Honnêtement, je ne cherche pas à faire d'histoires, reprit Robert doucement. Bonsoir Arjan, comment allez-vous ?

— Je vais bien, merci, répondit Arjan. Et vous ?

— Très bien, fit Robert. J'ai eu un léger rhume de cerveau en début de semaine mais il semblerait que…

— *S'il vous plaît*, est-ce qu'on pourrait arrêter avec ces banalités ? demanda Rebecca en élevant un peu la voix.

— Il vaudrait mieux prendre quelque chose pour le rhume et la grippe, dis-tu. À cette époque de l'année, si tu attrapes un truc, ça peut te mettre par terre pendant plusieurs jours.

— J'ai du Nurofen, si ça peut aider, proposa Arjan.

— Merci Arjan, dit Robert. Mais je crois que ça va aller.

— Je peux vous donner deux ou trois cachets à prendre plus tard si…

— Arjan ! rugit Rebecca et je sursautai un peu. Est-ce que tu peux… » Elle s'arrêta de parler, ferma les yeux et inspira profondément par le nez. Un thérapeute avait dû lui dire de respirer ainsi dans les moments de stress.

« Ce n'est que justice que je voie mes enfants, dit Robert. Même Edith le pense.

— Je t'avais demandé de laisser Edith en dehors de ça, déclaras-tu en t'avançant pour passer ton bras autour de mes épaules.

— Je sais, je suis désolé. Mais bon, Rebecca, est-ce que je peux entrer et dire bonjour ? On ne va pas rester indéfiniment dans l'entrée. »

Avant qu'elle puisse répondre, Damien, l'aîné de mes neveux, sortit du salon et poussa un grand cri réjoui quand il vit son papa ; il courut vers lui et se jeta contre ses jambes. Quelques instants plus tard, Edward fit son apparition, et les deux garçons entreprirent immédiatement de lui raconter tous les cadeaux qu'ils avaient eus, le prenant chacun par un bras pour l'entraîner dans le salon et lui montrer leurs jouets.

« Désolé, fit Robert en passant devant Rebecca, sans réussir à cacher la joie triomphante dans sa voix. Je promets que je ne resterai pas longtemps. Une heure, max.

— Je refuse de tolérer ça, gronda Rebecca dès qu'il eut disparu avec les garçons ; elle ferma la porte derrière lui. S'il croit qu'il peut se pointer ici quand il veut et…

— Peut-être que si tu organisais de vrais moments de visites pour lui, ça irait mieux, insistai-je. D'après ce que j'ai compris, tu compliques beaucoup les choses.

— Oh ferme-la, Edith. Tu ne sais pas de quoi tu parles.

— Mais tu nous prends tous à témoins, Rebecca, dis-tu. Alors, il n'est pas aberrant que ta sœur ait un avis.

— Tu es de son côté aussi, si je comprends bien ? Quelle surprise ! Écoute, c'est terminé entre nous et je ne veux pas qu'il traîne tout le temps par ici, est-ce que c'est si difficile à comprendre ? Les garçons m'appartiennent et…

— Oh, bon sang, fis-je en levant les bras en l'air. Les garçons n'appartiennent à personne ! Et s'ils appartenaient à quelqu'un, ce serait à vous deux !

— Ils m'appartiennent, *à moi*, insista-t-elle, et il faut qu'ils aient la paix pour pouvoir s'adapter aux nouvelles réalités de leur vie. »

Je ne pus supporter plus longtemps ces absurdités et suivis Robert dans le salon. Lentement, l'un après l'autre, Rebecca et Arjan suivirent aussi. Robert tint sa promesse, ne resta qu'une heure, et sans les larmes des garçons au moment où il finit par partir, cette journée aurait été parfaitement agréable.

Ce n'est que plus tard ce soir-là, tandis que je m'endormais, qu'une phrase me revint en mémoire. Quelque chose que tu avais dit à Robert.

Je t'avais demandé de laisser Edith en dehors de ça.

Quand lui as-tu demandé ça, Maurice ? Ce n'était pas quand nous étions là-bas, dans l'entrée. L'as-tu appelé après qu'il est venu me voir à l'université ? Ou est-ce que tu as pris un train pour Londres sans m'en parler ? Et pendant tous ces mois, que faisais-tu d'autre dont je ne savais rien ? Tout bien considéré, tu me pardonneras si je parais un peu soupçonneuse.

5. Janvier

Le nouveau trimestre commença d'une manière animée avec deux nouvelles, l'une digne d'être fêtée, l'autre provoquant un scandale.

La première fut l'annonce par Garrett Colby qu'il avait, pendant la période de Noël, signé un contrat pour la publication de son premier recueil de nouvelles, *La Voix des animaux*. Il nous fit cette annonce tandis que nous nous installions pour la première séance de l'année, lors de laquelle il devait présenter son travail et se soumettre à la critique, et les réactions des autres étudiants varièrent entre joie, envie, incrédulité et fureur soigneusement contrôlée.

Je me demandai longuement si je devais ou non te le dire, et finis par décider qu'il le fallait. Tu le découvrirais tôt ou tard et tu t'interrogerais sur les raisons de mon silence. Mais j'attendis quelques jours et choisis un soir où tu paraissais de bonne humeur. J'avais été un peu contrariée en rentrant de te trouver à nouveau installé dans mon bureau. Tu me fis remarquer qu'il donnait sur le jardin et pas sur la rue et que tu avais besoin de paix pour travailler.

En plus, j'étais à la fac toute la journée, alors, quelle importance ?

« Tu as l'air de très bonne humeur. Tu avances bien ?

— Oui, très bien, dis-tu gaiement. Tu vois, ce moment où tu te rends compte que tu tiens ton livre et tu sais exactement où il va ?

— En gros, oui.

— Voilà ce que je ressens en ce moment. Écrire un roman est une guerre et j'ai l'impression que je suis enfin en train de la gagner.

— Je suis très heureuse de l'entendre. Tu vas pouvoir me donner un indice sur le sujet ?

— Je crains que non, fis-tu en secouant la tête et en souriant comme un enfant malicieux. Tu ne le prends pas mal, au moins ?

— Je ne suis pas vraiment en mesure de le prendre mal. Ce n'est pas comme si j'avais eu envie de te parler du mien.

— Exactement. Tu dois presque avoir fini ton premier jet complet, non ?

— D'ici six semaines environ ; et toi ?

— À peu près pareil. »

Je le regardai, ahurie. « Quoi ? Mais tu ne travailles dessus que depuis novembre.

— Je sais, mais ça se met en place beaucoup plus vite que je l'imaginais. Ça arrive, ce genre de choses. Anthony Burgess a écrit *Orange mécanique* en trois semaines environ, tu sais. Faulkner a écrit *Tandis que j'agonise* en un mois et demi.

— C'est formidable. » L'était-ce vraiment ? Je ne concevais pas qu'on puisse écrire un roman en si peu de temps, pourtant j'avais conscience qu'il t'était souvent arrivé de travailler d'arrache-pied sur des périodes intenses.

« Au fait, j'ai une nouvelle aussi, dis-je prudemment, en priant que mon annonce n'entache pas ta bonne humeur.

— Ah oui ? Laquelle ?

— Tu te souviens de Garrett Colby ?

— L'écrivain pour enfants avec les animaux qui parlent ?

— Il n'écrit pas pour les enfants, soupirai-je. On te l'a déjà dit. De nombreuses fois. Ce sont des nouvelles pour adultes.

— Avec des animaux qui parlent.

— Murakami a beaucoup d'animaux qui parlent dans ses livres. Comme Boulgakov. Et Philip Pullman.

— Oui, mais tu ne peux pas comparer ce petit con à des auteurs pareils.

— Ne parle pas de lui comme ça, ce n'est pas gentil.

— Tu ne l'aimes pas plus que moi.

— Je sais, mais quand même.

— D'accord, dis-tu en riant un peu. Je serai gentil. Alors, quelle est la nouvelle ? Il a eu une illumination quelconque ? Il a décidé que ses textes avaient besoin d'arbres qui dansent le tango ou de quelques lampadaires qui jonglent en chantant des airs de comédie musicale ?

— Non. En fait, il les a vendues.

— Qu'est-ce que tu entends par vendu ? Il a vendu quoi ?

— Ses nouvelles. Sous la forme d'un recueil. »

Tu as posé tes couverts et tu m'as regardée, incrédule. « Tu ne veux pas dire, à un éditeur, un vrai ?

— Si.

— Bon sang. » Tu t'es tourné de l'autre côté de la pièce, refusant de croiser mon regard, et je vis que tu t'accordais quelques instants pour digérer l'information et décider de ta réaction. « Qui les a achetées ? as-tu demandé lorsque enfin ton regard se posa sur moi.

— Tu ne le croiras jamais, répondis-je. C'est Rufus. »

À peine un tressaillement. « Pas *mon* Rufus ?

— Si, je crois, si c'est comme ça qu'on l'appelle. »

Je n'avais rencontré Rufus Shawcross que deux fois, et toujours brièvement. La première fois, c'était quelques semaines après avoir fait ta connaissance et j'attendais dans le hall de ta maison d'édition pendant que tu discutais avec lui dans son bureau à l'étage. Puis vous êtes descendus et à l'expression de ton visage, j'ai compris que ça ne s'était pas bien passé, mais tu n'as pas pu te soustraire aux présentations. Je l'ai immédiatement apprécié. Il correspondait exactement à l'idée que je me faisais d'un éditeur : chemise à col américain, lunettes à monture épaisse, cheveux qui retombent sur le front, charme enfantin, comme s'il avait besoin de se raser seulement tous les deux mois. La deuxième fois, c'était plusieurs années plus tard – tu avais essuyé des refus sur tous tes romans et été lâché pour de bon. Nous l'avions rencontré par hasard dans un magasin bio sur Glasshouse Street et le moment avait été fort embarrassant. Sous un air faussement amical tout ce que tu disais avait clairement pour intention d'être injurieux ; il paraissait contrarié par ta grossièreté. Pour ma part, j'étais morte de honte. Je savais que le pauvre homme n'avait pris aucun plaisir à refuser tes romans, mais il n'avait pas eu le choix, ils n'étaient pas bons du tout.

« Il a dû perdre la boule, dis-tu, essayant d'avoir l'air gai pourtant je voyais bien qu'il te fallait développer tous les efforts du monde pour ne pas balancer nos bols contre le mur et regarder la nourriture dégouliner en dessinant une traînée rageuse.

— Il est assez bon, en fait.

— Rufus ?

— Non, Garrett.

— Oh, ne sois pas ridicule.

— Maurice, tu n'as même pas lu ce qu'il a écrit. Tu ne sais pas.

— Je n'ai pas vécu le naufrage du *Titanic* non plus mais je sais que l'expérience n'aurait pas été agréable, lâchas-tu en secouant la tête. Putain de Rufus. Est-ce que tu sais ce qu'il lui a donné ? Comme avance, je veux dire.

— Non, il n'en a pas parlé.

— Elle ne doit pas être mirobolante. »

En réalité, elle l'était. On lui offrait cent mille livres pour le recueil de nouvelles et un roman à suivre. Je décidai cependant de ne pas te communiquer cette information.

« Eh bien, je suppose que je dois lui souhaiter bonne chance », déclaras-tu après une longue pause vibrante d'une colère à peine contenue.

Je soupirai. La soirée agréable en tête à tête avait mal tourné. Je ne regrettais pas d'avoir abordé le sujet, mais j'aurais voulu que nous passions à autre chose. En y repensant, je me demande si je cherchais à te blesser en te donnant la nouvelle de Garrett. Tu m'avais blessée, après tout. Tu m'avais fait *physiquement* mal. Peut-être que je voulais me venger. Car même si tu avais joué les désinvoltes et prétendu que ce qui se passait avec mes étudiants t'importait peu, je savais que tu ruminerais ça pendant des semaines.

« Il est arrivé autre chose aujourd'hui, fis-je après un long silence, prête à te donner la deuxième nouvelle. Une de mes étudiantes a été exclue du cours.

— Vraiment ? dis-tu en te redressant tout à coup. Qui ?

— Tu te souviens de Maja Drazkowski ? »

Tu fronças les sourcils. « Laquelle est-ce ?

— Quand tu es venu parler aux étudiants, c'était celle qui donnait l'impression qu'elle préférerait baiser avec toi plutôt que t'écouter parler.

— Il va falloir que tu sois plus précise.

— Oh, carrément ! dis-je en riant.

— Oui, je me souviens d'elle. Que s'est-il passé ? Pourquoi s'est-elle fait virer ?

— Plagiat.

— C'est pas vrai !

— Si.

— Qui a-t-elle plagié ?

— Un auteur dont je n'ai jamais entendu parler, pour être honnête. Une histoire qui a été publiée dans le *New Yorker* il y a trois ou quatre ans. »

Tu te levas, ramassas les bols et les assiettes avant de les emporter vers l'évier pour les rincer et les mettre dans le lave-vaisselle. Quand je vins t'aider, tu posas une main sur mon épaule et me dis de ne pas bouger, qu'après cette journée chargée, je devrais me détendre.

« Comment a-t-on détecté la chose ?

— L'assistant qui corrigeait les textes de mon groupe a reconnu la nouvelle. Apparemment, il est absolument fan du *New Yorker* et il conserve tous les anciens numéros. Elle a été convoquée ce matin, confrontée avec les preuves et cette idiote a répondu que ce n'était rien de plus qu'une coïncidence.

— Une coïncidence de cinq mille mots ? fis-tu en riant.

— Exactement. Ça ne risquait pas de passer. Bref, elle a rapidement renoncé à cette ligne de défense. En quelques minutes les larmes coulaient à flots et elle nous expliquait qu'elle avait l'impression de ne pas être à sa place dans ce cours, qu'elle n'était pas du tout du niveau des autres. *J'aurais pu écrire quelque chose, bien sûr*, nous dit-elle, *mais cela n'aurait pas été assez bon, et je refuse de rendre des travaux de qualité inférieure. Je refuse, c'est tout.*

— Pourtant, elle ne refuse pas de rendre le travail de quelqu'un d'autre ?

— C'est exactement ce que j'ai dit ! Et là, elle s'est remise à pleurer. Tout ça a duré encore une heure, ça finissait par devenir lassant, et quand nous sommes arrivés au moment où elle a commencé à nous raconter que son oncle l'obligeait à s'asseoir sur ses genoux quand elle était petite et qu'elle se demandait si c'était ça qui l'avait conduite à avoir ce genre de comportements…

— Oh, faut pas pousser.

— Je sais. Je lui ai dit que notre seule préoccupation était son travail universitaire et que nous n'avions plus confiance en elle.

— Alors, vous l'avez mise à la porte ?

— Eh bien, nous lui avons annoncé que nous transférions l'affaire au doyen, mais qu'elle ne pouvait plus assister aux cours tant que la situation n'était pas réglée. Et là, elle a piqué une crise et nous a dit que de toute manière elle voulait arrêter, qu'elle démissionnait sur-le-champ, et que j'étais la pire enseignante du monde, et que si elle avait écrit *Frayeurs*, elle l'aurait mangé une page après l'autre plutôt que de laisser quiconque le lire. *Ça ne vous gêne pas d'avoir écrit ça ?* m'a-t-elle demandé. *Tous ces clichés d'écriture, les personnages sans la moindre épaisseur, la platitude totale de la fin. Je serais mortifiée si j'avais écrit un texte pareil.* Je n'ai pas pu me retenir. Je lui ai lancé que ça lui arriverait peut-être un jour, puisqu'elle avait si peu de scrupules à voler les textes des autres.

— Ha !

— Oui, ça lui a cloué le bec. Elle est sortie d'une manière très théâtrale et dans l'après-midi j'ai reçu un mail de mon département stipulant qu'elle avait officiellement démissionné de mon cours et que je devais en informer les autres étudiants.

— Eh bien, on dirait qu'elle n'a eu que ce qu'elle méritait. Le plagiat est le plus grand délit qu'un écrivain puisse commettre. Mais tu ne devrais pas t'en vouloir en quoi que ce soit.

— M'en vouloir ? demandai-je, me tournant vers toi tandis que tu remplissais le lave-vaisselle. Pourquoi diable m'en voudrais-je ?

— Tu ne devrais pas, c'est bien ce que je dis. Ce n'est pas ta faute.

— Non, je comprends ça. Et si je devais m'en vouloir, à tort, d'accord, pour quelle raison m'en voudrais-je ?

— Je ne sais pas. Peut-être qu'elle avait l'impression que tu lui mettais trop de pression ? Ou qu'elle n'arrivait pas à écrire dans l'environnement que tu avais créé ? Elle serait idiote de penser ça, évidemment. C'est pour ça que je dis que tu ne dois pas t'en vouloir.

— Mais je ne m'en veux pas, fis-je un peu agacée. Tout au moins, ce n'était pas le cas jusqu'à maintenant.

— Bien, dis-tu en t'approchant pour déposer un baiser sur mon front. Nous sommes d'accord. Je crois que je vais aller marcher un peu, si ça ne t'ennuie pas. Ce ragoût était un peu lourd, tu ne trouves pas ? Et j'ai besoin de réfléchir à mon travail de demain. J'arrive à un moment crucial dans mon roman et il faut que je mette de l'ordre dans mes pensées. »

Et avant que j'aie le temps de dire quoi que ce soit, ou de proposer de t'accompagner, tu avais décroché ton manteau de la patère et tu étais parti.

M'en vouloir ? pensai-je. *Mais putain, pourquoi donc devrais-je m'en vouloir ?*

Trois jours plus tard, je faisais des courses à Market Place quand il commença à pleuvoir et j'entrai m'abriter dans le Sir Garnet. Je ne vais généralement pas seule dans les pubs au milieu de l'après-midi mais j'avais le nouveau roman d'Anne Tyler dans mon sac et je me dis que je pourrais prendre un moment pour me détendre avec un verre de vin. Quand j'eus fini mon verre, la pluie s'était arrêtée et je me demandais si j'allais en commander un deuxième ou m'en aller quand un visage familier apparut derrière la vitre, remarqua ma présence à l'intérieur et agita la main. Je lui rendis son salut et quelques instants plus tard, la porte s'ouvrit et il entra.

C'était mon chouchou, Nicholas Bray.

« Bonjour Edith, dit-il en souriant et j'aimai les fossettes qui se creusèrent dans ses joues. C'est comme ça que vous passez vos après-midi quand vous n'enseignez pas ? À boire seule ?

— D'habitude non, répondis-je, ne voulant pas qu'il pense que mon temps libre était consacré à l'alcoolisme solitaire. Je faisais des courses et la pluie…

— Je plaisantais, lança-t-il en s'asseyant en face de moi avant de se remettre debout aussitôt. Oh, pardon.

Je devrais vous demander si vous voulez de la compagnie plutôt que de préjuger que c'est le cas.

— Je vous en prie, dis-je en lui indiquant la chaise. J'envisageais justement de commander un deuxième verre. Je serais ravie que vous vous joigniez à moi. »

Au bar, il demanda une pinte de bière pour lui et un autre verre de vin pour moi ; il revint s'asseoir et nous trinquâmes. Il me rabroua parce que je ne l'avais pas regardé dans les yeux. « Dans certains pays, on peut se faire expulser des pubs pour un comportement pareil. »

Il portait une chemise en jean élimée qui était ouverte jusqu'au milieu de la poitrine et un T-shirt blanc en dessous. Ses manches étaient roulées et pour la première fois, je remarquai qu'il avait un tatouage sous le bras droit. Deux lettres : EB.

« Les initiales de ma tante, me répondit-il quand je lui demandai la signification de ces initiales. Elle m'a élevé à la mort de mes parents.

— Que leur est-il arrivé ? demandai-je ; je ne savais pas qu'il était orphelin.

— Accident de voiture, fit-il en haussant les épaules. Ne vous inquiétez pas, je n'avais que trois ans, je ne me souviens pas vraiment d'eux. Bref, ma tante, la sœur de mon père, m'a recueilli. Elle est assistante sociale. Elle n'a pas d'enfant et c'est elle qui m'a élevé. »

Nous parlâmes ensuite un peu de son travail, de l'évolution de son projet, et bientôt, ce fut mon tour d'aller au bar et de commander une tournée. Je rapportai des cacahuètes car j'avais peur d'être ivre trop rapidement et je choisis une bière, histoire de ne pas me retrouver à boire toute seule une bouteille entière de vin.

Très vite, les barrières tombèrent et je lui demandai de me mettre au courant des potins qui circulaient dans la classe.

« Quel genre de potins ? demanda-t-il.

— Eh bien, qui couche avec qui, ce genre-là.

— Je ne crois pas qu'il y ait beaucoup d'histoires de ce type, fit-il en plissant les yeux tout en réfléchissant. Vous avez probablement remarqué qu'il n'y a pas beaucoup de tension sexuelle dans la salle.

— Oui, c'est d'ailleurs très décevant, dis-je, en entrant dans le jeu de la séduction, sans retenue, savourant la liberté de regarder son joli visage. Quand j'étais étudiante, nous passions la moitié de notre temps au lit les uns avec les autres. J'espérais qu'il y aurait quelques cœurs brisés au moins, puis des coups d'éclat en plein cours et des sorties fracassantes.

— Nous avons encore six mois devant nous, répondit-il. Nous pourrions vous surprendre. De toute manière, la seule et unique fille qui plaît à tous les garçons est hors de portée. »

Je réfléchis, passant en revue les étudiantes du groupe, sans parvenir à trouver de qui il parlait.

« De qui s'agit-il ? demandai-je et il se contenta de sourire, en buvant une longue gorgée de bière sans me quitter des yeux. Oh, je vous en prie, fis-je en rougissant un peu mais très flattée. Je doute qu'on pense à moi en ces termes. Je suis assez âgée pour être…

disons, une grande sœur pour la plupart des hommes de cette classe. Et vous ? Est-ce que vous êtes avec quelqu'un ? »

Il haussa les épaules puis secoua la tête. « Personne en particulier. Personne de notre groupe, en tout cas. Je me concentre sur mon travail.

— Bonne idée.

— Puis-je vous demander depuis combien de temps vous êtes avec votre mari ?

— Nous nous sommes mariés il y a un peu plus de cinq ans. Et nous sortions ensemble depuis quelques années déjà.

— Il est incroyablement séduisant.

— C'est vrai. Pourquoi dites-vous ça ? Il vous plaît ?

— Non. Je suis hétéro. Mais il est vraiment très beau.

— Je ne peux qu'être d'accord, acquiesçai-je en faisant signe au barman de nous préparer deux autres verres.

— Je crois que Garrett en pince pour lui.

— Ah bon ? fis-je, surprise. Maurice et lui se sont rencontrés quelques fois et il semble y avoir une espèce de détestation mutuelle entre eux.

— Il se comporte comme ça uniquement parce qu'il veut se faire sauter par lui. Vous savez qu'il nous rend tous dingues, en ce moment ? À nous répéter que nous ne devons pas le voir différemment maintenant qu'il va être publié.

— Et c'est le cas ?

— Non. Je trouvais que c'était un trou du cul avant et je trouve que c'est toujours le cas. Un trou du cul qui sera publié bientôt, c'est tout. »

Je ris mais je ne le contredis pas. Au fond de moi, je savais que ce n'était pas bien de passer autant de temps à boire en tête à tête avec un de mes étudiants, mais en toute honnêteté, je m'en fichais. Je savourais la liberté qu'il m'offrait, l'impression d'avoir à nouveau vingt-trois ans avec plein de rêves d'une carrière d'écrivain dans la tête. Plus nous buvions, plus il était séduisant, et quand il recula sur sa chaise à un moment pour bâiller d'une manière très expressive, son T-shirt remonta, laissant apparaître un bas-ventre couvert de petits poils noirs. Le simple fait de les regarder me fit imaginer à quoi il ressemblait s'il enlevait complètement son T-shirt.

Peut-être devina-t-il. Peut-être qu'après nos premiers verres, il s'était demandé si notre après-midi allait se terminer au lit. Après tout, j'avais déjà fait allusion à ce genre de choses. Quand nous eûmes fini nos bières, il me demanda si je voulais en commander une autre ou si je préférais que nous allions ailleurs.

« Où donc ? demandai-je.

— Chez moi, par exemple, fit-il sans la moindre gêne. J'habite à deux pas. »

Je haussai les épaules. Je ne voulais pas qu'il pense que j'étais choquée d'une manière ou d'une autre. « Pour baiser, vous voulez dire ?

— Oui, si vous voulez.

— Vous avez donc toujours rêvé de baiser votre prof ?

— Vous ne penseriez pas une chose pareille si vous aviez vu les enseignants que j'ai eus à l'école.

— Et si on… marchait, tout simplement, pour respirer un peu d'air frais ? » dis-je en me levant et rapidement, nous fûmes dehors, un peu désorientés par le soleil qui nous piquait les yeux alors que nous étions tous deux un peu ivres. Nous nous promenâmes autour de St Peter's Street puis sur Goat Lane, sans parler. L'attente fébrile provoquait chez moi une excitation incroyable, et je ne savais pas avec certitude ce que j'allais faire, si j'allais coucher avec lui ou si, sur le pas de sa porte, j'allais poser une main sur sa poitrine et dire *Tu es adorable, Nicholas, mais ça finirait forcément mal, pour l'un comme pour l'autre*, avant de faire demi-tour. J'avais l'impression de m'observer depuis le ciel, comme si j'étais le personnage d'un film sur le point de faire un mauvais choix qui conduirait inévitablement à la catastrophe. Pourtant quand il s'arrêta enfin devant une porte et enfonça une clé dans la serrure, j'eus une envie extraordinaire de le suivre et de le laisser me faire tout ce qu'il voulait.

Il se retourna, vit l'expression de mon visage et avec un demi-sourire, demanda :

« Ça veut dire non, n'est-ce pas ?

— Désolée. Pas le bon moment, tout ça. »

Il haussa les épaules. Je vis qu'il n'allait pas me supplier. Mais il se pencha et m'embrassa ; je lui rendis son baiser. Et je vais te dire, Maurice, ce garçon savait s'y prendre.

« Vaudrait mieux que j'y aille », fis-je en tournant les talons et tandis que je redescendais la rue, je sus qu'il m'observait et j'aimai ça.

Lorsque je retournai à l'appartement, trébuchant à nouveau à cause de cette fichue balustrade que tu n'avais toujours pas réparée, je pris une longue douche et plus tard, alors que nous étions assis sur le canapé pour regarder un film, je découvris que je pensais à peine aux événements de l'après-midi. Lorsque arriva le cours suivant, mercredi, il n'y avait pas le moindre malaise entre Nicholas et moi et il paraissait tellement serein que je me mis à me demander si je n'avais pas imaginé le flirt et le baiser.

6. Février

Un jour de début février, le chef du département, George Canter, passa dans mon bureau pour parler de certains étudiants et pendant qu'il était là, je saisis l'occasion de lui demander si par hasard il y aurait une possibilité pour que je reste à l'université quelques années.

« Bien sûr, Edith, nous serions ravis de vous avoir. Et si un poste se libérait, nous l'envisagerions certainement. Pour des raisons légales, nous serions peut-être obligés de publier l'offre d'emploi. Mais même si c'était le cas, je crois qu'il faudrait un candidat très fort pour l'emporter face à vous. En particulier puisque vous êtes déjà *in situ*, si je puis dire. Juste pour que je sache, ajouta-t-il, quand espérez-vous publier votre deuxième roman ?

— Je prévois de l'envoyer d'ici avril. Et si tout va bien, j'espère qu'il sortira au printemps prochain.

— Eh bien, ce serait un atout supplémentaire. Ça donne une bonne image de la faculté, lorsqu'on y publie activement. Les étudiants ont besoin de voir ce que nous *faisons* en plus de l'enseignement. »

On frappa à la porte et tu passas la tête. Ce n'était que la deuxième fois que tu venais à mon bureau depuis notre arrivée à Norwich et tu avais l'air incroyablement gai en nous regardant alternativement, George et moi.

« Je ne vous dérange pas ? demandas-tu en entrant. Bonjour George, comment ça va ?

— Maurice, fit-il en se levant avant de prendre ta main pour la serrer frénétiquement. Non, nous étions en train de terminer. Je disais à Edith que même si elle était obligée de faire acte de candidature sur le poste, je crois pouvoir affirmer, sans m'avancer, que sa demande serait jugée favorablement. »

Je vis ton visage se fermer tandis que tu digérais cette information. Bien entendu, je ne t'avais pas encore parlé de cette idée de rester à l'université de Norwich et je n'avais aucune idée de ce que tu en pensais. Mais tu ne poursuivis pas sur le sujet et lorsque George finit par lâcher ta main, tu te penchas pour m'embrasser sur la joue avec un « Bonjour, ma belle » qui était complètement saugrenu dans ta bouche.

« Bonjour à toi, lançai-je. Qu'est-ce qui t'amène ?

— Une bonne nouvelle.

— Je devrais peut-être vous laisser, proposa George en se dirigeant vers la sortie.

— Non, restez, dis-je, car à ce moment-là, j'eus l'intuition que je préférais ne pas rester seule avec toi, car tu risquais de me demander de quoi nous avions parlé avant ton arrivée. Il y a encore deux ou trois choses dont je voudrais que nous discutions.

— D'accord, répondit-il en se rasseyant, et je constatai que tu étais aussi agacé par sa présence que lui était gêné.

— Alors, quelle est cette nouvelle ? demandai-je en te regardant et en essayant de faire retomber la tension entre nous.

— Il s'agit de mon roman.

— Ne me dis pas que tu l'as terminé !

— Non, pas tout à fait. Mais je voulais être certain que j'étais sur la bonne voie alors j'ai envoyé les premiers chapitres à quelqu'un du métier.

— À qui ? demandai-je.

— Peter Wills-Bouche.

— L'agent ? » s'enquit George, en levant la tête, visiblement impressionné. Tout le monde savait qui était Peter Wills-Bouche. Être représenté par lui revenait à faire partie de l'élite littéraire, qu'on soit un prix Nobel – il en représentait trois – ou un jeune écrivain.

« Je suis très heureuse que tu les aies envoyés, Maurice. C'est exactement le genre d'agent que tu mérites. Mais j'imagine que tu ne vas pas avoir de nouvelles tout de suite, alors ne nous emballons pas trop vite.

— Justement. Il a appelé ce matin, juste quand je rentrais de la salle de sport. Il veut me rencontrer.

— Il a déjà tout lu ?

— Il a emporté mon texte chez lui hier soir, avec l'intention de lire seulement quelques pages mais il a fini par débarquer avec deux heures de retard à l'anniversaire de sa belle-fille parce qu'il n'arrivait pas à s'interrompre.

— Tu plaisantes ! m'exclamai-je en écarquillant les yeux, à la fois abasourdie et ravie.

— Il m'a assuré que c'était les meilleurs premiers chapitres d'un roman qu'il ait lus depuis au moins dix ans.

— Maurice, c'est magnifique, dis-je en me levant d'un bond pour te serrer dans mes bras, sincèrement ravie de ce qui t'arrivait. Je suis tellement fière de toi.

— Merci, répondis-tu avec un large sourire.

— Oui, félicitations à vous, renchérit George qui se leva pour te serrer la main à nouveau. Vous devez être aux anges.

— Je savais qu'un jour, tu retrouverais le chemin de l'écriture. J'ai toujours cru en toi, tu le sais, n'est-ce pas ?

— Oui, Edith. » Et l'expression chaleureuse de ton visage me rappela les moments les plus heureux de notre vie ensemble. « Et j'y suis très sensible, je t'assure. Tu es la personne qui a toujours cru en moi. Même quand il m'arrivait de ne plus y croire moi-même. »

Je souris. Quand tu me gratifiais de ce genre de regard, il m'était impossible de rester insensible à son merveilleux éclat. « Donc, il y a des chances pour qu'il te prenne ?

— Eh bien, je suppose, oui, mais ne vendons pas la peau de l'ours tout de suite. C'est pour ça que je suis venu. Je prends le train pour Londres dans à peu près une heure pour le rencontrer. Il aimerait bien qu'on se voie aujourd'hui, avant que je montre mes pages à qui que ce soit d'autre. J'en saurai plus après.

— Eh bien, il est très enthousiaste !

— On dirait, oui.

— Peut-être qu'on finira par publier nos livres à peu près au même moment. Ce serait amusant, non ?

— Mon Dieu, évitons, fis-tu en levant les yeux au ciel. On devrait attendre de voir ce qui se passe avec mon livre, et ensuite tu pourras parler à ton éditeur pour t'assurer que nos dates ne se télescopent pas. C'est mieux comme ça, non ?

— Eh bien… » Je sentis mon cœur se serrer un peu. Je travaillais sur mon roman depuis trois ans et je ne voulais pas retarder sa publication pour quelque raison que ce fût. Et je ne voyais pas pourquoi ton travail devait soudain avoir priorité sur le mien. « Je ne sais pas trop, mais nous pourrons toujours…

— Faut que j'y aille, coupas-tu en jetant un coup d'œil à ta montre. Pas question de rater mon train. Je voulais juste voir la tête que tu ferais en apprenant cette nouvelle !

— Peut-être que c'est à vous qu'on devrait proposer un poste ici, dit George et sous le coup de la déception, je le fusillai du regard. C'est un véritable atout pour l'université que d'avoir des étoiles montantes de la littérature dans notre faculté. »

Tu as ri et secoué la tête. « Je ne crois pas correspondre à ce profil. Je suis un peu plus solidement établi que ça. »

Lorsque je rentrai à la maison ce soir-là, je trouvai au courrier une lettre qui m'excéda. Je la lus soigneusement plusieurs fois puis me forçai à attendre que ma colère soit un peu retombée avant de décrocher le téléphone pour appeler Rebecca.

« J'ai reçu ta lettre, attaquai-je sans préambule à peine eut-elle décroché, essayant de contrôler la fureur dans ma voix. Ou plutôt, celle de ton avocat.

— Ah, bien. Plus vite on lance cette affaire, mieux ce sera. J'ai eu beaucoup de chance d'avoir une audience si vite. Un couple qui s'est réconcilié, alors un rendez-vous s'est libéré. Tu ne trouves pas que ces gens devraient cesser d'être aussi inconstants ? Bref, ils perdent, je gagne. J'imagine que tu vas pouvoir y aller ? »

J'éloignai le combiné de mon oreille quelques instants et le regardai, absolument furieuse, comme si l'appareil était responsable du comportement scandaleux de ma sœur.

« Tu ne crois quand même pas que je vais faire une chose pareille ? »

Il y eut un long silence. Je me demandai si elle était sincèrement surprise de ma réaction ou si elle faisait semblant. « Bien sûr que je le crois, finit-elle par dire. Pourquoi refuserais-tu ?

— Laisse-moi juste te lire ce que ton avocat a écrit. *Nous affirmons que Robert Gelwood n'a pas les aptitudes essentielles requises pour être un père pour les mineures Damien et Edward Gelwood. Comme vous êtes témoin de ses comportements imprévisibles depuis la naissance des deux enfants, nous demandons que vous témoigniez de sa fragilité psychologique, de son instabilité et de son manque de sens des responsabilités. Nous espérons de plus que vous soutiendrez notre démarche pour que les enfants soient placés sous la garde exclusive de leur mère, Rebecca Camberley-Gelwood.*

— Tout ce jargon juridique, fit Rebecca en gloussant un peu. Même toi, tu pourrais écrire mieux que ça.

— Ce n'est pas la formulation contre laquelle je m'insurge. Quoique… tu pourras faire remarquer à ton avocat que Damien et Edward étant des garçons, *mineurs* s'écrit sans *e*. À ma connaissance, Damien et Edward ne peuvent pas être des prénoms féminins.

— Oh, pas la peine d'être aussi pédante. Tu vois ce qu'il veut dire. C'est tout ce qui te dérange ?

— Non, c'est le fait que je ne crois pas un instant que Robert soit un père incapable.

— Bien sûr qu'il n'est pas un père incapable, dit-elle. C'est même un très bon père.

— Alors, pourquoi diable est-ce que… » Je m'interrompis et me pinçai le nez pour contrôler ma contrariété. « Sérieusement, Rebecca, si tu le penses, pourquoi est-ce que tu vas devant une Cour de justice pour affirmer le contraire ? Et pourquoi veux-tu mon aide ?

— Parce qu'il refuse de me laisser emmener les enfants.

— Les emmener où ?

— Aux États-Unis.

— Pourquoi vas-tu aux États-Unis ? Pour y passer des vacances ? »

Elle laissa échapper un rire plein d'exaspération, comme si elle n'arrivait pas à croire qu'elle était obligée de m'expliquer une chose aussi évidente. « Non, nous partons nous installer là-bas.

— Qui part là-bas ? Pourquoi ? Et depuis quand ?

— Oh, grands dieux, Edith. Tant de questions ! C'est comme si j'avais une conversation avec Miss Marple. Arjan, les garçons et moi partons nous installer là-bas pour sa série télé. Là-bas, à Los Angeles – tu y crois ?

— Eh bien, c'est une bonne nouvelle pour lui, certes. Mais… les garçons ? Leur scolarité ?

— Il y a des écoles aux États-Unis, pour ce que j'en sais.

— Oui, avec des détecteurs à métaux à toutes les portes pour empêcher les tireurs fous d'entrer armés.

— Oh, n'exagère pas.

— Et leurs amis ?

— Ils s'en feront de nouveaux.

— Pourquoi tu ne m'as pas parlé de ce projet avant ?

— Désolée, je croyais que je l'avais fait. Enfin, j'en ai parlé à maman, alors j'ai supposé qu'elle ferait passer le message.

— Eh bien, non. C'est la première fois que j'en entends parler. Et qu'est-ce qu'a dit maman ?

— Elle était très contrariée. Elle a commencé à gémir, ça allait tellement lui manquer, de ne pas voir les garçons grandir, bla bla bla. Je lui ai répondu *Maman, les avions, ça existe ! Tu peux venir nous rendre visite quand tu veux !* Enfin, ne te méprends pas, Edith. Je ne veux pas dire littéralement quand elle veut. Nous allons probablement être très occupés avec notre nouveau cercle d'amis alors je t'en prie, n'imagine pas que vous puissiez débarquer comme ça, à l'improviste.

— Je n'arrive pas à croire que tu ne m'en aies pas parlé personnellement. Les garçons vont me manquer aussi. Et à Maurice. Tu sais à quel point il aime les enfants.

— Tu n'as pas besoin de trop t'inquiéter. Cela n'arrivera pas avant deux ou trois mois et il y a tellement de choses à organiser avant de penser même à réserver des billets d'avion. Mais tu vois, Robert se montre extrêmement pénible. Il refuse de laisser partir les garçons et comme nous avons la garde conjointe, pour l'instant, je n'ai pas la permission de quitter le pays avec eux sans son autorisation.

— Ce qui me paraît tout à fait raisonnable. Quel père voudrait être séparé de ses fils ?

— Il est d'un égoïsme monstrueux. Il l'a toujours été. Si tu as des enfants un jour, j'espère que tu réfléchiras à deux fois avant de mettre le nom de Maurice sur le certificat de naissance. Ça donne aux hommes tous ces droits qu'on pourrait garder pour nous, et quand on y pense, est-ce qu'ils nous ont mises en premier sur quoi que ce soit ? Enfin, ce n'est pas vraiment un sujet de préoccupation pour toi. Tu ne penses qu'à ta carrière, de toute manière. De ce point de vue, nous sommes différentes. J'ai toujours eu un instinct maternel extrêmement développé. »

Je faillis éclater de rire. Pas seulement devant le manque de tact dont elle faisait preuve – elle était au courant pour les fausses couches, après tout, ou tout au moins, pour certaines d'entre elles – mais en l'entendant supposer que notre mariage se terminerait mal, tout comme le sien.

« Écoute, tu ne peux pas t'attendre à ce que je témoigne qu'il est un mauvais père alors que ce n'est pas vrai. Je ne le ferai pas.

— Pourquoi pas ? Je ne crois pas qu'il soit déraisonnable pour quelqu'un d'offrir sa loyauté en priorité à sa sœur.

— Dans cette situation, ma loyauté devrait aller en priorité aux garçons. Et à ce que je pense du projet de les séparer d'un père aimant et dévoué. Quel est leur avis, d'ailleurs ? Je suppose qu'ils ne veulent pas partir loin de leur père.

— Ça oui, ils sont remontés comme des pendules, me dit-elle. Ils ne veulent pas quitter l'Angleterre. Mais ça n'a aucune importance. Je ne vais pas me laisser dicter ma conduite par des enfants de neuf et six ans.

— Edward a sept ans.

— Oh, la ferme, Edith. Écoute, tout ce qu'il me faut, c'est que tu t'assoies en face d'un juge et que tu dises que Robert a un caractère épouvantable, qu'il a déjà appelé les garçons de quelques noms infects et qu'il lui est arrivé de menacer de me frapper, ce genre de choses.

— Il n'est pas question que je fasse ça ! m'écriai-je.

— Ça ne prendra pas plus d'une heure. Ensuite tu pourras retourner à ton livre ou tes étudiants, ou à ce que tu fais pour occuper tes journées.

— Rebecca, je ne vais pas mentir devant une cour. En particulier sur quelque chose d'aussi important. D'abord, c'est du parjure. Je pourrais me retrouver en prison.

— Plein de gens ont écrit des livres en prison. Regarde Jeffrey Archer.

— Je ne suis pas certaine que Jeffrey Archer soit quelqu'un dont je veuille m'inspirer pour bâtir ma carrière.

— Qu'est-ce que tu peux être snob. Il a vendu des millions de livres partout dans le monde, ce qui est bien plus que toi. De toute manière, tu ne vas pas aller en prison, tout ça, c'est du mélodrame. Contente-toi de ne pas t'écarter de ton histoire et personne ne pourra prouver que tu mens. Si tu ne m'aides pas, il y a de grandes chances que les dispositions de garde restent exactement comme elles sont, et nous ne pourrons pas partir. Et c'est une grande opportunité pour Arjan.

— Ne peut-il pas partir tout seul ?

— Oh non, dit-elle. Je ne le permettrais pas. Notre relation ne survivrait jamais à une telle séparation. Il rencontrerait probablement quelqu'un d'autre là-bas.

Hollywood est plein de bimbos, toutes à la recherche du mari parfait.

— Je suis désolée, Rebecca, dis-je en essayant de prendre la voix la plus ferme dont je fusse capable. Mais je ne le ferai pas. Je ne vais pas me parjurer. Je ne vais pas mentir sur Robert et je ne vais pas mettre l'avenir de mes neveux en danger. Désolée, mais c'est non. »

Elle resta silencieuse un long moment. « Je n'arrive pas à croire à quel point tu es égoïste.

— Essaye.

— Edith, tu es la seule à qui je puisse le demander. C'est trop demander à un ami et en plus, je n'ai pas vraiment d'amis. Ils ont tous progressivement disparu avec les années, pour une raison que j'ignore. Par jalousie, je suppose. Les femmes ont toujours été jalouses de moi. Enfin, tu le sais probablement mieux que personne. Non, il faut que ce soit toi. Un membre de la famille.

— La réponse est non, répétai-je. Et je suis désolée, mais il faut que j'y aille.

— Mais…

— Désolée, Rebecca. À bientôt. »

Et je raccrochai, m'attendant à ce que le téléphone sonne à nouveau. À mon grand soulagement, il resta silencieux. Je me demandai si je devais prévenir Robert puis je renonçai, souhaitant rester en dehors de toute cette affaire. Quand j'y repense maintenant, c'est un de mes plus grands regrets. Si je l'avais appelé pour lui raconter cette conversation, voire, si j'avais accepté de signer un témoignage écrit pour son avocat, tout dans sa vie aurait pu se passer différemment.

Même si cela n'aurait pas fondamentalement changé la mienne, j'imagine.

Quand tu revins de Londres le lendemain soir, tu étais presque hystérique de bonheur. Tu m'appelas de Thorpe Station pour me demander où j'étais. Je te précisai que j'étais à la fac, au bar des étudiants de troisième cycle, où l'une de mes étudiantes fêtait son anniversaire. Je m'attendais à ce que tu me demandes de partir et de te retrouver en ville pour boire un verre, mais à ma grande surprise, tu m'annonças que tu allais sauter dans un taxi pour me rejoindre.

Vingt minutes plus tard, tu entras, te dirigeas à grands pas vers le groupe comme si tu étais le roi du monde. Quand je me levai, tu me pris dans tes bras pour m'embrasser passionnément ; je fus immédiatement gênée par un tel étalage d'émotions.

« Alors, comment ça s'est passé ? demandai-je en t'entraînant un peu à l'écart pour pouvoir te parler en tête à tête.

— Magnifiquement.

— Il aime bien, alors ? Il veut te représenter ?

— Il avait le contrat prêt, je n'avais plus qu'à le signer.

— C'est magnifique, Maurice.

— Il a dit qu'il avait toujours admiré mes textes, particulièrement *La Cabane dans les arbres*.

— Ah... Je parie que ça t'a fait plaisir.

— Eh bien oui, répondis-tu, les sourcils un peu froncés, et je compris aussitôt que je n'aurais pas dû dire cela. Effectivement. Ce livre a toujours été beaucoup plus subtil que *Deux Allemands*. Nous avons eu une longue conversation sur ma carrière et il a le sentiment que ce roman est celui qui va me relancer. Il veut que je dise que je travaille dessus depuis sept ans, juste pour donner plus de poids au livre.

— Mais tu as à peine mis sept mois pour l'écrire.

— Je sais, mais écoute, je dirai tout ce qu'il faudra. C'est le roman qui importe. Le donner au public. Attirer les lecteurs vers moi. Enfin, vers le roman.

— Mais la vérité importe aussi, non ?

— Oh, allez, Edith, fis-tu en levant les yeux au ciel. Ce n'est qu'un petit mensonge sans conséquence. Sans importance. L'agent va ouvrir les enchères d'ici deux ou trois semaines. Il pense que ce sera le roman le plus convoité de l'année.

— Bon sang, Maurice, mais qu'est-ce que tu as donc écrit ? »

Tu haussas les épaules, comme si écrire quelque chose qui provoquait un intérêt aussi vif était plutôt simple. « Un roman, c'est tout.

— On dirait que c'est bien plus qu'*un roman, c'est tout*. On dirait qu'il s'agit de quelque chose de très spécial.

— Je l'espère, oui.

— Et a-t-il parlé d'avance ?

— Oui. Il pense que le montant sera élevé. Il a même parlé de... » Tu as marqué une pause et tu as secoué la tête. « Enfin, non. Ça risquerait de me porter la poisse.

— Allez, dis-moi.

— Non, c'était des paroles en l'air, rien de sérieux. »

Je te donnai un petit coup dans le bras pour rire. « Dis-moi ! insistai-je.

— Il serait prêt à parier sa boîte que je remporterai le Prix l'année prochaine. »

J'écarquillai les yeux. « Tu te fiches de moi ?

— C'est ce qu'il a dit. Mais ne pensons pas à ça maintenant. Les distinctions n'ont aucune importance. Tu sais bien que je me fiche complètement de ce genre de choses. »

C'était un mensonge éhonté, évidemment, parce que tu avais lu tous les livres sélectionnés pour le Prix depuis sa création. Tu étais pratiquement la mémoire vivante du Prix. La grande ambition de ta vie était d'atteindre la dernière sélection et l'année précédente, quand Douglas Sherman avait failli l'avoir, tu étais presque devenu fou de jalousie et d'amertume.

« D'une certaine façon, ce serait comme si la boucle était bouclée, dis-je en réfléchissant. Si tu gagnais, je veux dire.

— Comment ça ?

— Eh bien, Erich Ackermann l'a eu pour *Effroi*. Et c'est là que tout a commencé pour toi. L'histoire d'Erich.

— Le pauvre Erich se retournerait dans sa tombe si mon nom se retrouvait à côté du sien sur la liste des lauréats, déclaras-tu, mais je voyais bien que cette idée te faisait plaisir. Eh, Garrett ! t'écrias-tu en te penchant en avant et en élevant tellement la voix que les étudiants s'interrompirent pour regarder dans notre direction. Je ne vous ai pas vu depuis que vous avez signé votre contrat, je crois. Edith m'a tout raconté. Félicitations, vous devez être ravi.

— Merci, dit Garrett, souriant gaiement tandis qu'il repoussait une mèche de cheveux tombée sur ses yeux. Je ne m'attendais pas à être publié si jeune. Je ne me suis jamais considéré comme un prodige.

— J'imagine bien que non. Personne n'aurait jamais prédit, à mon avis, que vous trouveriez un éditeur un jour. Mais il paraît qu'il y a une forte croissance dans la littérature pour enfants, en ce moment. Et c'est aussi là que se trouve l'argent, d'après ce que j'ai compris.

— Ce n'est pas un... », commença Garrett et je vis qu'il faisait tous les efforts du monde pour s'empêcher de hurler à pleins poumons. Je savais que tu te payais seulement sa tête et je dus me mordre la lèvre pour ne pas éclater de rire.

« Oui, on sait que ce n'est pas un livre pour enfants, cria Nicholas en levant les bras en l'air dans un geste désespéré. Putain, Garrett, tu devrais faire imprimer cette phrase sur des cartes pour les distribuer chaque fois que le sujet arrive sur le tapis.

— Il est primordial que les enfants soient incités à la lecture, poursuivis-tu. Ensuite, quand les petits monstres grandiront, ils liront des livres écrits par Edith, par moi et par certains de vos collègues ici présents. Nous avons en fait une immense dette envers les gens comme vous, Garrett.

— Et vous, Maurice ? demanda Garrett, qui n'était pas du genre à se laisser intimider. Est-ce que je vous croiserai sur le circuit des salons ou est-ce le genre de choses qui appartient au passé ?

— Je ne fais pas vraiment les salons de littérature enfantine.

— Et plus vraiment ceux de littérature adulte non plus, n'est-ce pas ? *Deux Allemands* est sorti il y a très longtemps. Je sais qu'il y a eu un autre petit livre après – c'était quoi, son titre, déjà ? *Le Cagibi* ? Quelque chose comme ça ? – enfin, si j'ai bien compris, il vaut mieux ne pas en parler.

— En fait, mon mari vient de vendre son dernier roman, déclarai-je, déformant un peu la vérité, mais il semblait clair que ce n'était qu'une question de semaines, voire de jours.

— Vraiment ? fit Garrett, se décomposant un peu. Un vrai roman ou juste une idée ?

— Un vrai roman, répondis-tu en souriant. Plein de phrases, de paragraphes et de chapitres.

— Eh bien, tant mieux pour vous. Allez-vous nous dire de quoi il parle ou est-ce un secret d'État ?

— Je me suis dit que j'allais me lancer dans quelque chose de vraiment original. Des animaux qui ne parlent pas. Comme dans la vraie vie, vous voyez ? Non, je plaisante, Garrett. N'ayez pas l'air si froissé. Si ça ne vous ennuie pas, je ne dirai rien de l'histoire maintenant. Vous lirez le roman quand il sortira, si vous voulez. Je m'assurerai que mon éditeur vous envoie un exemplaire. Mais ne parlons pas de tout ceci maintenant.

C'est l'anniversaire de quelqu'un, n'est-ce pas ? Ne devrions-nous pas être en train de le fêter ? »

C'est ce que nous fîmes. Et lorsque nous rentrâmes chez nous, nous recommençâmes, en tête à tête. La soirée ne fut que légèrement assombrie quand tu demandas de quoi George parlait la veille quand il avait mentionné que je présentais ma candidature sur un poste et je fus obligée de t'expliquer que j'avais envisagé de rester un peu à l'université de Norwich. Tu refusas, déclarant qu'il était important que nous retournions à Londres pour y être quand ton livre sortirait, parce qu'il était important pour toi d'être là où tout se passait.

« Je suis certain que tu trouveras un autre poste d'enseignante là-bas. D'après ce que j'ai compris, tu as peut-être bien trouvé ta vocation dans l'enseignement.

— Merci », dis-je, même si je ne savais absolument pas pourquoi je te remerciais.

7. Mars

Quand je me réveillai ce mercredi matin-là, comment aurais-je pu savoir que tout ce pour quoi j'avais travaillé depuis que j'étais enfant, tous les rêves et toutes les ambitions qui s'étaient formés dans mon cœur me seraient volés avant la tombée de la nuit ?

Cela paraît ironique, rétrospectivement, mais je me rappelle avoir ouvert les yeux pour voir le soleil se déverser entre les rideaux et ressentir un immense bien-être. Quelques jours plus tôt, j'avais terminé mon roman et j'étais enfin prête à le montrer à mon éditeur. À la différence du moment où j'avais terminé *Frayeurs*, que tu m'avais encouragée à proposer à des agents malgré les doutes que j'avais sur ses qualités, j'avais relativement confiance en celui-ci et j'avais même décidé du titre : *L'Homme de la tribu*. Je savais que le texte avait encore besoin d'être travaillé mais je soupçonnais que la tâche ne serait pas colossale. Il serait certainement prêt d'ici la fin de l'année universitaire, ce qui était mon projet initial lorsque nous étions arrivés à Norwich.

La semaine avait déjà commencé par des nouvelles fort enthousiasmantes. Deux jours plus tôt Peter Wills-Bouche avait vendu ton manuscrit pour la somme incroyable de quatre cent mille livres à l'un des éditeurs les plus prestigieux de Londres et il avait été proposé à cinq éditeurs américains. À ma grande surprise, tu t'étais montré plus silencieux que d'habitude, ces derniers jours, moins exubérant que je ne l'aurais été dans ta position, et je m'inquiétais à l'idée que tu sois anxieux, craignant une grosse déception.

Tu étais sous la douche, je l'entendais ; je sortis du lit, ouvris une fenêtre pour profiter de la belle matinée ensoleillée, mis la tête dehors quelques instants et pris un grand bol d'air frais. Mais tout à coup, je sentis une convulsion me retourner l'estomac et j'eus à peine le temps de courir jusqu'à l'évier de la cuisine pour vomir. Je gardai la tête au-dessus de la cuvette émaillée pendant une minute ou deux jusqu'à ce que la nausée soit passée. Un peu tremblante, je m'assis à la table de la cuisine, et posai une main sur mon front. Ma peau était moite ; quelques instants plus tard, je touchai mon ventre puis testai la sensibilité de mes seins. Je ne connaissais que trop bien les symptômes ; j'avais déjà été enceinte quatre fois, après tout. Et maintenant, je l'étais à nouveau, pour une cinquième fois.

Une avalanche de pensées contradictoires déferla dans ma tête. Comment cela allait-il affecter la publication de nos deux livres ? Non, je suis hypocrite, là. Je me demandai comment cela allait affecter la publication de *mon* livre. Allais-je mener cette grossesse jusqu'à son terme ou allais-je perdre ce bébé comme les autres ? Où allions-nous vivre ? J'aimais bien Norwich et je voulais rester à l'université, mais même si je parvenais à te convaincre que nous étions mieux ici qu'à Londres, il était exclu que nous restions dans un petit appartement dont l'escalier était branlant. L'idée de monter et descendre un landau plusieurs fois par jour était délirante. Je causerais la mort de l'enfant et la mienne. Il faudrait que nous trouvions un autre endroit.

Je ne dis rien de tout ceci lorsque tu apparus, complètement habillé, et que tu passas à côté de moi sans un mot tandis que je me dirigeais vers la salle de bains.

« Edith ? demandas-tu, peut-être surpris par mon silence. Tu te sens bien ?

— Très bien », répondis-je sans me retourner. Mon visage devait être encore pâle et couvert de sueur. « Juste très envie d'aller aux toilettes. »

Lorsque j'eus fini de me doucher et de m'habiller, tu étais déjà parti, et un message posé sur l'oreiller disait que tu serais parti toute la journée et qu'on se retrouverait le soir. Aucune mention de l'endroit où tu allais, mais je supposai que c'était à la bibliothèque en centre-ville. Tu y passais beaucoup de temps, pour retravailler ton texte. J'y accordai peu d'importance et partis à la pharmacie au bout de la rue pour acheter un test de grossesse, que je rapportai à la maison.

La ligne bleue apparut. La ligne bleue était toujours apparue pour moi. J'étais incroyablement fertile, nous l'étions tous les deux, mais mon ventre inhospitalier, comme le qualifiait mon gynécologue, restait notre ennemi.

« Je vous en prie, faites qu'il vive, dis-je à mi-voix, sans trop savoir si je parlais à Dieu, mon utérus ou l'univers tout entier. Faites que je garde celui-ci. »

Et à ce moment-là, j'avais au fond de moi la certitude absolue que cet enfant survivrait et que nous allions former une famille.

Plus tard, quand on sonna, je fus à la fois surprise et contrariée de voir Rebecca à ma porte. C'était la première fois qu'elle me rendait visite à Norwich et naturellement, elle n'avait pas pris la peine d'appeler pour annoncer son arrivée.

« Je ne suis pas venue te voir, en fait, dit-elle en s'asseyant, après avoir attrapé les devoirs des étudiants posés sur le fauteuil pour les poser par terre comme s'ils n'avaient pas la moindre valeur.

— On dirait pourtant que c'est le cas. Tu es chez moi, là.

— Non, je ne fais que passer. J'avais un rendez-vous à King's Lynn ce matin et en passant par Norwich sur mon trajet de retour, j'ai pensé que j'allais m'arrêter pour te dire quelle sœur affreuse tu fais.

— Magnifique, dis-je, sentant mon cœur se serrer et regrettant que nous n'ayons pas une de ces caméras vidéo à la porte d'entrée pour voir qui se trouvait à la porte avant d'ouvrir. Veux-tu un café avant de déverser ton fiel ou préfères-tu commencer tout de suite ?

— Non, je ne veux pas de café. Et si j'en voulais un, j'irais dans un café.

— Eh bien, il y en a un au bout de la rue.

— J'irais là-bas parce que probablement, tu m'empoisonnerais. » Elle s'assit confortablement et m'examina des pieds à la tête comme si elle essayait de comprendre quelque chose d'ardu. « Je ne sais pas ce que je t'ai fait pour que tu sois comme ça avec moi.

— Vraiment ? demandai-je, déjà lasse de cette conversation. Pas la moindre idée ? Quand tu revois notre enfance, il n'y a rien qui te frappe ?

— J'étais une sœur si gentille, si aimante. Toujours attentive à tes moindres besoins.

— Ne sois pas ridicule. Tu as été horrible avec moi depuis le jour de ma naissance.

— N'importe quoi. Ton problème, Edith, si ça ne t'ennuie pas que je sois franche, c'est que tu as toujours cru que tu étais supérieure aux autres. Moralement supérieure.

— Pas à tous les autres, non. Seulement à toi.

— Voilà ! Je viens te voir et tout ce que tu fais, c'est…

— Tu as été claire : tu n'es pas venue pour me voir. Écoute, je suppose que tout ceci concerne Robert.

— D'une certaine façon, oui. Tu aurais dû me soutenir, Edith, c'est aussi simple que ça. Alors, quand tout ça va exploser, rappelle-toi : ce sera entièrement ta faute.

— Mais de quoi est-ce que tu parles ?

— Je dis juste qu'il aurait été bien plus facile pour tout le monde si tu avais fait ce que je t'avais demandé. Et tu sais, Robert aurait pu venir aux États-Unis voir les garçons quand il voulait. Maintenant, ça ne va pas être aussi simple. Tu vois, en réalité, tu as fait du mal à Damien et Edward plus que moi. C'est eux qui vont souffrir.

— Alors, tu n'as pas renoncé à ton projet d'aller à Los Angeles ?

— Bien sûr que non. Pourquoi aurais-je renoncé ?

— Et Robert te laisse faire ? »

Elle sourit, semblant savoir quelque chose que j'ignorais et n'attendant qu'une chose, que je l'interroge ; mais j'étais déterminée à ne pas poser de question.

« Écoute, poursuivit-elle, malgré le fait que tu es une sœur épouvantable, je veux que tu saches que tu es la bienvenue si tu veux nous rendre visite, quand tu veux. Je ne te garderai pas rancune.

— Voilà qui est généreux de ta part.

— Je sais. Et si tu veux dire au revoir aux garçons, tu devrais probablement t'organiser. Nous partons dans les prochaines semaines.

— Mais comment cela est-il possible ? demandai-je. La dernière fois que nous avons parlé, tu as dit que Robert refusait de te laisser quitter le territoire. Qu'est-ce qui a changé ?

— Rien n'a changé. Il continue à mettre autant d'obstacles qu'il peut.

— Alors, tu pars quand même ? Si tu fais ça, tu vas probablement enfreindre toutes sortes de lois et ensuite, il prendra un avocat, tu seras ramenée de force, jetée en prison et il aura la garde exclusive des garçons. Ce n'est certainement pas ce que tu veux. »

Elle sourit et secoua la tête. « Oh, il va avoir besoin d'un avocat, c'est vrai. Mais pas pour la raison que tu crois. Robert..., ajouta-t-elle en se penchant en avant avec un sourire triomphant sur le visage, Robert est sur le point de prendre un très vilain choc.

— Quel genre de choc ?

— Une visite de la police.

— Pourquoi la police irait-elle voir Robert ? demandai-je. Qu'est-ce qu'il a fait ?

— Pédopornographie, dit-elle en tapant des mains comme un enfant. Sur son ordinateur. »

Je la regardai fixement. « Non, dis-je, sentant revenir la nausée. Non, je n'y crois pas. Totalement impossible. Pas Robert.

— Pas Robert, non. Mais sur l'ordinateur personnel de Robert.

— Comment le sais-tu ?

— Parce que je l'y ai mise. »

Je ne pus dire un mot. Je me sentis prise de vertige.

« J'ai une clé de son appartement », poursuivit-elle, totalement ravie. À l'évidence, elle mourait d'envie de le raconter à quelqu'un. « J'en ai besoin pour ouvrir aux enfants lorsqu'ils vont chez lui. Alors, je suis allée là-bas une après-midi pendant qu'il était au travail et j'ai copié des centaines d'images. Tu serais surprise de la facilité avec laquelle ça se trouve. Ensuite je les ai mises dans un dossier appelé COMPTABILITÉ FAMILIALE que j'ai caché dans un dossier sur le bureau de l'ordinateur appelé ANCIENS DOCS. Je doute qu'il aille jamais chercher là-dedans.

— Rebecca…

— Et ce matin, j'ai passé un appel anonyme à Crimestoppers. J'ai prétendu que j'étais sortie avec lui et qu'il m'avait ramenée chez lui, et que c'est là que j'avais vu les images quand il avait fermé son ordinateur. Je n'ai pas donné mon nom ni mon numéro de téléphone, j'ai juste dit que tout ça me dégoûtait et que quelqu'un devrait aller jeter un coup d'œil. Ils ont bien entendu relevé son nom et son adresse et j'imagine qu'ils passeront à l'action bientôt.

— Putain, mais qu'est-ce qui ne va pas chez toi ? demandai-je quand j'eus retrouvé ma voix.

— Que veux-tu dire ?

— C'est… Je n'ai jamais rien entendu d'aussi… » J'étais effondrée de constater qu'elle était descendue si bas et je trouvai difficilement les mots.

« Oh, pas la peine de monter sur tes grands chevaux, s'irrita-t-elle en agitant la main pour balayer mes objections. Tout ira donc bien pour moi et pour Arjan.

— Pourquoi tu viens me raconter ça ? demandai-je, en état de choc.

— Parce que tu as demandé.

— Tu ne crois pas que je vais te laisser t'en tirer, quand même ?

— Mais bien sûr que si, dit-elle avec un sourire. Qu'est-ce que tu vas faire, répéter à la police ce que je viens de te dire ? D'abord, c'est ta parole contre la mienne. Ensuite, même s'ils te croyaient, ce qui ne sera pas le cas, et même s'ils me poursuivaient, ce qui ne sera pas non plus le cas, cela aurait un effet désastreux sur maman, les garçons, toi…

— Et leur père qui va en prison pour possession de documents pornographiques, ça ne les affectera pas ?

— Ils seront loin, à Hollywood !

— C'est n'importe quoi, quelle folie…

— Bref, j'insiste, si tu veux leur dire au revoir…

— J'irai moi-même parler à la police, insistai-je. Je déclarerai sous serment devant un juge…

— Non, tu ne le feras pas, affirma-t-elle en se levant.

— Si.

— Nous verrons. Tu as un nouveau roman sur le point de sortir, n'est-ce pas ? Tu es sûre que tu veux que ton nom soit lié à un tel scandale ? Bon, il faut que j'y aille, Edith. J'ai encore de la route avant d'arriver chez moi. Tu as mon numéro, alors si tu veux dire au revoir, tu peux m'appeler. Autrement, peut-être que je te verrai à L.A. un jour ? Je sais que les garçons seraient ravis que tu viennes nous voir. Que vous veniez, Maurice et toi, je veux dire. Il a toujours été plus sympa que toi avec eux. »

Là-dessus, elle éclata de rire, jeta un dernier regard autour d'elle comme si ce qui l'entourait était encore pire que ce qu'elle avait imaginé et partit.

Quelques instants plus tard, le téléphone sonna. Et mon monde se brisa en mille morceaux, pour de bon, cette fois.

Tu rentras peu après 18 heures. J'étais assise sur le canapé du salon depuis longtemps, le regard dans le vide. J'avais encore vomi, cette fois dans le couloir à côté de la table où était posé le téléphone, et je ne m'étais pas donné la peine de nettoyer. L'amour et le respect que j'avais éprouvés pour toi avaient complètement disparu pendant les heures précédentes et maintenant, tout ce qui me restait à faire, c'était trouver le moyen de te quitter et un endroit où aller.

Tu me connaissais assez bien pour te rendre compte que quelque chose clochait à la seconde où tu entras, et même si tu n'avais rien remarqué, la flaque de vomi t'aurait alerté.

« Mais qu'est-ce qui se passe ici ? demandas-tu.

— J'ai été malade.

— Je vois ça. Tu aurais pu nettoyer, Edith. C'est épouvantable. Et ça pue.

— Tu n'as qu'à nettoyer, toi », fis-je, et le ton de ma voix, si hostile et agressif, nous surprit probablement l'un autant que l'autre. Tu me regardas fixement et je voyais bien que tu te demandais lequel de tes mensonges j'avais découvert.

« Apparemment, il y a quelque chose qui ne va pas. » Tu te dirigeas vers le réfrigérateur, pris une bière et après l'avoir décapsulée, tu avalas un bon tiers de son contenu.

« On peut le dire, oui, dis-je calmement.

— Alors, est-ce que tu vas m'expliquer ?

— Commençons par le début. C'est la fin de notre mariage, Maurice, je te quitte. Aujourd'hui. Ce soir. En fait, non, rectifiai-je en me demandant pourquoi cela ne m'était pas venu plus tôt. C'est toi qui pars. Je veux que tu fasses tes valises et que tu partes dans l'heure. Et je lance la procédure de divorce dès demain matin. »

Tu restas silencieux un moment, puis tu te contentas de hocher la tête en t'asseyant dans le fauteuil près de la fenêtre.

« Très bien, fis-tu en essayant de prendre un ton nonchalant, mais il y avait quelque chose dans ta voix que je n'avais jamais entendu avant. Si c'est ce que tu veux, je ne m'y opposerai pas. Une raison particulière pour l'expliquer ? Nous sommes mariés depuis cinq ans et quand je suis parti ce matin tout paraissait bien aller. Alors ce serait sympa de savoir ce que je suis censé avoir fait entre-temps. Est-ce que j'ai encore oublié de baisser le siège des toilettes ?

— J'ai reçu un appel téléphonique cette après-midi, dis-je en me tournant vers toi, et en t'observant tandis que tu essayais de toutes tes forces de ne rien laisser transparaître.

— Un appel de qui ?

— De Peter.

— J'adore les appels de Peter, répondis-tu avec un sourire. Ils apportent toujours de bonnes nouvelles. Est-ce que j'ai vendu des droits étrangers ? Ou peut-être est-il question d'un contrat pour un film.

— Ce n'était pas le sujet de l'appel. Il m'a demandé de te transmettre un message. Apparemment, il avait essayé de te joindre sur ton portable toute l'après-midi, mais tu étais sur messagerie.

— Ah, c'est parce que j'étais chez Maja.

— Pardon ? » Avais-je bien entendu ? « Maja ?

— Oui, Maja Drazkowski. Ton ancienne étudiante. Tu te souviens d'elle, n'est-ce pas ? Assez mignonne. Pas une grande fan de toi ! Elle te trouve un peu salope, à vrai dire, mais je lui ai assuré que si elle te connaissait mieux, elle t'apprécierait. Nous avons une liaison depuis quelques mois, depuis qu'elle a laissé tomber ton cours. Je n'avais pas prévu de t'en parler, enfin je suppose que ça n'a plus d'importance, puisque tu as décidé de me quitter, de toute façon. »

Je secouai la tête et je ris. Étonnamment, je m'en fichais pas mal. Dans cette journée pleine de surprises, le fait que tu me trompes avec une plagiaire était le cadet de mes soucis.

« Alors, vas-tu me dire ce que Peter voulait ou faut-il que je devine ? demandas-tu et je me tournai vers toi, certaine que tu serais capable de deviner.

— Eh bien, que ton éditeur avait appelé et qu'ils se demandaient si tu accepterais de repenser le titre de ton roman. Il s'avère qu'ils ne l'aiment pas beaucoup. Ils veulent quelque chose d'un peu plus commercial.

— Vraiment ? Je le trouvais plutôt bon.

— Moi aussi, quand je l'ai choisi, dis-je en élevant un peu la voix. *L'Homme de la tribu*.

— Ma chérie, c'est juste un titre », fis-tu en souriant, et je sus que tu étais ébranlé car jamais, pendant toutes les années écoulées depuis notre rencontre, tu ne m'avais appelée *ma chérie, mon cœur, mon amour* ni aucun de ces autres mots à la con que j'ai toujours détestés.

« C'est plus que juste un titre. Il s'agit du putain de livre tout entier ! Tu me l'as volé !

— Oh, je t'en prie, répondis-tu dans un éclat de rire. Je n'ai rien volé. Ne dramatise pas.

— Bon Dieu, Maurice, j'ai regardé sur ton ordinateur ! J'ai trouvé le fichier. Et les mails échangés entre Peter et toi. J'y ai trouvé *mon* roman. *Mon* roman ! »

Tu levas les yeux vers le plafond comme si nous étions engagés dans une discussion philosophique profonde. « Mais les romans appartiennent-ils à l'un ou à l'autre d'entre nous ? Je veux dire, à quelqu'un d'autre que les lecteurs ? La question est intéressante, tu ne trouves pas ?

— Voilà ce que tu as fait toute l'année, poursuivis-je en me levant et en me mettant à arpenter la pièce tandis que l'ampleur de ta trahison m'apparaissait pleinement. Pendant que je travaillais, tu t'installais dans ce bureau pour transcrire mon livre, mot pour mot. Et les brouillons ! Tu as même réussi à en récupérer certains. Je dois te féliciter, Maurice. Tu as fait preuve d'un certain talent pour couvrir tes traces. »

Tu ouvris la bouche pour protester pourtant je savais que tu ne te donnerais pas la peine de le nier. Tu étais découvert. Il était plus facile de changer de discours.

« J'en avais besoin, fis-tu, incapable de me regarder dans les yeux. Je suis désolé, Edith, mais je n'avais pas d'histoire. Tu le sais. Je n'ai jamais eu d'histoire à moi. Je ne sais pas faire, c'est tout.

— Tu ne peux pas pour autant voler la mienne ! hurlai-je.

— Bon sang ! » t'écrias-tu en te levant pour t'approcher de moi. J'eus un peu peur quand tu m'attrapas par les bras et je me dégageai aussitôt. « Personne n'a besoin de savoir. Donne-le-moi, Edith, c'est tout ce que je te demande. Si tu m'aimes, si tu m'aimes vraiment, donne-le-moi. Le roman est magnifique, au fait. Tout ce que Peter en a dit est vrai. C'est un chef-d'œuvre et tu es un écrivain sublime. J'ai une vraie chance de recevoir le Prix avec ce texte. Je serai certainement sélectionné. Je ne crois pas qu'il y ait le moindre doute. »

Je te regardai, abasourdie, me demandant si tu avais complètement perdu la tête. « Mais c'est *mon* roman, ai-je crié. C'est *moi* qui serai sélectionnée !

— Est-ce si important, le nom qui est dessus ? Nous sommes mariés, non ? Nous formons une équipe. Pour aller jusqu'au bout. Quelle différence ça fait pour toi si je mets mon nom sur celui-ci et que tu en commences un autre ? Je suis plus connu que toi, après tout, et comme ça je vais faire mon retour sur la scène littéraire. J'écrirai autre chose après, je te le promets.

— Putain, mais tu plaisantes, j'espère ! m'exclamai-je. Tu penses vraiment que je vais te *donner* mon roman, comme ça ? Après tout le travail que j'y ai mis !

— Pourquoi pas ? fis-tu, l'air un peu sidéré. C'est trop demander ?

— Mais ce serait un énorme mensonge !

— Je te trouve affreusement égoïste », lanças-tu. Et je me mis à rire, mon rire devenant rapidement hystérique. J'avais l'impression que la scène était totalement irréelle. Je te regardai, tu souris. À ce moment-là, je ne pus m'empêcher de me rappeler à quel point je t'avais toujours trouvé séduisant. L'espace d'une seconde, je me demandai ce que ça ferait, de baiser avec toi, là, tout de suite, sachant ce que je venais d'apprendre. Puis je me retournai et quittai la pièce, me dirigeant vers la chambre, pour sortir tes affaires des placards. Avant que j'y arrive, tu me rattrapas en haut de l'escalier et tu me fis pivoter vers toi. La puanteur du vomi était épouvantable.

« Que vas-tu faire ? demandas-tu, et à ta pâleur, je vis la terreur que tu ressentais à l'idée que je révèle à tous que tu étais un menteur.

— D'abord, je vais te mettre à la porte. Ensuite, je vais appeler mon agent pour lui expliquer ce que tu as fait. Après, je vais appeler ton agent pour lui dire aussi.

Que tu lui as menti, que tu l'as ridiculisé aux yeux du monde entier. À mon avis, il ne sera pas très content. Peut-être que ça retardera l'annonce dans la presse de quelques jours. Oh, ensuite, je devrais aussi appeler ton éditeur…

— Tu ne peux pas faire ça !

— Bien sûr que je peux ! Tu penses vraiment que tu vas pouvoir prétendre que c'est toi qui l'as écrit ? Tu as peut-être quelques brouillons sur ton ordinateur, Maurice, mais j'ai des dizaines de cahiers, datés, pleins de notes. Tu ne les as jamais cherchés, bien entendu. J'ai tellement de preuves que ce roman est le mien qu'il me faudra moins de cinq minutes pour prouver ta culpabilité. Pas étonnant que tu baises Maja Drazkowski, tu lui as probablement donné l'idée de voler l'histoire de quelqu'un d'autre.

— C'est effectivement ce que j'ai fait, dis-tu avec un rire moqueur. Je ne pensais pas qu'elle aurait le cran d'aller au bout. Je ne lui ai pourtant pas conseillé le *New Yorker*. Elle aurait dû choisir un magazine bien plus obscur, une publication universitaire du Midwest qui n'a pas plus de cinq lecteurs. Elle s'est vraiment mal débrouillée, sur ce coup-là. Le *New Yorker*… Du travail d'amateur.

— Bon Dieu, fis-je en secouant la tête. Tu es complètement dingue.

— Pas tout à fait. J'ai seulement besoin d'être un écrivain. C'est tout ce dont j'ai besoin. Ça, et être père. Et ce n'est pas comme si tu m'avais été très utile dans ce domaine, n'est-ce pas ?

— Je t'interdis d'aborder ce sujet, m'empressai-je de dire, sentant dans mon ventre un pincement à l'idée que je savais quelque chose que tu ignorais. Ça n'a rien à voir avec ce qui est en train de se passer.

— Ça a tout à voir. Tu ne peux pas me donner un enfant, alors rachète-toi en me donnant un livre. J'en ai besoin, tu ne le vois pas ? Sans une carrière d'écrivain, que suis-je, après tout ? S'il te plaît, Edith, ajoutas-tu d'un ton un peu différent, moins agressif, plus implorant. Si tu en parles à quelqu'un, tu me détruiras. Je ne m'en relèverai jamais. Ma réputation sera complètement détruite.

— Exactement comme celle d'Erich Ackermann.

— Erich Ackermann était un Nazi ! crias-tu, soudain furieux. Tu l'as dit toi-même. Tu ne peux pas me comparer à lui. »

Je te regardai droit dans les yeux. « La vérité, c'est que tu n'es pas du tout un écrivain, Maurice. Tu le désires ardemment, mais tu n'as pas le talent nécessaire. Tu ne l'as jamais eu. C'est pour ça que tu t'es toujours acoquiné à des gens qui avaient plus de succès que toi, fait semblant d'être leur ami avant de les laisser tomber dès qu'ils ne t'étaient plus utiles. Tu as dû penser que la fortune te souriait pour de bon quand ma carrière a commencé à décoller.

— La ferme, lanças-tu, le visage déformé par la colère.

— Mais le truc, c'est que je suis un écrivain, moi. Et ce livre que tu t'apprêtes à diffuser m'appartient. Je suis tout ce que tu n'es pas. Tu n'es qu'un écrivain médiocre. Tu as volé la vie d'Ackermann, tu as volé mes mots. N'importe lequel de mes étudiants est plus doué que toi, même dans un mauvais jour.

— Tu ferais mieux de te taire. » Ton menton tremblait de rage.

« Je veux que tu partes, Maurice. » Je me sentais forte, plus forte que jamais depuis le soir où tu m'avais violée. « Je veux que tu sortes d'ici immédiatement, tu entends ? À moins que tu veuilles être présent quand je vais commencer à téléphoner. »

Je me détournai et tu m'attrapas par le bras pour m'obliger à te faire face. À ce moment-là, je sentis ma cheville se tordre. J'étais en haut de l'escalier et j'essayai de me retenir à la main courante, cette fameuse balustrade que je t'avais si souvent demandé de réparer, mais ma main ne la trouva pas. C'était comme si je bougeais au ralenti. Comme si je me regardais d'en haut tandis que je t'observais, consciente que j'étais sur le point de tomber. Il fallait seulement que tu tendes le bras, que tu me retiennes, et je serais sauvée. Je dis ton nom.

« Maurice. »

Je restai ainsi une éternité, sans tomber, sans parvenir à retrouver mon équilibre, et c'est là que je vis la détermination féroce sur ton visage. Tu savais exactement ce qui te restait à faire pour te sauver.

Tu tendis le bras et d'un geste doux, presque aimant, tu me repoussas.

8. Maintenant

J'ai perdu la notion du temps depuis mon arrivée ici. Cette notion n'a plus aucun sens quand on se retrouve prisonnier dans son coma. Cela fait plus de quelques semaines, j'en suis certaine. Peut-être un mois ou deux ? Je ne souffre pas, ce qui est bien, mais je ne perçois pas non plus une absence de douleur. J'ai une conscience mais pas de corps, ni de mouvement ni d'expression. Je suis une anthologie de pensées et de souvenirs emprisonnée dans une coque immobile. Je vois tout autour de moi et pourtant, mes yeux refusent de s'ouvrir. J'entends les sons mais je ne peux pas me faire entendre. Je suis seule tout en étant souvent entourée de gens.

Il y a les infirmières, bien sûr. Elles me lavent tous les matins avec des éponges douces et de l'eau tiède. Elles bougent mes bras et mes jambes, les plient avec précaution aux coudes et aux genoux pour que mes muscles ne s'atrophient pas. Elles font pivoter mes poignets et mes chevilles, me coupent les ongles, appliquent des crèmes hydratantes sur ma peau. Elles changent les poches pleines de mes excréments et les remplacent, de sorte que je puisse me vider à nouveau. Néanmoins, elles semblent oublier qu'autrefois j'étais vivante, que je suis *toujours* vivante, et tiennent autour de mon corps inerte des conversations qui donnent des choses comme :

Infirmière 1 : Tu sais qui elle est, n'est-ce pas ?

Infirmière 2 : Non, qui est-ce ?

Infirmière 1 : Elle est écrivain. Elle a écrit ce truc qui est passé à la télé, *Frayeurs*, qui a remporté toutes ces récompenses il y a deux ou trois ans.

Infirmière 2 : Oh, je ne l'ai pas vu. J'ai lu le livre et j'ai trouvé qu'il était un peu prétentieux.

Infirmière 1 : Je ne l'ai pas lu. Je dis toujours que si un livre est bon, tôt ou tard, il finit par donner un film. Je n'ai vraiment pas le temps de lire en ce moment, de toute façon.

Infirmière 2 : Enfin, tu n'as pas manqué grand-chose.

Infirmière 1 : Je lisais beaucoup quand j'étais jeune.

Ou comme :

Infirmière 1 : Tu as vu son mari, j'imagine.

Infirmière 2 : Grands dieux, oui. Si seulement j'avais dix ans et dix kilos de moins !

Infirmière 1 : Le pauvre, il est inconsolable. Il devait l'aimer énormément.

Infirmière 2 : Je ne comprends pas bien. Je veux dire, elle n'est pas vilaine, mais lui, il boxe dans une autre catégorie. Et en plus, il y a le truc de la couleur de peau.

Infirmière 1 (riant) : Tu ne peux pas dire une chose pareille !

Infirmière 2 : Oh, je dis ça comme ça. Je ne suis pas raciste ni rien. Je dis juste. Mon cousin Jimmy a épousé une fille noire et elle a fini par le plaquer. Et elle a emmené les enfants. Le pauvre ne s'en est jamais remis. Il faut faire attention, c'est tout.

Ou encore :

Infirmière 1 : Combien de temps ils vont la garder sous assistance, tu penses ?

Infirmière 2 : J'en ai aucune idée. C'est la famille qui prend la décision, non ?

Il y a des médecins aussi. Ils se penchent sur moi et examinent leurs graphiques, en se racontant où ils sont allés dîner la veille au soir. Je suis dans le secret de leurs conversations les plus intimes et tout ce que je peux faire, c'est rester allongée ici alors que les machines à côté de mon lit respirent à ma place. Parfois je chante des chansons dans ma tête, parfois des albums entiers, en me mettant au défi de me souvenir de toutes les paroles.

Les premiers temps, tu venais souvent et tu t'appliquais à jouer le mari éploré. Parfois, quand nous étions seuls, tu t'asseyais à côté de moi, tu prenais ma main et tu me parlais d'une voix douce qu'étrangement, je trouvais très relaxante.

« L'université ne cesse d'appeler. Ils se montrent pleins de sollicitude. Ils voudraient tellement aider d'une manière ou d'une autre, mais ils ne peuvent rien faire. À un moment donné, j'ai envisagé de leur demander s'ils voulaient que je reprenne tes cours à ta place, mais je me suis dit qu'ils trouveraient ça un peu bizarre. »

Une autre fois, tu as travaillé sur les épreuves de *L'Homme de la tribu* assis à mon chevet et chaque fois que tu changeais une de mes phrases, tu me le disais. Je dois reconnaître que tes corrections étaient, le plus souvent, pertinentes.

J'ai surpris une conversation entre l'Infirmière 2 et toi un soir, quand elle a dit qu'elle admirait vraiment la manière dont tu tenais le coup. Ce n'est pas le cas de tout le monde, a-t-elle remarqué. Certaines personnes se décomposent, d'autres cherchent des ennuis à l'hôpital, comme si les médecins ne faisaient pas tout leur possible. Tu lui as dit que tu n'avais pas le choix, que tu étais certain que je pouvais entendre toutes tes paroles et que si je savais à quel point tu m'aimais, je me réveillerais. Tu as ajouté que tu ne me l'avais pas assez dit avant l'accident – c'est toi qui l'appelles ainsi, pas moi – et que c'était un de tes plus grands regrets. Ensuite, tu t'es mis à sangloter, elle t'a serré dans ses bras et je me suis entendue hurler, hurler comme une possédée, dans ma tête. Sauf que la pièce, évidemment, était plongée dans le silence.

Un jour, tu as posé ta main sur mon ventre, tout doucement, et tu m'as dit que j'étais enceinte mais que l'enfant n'avait pas survécu à la chute. Je le savais, tu n'avais pas besoin de le dire. Il aurait survécu, si tu m'avais retenue au lieu de me pousser. Je sens son âme parfois, mais nous n'avons pas créé de lien. Pas encore, en tout cas. Bientôt, peut-être.

Il y a quelques jours, un soir, tu es arrivé avec quelqu'un. La pièce était plongée dans la pénombre et je n'ai pas pu identifier la personne. Finalement, j'ai compris qu'il s'agissait d'une jeune femme. Elle s'est penchée sur moi et a chuchoté d'une voix marquée par un accent européen familier :

« Ne te réveille pas, Edith. Ne te réveille jamais. Tout est parfait sans toi, ici. »

Il ne m'a pas fallu longtemps pour comprendre qu'il s'agissait de Maja Drazkowski. Vous êtes ensemble, maintenant ? J'imagine que vous devez être très discrets, car tu perdrais la sympathie de tous si on découvrait que tu sautais une de mes étudiantes pendant que j'étais coincée à l'hôpital, sans que rien ne laisse supposer que je guérirais un jour. C'est un drôle de choix de ta part, mais j'imagine que tu te débarrasseras d'elle une fois que le roman décollera et que tu seras à nouveau dans le circuit. Il y a tant de proies plus pertinentes qui n'attendent que toi. Je me sens presque triste pour Maja. Presque.

Bien entendu, tu n'es pas le seul qui vient me voir. Maman vient de Londres tous les trois ou quatre jours ; elle essaye d'être forte mais elle finit toujours en larmes. Elle me répète qu'elle m'aime et me raconte des histoires joyeuses de quand j'étais enfant. J'ai envie de lui dire que je l'aime, moi aussi. Parfois, elle vient avec une amie, qui passe son bras autour de ses épaules et dit des choses comme :

Elle a bonne mine, tout compte fait, tu ne trouves pas ?

Ou :

Et si on s'arrêtait pour manger un morceau sur le trajet du retour ? Je mangerais bien un fish-and-chips.

La vie continue, j'imagine.

Rebecca n'est venue qu'une fois. Elle a commencé par retendre les draps sur le lit et enlever les détritus qui avaient été laissés sur la table de chevet. Je ne sais pas pourquoi elle s'est donné cette peine.

« Bonjour Edith, a-t-elle dit d'une voix parfaitement normale, comme si nous venions de nous croiser par hasard dans la rue. J'ai apporté des raisins. Je les laisse là, ça te va ? »

La raison pour laquelle elle a apporté des fruits est un mystère. J'ai eu envie de hurler, *je suis dans le coma, espèce de connasse*, et j'ai effectivement crié, dans ma tête, du moins. Elle s'est assise et a regardé autour d'elle, en gardant ses mains bien posées sur ses genoux. Je crois qu'elle ne veut toucher aucune surface de peur d'attraper un staphylocoque doré.

« Je te donne les dernières nouvelles ? » a-t-elle demandé.

Non, me suis-je dit.

« Arjan est arrivé à L.A. et a commencé à tourner. Il adore. Il est évident que la série va être un succès phénoménal. Je lui ai conseillé de ne s'engager que sur deux saisons parce qu'après ça, les sociétés de prod vont le vouloir dans des films. Et s'il est coincé par un contrat à long terme avec une série télé, ça va faire foirer nos plans. C'est arrivé à l'acteur qui jouait Magnum. Comment s'appelle-t-il, déjà ? Je ne me souviens pas. »

Tom Selleck, me suis-je dit.

« Oh, ça va me revenir. Bref, ça lui est arrivé… »

Tom Selleck, me suis-je redit.

« On lui avait proposé le rôle d'Indiana Jones mais il ne pouvait pas accepter parce qu'il était tenu par son contrat sur la série, alors c'est Kevin Costner qui a eu le rôle. »

Harrison Ford, ai-je crié dans ma tête.

« Et je ne veux pas que ça arrive à Arjan. Bref, les garçons et moi, nous partons jeudi prochain. Tu y crois ? Moi, à Hollywood ! J'imagine que tu pensais que c'est toi qui finirais là-bas à cause de tes romans, mais non, c'est moi ! Je vous écrirai, bien sûr, mais je ne me vois pas revenir ici avant longtemps. Je crois que l'Angleterre me paraîtra terriblement terne, une fois que je serai là-bas. »

Et Robert ? Que devient-il ? me suis-je demandé.

« Je vais te confier un petit secret, me dit-elle en se penchant vers moi avant de poursuivre à mi-voix. C'est très difficile d'être sans Arjan, même pendant quelques jours. Sexuellement, je veux dire. Honnêtement, Edith, je n'ai jamais rien connu de tel. Et toi non plus, je te le jure. Il est jeune bien sûr, et les hommes de cet âge-là peuvent tenir toute la nuit. Avec Robert, c'était toujours un petit coup vite fait, et les lumières éteintes. Je pensais que c'était normal – enfin, c'est probablement normal, mais ce n'est pas comme ça avec Arjan. J'aurais tant voulu que tu ailles assez bien pour venir nous rendre visite quand nous aurons emménagé. Tu serais verte de jalousie ! »

Et ensuite, juste avant son départ, elle s'est penchée et m'a embrassée sur le front et quelque chose de mouillé est tombé sur mon nez. Une larme ? Très certainement.

« Essaye de te réveiller, Edith, fit-elle. Tu nous manques à tous. » Et l'espace d'un instant, j'ai vraiment cru qu'elle était sincère.

Peu de temps après, Robert est venu aussi. Il y a eu une certaine agitation autour de l'événement parce qu'il est arrivé pendant que toi, Maurice, étais présent dans le service et tu ne voulais pas le laisser entrer. La porte de ma chambre était ouverte et je vous entendais vous disputer dans le couloir.

« Écoute, c'est ma belle-sœur, argumentait Robert. Et nous nous sommes toujours bien entendus, tu le sais. Je veux juste m'asseoir auprès d'elle un petit moment, c'est tout.

— Je sais, as-tu dit, et à ta voix, j'ai compris que même si tu ne savais pas trop si tu devais le permettre ou pas, tu penchais du côté du non. Mais le truc, c'est qu'elle ne t'entend pas, de toute manière, alors ça ne sert à rien. Et je ne pense pas que tu devrais être ici alors qu'il se passe toutes ces choses dans ta vie en ce moment. Franchement, Robert, je crois qu'Edith serait très déçue si elle savait de quoi tu as été accusé.

— Elle n'aurait aucune raison de l'être, a-t-il dit. Je n'ai rien fait de mal.

— La pédopornographie, c'est grave.

— Je te jure que je ne sais pas du tout comment c'est arrivé là.

— Mais c'est ce qu'ils disent tous, n'est-ce pas ? Qu'un virus s'est téléchargé tout seul ou que quelqu'un a piraté leur ordinateur. On a entendu ça souvent.

— Mais dans mon cas, c'est vrai ! Je n'ai jamais… je n'ai jamais été intéressé par ce genre de choses. Absolument jamais.

— Tu sais, Robert, as-tu dit, si je suis complètement honnête avec toi, je m'en fous complètement. Fais ce que tu veux, ça m'indiffère au plus haut point.

— J'essaye juste d'expliquer…

— Mais tu expliques à la mauvaise personne. Ce n'est pas moi qu'il faut convaincre, c'est le juge. Quand aura lieu le procès ? »

Après un long silence, Robert a repris la parole, d'une voix si basse que j'ai eu du mal à l'entendre. « Pas avant longtemps, a-t-il dit. Dans environ sept mois.

— Il va falloir tenir tout ce temps sans savoir…

— J'ai aussi perdu mon emploi. Et comme je n'ai pas le droit d'avoir un accès à Internet, il est pratiquement impossible d'en trouver un autre. Et comment pourrais-je convaincre un employeur de m'embaucher, dans la situation actuelle ?

— Je comprends, as-tu dit et j'ai senti que tu haussais les épaules ou que tu regardais ta montre, espérant qu'il s'en aille. Mais ce n'est pas vraiment mon problème, n'est-ce pas ?

— Edith me croirait, elle, a dit Robert.

— J'en doute. Elle pouvait être très méfiante parfois.

— Ah bon ? » a-t-il demandé et tu as fait machine arrière. C'était comme si tu avais parlé pour un public invisible – moi – mais que tu préférais ne pas t'étendre.

« Je veux juste passer un peu de temps avec elle, a dit Robert d'un ton plaintif. Pour lui parler des garçons.

— Les as-tu vus ?

— Non, je n'ai pas le droit. Pas tout seul, en tout cas. Une visite surveillée est prévue la veille de leur départ pour les États-Unis, mais c'est tout. Trente minutes. Ils ont été interrogés aussi, tu sais. Par une espèce de spécialiste. Pour savoir si je les avais… enfin, tu vois ce que je veux dire…

— Bon sang, as-tu lâché, l'air dégoûté. En tout cas, je ne croirais jamais ça de toi, pas une seconde. Je t'ai vu avec eux, je sais à quel point tu les aimes. Si tu as besoin que je le dise, je le ferai.

— Merci, a dit Robert et je l'entendais pleurer à ce moment-là. C'est très gentil de ta part, Maurice. Parce que je n'ai jamais… au grand jamais… »

J'ai fait tellement d'efforts pour me réveiller, à ce moment-là. J'ai vraiment essayé. Je voulais me sortir du lit et dire la vérité à Robert, lui dire que c'était Rebecca qui l'avait piégé. Je n'arrivais pas à croire qu'il ne l'ait pas compris tout seul, mais c'était tellement monstrueux qu'il ne pouvait probablement même pas l'imaginer. Toi non plus. Mais en même temps, tu n'as jamais eu beaucoup d'imagination.

« Je suis désolé, as-tu dit en l'éloignant de ma chambre. Mais écoute, jusqu'à ce que ce merdier soit éclairci, je préférerais que tu ne reviennes pas. »

Et ça a été tout. Je n'ai pas eu de visite ni de nouvelles de lui depuis.

Quelqu'un que je n'attendais pas est venu, assez tard un soir, bien après la fin des heures habituelles de visites. Je suppose qu'il est monté par l'ascenseur – au cas où je ne serais pas au rez-de-chaussée, ce qui est peut-être faux – et a attendu que le poste des infirmières soit désert.

Nicholas est resté à côté de mon lit pendant plus d'une heure, lisant des extraits du *Messager* d'une voix douce. Je lui avais dit un jour que c'était mon roman préféré et il s'en rappelait, c'était adorable. Chaque fois qu'il interrompait sa lecture, il me prenait la main. Il m'a dit que je l'avais énormément aidé dans son travail et il espérait que j'allais guérir. Et que l'après-midi que nous avions passée ensemble demeurait un moment très spécial pour lui, qu'il n'en avait jamais parlé à quiconque, même si nous ne l'avions jamais évoqué, lui et moi.

J'ai été touchée qu'il me rende visite. Aucun des autres étudiants ne l'a fait. Je me demande où ils en sont, ce qu'ils écrivent, qui ils lisent. Je me demande si d'autres ont signé des contrats avec des agents ou des éditeurs. Je ne serai pas là pour lire mon nom dans leurs remerciements, n'est-ce pas Maurice ? Je parie que tu as pris quelques-uns d'entre eux sous ton aile. Ce serait bien ton genre. Tu identifieras ceux qui ont le plus de chances d'y arriver et tu te les attacheras en prenant le rôle de mentor. Et en retour, ils t'aimeront.

Ce qui m'amène à mon dernier visiteur, mon agent, Adele. Elle est venue me voir et a pleuré un peu avant de se mettre à parler.

« Tu avais tellement de talent. Je crois que tu aurais été merveilleuse si tu avais pu vivre plus longtemps.

J'ai su tout de suite, quand j'ai lu *Frayeurs*, que j'avais découvert quelqu'un de spécial, le genre de jeune romancier que tout agent espère découvrir. Je regrette seulement que nous n'ayons pas reçu plus de textes de toi. Tu m'as dit que tu étais en train d'écrire à Norwich… »

C'était le cas, Adele.

« Tu as dit que tu travaillais sur un roman depuis deux ans… »

C'était le cas, Adele.

« Mais apparemment, ce n'était pas vrai… Tu aurais pu me le dire, ma chérie. M'avouer que tu n'y arrivais pas. Que tu avais peur de ne pas être capable de renouveler le succès de *Frayeurs*. Maurice m'a tout raconté, que tu avais du mal et que tu avais pensé que passer une année à fréquenter des jeunes personnes créatives pourrait t'aider. Mais cela n'a fait qu'empirer la situation. »

Et tu l'as cru, Adele ?

« J'espère que ça ne t'ennuie pas, chérie, mais nous avons fouillé ton ordinateur, cherchant quelque chose qui pourrait être récupérable. Mais il n'y avait rien. Seulement des notes éparses pour des nouvelles et toutes les anciennes versions de *Frayeurs*. Et un document Word vide intitulé ROMAN 2. J'ai ouvert ce fichier avec tellement d'espoir et quand j'ai vu qu'il était vide, Maurice m'a dit la vérité. Il en était très chagriné, le pauvre. Mais au moins, nous avons un roman écrit par toi, et je vais m'assurer qu'il reste disponible le plus longtemps possible. Et ma chérie, je ne sais pas si tu m'entends ou pas, mais je crois que tu seras heureuse d'apprendre que Maurice lui-même est sur le point d'avoir beaucoup de succès. J'ai lu une version préliminaire de *L'Homme de la tribu* la semaine dernière et ce roman est tout simplement magnifique. Le meilleur que j'aie lu depuis… eh bien, depuis le tien. Il y a un peu de toi dans ce texte, il doit avoir repris certaines caractéristiques de ton style, ce qui est une épitaphe très touchante. »

Si ça ressemble à ce que je fais, c'est parce que c'est moi qui ai écrit ce putain de roman !

« Il t'est dédié, aussi, tu le savais ? Les premiers mots qu'on lit après le titre. *À mon épouse chérie, Edith. Sans toi, ce roman n'aurait jamais existé.* N'est-ce pas touchant ? Je sais que je ne suis pas son agent – Peter Wills-Bouche a tellement de chance de le compter parmi ses clients – mais je vais faire tout ce que je peux pour que ce livre soit un succès. Ce sera le sien, bien entendu, mais au moins, il témoignera de son amour pour toi. Pour toujours. »

On dirait que les choses ont changé aujourd'hui, je ne sais pas trop pourquoi. Le va-et-vient des infirmières est plus dense, et j'ai vu passer plus de médecins. Maman est venue tout à l'heure, en pleurant, et cette fois-ci, quand elle est partie, elle n'arrêtait pas de répéter qu'elle m'aimait et qu'elle m'aimerait toujours. Il y a eu beaucoup de discussions entre des personnes aux voix inconnues et on a confronté des tas de points de vue, documents en main.

Tu viens d'arriver. Tu es penché sur moi, tu me regardes, tu me tiens la main. Je te vois, Maurice. Toujours aussi beau. Plus beau, peut-être. Presque tout le monde est parti et maintenant, il ne reste que toi et un médecin, et il demande si tu voudrais passer un moment seul avec moi et tu dis oui.

Qu'est-ce qui se passe, Maurice ? Qu'est-ce que tu veux me dire ? Que tu es désolé ? Que tu m'aimes ? Que si tu pouvais retourner en arrière, rien de tout cela ne serait arrivé ?

Tu te penches et tu me chuchotes à l'oreille :

Je vais être le plus grand romancier de ma génération.

C'est tout ? C'est ça que tu voulais me dire, espèce de salaud ? Grand Dieu ! M'as-tu jamais aimée, même brièvement ? Tu as dû m'aimer, autrefois, car lorsque nous nous sommes rencontrés, tu étais l'écrivain célèbre et j'avais à peine commencé à écrire. Il n'y avait rien à exploiter pour toi, alors. Tu m'aimais *forcément*, autrefois. *Forcément*.

Tu rappelles le médecin et tu lui fais un signe de tête. Mais pourquoi ? Il ne t'a rien demandé. Je ne le vois pas, il a disparu du côté gauche du lit, là où se trouvent les machines. Où tout devient trop flou pour que je puisse voir.

J'entends qu'on actionne des interrupteurs et le sifflement d'un respirateur artificiel qui ralentit, et c'est là que je comprends. Tu es en train de me débrancher, hein, Maurice ? Tu me débranches. Tu me tues. Pour te protéger et surtout, pour protéger ton roman. Mon roman. Ton roman.

Je te vois.
Tu tends le bras et tu me prends la
chose attachée à mon poignet
Tu la tiens
Tes doigts

Mes

Je ne te vois plus

Il n'y a plus de lumière

plus de bruit

plus de mots.

Interlude

L'animal menacé

Bien que l'appel téléphonique apportât une nouvelle peu réjouissante, il n'aurait pas pu arriver à un moment plus opportun.

Maurice était assis à son bureau au septième étage d'un immeuble de bureaux à côté de Union Square Park, avec, face à lui, Henrietta James, une femme écrivain de vingt-huit ans qui avait essayé, sans réussir, de le séduire à la fête de Noël du *New Yorker* l'année précédente ; elle bouillonnait de rage.

Henrietta, qui avait pour nom de plume Henry Etta James, avait retenu l'attention de Maurice pour la première fois un peu plus d'un an auparavant, quand son assistant d'alors, Jarrod Swanson, avait refusé une de ses nouvelles. Maurice avait bien conscience que les textes proposés à *Storī* passaient par un processus de tri assez peu rigoureux avant d'atterrir sur son bureau, mais tant de manuscrits arrivaient chaque mois qu'il n'avait tout simplement pas le temps de les lire tous personnellement, en imaginant qu'il ait voulu le faire, ce qui n'était pas le cas. Cette situation créait toutefois un problème singulier : comme la plupart des stagiaires du magazine, ceux qui faisaient l'essentiel des lectures étaient diplômés de cursus universitaires en écriture, ils étaient tous obsédés par leur quête d'un contrat d'édition pour leurs propres textes. Ils fréquentaient les salons du livre et les soirées de lancements, se mêlaient aux éditeurs, agents et publicitaires, identifiant leurs concurrents grâce à un réseau commun d'hostilités pleines de jalousie. Ces dernières années, plusieurs écrivains qui avaient été découverts grâce aux pages de *Storī* avaient vu leur premier roman publié, et deux ou trois textes avaient même été récompensés par des prix prestigieux, ce qui avait considérablement renforcé la réputation de la revue trimestrielle. Mais le gâteau n'avait qu'un nombre fini de parts, et les stagiaires le savaient. Quand un manuscrit arrivait, envoyé par quelqu'un dont ils enviaient ou redoutaient le talent, il risquait toujours d'être rejeté pour diminuer les chances que leur rival leur grille la politesse. Les textes qui atterrissaient sur son bureau n'étaient donc pas toujours les meilleurs des meilleurs. Cependant, Maurice ne pouvait pas y faire grand-chose.

Parfois, il allait faire un tour dans la Poubelle – c'était ainsi qu'il appelait la pièce où ils stockaient un exemplaire de toutes les histoires reçues à la revue – et épluchait la pile des textes rejetés ; en furetant, il avait découvert la nouvelle de Henrietta. Une brève enquête avait suffi pour apprendre que Jarrod et Henrietta avaient été camarades à la New School, où ils avaient eu une liaison malheureuse, et Jarrod avait rejeté son texte pour se venger, parce qu'elle avait pris la décision de rompre avec lui le jour de son anniversaire. Maurice avait publié la nouvelle, qui avait ensuite été reprise dans l'anthologie des *Meilleures Nouvelles américaines* de cette année-là, et Jarrod, d'après ce qu'il savait, travaillait maintenant dans un Foot Locker sur la 86e Rue Est.

Le premier roman de Henrietta, *Je suis frustrée par mon petit ami, mon corps et ma carrière*, devait sortir plus tard cette année-là chez FSG et était annoncé comme un texte important, «*Bridget Jones* rencontre *Orange mécanique*» affirmait un slogan racoleur. Quelques semaines plus tôt, Henrietta avait proposé une nouvelle directement à Maurice, qui l'avait refusée, et ce rejet avait provoqué son apparition inopinée dans son bureau ce matin-là, au moment précis où il espérait pouvoir se détendre en regardant Rafael Nadal jouer contre Andy Murray en demi-finale de Wimbledon.

«Désolée de débarquer sans prévenir», dit-elle en entrant comme une tornade avant de jeter par terre un grand sac en tapisserie que même Mary Poppins aurait qualifié de trop encombrant, et qui heurta le sol dans un fracas considérable. Elle se débarrassa de son manteau, son écharpe et ses gants, un équipement curieux étant donné qu'on était en juillet et qu'à l'extérieur, New York était littéralement en train de fondre. Les relents caractéristiques d'une odeur corporelle rance se répandirent dans la pièce. Maurice le savait, Henrietta ne se lavait que le samedi, pour contribuer à préserver les ressources naturelles de la planète et aujourd'hui, malheureusement, on était vendredi. « Mais je crois qu'il faut qu'on parle.

— Quel plaisir de te voir », mentit-il, en décalant son ordinateur vers la gauche pour pouvoir garder un œil sur le match – Murray avait remporté le premier set, mais Nadal menait avec une avance confortable dans le deuxième – tout en écoutant ses plaintes. « Tu passais par là ?

— Non, je suis venue exprès, et le trajet a été affreux. » Bien qu'elle eût grandi à Milwaukee, Henrietta calquait sa manière de parler sur les films d'époque de Merchant Ivory avec Emma Thompson ou Helena Bonham Carter. « D'abord, j'ai marché dans une affreuse crotte de chien sur le trottoir et j'ai été obligée de retourner chez moi pour changer de chaussures, ce qui a été tout à fait pénible. Ensuite, alors que j'étais sur la ligne 4, j'ai été contrainte de changer de wagon car une femme enceinte tout près de moi était littéralement en train d'accoucher et ses hurlements me donnaient la migraine. Après, je me suis trouvée assise à côté d'un monsieur indien qui m'a proposé de m'épouser parce que j'avais, d'après lui, des hanches généreuses.

— C'est gentil, fit Maurice. As-tu accepté ?

— Bien sûr que non.

— Et comment l'a-t-il pris ?

— Personne n'aime être rejeté, Maurice. Mais on y reviendra dans un instant. Bref, il a paru s'en remettre assez vite. Au niveau de la 28e Rue, il avait fait sa demande à un jeune Afro-Américain qui n'a pas pris ses avances avec beaucoup d'élégance, et à la 23e, il avait jeté son dévolu sur un border collie, qui paraissait bien plus intéressé.

— Excellent.

— Je déteste venir en ville. Vraiment.

— Alors, tu aurais dû rester chez toi.

— Non, il était important que nous traitions le problème face à face.

— Et de quel problème s'agit-il ? demanda-t-il.

— N'essaye pas de jouer au plus fin avec moi, Maurice. Tu sais très exactement pourquoi je suis ici.

— Je suppose que tu m'as apporté quelque chose de nouveau à lire ?

— Ha ! Compte là-dessus. Après la manière dont j'ai été traitée par ta revue ? Quand les poules auront des dents ! » Elle se pencha en avant et remit en place le coupe-papier, l'agrafeuse et la perforeuse sur le bureau de Maurice pour qu'ils soient parfaitement alignés. « Je ne donne pas mes œuvres à des gens qui me méprisent.

— Je ne te méprise pas, Henrietta, répondit Maurice. Pourquoi diable penserais-tu une chose pareille ?

— Eh bien, tu ne me respectes pas, ça, c'est sûr. »

Elle se mit à fouiller dans son immense sac et au bout d'un temps considérable, finit par en sortir une feuille A4 pliée en huit. « *Chère Henrietta*, lut-elle à haute voix en la dépliant. *Je te remercie beaucoup de m'avoir permis de lire ta dernière nouvelle...*

— Si je peux..., commença-t-il.

— *JE TE REMERCIE BEAUCOUP DE M'AVOIR PERMIS DE LIRE TA DERNIÈRE NOUVELLE*, répéta-t-elle, plus fort cette fois, *une fable merveilleusement originale qui illustre parfaitement les raisons pour lesquelles FSG étaient si enthousiastes à l'idée de te publier ! Malheureusement, l'espace disponible dans* Storī *est en ce moment assez limité et je ne crois pas pouvoir l'accepter, même si je suppose que je regretterai ma décision quand le* New Yorker *la récupérera. Mais continue à m'envoyer tes trucs, je ne me lasse pas de ta fantaisie si particulière. Bien à toi, Maurice Swift. Rédacteur en chef.*

— Tu es contrariée, observa Maurice.

— Contrariée ? Pourquoi serais-je contrariée ? Il ne s'agit que de "trucs" après tout. Ce n'est pas comme si je mettais tout mon cœur, toute mon âme dans chaque phrase, chaque paragraphe, chaque chapitre. Des *trucs* ! Je t'emmerde, Maurice. Allez vous faire foutre, toi et ta revue de merde.

— Le choix de ce mot n'était peut-être pas judicieux, reconnut-il.

— Ah oui ? Je n'aurais jamais imaginé que tu me traiterais avec autant de mépris. Tu me déçois, Maurice, vraiment.

— Je ne le prendrais pas personnellement, si j'étais toi. J'ai fait la même chose à pas mal de gens, ces dernières années. Il y en a une armée, là, dehors, des vivants et des morts, qui me voient d'un sale œil.

— Bref… », ponctua-t-elle avec un soupir, jetant un coup d'œil autour d'elle. Le bureau était plein de livres, de manuscrits et d'anciens numéros de *Storī*. Les différentes éditions étrangères de *Deux Allemands*, *La Cabane dans les arbres*, *L'Homme de la tribu*, *Déloyauté* et *Brisés* occupaient plusieurs étagères. « Normalement, je ne ferais pas une chose pareille, mais comme nous avons partagé pas mal de choses dans le passé, je me suis dit que je viendrais te voir pour te laisser une deuxième chance.

— Une deuxième chance ? demanda-t-il en levant un sourcil. Pour quoi faire, exactement ?

— Pour publier ma nouvelle, répondit-elle en levant les yeux au ciel. Parce que si tu n'en veux pas, je change de trottoir et je trouverai quelqu'un qui la voudra. »

Maurice s'efforça de ne pas éclater de rire. Changer de trottoir ? Pensait-elle être un personnage dans une pièce de David Mamet ? Il n'y avait rien sur l'autre trottoir, sauf un magasin de fringues d'occasion, un café qui puait la marijuana et un vieux clochard qui chantait le refrain de « American Pie » chaque fois que quelqu'un lui tendait une pièce. Si elle voulait « changer de trottoir » et porter sa nouvelle à l'un ou l'autre d'entre eux, qu'elle le fasse.

« Bien sûr, je regrette de laisser passer une telle opportunité, dit Maurice. Pourtant, j'ai lu la nouvelle plusieurs fois et je pense juste qu'elle ne convient pas à nos prochaines publications. Je n'aime pas opposer un refus aux gens mais…

— Je n'aime pas qu'on me chie dessus, et de haut, en plus ! cria Henrietta. En particulier quand c'est quelqu'un que je respecte et que j'admire. »

Il fronça les sourcils. *Respecter* et *admirer* n'étaient-ils pas fondamentalement la même chose ? Elle avait fait des bourdes analogues dans le texte qu'il avait refusé. La première phrase, par exemple :

Tous les soirs, quand il prenait le train pour rentrer du travail, Jasper Martin se sentait à la fois nerveux et angoissé.

Même chose. Et à nouveau à la quatrième page :

Lauren leva les yeux vers la lumière, qui tremblait et vacillait, et se demanda si elle ne devrait pas repousser sa pendaison jusqu'au moment où les connexions fonctionneraient mieux.

Même chose.

« Je ne pense pas t'avoir chié dessus, Henrietta. De quelque hauteur que ce soit. J'ai juste eu l'impression que la nouvelle ne collait pas bien à nos prochaines publications, c'est tout. Et je suis désolé, je ne crois pas que je me laisserai convaincre du contraire.

— Qu'est-ce qui n'allait pas dans ce texte ?

— Rien, en soi, répondit Maurice en jetant un coup d'œil à son écran, où Nadal se félicitait d'avoir remporté le deuxième set. Je suppose que je n'ai pas retrouvé ton *je ne sais quoi* habituel.

— Et qu'est-ce que ça veut dire ?

— C'est du français.

— Je sais bien que c'est du français. Et je sais ce que ça veut dire. Je te demande ce que tu entends par là.

— Tu veux la vérité ?

— Bien sûr !

— C'est juste que d'habitude, quand je demande aux auteurs s'ils veulent la vérité, ils disent oui mais en réalité, ils ne veulent surtout pas l'entendre. Ils veulent que je me répande en compliments et que je leur dise de sortir leur smoking du placard en prévision de la cérémonie de remise du Nobel.

— Je n'ai pas de smoking, dit Henrietta en plissant les yeux. Alors, est-ce que tu vas…

— J'ai trouvé que l'histoire était un peu ennuyeuse, c'est tout. Elle ne semblait aller nulle part. Certains moments sont intéressants, bien sûr, et ton écriture est toujours aussi puissante, mais l'impression d'ensemble est…

— Et voilà que tu m'insultes, lâcha-t-elle.

— Je ne crois pas, non. En tout cas, ce n'est pas mon intention.

— Moi aussi, je peux jouer à ce jeu-là. J'ai lu le dernier numéro de *Storī* du début à la fin et si tu veux mon avis, il était totalement banal et parfaitement convenu. »

Ce qui revient au même, pensa Maurice.

« C'est comme si tu ne voulais pas prendre de risque, faire preuve d'audace.

— Et maintenant, c'est toi qui m'insultes, répondit-il.

— Je ne t'insulte pas, j'insulte la revue.

— La revue que j'ai créée.

— Pourquoi ne reconnais-tu pas, tout simplement, que ma nouvelle était trop difficile pour tes lecteurs et toi ? Que tu ne l'as pas complètement comprise ?

— Si je ne l'ai pas comprise, comment puis-je savoir qu'elle est trop difficile ?

— Ne joue pas avec moi.

— Je ne joue pas. Mais ton interprétation de mon refus est incorrecte. Je l'ai parfaitement comprise. Je ne suis pas idiot. Je sais lire, même les mots compliqués. Écoute, elle n'est pas mauvaise, c'est juste que ce n'est pas ta meilleure. Et tu m'en voudrais de publier quelque chose qui risquerait d'être critiqué par d'autres, surtout avec ton roman qui sort bientôt. Il faut que ta réputation demeure aussi bonne que possible dans les prochains mois. C'est extrêmement important. Crois-moi, je sais de quoi je parle. Je ne suis pas un débutant dans ce milieu, on peut aisément passer du statut de coqueluche du mois à celui de vieux quignon rassis dont on veut se débarrasser. Je l'ai vu. Je l'ai *vécu*.

— Je suis blessée, c'est tout, dit-elle après un long silence, sur un ton un peu moins virulent. Cette période est très stressante pour moi. Est-ce que tu savais que ma grand-mère est morte en janvier ?

— Non, répondit Maurice, qui s'en fichait plutôt. Je suis navré de l'apprendre.

— Elle n'avait que quatre-vingt-dix-huit ans.

— C'est un bel âge.

— Et ensuite, mon chien s'est fait écraser par un crétin sur une moto. Et ensuite j'ai eu un cancer…

— Quoi ? » demanda-t-il, en se penchant en avant. Voilà qui était nouveau.

« Enfin, j'ai cru que j'avais un cancer, se reprit-elle. J'avais un grain de beauté sur l'épaule. Qui n'y était pas avant. Bref, mon médecin m'a dit qu'il était inquiet alors il a envoyé un échantillon au labo et les résultats étaient négatifs. Mais tu sais, pendant quelques jours, j'étais convaincue que j'avais un cancer.

— Ce n'était pas le cas.

— Non, mais la question n'est pas là. J'aurais pu en avoir un. »

Maurice tapota son bureau avec son stylo. Voilà une des raisons pour lesquelles il préférait travailler le plus souvent chez lui, et ne venir au bureau qu'une ou deux fois par semaine. Satanés auteurs. Il avait passé des années à vouloir désespérément en être un, mais par moments il les méprisait franchement.

« Alors, ton refus m'a fichu un coup, dit-elle.

— Eh bien, si tu peux vaincre le cancer, tu peux certainement vaincre un refus de *Storī* », fit-il et elle ouvrait la bouche pour répondre quand son téléphone sonna. Il décrochait rarement, préférant laisser les messages se multiplier pour décider ensuite auxquels il répondrait plus tard, mais là, il saisit son portable, heureux de cette distraction. Non sans jeter d'abord un coup d'œil à l'écran.

École.

« Désolé, dit-il en tendant un index en l'air pour faire taire Henrietta avant qu'elle puisse recommencer à aboyer contre lui. C'est l'école de mon fils. Il faut que je réponde. »

Elle leva les bras au ciel comme si elle n'arrivait pas à croire qu'il donnait la priorité à son fils et il sortit du bureau, passa devant les stagiaires et entra dans la cage d'escalier, où il serait peut-être tranquille.

« Maurice Swift, dit-il.

— Monsieur Swift, répondit la voix à l'autre bout ; elle paraissait à la fois lasse de son travail et galvanisée par l'intensité dramatique d'appels comme celui-ci. Ici Alisha Macklin, de St Joseph.

— Ah oui ? » dit Maurice, sentant déjà l'irritation commencer à grandir en lui. Il n'aimait pas beaucoup l'école de Daniel et ressentait une certaine angoisse chaque matin quand il déposait son fils dans cet endroit qui était peut-être plein d'abuseurs d'enfants ou de psychopathes armés jusqu'aux dents. C'était comme s'il vivait dans une société dystopique ou un roman pour jeunes adultes. Il n'arrivait toujours pas à croire qu'il y avait un portique à rayons X à la porte, sous lequel tous les enfants devaient passer avant d'être admis en classe. « Qu'est-ce qu'il a fait, cette fois-ci ?

— D'abord, laissez-moi vous dire qu'il n'y a aucune raison de s'inquiéter, répondit Alisha. Votre fils va parfaitement bien. Mais nous pensons que vous devriez venir à l'école aussitôt que possible.

— Pourquoi, que s'est-il passé ?

— Il y a eu un incident. »

Il ne posa pas d'autre question, raccrocha et appuya sur le bouton de l'ascenseur. L'école n'était qu'à dix minutes à pied, mais le soleil brillait alors il prit son temps. Un des stagiaires n'aurait qu'à gérer Henrietta. C'est pour cela que je les paye, après tout, pensa-t-il, ignorant le fait qu'en réalité, il ne les payait pas. Ils travaillaient gratuitement, avec la conviction inébranlable que quelques mois passés à un bureau chez *Storī* ajouteraient une ligne prestigieuse à leur CV. Pour finir, ils se servaient de lui pour avancer dans leur carrière, il le savait. Et qui était-il pour contester une chose pareille ?

Daniel, lui expliqua-t-on, avait giflé une fille de sa classe.

« Nous avons des problèmes entre Daniel et Jupiter depuis un certain temps », déclara Mme Lane, la principale de l'école, une fausse blonde d'une quarantaine d'années avec une chevelure crêpée et un sweat-shirt confortable. Elle avait l'air un peu désespérée. Une photographie dans un cadre argenté était posée sur le bureau, tournée vers elle, et Maurice aurait bien voulu voir ce qu'elle représentait, un humain ou un animal. Il pariait sur un animal.

« Jupiter ? fit-il en essayant de ne pas rire. Je suis désolé, vous avez dit Jupiter ?

— Oui, Jupiter Dell.

— Et c'est une petite fille ? Ou peut-être plutôt un garçon ?

— C'est une fille, monsieur Swift. » Le visage de la principale se détendit un peu et elle haussa les épaules.

« Entre vous et moi, ses parents sont un peu spéciaux, si vous voyez ce que je veux dire. » Elle regarda autour d'elle, et bien qu'ils soient seuls, elle se pencha en avant et se mit à parler à voix basse. « Elle a un jeune frère appelé Mercure.

— Il ne va pas avoir la vie facile à l'école. Peut-être que vous pourriez convoquer les parents et les réprimander pour avoir obligé leurs enfants à grandir avec des prénoms aussi ridicules.

— En fait, les Dell étaient dans ce même bureau juste avant vous, précisa Mme Lane. Naturellement, nous avons dû les appeler en premier. Jupiter est très contrariée.

— Peut-être pourriez-vous m'expliquer exactement ce qui s'est passé », dit Maurice, qui se mit à ressentir la même angoisse que trente ans auparavant, quand il avait été traîné jusqu'au bureau du principal, avec son meilleur ami de l'époque, Henry Rowe, deux gamins de quinze ans qui tremblaient à l'idée de ce qui allait arriver. Ce souvenir, qu'il essayait de chasser de son esprit depuis des décennies, lui donnait la nausée.

« Mlle Willow, la maîtresse de Daniel…

— Je sais qui est Mlle Willow, l'interrompit Maurice.

— Oui. Bon, elle avait déjà remarqué une dynamique inhabituelle entre Daniel et Jupiter et avait partagé ses réflexions avec moi.

— Une dynamique inhabituelle ? répéta-t-il, se demandant si c'était des termes qu'on enfonçait dans le crâne des enseignants et des principaux d'écoles pour éviter toute remarque potentiellement calomnieuse, et donc litigieuse.

— Jupiter a… je suppose qu'on pourrait tout simplement dire qu'elle a un faible pour votre fils.

— Mais il n'a que sept ans, fit Maurice avec un sourire un peu perplexe.

— Ça arrive constamment. Un enfant conçoit un fort attachement pour un autre et l'objet de son affection ne partage pas le même sentiment. Dans le cas présent, Jupiter a commencé à apporter à l'école des petits cadeaux pour votre fils. Une coccinelle qu'elle gardait dans une boîte d'allumettes, par exemple. Un livre qu'elle avait particulièrement aimé. Elle lui a même apporté un sandwich un jour, et un cupcake à la fraise en dessert.

— J'adorerais que quelqu'un fasse ce genre de choses pour moi, dit Maurice. Et comment réagit Daniel dans ces circonstances ?

— Comme tous les garçons de cet âge, je suppose, répondit-elle avec un haussement d'épaules. Il prend les cadeaux et mange la nourriture, mais, une fois qu'il a obtenu ce qu'il voulait d'elle, il retourne jouer avec ses camarades et elle est contrariée par son abandon. De ce point de vue, il n'y a peut-être pas grande différence entre les garçons et les hommes adultes. »

Maurice leva un sourcil, surpris par le commentaire, qui semblait fondé sur une expérience personnelle malheureuse plutôt qu'une évaluation professionnelle de la situation. Il envisagea de remettre en cause l'affirmation de madame la directrice, quand il fut soudain distrait par un boulier posé sur le rebord de la fenêtre derrière son bureau. Il était plutôt rudimentaire, dix rangs de boules multicolores dans un cadre et sur un pied en bois. Il n'en avait pas vu depuis longtemps mais comme la madeleine de Proust, l'objet raviva une vague de souvenirs qui avait le pouvoir de le submerger s'il se sentait fragilisé. Le boulier du Dr Webster était bien entendu plus sophistiqué, monochrome, mais en bois d'érable, et les boules étaient en ivoire poli. Il avait été transmis de génération en génération dans la famille Webster depuis avant la Grande Guerre, lui avait-on dit, et en lisant l'inscription sur le socle – *A. F. P. Webster, 1897* – il s'était toujours demandé si le premier propriétaire avait fini par réussir sa vie ou s'il l'avait perdue dans les tranchées.

En contemplant cette version plus ordinaire, Maurice ressentit une envie furieuse de le prendre et de faire glisser les boules sur les fils pour entendre leur cliquetis, sans trop savoir s'il n'allait pas plutôt le jeter par terre avant de l'écraser sous sa semelle, actions qui ne manqueraient pas de provoquer une réaction encore plus violente que celle qu'on aurait devant un enfant giflant un autre dans la cour. Mme Lane surprit son regard et se tourna pour voir ce qu'il regardait avec tant d'attention ; elle crut à tort qu'il observait les enfants qui jouaient dehors.

« Ils sont surveillés, vous savez, dit-elle.

— Pardon ?

— Les enfants. Ils sont surveillés. Il y a toujours au moins deux enseignants présents pendant les récréations.

— Non, je ne…, commença-t-il, mais il secoua la tête, sans se donner la peine de terminer sa phrase.

— Bref, dit-elle, d'une voix forte, tranchante et autoritaire. Ce matin, entre deux cours, Jupiter est allée voir Daniel pendant qu'il parlait à des garçons, a passé ses bras autour de son cou et l'a embrassé. Sur la bouche. Je suppose qu'elle a vu quelqu'un le faire à la télévision ou dans un film et…

— Elle l'a *embrassé* ?

— Oui. Cela n'a duré que quelques instants. Le pauvre garçon était mortifié, d'autant que les autres se sont immédiatement mis à se moquer de lui, et c'est là qu'il l'a fait. Qu'il l'a giflée.

— Grands dieux.

— Effectivement.

— Est-ce qu'elle a eu très mal ?

— Non. Je ne crois pas que le geste ait été particulièrement brutal. Il y avait une marque rouge sur sa joue ensuite, bien entendu, mais je crois qu'elle a surtout été choquée. Sans parler de son humiliation.

— J'imagine que vous allez me dire maintenant que ses parents envisagent de me poursuivre en justice. Ou que vous avez cette intention. Ou l'école.

— Oh non, dit-elle en secouant la tête. C'est tout le contraire, en fait. Ils ont bien précisé qu'ils trouvaient que les États-Unis étaient devenus une société bien trop procédurière et qu'ils n'avaient pas l'intention de suivre cette voie.

— Dieu soit loué.

— Oui, j'abonde dans votre sens. La dernière chose dont St Joseph a besoin, c'est d'un procès coûteux. Rien que la publicité autour d'une action en justice pourrait nous ruiner. Non, ce qu'ils veulent, c'est que Daniel et Jupiter assistent ensemble à une séance de thérapie de couple.

— Vous plaisantez, là ?

— Non, pas du tout.

— Ils ont sept ans. Et ils ne forment pas un couple.

— C'est une manière de parler, monsieur Swift. Un lieu où ils pourraient formuler leurs griefs à haute voix. Les parents de Jupiter aiment parler, voyez-vous. Ils parlent beaucoup. Ils n'arrêtent pas de parler, si vous voyez ce que je veux dire.

— Et si je refuse ? Et si je dis que je n'aime pas l'idée que mon fils voie un psy à cet âge ?

— Eh bien, c'est votre choix, bien entendu. » Elle saisit un stylo à encre posé sur son bureau, enleva le capuchon avant de tapoter la pointe sur un morceau de papier buvard – un tic nerveux, décida Maurice. « Mais je vous conseillerais d'accepter, si ce n'est que pour les apaiser. Je ne peux pas imaginer que cette consultation fasse le moindre mal et il pourrait même en sortir beaucoup de bien. Après cela, j'imagine qu'on ne parlera plus de cette affaire.

— Bon…, dit Maurice, qui n'avait pas d'avis particulier sur la psychothérapie, dans un sens ni dans l'autre, mais qui était prêt à faire ce qu'il fallait, si cela signifiait qu'il pouvait quitter le bureau de cette femme. Une séance ?

— Oui, une seule séance. Elle pourrait peut-être même être utile à Daniel», ajouta-t-elle. Maurice comprit qu'elle choisissait ses mots avec un soin particulier, car son débit avait ralenti et elle ne le regardait plus dans les yeux. «On peut se demander, après tout, où il a appris à se comporter ainsi.

— Comme vous l'avez dit, à la télévision ou dans un film. Bien que je ne lui permette pas de passer beaucoup de temps sur des écrans et qu'il n'en a pas vraiment envie. Nous sommes des lecteurs, dans la famille.

— C'est bien. Oui, Mlle Willow dit que Daniel adore les livres. Et qu'il écrit très bien aussi.

— Il a une imagination extraordinaire, insista Maurice. Je ne sais pas d'où il la tient.

— Eh bien, de vous, très probablement. Vous êtes écrivain, n'est-ce pas ?»

Il ne répondit pas.

Déconfite, elle hésita, remit le capuchon sur son stylo avant de le ranger dans un présentoir qui comportait des trous pour une douzaine d'autres, presque tous vides. «Il ne se passe rien de particulier à la maison dont vous voudriez me parler ?»

Maurice sourit. Il était facile de voir où elle voulait en venir. «Je ne le frappe pas, si c'est ce que vous suggérez. Je n'ai jamais touché à un cheveu de ce garçon.

— Je ne sous-entendais rien de tel. Et Daniel n'a pas été témoin de violence contre des femmes, je suppose ?

— Je suis veuf, madame Lane. Je croyais que vous le saviez.

— Effectivement. Mais n'ai-je pas raison de penser que la mère de Daniel est décédée il y a de nombreuses années ?

— Non, ce n'est pas vrai.

— Ah bon ? dit-elle en fronçant les sourcils. Mais dans votre dossier, il est inscrit que…

— Ma défunte femme n'était pas la mère de Daniel, expliqua-t-il. Daniel a été conçu grâce à une mère porteuse après la mort d'Edith. Je voulais un enfant mais pas d'une femme dans ma vie, et comme ma carrière démarrait à peu près à ce moment-là, j'ai fait ce qu'il fallait pour devenir père.

— Je vois… », dit Mme Lane, avec l'expression de quelqu'un qui veut extraire tous les détails juteux possibles mais sans trop savoir si elle peut poser des questions. « C'était très altruiste de votre part, monsieur Swift.

— Non, répondit-il en secouant la tête. Si je m'étais rendu dans un orphelinat en Chine ou en Inde et que j'avais sauvé un bébé d'une vie de pauvreté, j'aurais fait preuve d'altruisme. Mais ce n'est pas le cas. J'ai payé une femme une grosse somme d'argent pour porter un enfant, me le donner dès sa naissance, puis disparaître de nos vies. C'était un acte entièrement égoïste, à plusieurs égards, mais j'ai été heureux de le faire. »

La bouche de Mme Lane s'ouvrit et se referma comme celle d'un poisson.

« Alors, si on en revient à votre question de départ, je présume que vous demandiez si j'ai des petites amies qui viennent à la maison et si c'est le cas, si je les gifle régulièrement. Peut-être que vous vous demandez s'il s'agit d'une pratique fétichiste de ma part, si Daniel a eu le malheur d'entrer dans ma chambre à coucher au milieu de la nuit et de trouver une femme nue sur mon lit et moi en train de la baiser par-derrière alors qu'elle est attachée ? Non, je répondrais non à toutes les questions sur ce thème. Je n'ai pas de petites amies et je n'expose pas mon fils à quoi que ce soit de ce genre. Cet aspect de ma vie n'existe plus depuis bien avant mon arrivée à New York. Je n'ai besoin de rien d'autre que mon écriture et mon fils.

— Ce doit être… » Mme Lane se donna la peine de chercher le mot juste. « Vous deviez aimer votre épouse énormément. Pour renoncer à toute autre femme après sa mort. Surtout alors que vous êtes si… si…

— Si quoi ? fit-il avec un petit sourire.

— Eh bien, vous êtes… vous n'êtes pas dépourvu de charme, monsieur Swift. À l'évidence, n'y entendez rien de particulier. Je suis une femme heureuse en ménage.

— Vous êtes très rouge, tout à coup.

— C'est la chaleur. »

Maurice sourit à nouveau.

« Mais vous ne vous sentez jamais seul ? demanda-t-elle en se penchant en avant.

— Non, pourquoi ? Vous, si ? »

L'expression de Mme Lane changea tout à coup et ses joues s'empourprèrent davantage. « Je veux dire… non. J'ai… il y a tellement de choses qui remplissent ma vie, avec… et M. Lane a son entreprise et…

— Les gens semblent croire qu'une vie n'a pas de valeur si elle n'est pas partagée avec quelqu'un, soupira Maurice. Mais pourquoi cela devrait-il être le cas ? J'ai été marié, j'ai vécu l'expérience de la vie maritale, et alors qu'il y avait certainement des moments où c'était plaisant, il y en avait aussi où je regrettais de ne pas être seul, d'avoir à rendre des comptes, d'être obligé d'expliquer le moindre de mes mouvements de la journée. Quand Edith est morte, je me suis promis que je ne nouerais jamais de nouvelle relation. Je n'aime pas beaucoup les femmes, pour être honnête. Mais ne vous méprenez pas, je ne suis pas un de ces tragiques misogynes. Je n'aime pas beaucoup les hommes non plus. Ma détestation n'est pas sensible au genre, dirons-nous. Et pour ce qui est du sexe, eh bien, cela ne m'a jamais vraiment intéressé, même quand j'étais jeune. Je n'y ai pas trop vu d'intérêt, pour être honnête. Et vous me pardonnerez mon immodestie, mais je sais que je suis séduisant. Toute ma vie, aussi bien des hommes que des femmes ont très clairement manifesté leur intérêt pour moi. Je n'ai absolument aucun contrôle là-dessus. C'est simplement la manière dont je suis né. Au final, cela ne veut rien dire. Je pourrais avoir un cœur de pierre. Je pourrais être un psychopathe ou un sociopathe. Tous les monstres ne ressemblent pas à Elephant Man, et tous ceux qui ressemblent à Elephant Man ne sont pas des monstres. Alors je ne pense pas au sexe tellement souvent, même si, étonnamment, il est très présent dans mes écrits. Avez-vous lu l'un ou l'autre de mes romans, madame Lane ? »

La principale le regarda, percutant à peine qu'il lui avait posé une question, et déglutit avec peine, puis baissa les yeux vers le cahier ouvert devant elle dont elle lissait les pages de ses mains tremblantes.

« J'ai lu le dernier paru. Quand j'ai compris qui était le père de Daniel, je suis allée chez Barnes &…

— *Brisés*.

— Oui.

— Dans ce roman, il n'y a pas beaucoup de sexe, en fait. Mais bon, si vous l'avez lu, vous le savez. Bref, fit Maurice avec un sourire, claquant des paumes sur ses genoux si fort qu'elle sursauta. Je ne devrais pas continuer à parler de moi ainsi. On dirait que c'est moi qui ai besoin d'un thérapeute, et pas mon fils. »

Mme Lane resta silencieuse et il trouva réjouissant de voir comme il avait réussi à la mettre mal à l'aise. Il avait toujours ce genre de pouvoir sur les gens, c'était rassurant.

« Alors, nous sommes-nous tout dit ? demanda-t-il en se levant. Ou y avait-il autre chose dont vous vouliez me parler ?

— Non, dit Mme Lane, qui resta assise. C'est tout. Vous pouvez partir.

— Merci, fit-il en riant un peu de la manière dont elle le congédiait.

— Je vous enverrai par mail les coordonnées d'un psychologue que l'école recommande, ajouta-t-elle alors qu'il se dirigeait vers la porte. Et vous pourrez vous mettre d'accord avec M. et Mme Dell. Je suis sûre que vous les trouverez très conciliants. Croyez-moi, si

Daniel devait frapper une fille, Jupiter était probablement le meilleur choix.»

Lorsqu'il ouvrit la porte, il sourit en voyant un petit garçon de sept ans assis sur une chaise dans le couloir, qui balançait ses jambes et serrait les mains l'une contre l'autre comme s'il priait.

«Je vais avoir des problèmes ?» demanda Daniel en levant la tête. Maurice fut frappé, et ce n'était pas la première fois, par sa beauté.

Une nouvelle série de manuscrits était arrivée du bureau de *Storī* et Maurice les empila sur la table basse. Il devait y en avoir environ une vingtaine, le nombre habituel qu'il avait à évaluer après le tri préliminaire fait par les stagiaires dans les quelque trois cents qui leur étaient envoyés chaque mois. Comme ils avaient franchi le barrage de ces cerbères impitoyables, ils devaient tous, en théorie, avoir quelque chose qui plaide en leur faveur et comme Maurice était réfléchi dans sa lecture, il lui fallait généralement presque une semaine entière pour les lire tous, sélectionner les dialogues les plus enlevés et les plus fins, les intrigues les plus ingénieuses, les images les plus frappantes, avant de les répertorier dans son ordinateur. Il en choisirait quatre ou cinq à publier, aussi, bien entendu, et enverrait les lettres aux auteurs malheureux, signées d'un employé fictif, pour présenter des excuses : à cause de contraintes de temps et de la pression qu'il subissait pour écrire un nouveau roman, M. Swift n'avait pas eu personnellement l'occasion de lire le texte qu'ils avaient soumis

– il était important qu'il exprime cela dans les termes les plus clairs, pour se prémunir contre des problèmes futurs – mais l'équipe éditoriale de *Storī* avait étudié leur proposition et décidé qu'elle ne correspondait pas tout à fait à la revue à ce moment précis. Généralement, supposait-il, les auteurs étaient si heureux d'avoir reçu un accusé de réception que leur contrariété serait vite apaisée et ils mettraient leur texte au rebut pour toujours, pensant qu'il n'était pas assez bon.

La pile arrivait quatre fois par an et elle contenait souvent bien peu de choses dignes d'être récupérées, mais de temps en temps, il trouvait un élément génial comme ceux qui avaient justifié sa décision de monter la revue au départ. Son quatrième roman, par exemple, *Déloyauté*, avait été construit autour de deux idées différentes qu'il avait trouvées dans des nouvelles écrites par un Américain et un autre d'origine chinoise. En les combinant, et en utilisant un personnage central qu'il avait créé lui-même pour faire le lien entre les deux, il avait réussi à construire un roman qui avait été vivement loué lors de sa publication et dont les ventes avaient dépassé celles de *L'Homme de la tribu*, qui bien entendu allait continuer à bien marcher puisqu'il avait été sélectionné pour le Prix. Son livre le plus récent, *Brisés*, publié trois ans auparavant, en 2008, avait pour origine une nouvelle écrite par un étudiant viennois de dix-neuf ans qui racontait la visite d'un couple à Paris la veille de leur vingtième anniversaire de mariage, visite pendant laquelle une infidélité inattendue avait lieu dans un restaurant. (Il avait déplacé l'action en

Israël, l'anniversaire de mariage était devenu un anniversaire, le restaurant, un musée, et il avait ajouté un personnage comique qu'il avait subtilisé à un jeune écrivain britannique ; le livre était devenu un succès commercial et critique.) Cela faisait un bon moment qu'il repoussait le projet d'écrire un nouveau livre et il était assez impatient de recevoir cet ensemble de propositions, espérant qu'il y trouverait quelque chose qui vaudrait la peine qu'il se l'approprie.

Le bruit d'une porte s'ouvrant sur sa gauche lui fit lever la tête et il regarda Daniel venir vers lui. Il portait son pyjama *Spider-Man* préféré et tenait un animal à fourrure d'une espèce mal définie. Il sentait le bain moussant à la lavande dans lequel il avait barboté une heure avant et il avait dans la main son inhalateur bleu de Ventoline. Son asthme avait été particulièrement agressif ces derniers temps et il avait dû passer dix minutes assis au calme en rentrant, prenant toute une série de bouffées avant que l'encombrement de ses poumons ne s'atténue.

« Tu te sens mieux ? » demanda Maurice tandis que le jeune garçon sautait sur le canapé à côté de lui et se penchait pour se pelotonner contre son père. Maurice le serra contre lui et l'embrassa sur la tête tout en respirant son odeur.

« Si je dis à Jupiter que je suis désolé demain, est-ce que je serai quand même obligé de voir le docteur ? » demanda Daniel, un peu moins angoissé à propos de cette épreuve que lorsqu'ils étaient arrivés à la maison. À ce moment-là, il y avait eu des larmes et une déclaration selon laquelle il ne devrait pas être obligé d'être embrassé s'il ne voulait pas l'être, une opinion que Maurice trouvait plutôt sensée.

« Je crois, oui, dit Maurice. Autrement, tout ceci pourrait se terminer dans un grand drame que nous ne voulons pas, ni toi ni moi. Je suis sûr que le docteur sera très gentil.

— Est-ce qu'il va se servir d'une aiguille ? demanda-t-il.

— Que veux-tu dire ?

— Le docteur, est-ce qu'il se servira d'une aiguille quand il me verra ? Je n'aime pas les aiguilles. »

Maurice secoua la tête. « Ce n'est pas ce genre de docteur. Tout ce que tu feras, c'est lui parler, rien d'autre. Et ensuite, ce sera fini. »

Daniel fronça les sourcils, dans une expression qui suggérait qu'il avait du mal à croire qu'on puisse voir un docteur sans qu'il y ait de la douleur, seulement de la conversation.

« Je n'ai pas aimé quand elle m'a embrassé, dit le petit garçon.

— Je n'ai jamais beaucoup aimé ça non plus, fit Maurice. Mais tu ne peux pas commettre des actes de violence, comme ça, chaque fois que les gens font des choses que tu n'aimes pas. Tu aurais juste dû lui dire de ne jamais recommencer.

— Tout le monde se moquait de moi », chuchota Daniel.

Maurice le serra à nouveau contre lui et contempla les petits pieds aux orteils parfaits qui sortaient au bout du pyjama. Il s'était attendu à ressentir un amour idéal pour un enfant, s'il en avait un, mais les choses s'étaient avérées un peu différentes. Il aimait beaucoup Daniel, certainement, mais cet enfant l'agaçait aussi souvent qu'il le séduisait. Le problème venait du fait qu'il était tout le temps *là*. À traîner. À avoir besoin de nourriture, de jouets ou de nouveaux vêtements. Rappelant qu'il était l'heure d'aller à l'école ou d'être récupéré. C'était un harcèlement perpétuel. Maurice faisait de son mieux pour rester d'humeur égale avec lui – il n'était qu'un enfant, après tout, Maurice le reconnaissait volontiers – cependant, il attendait avec impatience le jour où il aurait dix-huit ans et partirait pour ses études. À ce moment-là, il retrouverait peut-être sa vie.

L'idée de faire appel à une mère porteuse lui était venue le soir où il avait été sélectionné pour le Prix, qui, à sa grande déception, lui avait échappé, pour revenir à un vieux rival, Douglas Sherman. Il avait réfléchi à ce qu'il ferait du soudain afflux de droits d'auteur et pris rendez-vous avec un avocat cette semaine-là pour lancer le processus. Six mois plus tard, une jeune Italienne qui travaillait comme femme de chambre dans un hôtel du centre de Londres était enceinte de son enfant ; il n'y avait pas eu le moindre problème pendant la grossesse, ni à la naissance. Bien que l'accord fût légalement bordé, Maurice s'était naturellement inquiété du fait que la femme puisse avoir envie de changer d'avis une fois que le bébé serait né, mais non, elle avait honoré sa part du contrat et disparu de sa vie à la minute où il avait ramené Daniel de la maternité.

Au début, cela n'avait pas été facile, bien sûr. Il n'avait aucune expérience des bébés et dut s'appuyer sur des connaissances livresques, la plupart du temps. Mais Daniel n'avait pas été difficile, il avait fait ses nuits presque tout de suite, et il était apparemment heureux de rester dans son berceau à essayer d'attraper les jouets accrochés à un mobile au-dessus de lui, tant que Maurice était dans son champ de vision, ce qui était toujours le cas, puisqu'il travaillait de chez lui ces années-là ; il attendit que Daniel commence à aller à l'école pour passer plus de temps dans les locaux de *Storī*. Ils s'étaient rendus ensemble à des festivals littéraires à l'étranger, où les autres auteurs semblaient charmés par l'image de ce séduisant romancier, jouissant si jeune d'un énorme succès, se déplaçant partout avec un petit garçon. Heureusement, Daniel aimait aussi les livres, et il se satisfaisait de rester assis à lire tandis que son père se soumettait à d'interminables interviews ou participait à des événements.

« Pourquoi tu l'as giflée, d'abord ? demanda-t-il et le garçon haussa les épaules.

— Je te l'ai dit. Parce qu'elle m'a embrassé.

— Non, ça, je le sais. Pourquoi as-tu réagi par la violence ? En donnant un coup. Quand as-tu vu des gens se comporter comme ça ? Personne ne t'a jamais frappé, dis-moi ? »

Le petit réfléchit quelques instants ; Maurice pensa qu'il essayait de décider s'il devait ou non avouer la vérité.

« Parfois, si, à l'école, finit-il par dire, en laissant échapper un long soupir, les yeux rivés sur le sol.

— Une maîtresse ?

— Non, répondit Daniel en secouant la tête.

— Qui, alors ?

— Personne.

— Allez, le pressa Maurice. Dis-moi.

— Juste des garçons dans ma classe.

— Lesquels ?

— Je ne te dirai pas. »

Maurice fronça les sourcils. Il ne voulait pas le bousculer, mais si Daniel se faisait harceler, il fallait tirer les choses au clair.

« S'il te plaît, Daniel. Tu peux m'en parler. Peut-être que je peux faire en sorte que ça n'arrive plus.

— James, avoua Daniel après une longue pause pendant laquelle il renifla plusieurs fois et eut l'air d'être sur le point de pleurer. Et William.

— Mais je croyais que tu t'entendais bien avec eux ? Tu es assis à côté de James en classe, non ?

— Oui, mais il ne m'aime pas.

— Pourquoi ?

— Il dit que je suis bizarre. »

Qu'il aille se faire foutre, ce petit merdeux, se dit Maurice. « Tu n'es pas bizarre.

— Lui, il dit que si.

— Eh bien, c'est un idiot.

— C'est parce que je n'aime pas jouer avec eux.

— Pourquoi ?

— Parce que chaque fois qu'ils jouent, ça finit toujours avec quelqu'un qui va à l'infirmerie parce qu'il saigne du nez. Et ils disent que je ne parle jamais. Ils disent que j'ai peur.

— Et c'est pour ça qu'ils te frappent ?

— Je ne sais pas, répondit-il en haussant les épaules. Ils disent que c'est un jeu.

— Eh bien, ça me paraît être un jeu stupide, rétorqua Maurice, et Daniel leva les yeux vers son père, troublé par l'irritation qu'il percevait dans sa voix. À partir de maintenant, tu te tiens à distance d'eux, d'accord ? poursuivit-il. Tu n'as que sept ans, après tout. Je ne veux pas que tu te comportes comme si tu étais dans *Fight Club*.

— C'est quoi, *Fight Club* ?

— Peu importe. Ne laisse pas tes amis te frapper, et ne frappe personne, c'est tout. Surtout pas les filles. Nous avons eu de la chance cette fois-ci, il n'y aura pas de procès, mais rappelle-toi, nous sommes aux États-Unis. Les gens ici sont prêts à t'attaquer en justice juste parce qu'ils n'aiment pas comment tu les regardes dans la rue, et s'ils découvrent que nous avons un peu d'argent, ils chercheront un moyen de nous le prendre.

— On est riche ? demanda Daniel.

— Nous avons des moyens confortables. Tu n'as pas à t'inquiéter. Mais nous sommes loin d'être aussi riches que la plupart des gens qui habitent dans cette ville. Alors, il faut qu'on se cramponne à ce que nous avons et qu'on ne laisse personne nous le voler. D'accord ? »

Le petit garçon hocha la tête. « D'accord. Voler, d'abord, c'est mal. »

Maurice sourit. « Voler, c'est *très* mal. Il n'y a que les gens mauvais qui prennent ce qui ne leur appartient pas. Bon, il est temps d'aller au lit, tu ne crois pas ? »

Henry Rowe était arrivé à l'école cette année-là. Sa famille était originaire de Belfast ; c'était des catholiques qui vivaient au carrefour où Falls Road croisait Iveagh Drive, mais sa mère, sa sœur et lui avaient été déplacés à Harrogate en 1980 pour échapper au conflit nord-irlandais. Bien qu'il eût entendu des reportages sur les attentats en Angleterre et qu'il fût vaguement au courant des grèves de la faim dans la prison de Maze, Maurice ne s'intéressait pas vraiment à ce qui se passait sur l'île voisine de la sienne, et à quatorze ans, la mort, une idée tellement lointaine et abstraite, ne l'interpellait pas. La politique, pensait-il, c'était pour les autres et alors qu'il était impatient de s'affranchir de l'ennui quotidien de sa vie à la maison, il avait bien peu d'intérêt pour les causes que ses pairs portaient, presque littéralement, comme des médailles sur leur uniforme de lycéen. Ce n'est que lorsque la rumeur se mit à circuler que le père de Henry Rowe avait été assassiné par l'IRA pour l'avoir trahie que l'intérêt de Maurice fut éveillé. Ce serait une bonne idée pour une nouvelle, songea-t-il : *Un adolescent, obligé de partir s'installer dans un pays étranger, commence progressivement à comprendre le passé criminel de son père.* Il était peut-être en décalage avec ses camarades quand il s'agissait de leurs préoccupations politiques mais Maurice savait déjà exactement ce qu'il voulait faire de sa vie, contrairement à ce que pouvaient prétendre les autres.

« Écrivain ? avait répété son père quand il lui avait parlé de son projet pour la première fois. Tu as plus de chances d'emporter la World Cup pour l'Angleterre. Tu dois être né à Londres si tu veux écrire des livres. Faire des études prestigieuses, tout ça.

— Les écrivains ne viennent pas tous de Londres », affirma Maurice en levant les yeux au ciel devant la vision du monde bornée de son père. Il n'avait jamais lu un livre de sa vie, pour ce que Maurice en savait, et il arrivait à peine à parcourir le journal local une fois par semaine. « Le père de D. H. Lawrence travaillait à la mine de charbon de Brinsley. Isherwood venait du Derbyshire. William Golding est originaire de Cornouailles.

— Ce D. H. Lawrence n'a écrit que des saletés, répondit son père. Des hommes nus qui font de la lutte et des madames de la haute qui s'envoient en l'air avec le garde-chasse. Des trucs de tapette, à mon avis. Écrits pour des tantouses avec des drôles d'idées. Pas question de ça chez moi.

— Tu seras plombier, comme ton papa, dit sa mère. C'est un bon travail, un travail honnête.

— Je ne serai pas plombier », rétorqua Maurice et il était sérieux.

Évidemment, il avait du succès à l'école et bien qu'il soit tout le temps le nez dans les livres, il était séduisant, ce qui motivait les autres garçons à être son ami, même s'ils ne comprenaient pas vraiment pourquoi. Les professeurs l'appréciaient aussi – il était l'un des élèves dont ils essayaient de se faire bien voir – et il n'avait eu des ennuis qu'une seule fois, quand on avait découvert qu'il avait plagié un devoir d'histoire sur un livre emprunté à la bibliothèque du quartier, un délit qui avait été sanctionné par une exclusion d'une semaine. Certains garçons voulaient le connaître mieux, se rapprocher de lui, mais il était fondamentalement solitaire et tenait les autres à distance. Jusqu'à ce qu'arrive Henry, du moins.

Même aujourd'hui, trente ans plus tard, il se rappelait encore le moment où Henry était entré dans la salle de classe pour la première fois, quelques mètres derrière le directeur, le Dr Webster, pour être présenté à ses nouveaux camarades. Il était grand, mince, avec des cheveux bruns qui lui tombaient dans les yeux et se dressaient sur sa tête. Quand il ouvrit la bouche pour dire à la classe son nom et la raison qui l'avait amené à Harrogate, tout le monde fut pris d'un rire irrépressible en entendant son fort accent d'Irlande du Nord et sur le visage de Henry se peignit un mélange de colère, d'humiliation et de confusion face à ces moqueries. Il regarda tout autour de la pièce, déconcerté par ce groupe d'étrangers indisciplinés et vaguement menaçants avec lesquels il allait passer ses journées, jusqu'à ce que son regard croise celui de Maurice, le seul garçon qui ne riait pas. Maurice inclina un peu la tête, dans une sorte de salut, et Henry soutint son regard, le bout de la langue coincé entre les lèvres, incapable de détourner les yeux.

Ils formèrent une sorte d'alliance, passant du temps chez l'un ou chez l'autre après l'école et pendant les week-ends, et ils se trouvaient dans la chambre de Maurice un samedi après-midi, en train d'écouter une cassette de Kate Bush et de discuter du mépris qu'ils avaient tous les deux pour le capitaine de l'équipe de football de l'école, quand Henry essaya de l'embrasser. Kate chantait l'histoire de Kashka de Bagdad qui vivait dans le péché avec un autre homme, et Henry se tourna vers son ami et pressa ses lèvres contre les siennes, sa main posée à plat sur la chemise de son camarade. Maurice s'attendait à ce qu'arrive quelque chose de ce genre, mais il fut surpris qu'il n'y ait pas eu de signe avant-coureur. Il n'avait jamais été embrassé, n'avait jamais fait d'avances à une fille ni à un garçon, et n'en avait jamais particulièrement ressenti le désir. C'était quelque chose qui l'intriguait de temps en temps, cette curieuse absence d'intérêt pour le sexe. Dans les moments où il se sentait d'humeur à faire des expériences, il avait feuilleté des magazines porno et découvert qu'il n'était pas du tout excité par les visages tragiques des filles qui écartaient les cuisses ou tendaient leurs seins vers l'objectif. Dans les douches des vestiaires, après les matchs à l'école, il avait subrepticement observé les corps nus de ses camarades sans ressentir de désir particulier pour eux non plus. Quand il se masturbait, c'était exclusivement pour le plaisir de se toucher, pour l'extase tremblante de l'orgasme ; il lui semblait inutile de partager cette expérience avec une autre personne et dans ses fantasmes, il ne voyait pas d'autres visages que le sien.

Mais là, avec Henry qui le plaquait contre le lit, il se sentit prêt à pousser un peu l'exploration pour essayer de savoir quelles sensations une intimité comme celle-ci pouvait provoquer chez lui. Il pourrait en faire le sujet d'une histoire, se dit-il. La plupart des écrivains écrivaient sur le sexe, non ? Même ceux, comme Forster, pour qui l'aspect charnel de leur propre vie paraissait sans importance. Un de ses auteurs préférés, Aldous Huxley, avait dit que l'expérience n'était pas ce qui arrivait à un homme, c'était ce qu'un homme faisait de ce qui lui arrivait, et avoir le corps d'un autre garçon de quinze ans allongé sur le sien, la langue de ce garçon dans sa bouche, la sensation inédite de son érection contre sa cuisse à travers le tissu de ses vêtements, c'était assurément une expérience.

« Qu'est-ce que je peux te faire ? demanda Henry en s'interrompant un instant, le visage rouge, le corps tout entier palpitant de désir tandis qu'il regardait son ami avec une telle envie que Maurice commença à réaliser l'étendue du pouvoir qu'il avait déjà. Qu'est-ce que tu me permets de faire ?

— Parle-moi de Belfast, répondit-il et Henry se redressa sur les coudes, les sourcils froncés, se demandant s'il avait bien entendu.

— Quoi ? » Il descendit sa main le long de la chemise de Maurice pour la sortir du pantalon et essaya de défaire deux ou trois boutons, la paume posée sur le nombril et le ventre aux muscles fermes de son camarade.

« Belfast, répéta Maurice. Comment c'était, là-bas ? »

Henry secoua la tête et se pencha pour l'embrasser à nouveau, mais Maurice le repoussa, se redressa en position assise et reboutonna sa chemise. « Dis-moi. Raconte-moi les histoires. Elles m'intéressent. »

Et Henry, troublé et déçu, le corps crépitant d'hormones, s'assit et se mit à fixer la moquette, tremblant de confusion. « Qu'est-ce que tu veux savoir ?

— Tout ce que tu veux bien me dire. Est-ce que tu as vu quelqu'un se faire tuer ? »

Henry hocha la tête. « Une fois. Devant une station essence à Ardoyne.

— Raconte-moi, chuchota Maurice. Dis-moi tout ce que tu as vu et tout ce que tu as entendu, et ensuite, je te laisserai me faire des choses. »

Et bien entendu, Henry s'exécuta.

Ils étaient dans la maison de Maurice la fois suivante, en train de regarder la télévision ; ses parents étaient partis à Cardiff voir un parent à l'agonie. Maurice savourait la tension créée par leur proximité sur le canapé et c'est seulement lorsque Henry lui saisit la main qu'il se sentit un peu troublé d'être l'objet d'un désir aussi flagrant. *Pourquoi est-ce que je ne ressens pas la même chose ?* se demanda-t-il. *Pourquoi est-ce que je ne le ressens pour personne ? Se pourrait-il qu'il y ait une histoire, là ?*

« Tu es tellement putain de beau », murmura Henry en se penchant, et Maurice non seulement se laissa embrasser à nouveau mais il rendit le baiser, sa langue explorant la bouche de son ami, une sensation nouvelle qui n'était ni désagréable ni excitante. Bientôt, ils furent à l'étage, allongés sur son lit, et à nouveau, Henry demanda ce qu'il pouvait lui faire. Sentant qu'il fallait laisser au fiévreux adolescent plus de liberté que la fois précédente, il haussa les épaules et dit *Ce que tu veux*, et Henry, avec une expression qui suggérait qu'il n'arrivait pas à en croire ses oreilles, descendit la braguette de Maurice et mit sa queue dans sa bouche. Maurice ferma les yeux et savoura la sensation, mais il n'était pas totalement impliqué. Est-ce que Henry lui raconterait une autre histoire quand il aurait fini, ou tout ceci n'était-il qu'une perte de temps ?

Il jouit et Henry leva les yeux vers lui, souriant béatement ; Maurice sourit à son tour, à peine gêné. Comme ils devaient avoir l'air ridicules.

« À mon tour », dit Henry en défaisant sa ceinture et descendant son pantalon.

Maurice le regarda puis fixa la queue de son ami, ne ressentant pas de répulsion particulière à l'idée de le sucer, mais pas d'immense désir non plus. Il approcha une main hésitante, promenant son index le long de son pénis tandis que Henry fermait les yeux et grognait de plaisir.

« D'abord une autre histoire. Après, je le fais. »

Et cela se reproduisit, semaine après semaine, pendant presque deux mois, les deux garçons créant des occasions de se retrouver seuls pour que Henry satisfasse ses désirs et que Maurice entende des histoires de la vie de son ami avant qu'il vienne en Angleterre. Son père, confia-t-il, n'avait pas été abattu par l'IRA comme le croyaient les garçons de l'école. En fait, il était mort d'une façon beaucoup moins romanesque, d'une crise cardiaque, même s'il avait été un membre de l'organisation pendant de nombreuses années ; des hommes cagoulés étaient venus à l'enterrement et avaient porté le cercueil orné des trois couleurs de l'IRA jusqu'à la tombe. Henry parla de ce que ça faisait d'entendre des coups de feu la nuit, d'un adolescent de sa rue à qui on avait tiré dans les rotules pour un crime inexpliqué dont il avait juré qu'il était innocent, d'une mère qui avait disparu après s'être rendue à l'église du quartier, d'une famille qui avait décidé de vivre dans la clandestinité après que ses membres étaient devenus des informateurs. Dans l'ensemble, ces histoires n'étaient pas du goût de Maurice, mais il écrivit tout et trouva un moyen de transformer les souvenirs décousus de son camarade en une histoire cohérente. Apparemment, tout ce qu'il avait à faire, c'était continuer à donner des orgasmes à Henry et son histoire aboutirait à une fin. Les termes de l'échange lui semblaient favorables.

Un jour, ils commirent une erreur ; le désir de Henry le submergea à l'école, au moment du repas de midi, et comme Maurice n'était désormais plus très loin de la fin de son texte, il décida de céder à sa demande. Il l'entraîna dans un bosquet d'arbres à l'écart de l'école, une zone ombragée que les autres élèves évitaient généralement, et il se tint à un arbre, le pantalon au niveau des chevilles, tandis que l'Irlandais le pénétrait par-derrière. Chacun d'eux avait l'esprit occupé par autre chose – le sexe pour l'un, les histoires pour l'autre – ce qui expliquait pourquoi ils n'entendirent pas approcher un de leurs professeurs.

Le directeur, le Dr Webster, fut informé mais il attendit la fin de la journée pour convoquer les garçons dans son bureau, où il leur dit qu'ils risquaient l'exclusion pour ce qu'ils avaient fait, que leurs actes étaient si honteux qu'ils devraient être envoyés dans une institution pour jeunes délinquants, mais qu'il ferait preuve de clémence, promettant de ne rien dire à leurs parents s'ils acceptaient de mettre fin à leur amitié sur-le-champ et de se tenir à distance l'un de l'autre, à l'avenir. Ils acceptèrent d'emblée, et là, le directeur leur expliqua qu'il ne pouvait y avoir de pardon sans châtiment ; s'ils voulaient sortir de son bureau avec l'âme purifiée, ils allaient devoir lui obéir. Il se dirigea vers le placard à côté de son bureau où il gardait une canne de soixante centimètres de long et la sortit, caressant du doigt le bâton en chêne avec un plaisir manifeste.

« Baissez votre pantalon. Penchez-vous sur le bureau. »

Les garçons obéirent et Maurice compta les coups en parcourant des yeux les rangées du boulier calé sur le rebord de la fenêtre. Il y avait dix rangs, il compta toutes les boules une fois, et était parvenu à la moitié du second décompte quand les coups cessèrent de pleuvoir.

« Maintenant, déclara le Dr Webster, le regard lubrique, tandis que les garçons se retournaient, montrez-moi ce que vous faites ensemble, sales petits pervers. D'abord toi, dit-il en désignant Maurice. Ensuite toi », fit-il s'adressant à Henry.

Ce fut la fin des histoires. Henry garda ses distances, humilié et effrayé par les événements de ce jour-là, et chaque fois que Maurice l'approchait, il tournait les talons et s'enfuyait. Il fallut que celui-ci frappe à sa porte un soir pour que le garçon accepte de lui parler.

« Je ne veux plus, dit Henry, incapable de le regarder dans les yeux.

— Mais mon histoire n'est pas finie, se plaignit Maurice.

— Quelle histoire ?

— Allons dans ta chambre. Tu peux me faire tout ce que tu veux. Juste, parle-moi encore de Belfast. De ce que tu as vu, entendu… »

Mais Henry secoua la tête et le repoussa jusque dans la rue, non sans regarder partout comme s'il craignait que le Dr Webster soit tapi, là, quelque part, à les observer. Maurice essaya plusieurs fois encore, mais en vain, et le texte demeura inachevé.

Quelle perte de temps, songea-t-il, incapable de trouver une manière de le terminer qui le satisfasse, et il le laissa en l'état au fond d'un tiroir. Je ne referai plus jamais la même erreur.

En sortant de chez le psychologue, Maurice et Daniel décidèrent d'aller manger une glace. Il leur avait fallu presque un quart d'heure pour se libérer des Dell, qui suggéraient des rencontres et des sorties au zoo ensemble, malgré le fait que Daniel n'aimait visiblement pas leur fille et que Jupiter, jouant les victimes, avait déjà jeté son dévolu sur un autre garçon.

Maurice était content que l'épreuve soit derrière eux. Le psychologue était jeune, pas plus de vingt-huit ou vingt-neuf ans, avec ce côté beau mec branché de Brooklyn qui commençait à l'agacer. La manière dont ce garçon s'habillait, sa chevelure hirsute et ses dents blanches révélaient une sorte d'aisance. Face à lui Maurice se sentit moins important, et en voyant les parents de Jupiter rire éperdument à chacune de ses plaisanteries, il eut l'impression, pour la première fois de sa vie, de ne pas être la personne la plus séduisante de la pièce. Cette idée ne le rendait pas forcément mal à l'aise – il savait qu'il serait toujours beau et que les gens continueraient à être attirés par lui – mais malgré tout, il n'était pas certain d'être prêt à renoncer à son trône maintenant. Et certainement pas pour le céder à un clown en T-shirt J. Crew, sweat-shirt sans manche et chaussures vintage.

En passant devant Barnes & Noble sur la 17e Rue Est, pas loin des bureaux de *Storī*, Maurice jeta un coup d'œil à la vitrine et aperçut un éventail d'exemplaires de *De l'autre côté de la rivière* par Garrett Colby ; il sentit un pincement de rancune lui serrer la poitrine. C'était la réédition à l'occasion de la sortie du film, car le troisième livre de Garrett avait été non seulement adapté par un metteur en scène de théâtre danois très connu, ce qui lui avait fourni sa première incursion dans le cinéma, mais le film avait été récompensé par plusieurs Academy Awards lors de la dernière cérémonie, y compris un prix pour le rôle que tenait un jeune homme avec qui Garrett entretenait maintenant une liaison amoureuse qui s'étalait dans les médias.

« Je connaissais ce monsieur, dit Maurice en regardant son fils, qui trépignait sur le trottoir, attendant avec impatience qu'ils arrivent à la partie glaces de l'après-midi. Il y a des années. En Angleterre. Il écrivait des histoires sur des animaux qui parlent. »

Daniel leva la tête, soudain intéressé, car les animaux qui parlent étaient son sujet préféré, surtout s'ils avaient quelque chose de préhistorique. « Elles étaient bien ? demanda-t-il.

— Pas mal, reconnut Maurice.

— Est-ce qu'on peut entrer et les acheter ?

— Ce ne sont pas des livres pour enfants, dit Maurice en secouant la tête. Mais peut-être que tu pourras les lire quand tu seras plus grand.

— Est-ce que je peux acheter autre chose, alors ? » demanda Daniel et Maurice acquiesça. Il ne refusait jamais un livre à son fils, et il considérait qu'il était grossier de sortir d'une librairie sans rien acheter. Alors, ils entrèrent, la musique douce et l'odeur des grands formats donnant instantanément à Maurice ce sentiment d'appartenance qu'il avait éprouvé toute sa vie, chaque fois qu'il entrait dans ce genre d'endroits. Daniel se dirigea tout droit vers le rayon enfant – c'était leur librairie de quartier et il en connaissait les moindres recoins – et Maurice le suivit du regard avant de prendre le livre de Garrett sur la table pour lire la biographie de l'auteur.

« *Monsieur Colby est l'un des jeunes écrivains les plus enthousiasmants de notre temps* », concluait-elle, et Maurice leva les yeux au ciel, reconnaissant la biographie à la troisième personne qui avait clairement été écrite par l'auteur lui-même. Espèce de petit merdeux, pensa-t-il.

Il le reposa sur la table, puis ramassa un roman d'un autre écrivain, Jonas Ramsfjeld, avant de le poser sur celui de Garrett. Il avait lu son roman intitulé *Spiegeltent* des années auparavant et l'avait beaucoup apprécié ; ils avaient fait une lecture ensemble lors d'un festival à Listowel un jour et s'étaient assez bien entendus, ce qui avait surpris Maurice, qui avait tendance à ne pas beaucoup aimer les autres écrivains. Ramsfjeld était homo et très beau, et après avoir passé une soirée ensemble, à boire, dans le bar de l'hôtel, Maurice s'était attendu à ce qu'il lui fasse des avances, mais cela n'avait pas eu lieu. Quand il s'était couché ce soir-là, il l'avait presque regretté. Et là, tout à coup, il se demanda combien d'étudiants qui avaient suivi le cours d'Edith avaient réussi à se faire publier dans les dix ans qui s'étaient écoulés depuis sa mort.

Il se dirigea vers le rayon Nouveautés Littérature, où il reconnut des livres écrits par des gens qu'il connaissait, des gens avec qui il avait participé à des tables rondes lors de festivals, des gens sur lesquels il avait écrit des critiques bonnes et mauvaises pour différentes publications. Au moment où il s'apprêtait à prendre un exemplaire de la nouvelle édition de *Comme l'alouette* de Maude Avery, dont tous les romans avaient été réédités dans une série en grand format, chacun avec une jaquette dessinée par Tracey Emin, il remarqua un visage familier au milieu des titres de non-fiction, une version plus jeune d'un homme qu'il avait très bien connu autrefois.

C'était une biographie de Dash Hardy, la première, d'après lui, sur l'écrivain américain. Le nom de l'auteur lui était inconnu. Et le livre lui-même faisait presque six cents pages – un compte rendu exhaustif de la vie de l'écrivain. Dash méritait-il vraiment un volume pareil ? se demanda-t-il. Gore oui, certainement. Et Erich, probablement. Mais Dash ? N'était-il pas devenu plutôt un écrivain de seconde zone, vers la fin ?

Il prit le livre et ouvrit directement l'index, parcourant les noms du bout du doigt. Sa présence dans cette liste pouvait être assortie à quelque chose de négatif, a contrario son absence serait humiliante. Mais non, il était bien là. *Maurice Swift, 131, 284*. Deux entrées seulement et pas sur des intervalles de pages. Il alla chercher la première référence, où l'auteur racontait la rencontre entre Maurice et Dash au musée du Prado toutes ces années auparavant et l'amitié qui était née entre eux.

> *Hardy a joué un rôle crucial pour que Swift trouve un éditeur qui publie son premier roman. Il prit le jeune romancier sous son aile, comme il l'avait fait pour un ou deux jeunes hommes de son genre*

> *avant, l'hébergeant chez lui à New York pendant deux ans et le présentant à des éditeurs en vue. Ce livre,* Deux Allemands, *eut un succès retentissant, bien qu'il précipitât la disgrâce du romancier Erich Ackermann, que Dash connaissait aussi, laissant un goût amer à certains lecteurs.*

Bon, tout cela était vrai, raisonna-t-il. Rien de calomnieux là, même s'il n'avait vécu avec Dash que neuf mois ; il y avait donc une erreur. Et que signifiait « un ou deux jeunes hommes de son genre » ?

Il retourna dans l'index vérifier la page de l'autre entrée, puis alla à la page 284, où il ne trouva aucune mention de son nom en parcourant le texte. Il remonta en page 283, puis avança à la page suivante mais non, il n'y avait rien là non plus, et il fronça les sourcils, se demandant si une autre erreur avait été commise. Mais juste pour être sûr, il se mit à lire la page 284 en entier et tomba sur ce passage, qui apparaissait dans un entretien avec Edmund White :

> *Dash m'a raconté une histoire sur un jeune écrivain qu'il avait rencontré en Europe et dont il s'était particulièrement entiché. Le garçon était très beau, bien entendu, et Dash a toujours eu un faible pour les jolis visages. Il a tout fait pour lui, l'a présenté à tout le monde, l'a aidé à trouver un éditeur et un agent, et à la minute où il a commencé à rencontrer le succès, le jeune homme l'a laissé tomber comme une vieille chaussette. Il*

avait déjà agi ainsi avant, m'a-t-on dit. Ce garçon était un grand manipulateur, un être très calculateur. Un intrigant extrêmement adroit. Je me souviens l'avoir rencontré lors d'une lecture ; il m'a dit qu'il habiterait chez son éditeur lors de son prochain voyage en Angleterre. « Pourquoi n'allez-vous pas tout simplement à l'hôtel ? » lui ai-je demandé et il a secoué la tête, en expliquant qu'il pensait que s'il créait une relation amicale avec l'éditeur et sa famille, il y aurait moins de chance qu'il le laisse tomber. J'ai trouvé que la démarche était fort cynique mais je suppose qu'il n'y avait pas que cela. Je crois intimement que ce garçon savait qu'il n'avait aucun talent, qu'il n'était rien d'autre qu'un plumitif séduisant, et que seuls le charme et la flagornerie lui permettraient de rester dans la partie. Cela a fonctionné, effectivement, pendant un certain temps.

Maurice referma le livre avec un claquement sec, faisant sursauter certains clients qui se tournèrent vers lui. Il n'avait pas été nommé, bien entendu, alors il était peu probable qu'il puisse engager des poursuites, mais la référence à la page dans l'index le rendait perplexe. Mais bien sûr, se dit-il au bout d'un moment. Son nom devait à l'origine faire partie de la citation d'Edmund White, et avoir été indexé, mais les avocats avaient dû le supprimer avant publication, oubliant d'enlever la référence dans l'index. Il était presque amusé par leur stupidité. Mais cela valait-il la peine d'intenter une action ? Il hésitait. Il serait obligé de reconnaître que la description lui correspondait et il n'était pas certain de le vouloir.

Quelques instants plus tard, Daniel revint avec un livre de poche aux couleurs vives et Maurice l'emporta, ainsi que la biographie de Dash et le roman de Maude Avery, et se rendit à la caisse ; puis ils marchèrent main dans la main jusqu'à Union Square Park, où ils s'assirent sur un banc pour manger leur glace.

« Quand tu seras plus grand, dit Maurice, et que tu repenseras à cette matinée, ne m'en veux pas trop, d'accord ? Ce n'était qu'une heure de ta vie, et elle nous a épargné beaucoup de soucis à tous les deux. Je suis fier de toi, fier que tu aies accepté de te soumettre à ça.

— T'en vouloir pour quoi ? demanda Daniel qui avait semblé finalement bien aimer raconter à un étranger tous les détails de son quotidien scolaire et le harcèlement sexuel qu'il avait subi de la part d'une fille dont il n'avait jamais encouragé les attentions.

— Pour une chose ou une autre, répondit Maurice. Il y a des chances qu'une fois adolescent, quand tu te mettras à te plaindre, m'accuser d'avoir bousillé ta vie, tu reparleras de cet épisode en affirmant que tout a commencé là. »

Daniel haussa les épaules ; cela ne l'intéressait pas. Il eut tout à coup le souffle court, fouilla dans son sac à la recherche de son inhalateur, et prit rapidement une bouffée. Maurice resta calmement assis, les lunettes de soleil sur le nez, regardant les gens. Un de ses stagiaires passa devant eux, sans remarquer leur présence sur le banc, les yeux rivés sur l'écran de son téléphone. Il avait une luxueuse besace marron sur l'épaule et Maurice se demanda comment il avait pu se l'offrir – c'était une marque chère – mais ensuite, il se rappela que sa mère siégeait au conseil d'administration du New York Ballet, et que probablement, il venait d'un milieu aisé.

Tout à coup, à son grand désarroi, il vit Henrietta James avancer dans sa direction, toujours couverte de multiples épaisseurs de vêtements, comme si elle était sur le point d'embarquer pour l'Arctique, et avant qu'il ait le temps de dire à son fils qu'il était temps de partir, elle agitait frénétiquement la main, comme si elle essayait de générer sa propre électricité avec ses bras.

« Bonjour, toi, dit-elle en souriant comme un chat devant une écuelle de lait.

— Henrietta ! s'exclama-t-il en se levant pour l'embrasser sur les deux joues. Comme je suis heureux de te voir !

— Et qui est ce jeune homme ? demanda-t-elle en regardant Daniel qui leva à peine les yeux de sa glace.

— C'est mon fils, dit Maurice. Daniel.

— Magnifique ! Je vais me joindre à vous quelques minutes, si ça ne vous ennuie pas, ajouta-t-elle, s'asseyant sans attendre de réponse. J'ai besoin de me reposer. Cette journée est épouvantable. Mon éditeur m'a envoyé par mail la jaquette proposée pour *Je suis frustrée par mon petit ami, mon corps et ma carrière*, et elle était si affreuse que je suis venue jusqu'en ville pour lui dire exactement ce que j'en pensais. Je n'ai peut-être pas été aussi polie que j'aurais dû et la discussion a tourné un peu au vinaigre. Il va falloir que je lui présente des tonnes d'excuses, je suppose.

— Je suis certain que tu feras ça très bien, dit Maurice.

— Quel adorable petit garçon », fit-elle en souriant un peu avant de tendre la main pour ébouriffer les cheveux de Daniel, mais quand il leva la tête en plissant les yeux et en produisant un grondement sourd du fond de sa gorge comme un animal menacé, elle changea d'avis et s'empressa de la retirer.

« Il passe l'été avec toi ? » demanda-t-elle, et ce fut au tour de Maurice de froncer les sourcils, sans bien comprendre ce que cela signifiait, avant de se rendre compte qu'elle supposait probablement qu'il était divorcé.

« Non, il vit avec moi.

— Oh. Et ta… conjointe ? Ta… ?

— Ma femme est morte il y a des années, déclara-t-il – ce qui n'avait rien à voir, bien entendu, puisqu'il n'y avait aucun lien de parenté entre Edith et Daniel, mais il n'avait aucune intention d'exposer les détails de sa vie privée à une jeune femme qu'il connaissait à peine et qu'il n'aimait pas beaucoup.

— Maurice, je suis désolée, répondit-elle à mi-voix. Je n'en avais pas la moindre idée.

— Et maintenant, tu sais.

— C'est un peu comme *Kramer contre Kramer*, alors ? fit-elle.

— Comment ça ?

— Enfin, quand Meryl Streep décide de quitter Dustin Hoffman et au début, il ne sait pas comment faire, avec le petit garçon. Il arrive à peine à préparer le dîner. Mais ensuite, ils créent un lien qui était absent depuis sa naissance et lorsque Meryl revient, Dustin ne veut pas renoncer à l'enfant, et ils se battent d'une manière effroyable. »

Maurice la regarda, se demandant comment des éditeurs pouvaient courir après les textes de quelqu'un d'aussi stupide. « Comme je l'ai dit, ma femme est décédée, fit-il doucement. Alors, elle ne risque pas de débarquer pour exiger un droit de garde.

— Non, j'imagine que non, concéda Henrietta, qui ne paraissait pas complètement convaincue. Oh, d'ailleurs, je voulais te dire, j'ai vendu ma nouvelle.

— Quelle nouvelle ?

— Celle que tu as refusée.

— Je ne l'ai pas refusée, Henrietta, soupira-t-il. Je l'ai simplement écartée pour l'instant parce que je trouvais qu'elle ne convenait pas pour notre prochain numéro.

— Pour moi, tu joues sur les mots, ce qui n'est pas digne de toi. Tu l'as détestée. Sois honnête et dis la vérité. »

Même chose, pensa Maurice.

« Bon, très bien, avoua-t-il en levant les bras au ciel. Tu as raison. Je l'ai détestée. »

Henrietta eut un mouvement de recul, comme s'il venait de dégainer une arme ou de lui dire qu'il avait fécondé sa mère. « C'est un peu grossier, non ? demanda-t-elle.

— Eh bien, tu insistes tellement qu'il paraît plus facile d'être d'accord avec toi.

— Alors, tu l'as détestée ?

— Je ne sais pas, dit Maurice en souriant un peu. Qu'est-ce que tu en penses ? »

Elle le regarda fixement, donnant l'impression qu'elle hésitait entre la contrariété et le rire, mais finit par s'esclaffer, et lui donna une tape appuyée sur le genou.

« Vous ne devriez pas taper les gens, intervint Daniel en se redressant tout à coup.

— Pardon ?

— Ne tapez pas les gens ! insista-t-il et Henrietta regarda alternativement le père et le fils avec perplexité.

— Il n'y avait aucune méchanceté dans son geste, souligna Maurice en regardant son fils. Mais il a raison, Henrietta, tu ne devrais pas taper les gens. Ce n'est pas gentil. Est-ce que tu aimerais que je te tape ? »

Son sourire disparut. Il n'y avait rien dans le ton de sa voix qui suggérât qu'il plaisantait. Elle attendit qu'il dise que c'était pour rire, et quand elle vit que son visage restait aussi figé qu'un bloc de pierre, elle réprima un frisson et posa ses deux mains sur le dossier du banc pour s'appuyer et se remettre debout, comme si elle était affectée d'obésité morbide et qu'elle avait besoin de se soutenir.

« Je ferais mieux d'y aller, annonça-t-elle.

— Avant que tu partes, dit Maurice en fouillant dans son sac pour en sortir un petit appareil photo qu'il avait toujours avec lui, est-ce que tu pourrais me rendre un service ? Je n'ai pas beaucoup de photos de Daniel et moi ensemble. Est-ce que tu accepterais d'en prendre une ? »

Henrietta parut légèrement contrariée par sa demande mais elle prit l'appareil ; Maurice passa un bras autour des épaules de son fils, qui était toujours concentré sur sa glace. Au moment précis où elle leur demanda de sourire, Maurice donna une légère tape à Daniel sur la tête ; le nez du garçon alla toucher le sommet du cône et se trouva barbouillé de glace à la vanille. Père et fils éclatèrent de rire.

« Merci », fit-il quand Henrietta lui rendit l'appareil. Elle déposa un rapide baiser sur sa joue et s'en alla.

« Je n'ai pas aimé cette dame, déclara Daniel quand elle fut partie, et Maurice haussa les épaules.

— Je ne l'aime pas beaucoup non plus. Et maintenant, qu'est-ce que tu aurais envie de faire ? Nous pourrions aller voir un film, si tu veux.

— Non, on rentre à la maison, dit Daniel en secouant la tête. J'ai envie de lire mon nouveau livre.

— J'espérais un peu que tu dirais ça, admit Maurice avant de se lever et de prendre son fils par la main pour quitter le parc. J'ai vingt nouvelles qui m'attendent et je ferais bien de commencer ma lecture si je veux trouver le sujet de mon prochain roman. »

III

LES HISTOIRES DES AUTRES

> « L'ivresse est un suicide passager. »
>
> Bertrand Russell

1. The Crown, Brewer Street

Bien que je n'aie jamais échangé même un bonjour avec aucun d'eux, je connaissais de vue la plupart des buveurs du Crown, et avec les années, j'avais attribué un nom à chacun. Assis au bout du bar, toujours en train de jouer sur son iPad, se trouvait Spencer Tracy, appelé ainsi à cause de sa troublante ressemblance avec l'acteur. À une table près de la fenêtre était installé le professeur Plum, un monsieur âgé, grand, vêtu d'un col roulé violet, qui buvait des pintes de cidre et lisait des journaux, l'un après l'autre, en hochant la tête et en marmonnant des obscénités. Mme Thatcher occupait la table la plus proche des commodités et souffrait apparemment de sa vessie, car elle allait aux toilettes toutes les vingt minutes. Certes, elle ne ressemblait en rien à l'ancienne Premier ministre, mais elle s'appelait Maggie – j'avais entendu le barman l'appeler ainsi – et ce prénom finit par se transformer en Mme T dans ma tête. Elle sirotait ses verres le plus souvent seule, même si parfois elle venait avec un homme à lunettes qui perdait ses cheveux – Denis, pour moi – et ils se bécotaient sans vergogne. Le spectacle était répugnant.

Il y en avait d'autres, bien sûr, quelques habitués et plein de gens de passage. Parfois, des machinistes des théâtres alentour et une petite équipe de quatre ou cinq personnes venant d'une librairie voisine. De temps en temps, je voyais un jeune homme, probablement un étudiant, qui sirotait la même pinte pendant deux heures en lisant l'une des grandes œuvres de la littérature. Je l'avais vu plongé dans *Anna Karénine, Moby Dick, Crime et châtiment*. Généralement des éditions de poche bon marché. Quelques mois plus tôt, je l'avais regardé ouvrir *L'Éducation sentimentale*, l'édition Penguin Classic dont j'avais écrit l'introduction, et il passa les six ou sept premières pages sans lire une ligne. Je m'en sentis d'abord offensé – cette introduction était la dernière chose que j'aie publiée – mais ensuite, je me rappelai que je ne lisais jamais les introductions non plus, alors, je pouvais difficilement lui en vouloir d'ignorer celle-ci.

Je me demandais si l'un ou l'autre des clients du Crown remarquait aussi ma présence, et si c'était le cas, se demandaient-ils qui j'étais ou ce qui m'avait amené là ? Depuis longtemps je fantasmais sur l'idée que l'un d'eux pourrait venir me poser la question et ma réponse était toute prête, une phrase très simple qui résumait mon passé, mon présent et ce que je croyais être mon avenir :

Autrefois j'étais écrivain, maintenant je suis un ivrogne.

Cela peut paraître embarrassant de faire un tel aveu mais il n'y avait vraiment pas moyen de le dire autrement. Je ne me considérais pas comme un alcoolique, bien qu'un médecin eût probablement contesté cette affirmation. Mais si j'en étais un, j'étais un alcoolique *en activité*, ce qui est certainement le meilleur type qui soit. Lorsque je suis revenu à Londres il y a quatre ans et que j'ai pris une chambre dans l'hôtel où j'allais vivre jusqu'à mon installation dans une résidence plus pérenne, je ne suis pas parvenu à trouver une manière constructive de passer l'après-midi, du coup, je suis descendu au bar, où je me suis complètement enivré, et d'une certaine façon, c'est comme si j'étais resté dans le même état depuis.

Bien entendu, la situation était facilitée par le fait que j'avais de l'argent. J'avais gagné, au fur et à mesure des années, des sommes confortables en avances, droits d'auteur, rétributions pour des conférences et des articles, et quand j'ai vendu *Storī*, la revue que j'avais créée à New York, elle était devenue une publication très prestigieuse. La somme à sept chiffres qui me fut offerte par un groupe de média fort généreux fut une surprise réjouissante dans une société qui semblait accorder de moins en moins de valeur à la littérature. Quelques mois plus tard, fatigué de la vie à l'hôtel, j'achetai une maison confortable à une courte distance à pied de Hyde Park en prévoyant d'y habiter jusqu'à ce que le monde se réveille et me redécouvre.

Je désirais ardemment écrire un nouveau roman, bien sûr, revenir sur la scène littéraire, mais le vieux problème qui m'avait miné toute ma vie depuis mon adolescence réapparut une fois de plus. J'avais changé de ville, de cercle social et de routines quotidiennes, dans le vain espoir que cela produirait une bonne idée, mais aucune ne me vint. Mes capacités créatives restèrent muettes. J'écrivis un livre dont même moi je pouvais dire qu'il ne valait rien et il fut rejeté par mon éditeur lors d'un entretien en tête à tête extrêmement déplaisant, où je m'étais peut-être comporté d'une manière peu convenable pour un homme de ma stature. Avant de sortir d'un pas hautain, terriblement vexé, je lançai que j'avais déjà été lâché dans le passé et que j'étais revenu en fanfare avec *L'Homme de la tribu*, alors, il ne faisait que commettre la même erreur que Rufus Shawcross vingt ans auparavant, et il la regretterait certainement un jour. Je m'attelai à un autre livre peu de temps après, mais je n'avais écrit que cent pages lorsque je me rendis compte que c'était plus un narcoleptique qu'un roman, et je m'empressai de l'abandonner. Pendant un temps, je craignis d'être fini. Le plus grand écrivain de sa génération, paralysé par l'absence d'une idée originale. J'aurais dû avoir plus foi en moi. Si je n'avais appris qu'une chose depuis que j'avais quitté le Yorkshire à la fin des années 1980, c'était que, comme le chat du proverbe, je savais toujours retomber sur mes pattes.

Je mis en place une routine et m'y tins religieusement. Me levant tous les jours vers 9 heures, j'allais vers

Bayswater Road, j'entrais dans Hyde Park pour me diriger d'un bon pas vers Kensington Palace, non sans guetter l'apparition d'un membre de la famille royale, puis je repartais vers la Serpentine, Speakers' Corner, avant de rentrer à la maison. C'était un bon exercice, quatre-vingt-dix minutes environ, et les bons jours, je me remplissais les poumons et je me sentais presque heureux d'être en vie. Je me rasais, je me douchais et je prenais soin de m'habiller correctement, car même si je suis parfaitement heureux d'être un ivrogne, je préfère ne pas ressembler à un clochard. On ne sait jamais, après tout, sur qui on peut tomber. Ensuite, je glissais mon ordinateur et le livre que j'étais en train de lire dans ma sacoche et je partais pour l'après-midi.

Je suivais toute la semaine un schéma simple et régulier. Même si je buvais tous les jours, je n'aimais pas l'idée d'être considéré comme un « habitué » – de fait, pendant la première année, je cessai de fréquenter deux pubs, les remplaçant par d'autres, après avoir constaté que le personnel devenait trop familier avec moi – et j'avais sept lieux, un pour chaque jour de la semaine, ce qui signifiait que mes visites dans chacun d'eux étaient suffisamment rares pour que jamais on n'arrive au stade où on s'appelle par nos prénoms, mais suffisamment fréquentes pour que je m'y sente à l'aise. Je choisis le West End parce que je savais que cette partie de Londres était si animée, entre les touristes et les clients des magasins, que je ne serais qu'un visage de plus dans la foule. Et de chez moi, le trajet en métro était facile – j'allais jusqu'à Piccadilly Circus et je n'avais plus qu'une courte marche jusqu'au sanctuaire du jour.

D'emblée, j'allai au Crown sur Brewer Street tous les lundis. Il occupe le terrain où se trouvait autrefois les Hickford Rooms, une salle de concert où Mozart avait joué du piano à l'âge de neuf ans. J'ai toujours préféré la table dans le coin, car, bien que je n'eusse aucune raison de le croire, j'aimais à penser que c'était là que le jeune Mozart s'était installé pour jouer les menuets et les allegros qu'il avait composés enfant tandis que son public écoutait, ébahi devant la précocité de son génie, et que son père Léopold l'observait du coin opposé, tout en comptant son argent.

Le Crown, à sa façon paisible, était devenu un bon ami. Les employés du bar s'affairaient et ils étaient bien plus intéressés par l'interaction avec des étrangers via leur smartphone que par la conversation réelle avec un véritable être humain, ce qui me convenait parfaitement. Je soupçonnais qu'aucun d'eux ne se souvenait de moi d'un lundi à l'autre, ma présence ne signifiait probablement rien pour eux. Je ne m'occupais pas d'eux et ils ne s'occupaient pas de moi. Pour preuve, certainement, ils ne se souvenaient jamais de ce que je buvais, ce qui me faisait plaisir. Si j'avais été accueilli par : « Comme d'habitude, monsieur ? » j'aurais fui pour toujours.

Tout comme ma routine quotidienne ne changeait jamais, les détails de chaque après-midi alcoolisée restaient immuables. Je n'ai jamais tellement apprécié le vin, préférant la céréale au raisin ; ainsi, commençant à

14 h 08 précises, je buvais quatre pintes de bière blonde et deux doubles whiskies. Cela me prenait généralement trois heures, et ensuite, peu après 17 heures, je buvais trois autres pintes, suivies d'un single malt. À 19 heures, je prenais un Bailey's avec trois glaçons, et à 19 h 30, j'en avais fini pour la journée ; je repartais vers Piccadilly Circus et reprenais le métro pour rentrer. Je commandais un dîner, en mangeais peu et j'allais me coucher. Il m'arrivait de faire de mauvais rêves mais le plus souvent, je dormais du sommeil du juste.

Que faisais-je en buvant ? Je commençais par ouvrir mon ordinateur et parcourir les sites d'informations, puis les pages littéraires, me tenant au fait de toutes les critiques de livres et interviews d'auteurs que je pouvais trouver, cherchant des indices qui pourraient répondre à la question à la fois la plus ennuyeuse et la plus importante : *Où trouvez-vous vos idées ?* J'avais mis des signets aux rubriques culture de tous les grands journaux et je m'attachais à étudier toutes les tendances, tous les best-sellers et toutes les paroles de sagesse qui passaient, essayant de comprendre les secrets des autres. Ensuite, une fois que j'avais absorbé toutes ces nouvelles, je lisais un moment, me consacrant exclusivement à la fiction contemporaine. Je me rendais dans une librairie une fois toutes les trois ou quatre semaines pour faire le plein, et bien que la table des Nouveautés me mette en rage chaque fois parce que je n'avais rien à offrir, je n'avais pas le moindre doute sur le fait que j'y retrouverais ma place bientôt.

Je m'étais exclusivement consacré à de jeunes auteurs après mon installation à New York, quand j'avais fondé *Storī* et que trois ou quatre fois par semaine, j'assistais à des soirées, m'assurant de bien connaître les travaux de mes pairs pour pouvoir participer aux conversations. J'avais un avis sur chacun d'eux et j'étais heureux de partager librement ces avis, ravi quand je pouvais lancer grâce à une critique bien sentie une controverse, dont je prétendais innocemment qu'elle avait été sortie de son contexte lorsque je rencontrais par la suite l'écrivain en question.

« Ce sont les médias, mon cher, disais-je en me penchant vers l'oreille de mon rival. Vous savez ce que c'est. On ne peut pas dire un mot sans que ce soit mal interprété. »

Et généralement, on me croyait, car je les connaissais et ils me connaissaient et de toute manière, nous agissions tous ainsi. Nous buvions ensemble, avions des prises de bec, nous nous réconciliions, prétendions être heureux du succès des uns et compatir aux échecs des autres. Ce qui importait, c'était que je sois important, que je sois pris au sérieux.

Désormais, assis dans le pub, fatigué de lire, il ne me restait plus rien à faire d'autre que créer un document Word sur mon ordinateur et contempler son vide accusateur pendant que je m'enivrais de plus en plus. À ma grande frustration, pas une fois mes doigts ne touchèrent le clavier pour écrire autre chose que « Chapitre 1 » en haut de la page. L'expression la plus simple du monde, mais la plus intimidante.

C'est un lundi après-midi au Crown, le dernier jour d'avril – aussi le jour de mon anniversaire, quelle coïncidence – que je lus la lettre de Theo Field et que j'y vis une occasion d'abandonner cette existence assez banale pour retrouver celle qui me convenait mieux. Mon après-midi se déroulait de la manière habituelle et je sirotais ma troisième pinte en contemplant un écran vierge lorsque je me souvins d'une enveloppe envoyée par le bureau de mon agent littéraire reçue ce matin, un cadeau bien rare ces temps-ci. Je l'avais fourrée dans mon sac en sortant de la maison ; je la sortis, l'ouvris et je fus immédiatement impressionné par la qualité du papier que l'auteur avait utilisé, sans parler du fait qu'il s'était donné la peine d'écrire au lieu d'envoyer un mail. Vieux jeu, certes, mais j'appréciais.

> Cher Monsieur Swift,
> Je vous prie de pardonner ma hardiesse, mais étant un grand fan de vos romans, j'ai pris la liberté de vous écrire. Je me souviens avoir lu *Deux Allemands* quand j'étais enfant et cette lecture a déclenché un intérêt pour la guerre qui ne m'a pas quitté. Je ne crois pas qu'aucun autre roman se passant à cette période-là ne m'ait plus ému que le vôtre. *L'Homme de la tribu, Déloyauté* et *Brisés* font partie de mes œuvres préférées en littérature contemporaine, mais je suis particulièrement fan de *La Cabane dans les arbres*, qui pour moi est très sous-estimé. Je suis actuellement étudiant à l'université de Londres,

en dernière année dans le département d'anglais, et j'espère consacrer mon mémoire à votre œuvre, bien que j'aie l'ambition que ce mémoire débouche ensuite sur l'écriture d'un livre. Pour moi, vous êtes le plus grand écrivain britannique de votre génération. Si vous acceptez de pardonner mes flatteries, la diversité de vos textes est si extraordinaire qu'il me paraît ahurissant que tous aient été conçus par le même esprit. Tel est votre génie, à mon avis. Surprendre le lecteur à chaque nouveau roman.

Je me demandais si je pourrais vous rencontrer à un moment quelconque et en apprendre un peu plus sur votre travail et votre vie, de manière à mieux documenter mon mémoire. Il est important pour moi d'écrire quelque chose d'honnête et singulier, car mon ambition ultime est de devenir biographe et il s'agit de ma première tentative d'avancer sur cette voie. Mon père, éditeur chez Random House, m'encourage vivement dans mon projet. (Je n'écris pas de fiction, vous serez heureux de l'apprendre, et je n'ai aucun projet allant dans ce sens !) Enfin, je suppose que vous êtes en train de travailler sur un nouveau roman et que vous avez très peu de temps, cependant j'apprécierais si vous pouviez m'en consacrer un peu, un jour. J'en serais absolument ravi.

Bien à vous,

Theo Field

Après avoir lu la lettre, j'attrapai mon verre et remarquai que ma main tremblait un peu, alors je reposai la pinte sur la table et fermai les yeux quelques instants tout en respirant lentement et soigneusement par le nez, une technique que j'avais apprise et qui m'avait souvent aidé dans des moments comme celui-ci. Je sentis la présence de Daniel près de moi, je pouvais presque éprouver la sensation de sa main dans la mienne, sa voix chuchotant dans mon oreille avec ce ton accusateur qu'il adoptait très souvent, vers la fin. Il me disait de jeter la lettre et de laisser ce garçon tranquille, qu'il n'était qu'un étudiant innocent essayant de se lancer dans le monde de l'édition ; je savais que je devais bouger si je voulais l'empêcher de me tourmenter. Je me levai et me dirigeai donc vers les toilettes, où je restai un moment devant le lavabo, les yeux fermés, les mains plaquées sur la porcelaine blanche, et j'attendis une minute ou deux avant de me passer de l'eau froide sur le visage et de me confronter à mon reflet dans le miroir, me reconnaissant à peine.

Je me donnais rarement la peine de me regarder à la maison, mais là, dans ce petit réduit éclairé d'un néon blafard et vacillant, je voyais à quel point mon apparence s'était altérée ces dernières années. Toute ma vie, j'avais été beau. Je n'en tirais pas une fierté particulière, mais c'était un fait, et j'en étais conscient depuis l'âge de treize ou quatorze ans. Autant les femmes que les hommes avaient été attirés par moi depuis mon très jeune âge et j'avais compris le pouvoir que j'avais sur eux, un pouvoir qui avait toujours été facile à exploiter.

Plusieurs d'entre eux étaient tombés amoureux de moi. Une femme m'avait épousé.

J'avais depuis longtemps réalisé que j'étais différent des autres hommes, en ce que je n'éprouvais pas de désir particulier pour le corps des autres, et que l'instinct qui attirait les gens vers la chambre à coucher ne m'était pas familier. Il est difficile de savoir si c'était une bénédiction ou une malédiction, mais je soupçonne que la première hypothèse est la bonne. J'ai vu la vie de tant de personnes détruite par des échecs amoureux ou des passions à sens unique que je me suis toujours senti plutôt chanceux de demeurer fondamentalement imperméable à l'amour. Pourquoi voudrait-on se retrouver au cœur des drames aussi calamiteux, après tout ? De longues années s'étaient écoulées depuis la dernière fois que j'avais pris plaisir à une rencontre amoureuse ou que j'en avais désiré une. Pendant la période où je vivais à New York, de nombreuses personnes avaient exprimé leur intérêt, mais je n'avais répondu à aucune proposition.

Pourtant, maintenant, tandis que je contemplais mon reflet dans la glace, je me demandai si j'aurais à nouveau un jour l'occasion de repousser les avances de quelqu'un. Mes cheveux grisonnaient et mes yeux bleus, qui autrefois avaient un si bel éclat, étaient devenus ternes. Pire encore, ma peau grise était ponctuée de capillaires rouges, probablement à cause de l'excès d'alcool. Je jetai un regard à mes mains, qui avaient passé tant de temps à taper sur un clavier. Dans mon souvenir, elles étaient des collaboratrices élégantes et efficaces avec une veine bleue à peine visible courant du poignet jusqu'au majeur, mais aujourd'hui, la peau était tirée et mes doigts paraissaient osseux, les ongles piquetés, avec de grands demi-cercles partant des cuticules, comme des planètes sur le point d'exploser. Je vieillissais sans grâce, c'était indéniable.

Je n'allais pas rester ainsi, à contempler les ravages, et je finis par détourner les yeux, me laver les mains avant d'aller me rasseoir à ma place et de relire la lettre de Theo Field, plusieurs fois. En dehors des flatteries et des remarques onctueuses demeurait l'idée centrale qu'il voulait écrire sur moi. Seulement un mémoire, certes, mais il mentionnait le fait qu'il avait l'ambition d'écrire des biographies littéraires et de publier son mémoire sous la forme d'un livre. Et ce morceau de choix qu'il avait jeté dans son texte, son père travaillait chez Random House ! Bien entendu, ce jeune naïf avait voulu m'impressionner avec ses références, et cela avait fonctionné, car je pourrais certainement utiliser ses liens familiaux à mon avantage, le moment venu. Une étude critique redonnerait sans doute un coup de fouet à ma réputation ternie et peut-être qu'il y aurait quelque chose chez le jeune homme et dans ses questions qui rallumerait ma flamme créative. Qui produirait un roman. Le chemin pour retrouver la gloire était si merveilleusement simple.

Après la mort de Daniel, il y avait naturellement eu envers moi un déferlement de sympathie en provenance du monde de l'édition, mais cela n'avait pas tout à fait provoqué l'intérêt pour mon travail que j'avais espéré. D'ailleurs, mon éditeur eut le culot d'y faire allusion lorsqu'il refusa le livre que j'avais écrit juste après l'accident.

« Étant donné tout ce que tu as traversé, Maurice, me dit-il ce jour-là alors que nous étions dans son bureau, il n'y a rien que j'aimerais plus que de publier un nouveau roman écrit par toi. Et assurément, du strict point de vue de la publicité – enfin, j'espère que tu ne le prendras pas mal – le monde entier est plein de bienveillance à ton égard et les médias se battraient pour obtenir une interview de toi. Mais il faut un livre qui aille bien et celui-ci… je regrette de devoir le dire, mais il ne va pas. Il est bien écrit, bien sûr, mais l'histoire… »

Je sentis la fureur grandir en moi en repensant à cette après-midi-là, l'anéantissement de mon ambition dévorante, et je repris la lettre de Theo une dernière fois, souriant tout seul en la relisant.

J'ouvris mon ordinateur et me mis à taper, formulant ma réponse avec soin. De fait, on pourrait dire que j'ai travaillé plus dur sur cette unique phrase que sur tout ce que j'avais fait depuis des années, à la fois par les mots que j'ai utilisés et ceux que je n'ai pas utilisés.

> Cher Theo,
> Je serais heureux de vous rencontrer le mardi 8 mai à 15 heures au Queen's Head, sur Denman Street.
> Bien à vous,
> Maurice Swift

En allant me coucher ce soir-là, j'essayai de ne penser ni à mon aspirant biographe ni à mon fils perdu, mais tous deux occupaient mes pensées, deux faces d'une même pièce qui pouvait être lancée en l'air et retomber d'un côté ou de l'autre, et je découvris que mes émotions se partageaient entre l'excitation et le chagrin, cette douleur atroce dans mon âme qui demeurait, que je sois réveillé ou endormi, sobre ou ivre, en train d'écrire ou non. Et pensant à Daniel, je me demandai s'il approuverait ce que je m'apprêtais à faire, mais je m'efforçai de me convaincre que oui, malgré sa foi adolescente tout à fait agaçante dans les absolus moraux. Car il m'avait aimé et j'avais été un bon père, quoique imparfait, presque jusqu'à la fin. Que pourrait-il vouloir d'autre que mon bonheur ? Autrement, à quoi tout cela avait-il servi ?

2. Le Queen's Head, Denman Street

Le Queen's Head a toujours été le préféré de tous les pubs de la semaine. J'aime le lambris en bois foncé, le lustre baroque, les miroirs qui reflètent les vies des clients depuis si longtemps. C'était l'endroit parfait pour la première rencontre entre Theo et moi, et huit jours après avoir reçu sa lettre, et lu la réponse positive qu'il avait donnée à la mienne, je m'assis entre ses murs, attendant avec impatience le début de la prochaine tranche de ma vie d'écrivain.

J'étais parti tôt de la maison ce matin-là, pour avoir le temps de me poser avec deux ou trois verres avant son arrivée. J'avais passé une grande partie de la semaine précédente à réfléchir au livre que j'allais bientôt commencer et je ressentais une excitation que je n'avais éprouvée que deux fois auparavant. La première fois, c'était cette fameuse après-midi à Rome, il y avait de nombreuses années, quand cet idiot d'Erich Ackermann avait commencé à me raconter l'histoire de sa passion à sens unique pour le malheureux Oskar Gött. Je savais qu'il y avait là une histoire, si seulement je trouvais un moyen de l'extraire de sa mémoire terrorisée. Finalement, l'entreprise n'avait pas été si difficile. Tout ce que je devais faire, c'était sourire, m'étirer confortablement dans mon fauteuil quelques fois pour qu'il puisse apercevoir mon ventre plat et musclé, et la vieille tante ridicule devenait malléable comme de la pâte à modeler. Pas le moment le plus glorieux de ma vie, je sais, mais en rien comparable en malveillance à ce qu'il avait fait, lui.

La deuxième fois, c'était cette après-midi pluvieuse à Norwich où, par ennui, j'avais allumé l'ordinateur d'Edith et ouvert le fichier intitulé LIVRE 2 ; j'avais commencé à lire le texte, et senti immédiatement qu'elle avait écrit quelque chose d'extraordinaire. C'était un roman digne de moi, pas d'elle, je le savais. Elle se fichait de la gloire ou de l'immortalité, ce qui était aussi bien, car son destin ne comprendrait ni l'une ni l'autre. Je me souviens de l'horreur que je ressentis lorsqu'elle suggéra que nous restions à Norwich après la sortie de son livre plutôt que de retourner à Londres et de retrouver le monde de l'édition londonien. Il me paraissait curieux qu'elle envisage une chose pareille. Rétrospectivement, je trouve que cette femme était très étrange. Enfin, on ne devrait pas dire du mal des morts, je suppose. Elle avait beaucoup de grandes qualités, mais l'ambition n'en faisait pas partie.

Depuis, rien, pas même les romans que j'avais bricolés en combinant des textes refusés par *Storī*, rien n'avait éveillé mon intérêt de la même manière, jusqu'à l'arrivée de la lettre de Theo Field. Tout ce dont j'avais besoin, c'était qu'il écrive sur moi, qu'il finisse son mémoire, publie son livre et j'aurais quelques années de répit, le temps de trouver une histoire à écrire.

Il arriva à 15 heures précises et je me demandai s'il avait fait les cent pas dans la rue avec angoisse jusqu'à ce que l'heure arrive, ne voulant pas se montrer en avance. J'avais déjà rencontré de jeunes aspirants écrivains, tous avaient les dents qui rayaient le plancher et ne voulaient pas dire ni faire quoi que ce fût qui puisse mettre en péril l'opportunité soudaine.

Cependant, dès que je le vis – et il était évident que c'était lui, vu son âge et la manière dont il parcourut la salle des yeux avant de me repérer – c'est moi qui fus déconcerté, car à ma grande surprise, à ma grande inquiétude, il présentait une ressemblance frappante avec Daniel. Les mêmes cheveux blonds épais, même s'il était visible que les siens étaient teints, et les mêmes lunettes sans monture. Une peau claire qui donnait l'impression de marquer aisément. Certainement séduisant. Oui, il avait sept ou huit ans de plus que mon fils lors de sa mort mais c'était comme si je contemplais le jeune homme que Daniel aurait pu devenir s'il n'avait pas fourré son nez partout. Tandis qu'il se dirigeait vers ma table, je dus déployer des efforts surhumains pour revenir au moment présent et m'éloigner d'un passé auquel je préférais ne pas penser.

« Monsieur Swift, dit-il en se plantant devant moi, la main tendue. Je suis Theo. Theo Field. »

Je me mis debout et le saluai, mal à l'aise. Il portait une bague sur le quatrième doigt de la main droite, un mince anneau d'argent, une affectation que mon fils avait adoptée aussi pendant les derniers mois de sa vie. Il l'avait achetée sur un marché et bien que je trouvasse que c'était ridicule pour un garçon de son âge, je le pris comme une manifestation de sa transition amorcée vers l'adolescence et je n'aurais jamais moqué sa première tentative pour affirmer sa personnalité. Après tout, je me targuais d'être un père indulgent.

« Theo, dis-je en essayant de mettre de l'ordre dans mes pensées. Bien sûr. Très heureux de faire votre connaissance. Et s'il vous plaît, pas besoin d'être si guindé. Appelez-moi Maurice.

— Merci, répondit-il en s'asseyant. C'est très généreux de votre part de me consacrer du temps. J'apprécie beaucoup. »

Il commanda la même chose que moi, une pinte de bière, et j'allai jusqu'au comptoir ; en attendant que les verres soient prêts, j'eus le temps de reprendre mes esprits. C'était stupide, pensai-je, d'être si troublé. Après tout, il ressemblait à la plupart des jeunes hommes de son âge et s'il me rappelait mon fils défunt, eh bien, peut-être que cela aiderait à créer un lien entre nous. Peut-être, le moment venu, pourrais-je même le lui dire.

« À la vôtre, dis-je en revenant à la table et nous trinquâmes.

— Je n'arrive pas à croire que je suis là, à boire une bière avec Maurice Swift, répondit-il en secouant la tête, un grand sourire aux lèvres.

— Je suis surpris que quelqu'un d'aussi jeune que vous sache qui je suis. Et même que vous m'ayez reconnu. Ces dernières années, je suis resté plutôt discret.

— Bien sûr que je vous aurais reconnu. Je suis un lecteur. Un lecteur vorace. Je l'ai toujours été.

— Il y en a bien peu.

— Bien peu de gens sont intéressés par l'art. » Cette phrase réveilla un souvenir chez moi, une conversation presque oubliée remontant à très longtemps. J'avais dit quelque chose de similaire à Erich un jour, non ? Ou bien c'était lui. Le passé avait commencé à se brouiller un peu avec l'âge et il n'était pas toujours facile de distinguer les différentes voix.

« C'est vrai, lui dis-je en revenant au présent. Mais le manque de reconnaissance ne devrait jamais conduire l'artiste au renoncement.

— Les livres sont ma passion depuis que je suis enfant. L'oncle de mon père écrivait un peu et mon père a toujours travaillé dans l'édition. J'imagine que j'ai ça dans le sang.

— Oui, vous l'avez mentionné dans votre lettre. Il est chez Random House, c'est ça ? Comme éditeur ?

— C'est exact.

— En fiction ou non-fiction ?

— Fiction. »

Je souris. *Parfait.*

« C'est probablement la raison pour laquelle je voulais étudier l'anglais à l'université. J'ai découvert vos livres alors que je n'avais que treize ou quatorze ans, et ils m'ont beaucoup impressionné.

— C'est jeune pour lire mes romans.

— Eh bien, je me suis vite lassé des livres pour enfants. À dix ans, je lisais Dickens. Ses romans avec des personnages d'orphelins, surtout.

— Il y avait une raison particulière ?

— Non, j'ai eu une enfance très heureuse. J'aimais bien les livres avec des enfants qui se retrouvaient seuls au monde, c'est tout. Je les apprécie toujours.

— D'accord. Et est-ce que vous êtes heureux dans vos études ?

— Oui, très ! répondit-il avec enthousiasme. J'aime explorer la vie des écrivains, essayer de faire des liens entre leurs écrits et ce qui se passait dans le monde à l'époque. Parfois, il y a très peu de choses, mais le plus souvent, il y a énormément de relations, qu'elles soient volontaires ou non. C'est l'une des choses qui m'a toujours fasciné dans vos romans.

— Ah bon ?

— Vous n'êtes pas du tout présent dans *Deux Allemands*, mais en même temps, le sujet de ce livre est essentiellement Erich Ackermann et…

— Seulement en partie», dis-je; la vieille blessure se rouvrait un peu. Je détestais que les gens portent sur mon premier roman un regard aussi simpliste. Je l'avais écrit, après tout. Tous les mots de toutes les pages étaient de moi. «J'ai simplement pris ce qu'il m'a raconté et…

— Non, je le sais bien, répondit-il en m'interrompant. Mais il faut beaucoup de talent pour prendre l'histoire de quelqu'un et construire quelque chose à partir de là. Ce que je veux dire, c'est qu'il n'y a rien dans ce roman qui reflète votre vie, on n'y trouve que des reflets de la sienne. Il y a des éléments dans *La Cabane dans les arbres*, je trouve, mais pas dans *L'Homme de la tribu*. Ni dans aucun des livres suivants.

— Je suis d'accord», dis-je, impressionné par la finesse de son analyse. Après tout, *La Cabane dans les arbres* était le seul roman qui fût essentiellement de moi, alors c'était logique qu'il y voie quelque chose de personnel.

«Ensuite, avec *Déloyauté* et *Brisés*…

— Vous écrivez un mémoire? l'interrompis-je. Sur moi? Est-ce exact?

— C'est mon projet, oui, acquiesça-t-il. Cela fait un moment que je travaille dessus. J'analyse tous les romans et j'essaye de construire des liens entre eux.

— Je suis flatté. Je ne pensais pas que je ferais partie de programmes d'études universitaires si tôt.

— En réalité, vous n'en faites pas partie, dit-il sur un ton un peu sec, trouvai-je. C'est un sujet d'études personnel.

— Oh, répondis-je, amusé par mon égocentrisme. Je suppose qu'aucun auteur de ma génération n'est encore au programme.

— Un ou deux, si. »

Je marquai une pause et pris une longue gorgée de ma bière. « Ah oui ? Qui ? »

Il nomma quelques auteurs, dont la plupart n'étaient pas beaucoup plus jeunes ou plus vieux que moi. Douglas Sherman, qui avait décroché le Prix l'année où *L'Homme de la tribu* faisait partie de la sélection, fut cité et je sentis un pincement de jalousie au creux de mon estomac.

« Elle, je la connais », assurai-je quand il cita une romancière que je méprisais violemment pour sa fabuleuse carrière ; au cours de la dernière décennie, elle avait écrit des romans vraiment intéressants. « Enfin, je la connaissais.

— Vraiment ? s'enquit-il, les yeux écarquillés.

— Oui, nous avons fait des lectures ensemble de nombreuses fois. Dans les festivals. » Ce n'était pas vrai. Nous n'avions fait qu'une seule lecture ensemble, mais pour une raison obscure, je ressentais un désir inexplicable d'impressionner le jeune homme.

« Elle est comment ?

— Épouvantable. » Puis j'inventai sur-le-champ une anecdote où elle s'était montrée grossière avec des bénévoles lors d'un festival et avait fait pleurer un jeune homme à peine pubère qui lui avait apporté du vin rouge alors qu'elle avait demandé du blanc.

« Comme c'est décevant. J'aimais tellement ses livres.

— Vous pouvez toujours les aimer, lui fis-je remarquer, sans trop savoir pourquoi je ressentais le besoin de dénigrer un écrivain qui ne m'avait jamais mal parlé ni causé du tort. Ce n'est pas parce qu'elle n'est pas très gentille comme personne que ses livres n'ont pas de valeur.

— Peut-être, dit-il en faisant la grimace. Mais quand j'entends des histoires comme celles-là, j'ai juste envie de ne plus jamais lire aucun texte dudit écrivain. On ne devrait jamais rencontrer ses héros, vous ne croyez pas ? Même si je ne l'ai pas rencontrée. Enfin, vous voyez ce que je veux dire. On est toujours déçu.

— J'espère que je ne vous décevrai pas. Et vous aimez la vie d'étudiant ?

— Pour l'instant, oui, dit-il en hochant la tête avant de boire sa bière. J'aime bien les études. J'aime les discussions que nous avons en cours. Et je m'entends assez bien avec mes camarades.

— Veulent-ils tous devenir écrivains ?

— Certains, oui. D'autres sont juste là pour s'occuper quelques années avant de savoir quoi faire de leur vie.

— Et vous ? Je sais que vous avez dit que vous ne vouliez pas être romancier, mais je suis un peu sceptique, je dois avouer.

— Je n'en ai aucune envie, vraiment. J'adore la fiction mais je n'ai pas le genre d'esprit qui pourrait en créer. Je veux dire, j'écris assez bien, je crois. Seulement des essais, des textes comme ça. De la non-fiction. Je ne pourrais jamais écrire une nouvelle ou un roman. Je ne serais pas capable de bâtir une intrigue, vous voyez ? Ça ne fait pas partie de mes dons.

— Il y a des solutions à ce problème, bien entendu, dis-je à mi-voix, jetant un regard circulaire tandis que la fille derrière le bar faisait tomber un verre qui se brisa en mille morceaux sur le sol ; on entendit les inévitables railleries et applaudissements autour du bar.

— Effectivement, ce serait super d'être écrivain », poursuivit-il, sans tenir compte de mon commentaire, et je fus surpris qu'il n'ait pas eu un regard vers le bar. J'ai toujours cru qu'en cas de bruit retentissant, on avait une réaction pavlovienne qui poussait à tourner la tête, mais non, il semblait plus intéressé par notre conversation que par ce qui se passait autour de lui.

« Mais si on n'a pas d'imagination, ce n'est même pas la peine d'essayer, à mon avis. Et honnêtement, je n'en ai jamais eu beaucoup.

— Beaucoup de romans contemporains n'ont pas d'intrigue, lançai-je, sans être complètement certain que ce soit vraiment le cas. En fait, je suis récemment tombé sur une étagère étiquetée "Fiction sans intrigue" dans une librairie.

— Ce genre de choses ne m'intéresse pas.

— Vous n'aimez pas les tentatives expérimentales ?

— J'ai le sentiment que ces livres ne vieillissent pas bien, dit-il en réfléchissant. Ce qui paraît décalé ou inhabituel aujourd'hui peut souvent paraître ridicule, même gênant, quelques années plus tard. Les interminables “courants de conscience”. Des pages et des pages d’inepties conçues pour faire croire aux gens qu’on est une espèce de génie parce qu’on ne met pas les mots dans le bon ordre ou qu’on ne les orthographie pas correctement. Ce n’est pas pour moi. Je suis prêt à reconnaître que j’aime les romans traditionnels. Vous savez, avec une intrigue. Des personnages. Et une belle écriture.

— Mais la biographie est le domaine où vous espérez faire carrière ?

— Oui », répondit-il en souriant. Il avait un beau sourire. Des dents blanches parfaites. J’imaginais qu’il y avait beaucoup de filles et de garçons qui aimeraient l’embrasser.

« Quel âge avez-vous ? demandai-je.

— Vingt ans. » Et tout à coup, sans demander si je voulais autre chose, il se leva, alla au bar, commanda deux autres pintes et les rapporta à notre table. Je m’empressai de finir mon verre et commençai le deuxième. Le goût était merveilleux. Mon corps se réveillait tandis que l’alcool passait dans mon sang, et je savourai la merveilleuse impression de bien-être qui m’envahit toujours à ce moment-là.

« Quand j’avais votre âge, lui dis-je, en me penchant en avant, plus près de lui, et j’avais beau me rapprocher, je remarquais qu’il n’avait pas de mouvement de recul, il n’y avait que deux choses que je voulais de la vie. La première, c’était être un romancier publié, la deuxième, être père. Et bien entendu, je devais quitter la maison si je voulais que cela ait une chance d'arriver. Mes parents ne s'intéressaient absolument pas aux livres. Il n'y avait aucun encouragement dans mon milieu familial, rien qui stimulât mon imagination.

— Et où êtes-vous allé ? » demanda-t-il en sortant un carnet de son sac pour se mettre à gribouiller des notes. On dirait que tu es parti, songeai-je, souriant intérieurement. Eh bien, moi aussi.

« En Allemagne. À Berlin, pour être exact. Enfin, ça s'appelait encore Berlin Ouest à l'époque. C'était avant la chute du Mur, bien entendu. J'ai trouvé un emploi de serveur au Savoy sur Fasanenstraße. Et quand je ne travaillais pas, j'écrivais.

— C'est là que vous avez écrit *Deux Allemands* ? demanda-t-il.

— En partie. C'est en tout cas là que le roman a pris naissance.

— Ce livre est tellement intéressant.

— Merci.

— L'histoire d'amour est déchirante. Est-ce que quelqu'un vous a brisé le cœur quand vous aviez le même âge ? Est-ce de là qu'est venue l'histoire ?

— Personne ne m'a jamais brisé le cœur, fis-je en secouant la tête. Personne ne le pourrait. Vous ne devez pas oublier, c'est le travail d'un écrivain. Il se sert de son imagination. Il essaye de comprendre ce que ça fait de vivre dans un moment qui n'a jamais existé avec une personne qui n'a jamais vécu, prononçant des mots qui n'ont jamais été énoncés à haute voix.

— Vous y avez mis tellement d'empathie. Le truc drôle, et peut-être que ce n'est pas la bonne réaction, c'est que j'ai toujours été un peu triste pour Erich Ackermann.

— Vraiment ? Pourquoi ?

— Parce qu'il n'était qu'un jeune homme, à l'époque. Et amoureux pour la première fois. Sans parler du fait qu'il l'était d'un garçon, ce qui compliquait encore la situation. En particulier en ce temps-là. Et personne ne savait à l'époque ce que les Nazis allaient faire. En même temps, c'est ce qui rend le livre si intéressant. Essayer de décider s'il était mauvais, ou juste jeune et troublé. »

Je hochai la tête et m'efforçai de ne pas avoir l'air de trop m'ennuyer. J'avais passé tellement de temps dans ma vie à parler de *Deux Allemands* que j'étais légitimement las du sujet. J'avais même l'impression que ce n'était pas moi qui l'avais écrit. Après sa publication, le livre avait fait sa vie si rapidement. Je demeurais fier de ce roman, bien sûr, mais il semblait exister à une certaine distance de moi, ces temps-ci. Je m'y reconnaissais à peine, bien qu'il m'eût donné la vie que j'avais toujours voulue.

« Et quelque part, vous devez vous demander s'il méritait ce que vous lui avez fait. » Il me fallut quelques instants pour saisir l'impact de ses mots, car j'écoutais à peine son babil depuis plusieurs minutes. Je m'étais contenté de le regarder fixement, détaillant ce visage familier mais pas vraiment reconnaissable. Il n'avait pas les mêmes pommettes que Daniel, son visage était un peu trop rond pour cela, mais en dehors de cette caractéristique, la ressemblance entre mon fils et ce garçon était frappante.

« Vous avez dit… ? » demandai-je en revenant brusquement dans le moment présent, sans trop savoir si j'avais bien entendu. Il ne pouvait pas avoir lancé quelque chose d'aussi impertinent, quand même !

« Je demandais si vous vouliez une autre bière. C'est un tel plaisir d'être assis là, à bavarder avec vous.

— C'est mon tour », fis-je, me levant tout en me répétant de ne pas inventer des choses. Après tout, je n'en avais jamais été capable, ce n'était pas le moment de commencer. J'allai jusqu'au bar, où je commandai deux autres pintes et me concentrai sur la fille derrière le comptoir. « Vous avez oublié un morceau, indiquai-je quand elle posa les verres devant moi.

— Pardon ?

— Dans le coin, là-bas, dis-je en désignant un endroit derrière elle où se trouvait un gros morceau de verre, le côté tranchant en l'air. Un morceau du verre que vous avez laissé échapper tout à l'heure.

— Oh… merci. » Elle alla voir tandis que je déposai l'argent sur le comptoir et retournai à la table. Entre-temps, Theo avait disparu et je le cherchai du regard ; je repérai son ombre à l'extérieur, il était sorti fumer une cigarette. Je l'observai quelques instants, puis tendis la main pour passer mon index sur le bord de son verre vide plusieurs fois avant de le porter à mes lèvres et de le sucer lentement. Je fermai les yeux et lorsque je les rouvris, j'eus l'impression d'être observé.

J'avais raison ; la fille du bar me regardait fixement avec une expression de dégoût. Elle se détourna lorsque je surpris son regard et s'affaira pour ramasser les morceaux de verre. Je m'en fichais. Je savais ce qu'elle pensait, soit que j'essayais de séduire ce jeune homme soit que je l'avais déjà fait, mais cela n'avait pas d'importance. Pas la moindre. J'avais un but, et j'allais l'atteindre.

Il revint quelques minutes plus tard et nous trinquâmes une fois de plus.

« Je prends beaucoup de plaisir à notre conversation, dis-je.

— Moi aussi.

— J'espère que ce ne sera pas la dernière. »

Il sourit. Il semblait si heureux, si innocent. Ressemblant tellement à mon fils défunt qu'il me fallut tous les efforts du monde pour ne pas le prendre dans mes bras, le serrer fort contre moi en lui demandant de me pardonner.

« Je l'espère aussi. »

3. Le Coach and Horses, Greek Street

Il s'écoula un peu plus d'une semaine avant que je revoie Theo. En quittant le Queen's Head cette après-midi-là, nous échangeâmes nos numéros et j'envisageai de lui envoyer un sms avant le week-end, mais à cause d'un malheureux accident qui eut lieu alors que je quittais mon pub du jeudi, je dus attendre un peu plus longtemps pour reprendre contact.

En repensant aux événements de cette semaine-là, j'avais l'impression que le fantôme de Daniel se tenait derrière moi à chaque minute de la journée, me chuchotant à l'oreille sur ce ton accusateur qui lui était caractéristique. Je l'avais dans la tête bien plus souvent qu'avant et je ne savais pas trop si c'était en rapport avec l'apparition de Theo dans ma vie ou avec mes projets pour relancer ma carrière. Ainsi, quand je sortis dans la rue quelques jours plus tard, je ne faisais peut-être pas aussi attention à ce qui m'entourait que j'aurais dû et je trébuchai ; je perdis l'équilibre et tombai lourdement sur le sol. Mon visage s'écrasa sur le trottoir avec une telle force que je fus brièvement sonné. Lorsque je réussis à retrouver mes esprits, je m'assis et sentis quelque chose couler sur mon visage. Je portai ma main à mon front, et elle se teinta de sang ; je crachai, et aperçus une dent. Je levai les yeux pour voir les gens qui me frôlaient d'un pas rapide, se hâtant de s'engouffrer dans le métro après leur journée de travail, et tous faisaient de leur mieux pour m'ignorer. Ce n'est que lorsque arriva une femme agent de police que ma véritable humiliation commença.

« Eh bien, qu'est-ce qui s'est passé, monsieur ? » demanda-t-elle en s'accroupissant à mon niveau comme si j'étais un enfant perdu. On aurait dit qu'elle était un enfant ; elle ne pouvait avoir plus de vingt-trois ans et son expression douce dissimulait probablement un grand sérieux.

« Je suis tombé », lui dis-je, d'une diction un peu pâteuse due à la fois à mon état d'ébriété et au choc. J'étais gêné d'avoir l'air si pathétique.

« Je vois ça. On a un peu trop bu aujourd'hui, on dirait. »

Je la regardai en plissant les yeux. S'il y a une chose que j'ai toujours détestée, c'est quand les gens – généralement des figures d'autorité – parlent à la troisième personne du singulier, *on*, comme si le malheur qui venait de se produire était une inquiétude partagée.

« *On* n'a rien fait ensemble, répliquai-je. *On* vient à peine de se rencontrer. Et non, *je* n'ai pas bu, si c'est ce que vous demandez.

— Je crois bien qu'on a bu, me répondit-elle en souriant. On sent la brasserie. On dégage la même odeur que si on avait été plongé dans un tonneau de bière la tête la première !

— Oh, cassez-vous », marmonnai-je, mais je suppose qu'elle était habituée à ce genre de langage car elle ne broncha pas. Elle se leva puis passa son bras sous le mien pour me hisser sur mes pieds.

« En voilà une vilaine coupure ! fit-elle en attrapant le talkie-walkie accroché à sa hanche pour y marmonner des ordres étranges, incompréhensibles, une série de chiffres suivie de l'endroit où nous nous trouvions. On va devoir montrer ça à quelqu'un. »

Je voyais les passants nous dévisager, et tous me jugeaient en silence. Pour eux, je n'étais rien de plus qu'un vieil alcoolique tragique, ivre au milieu de la journée. Un minable quinquagénaire qui, pour rentrer chez lui, avait besoin de l'aide d'une femme assez jeune pour être sa fille.

«J'ai été sélectionné pour le Prix autrefois, vous savez ! m'écriai-je à pleins poumons. C'est plus que ce que vous avez jamais fait, vous autres !

— Mais oui bien sûr, fit la policière, qui à l'évidence n'avait pas la moindre idée de ce que je racontais. Moi aussi, j'ai remporté un prix quand j'étais à l'école. J'ai gagné la course du 100 mètres. On n'est pas obligé de le crier sur les toits. Et si on essayait de garder ses bonnes manières et de ne pas faire d'histoires.»

Avant d'avoir le temps de répondre, j'entendis la sirène d'une ambulance qui approchait ; je vis les voitures s'écarter pour la laisser passer. C'est là que je lançai un regard courroucé à ma bienfaitrice.

«J'espère qu'elle ne vient pas pour moi.

— Eh bien, si, monsieur. On ne va quand même pas se promener dans Londres avec du sang plein le visage ? Ça ferait désordre ! C'est qu'on s'est pris un très mauvais coup.

— Oh, espèce de conne, répondis-je à mi-voix, avec un soupir.

— Allons, allons, monsieur... » Elle me serra le bras un peu plus fermement. «Pas besoin d'être désagréable, si ? On ne fait que son travail.

— Est-ce que vous pouvez arrêter de parler comme ça, s'il vous plaît ? Vous me faites mal au cerveau.

— On dira tout ça aux secouristes, d'accord ? Il vaut mieux être franc avec eux, sur tout. On s'est entaillé le front et on a mal au cerveau. Et comment on s'appelle ? On se souvient ?

— Bien sûr que je me souviens, je ne suis pas complètement idiot. Je m'appelle Maurice Swift.

— Et on a un logement où on pourra rentrer ce soir ? »

Je la regardai, ébahi. Elle ne pensait quand même pas que j'étais un clochard ? Je jetai un coup d'œil à mes vêtements ; bon, d'accord, j'étais peut-être un peu négligé ce jour-là, et le sang qui me coulait sur le visage ne devait pas aider. Mais malgré tout, cette humiliation était intolérable.

« Bien sûr que j'ai une maison. J'habite à côté de Hyde Park. Je ne suis pas un vagabond, vous savez.

— Oh, très bien, je n'en doute pas. Est-ce que je peux appeler quelqu'un ? Est-ce que votre femme est à la maison ?

— Ma femme est morte.

— Un fils ou une fille, peut-être.

— Je n'ai qu'un fils. Il est mort aussi.

— Oh là là », fit-elle, paraissant enfin un peu mal à l'aise. Je réfléchis. Si j'avais besoin de quelqu'un, si j'avais besoin d'aide à un moment, dans l'avenir, qui pourrais-je appeler ? Mes parents étaient décédés depuis longtemps et je n'avais pas parlé à mes frères et sœurs depuis des dizaines d'années. Mon fils n'était plus. Je n'avais pas d'amis. Mon éditeur et moi n'étions plus en contact. L'espace d'un instant, j'envisageai de lui donner mon téléphone, qui ne contenait que quelques numéros, parmi lesquels celui de Theo, mais j'eus assez de lucidité pour ne pas le faire.

«Je vais bien, affirmai-je. Je n'ai besoin de personne. Je veux juste rentrer chez moi.

— Eh bien alors, on ne devrait pas boire au milieu de la journée, monsieur, n'est-ce pas? déclara-t-elle tandis que l'ambulance se garait à côté de nous. Ce n'est pas une bonne idée du tout.

— En fait, c'est une excellente idée. Vous devriez essayer une fois. Croyez-moi, ça soigne presque toutes les affections du monde.

— Mais on finit avec le visage en sang et une dent en moins.» Elle me lâcha enfin le bras tandis qu'un homme costaud d'environ soixante ans sortait de l'ambulance. Elle lui fit un bref compte rendu de mon état. «On a bu», commença-t-elle. Ensuite, elle baissa la voix comme si elle voulait que personne n'entende et avant que j'aie eu le temps de me retourner, j'avais été hissé à l'arrière de l'ambulance et emmené à l'hôpital St Peter's. On me fit les points de suture nécessaires sur le front et on me nettoya la bouche. Je crois que je me suis endormi sur le brancard. Quand je me suis réveillé, je me sentais complètement désorienté et j'avais mal à la tête. Personne ne semblait se préoccuper de mon bien-être, alors je me mis péniblement debout et me dirigeai vers la sortie. Je hélai un taxi pour rentrer chez moi.

Comme je ne voulais pas que Theo me voie dans cet état, je retardai le moment de le contacter, attendant la semaine suivante, que la contusion soit moins visible, pour lui envoyer un message.

Pendant les huit jours qui s'écoulèrent jusqu'à notre rencontre, je ressentis un désir inattendu d'avoir la compagnie de Theo, désir que je n'avais pas anticipé lorsque je m'étais lancé dans ce projet. Finalement, après des heures de réflexion sur la formulation, je lui envoyai un bobard sur le fait que j'avais des rendez-vous en ville mercredi matin, que je serais probablement au Coach and Horses vers 15 heures, et si cela l'intéressait de se joindre à moi, je serais heureux de lui offrir un verre et de répondre à d'autres questions. À peine mon message était-il parti que j'eus le plaisir de voir arriver la réponse : « J'y serai ! » suivi d'un smiley et de l'image de deux chopes de bière qui trinquent. Je fus si ému que je faillis m'asseoir et fondre en larmes.

J'avais dit 15 heures parce que je voulais une heure de solitude avant, pour calmer mes nerfs. Je m'assis à la petite table dans le coin, regardant passer les Londoniens dans la rue, et comme je l'avais fait souvent pendant ma vie professionnelle, j'essayai de leur inventer des histoires, me demandant s'ils avaient un caractère particulier qui pourrait m'aider à peupler un roman, mais toujours en vain. Finalement, le soulagement. La porte s'ouvrit. Le voici. Mon garçon.

« Vous êtes venu », dis-je en me levant avant de le serrer maladroitement contre moi. Au moment précis où j'ouvrais les bras, il tendit la main, quand il se ravisa, tout devint trop compliqué et gênant, et nous renonçâmes. J'allai commander deux pintes et les apportai tandis qu'il enlevait son manteau. Je vis immédiatement qu'il n'était pas dans son assiette. Il avait l'air fatigué et avait cette manie étrange qu'avait Daniel quand il était angoissé – il tapotait rapidement son index sur son pouce, comme un pivert attaquant un chêne. C'était un geste inhabituel, dont mon fils n'avait jamais paru conscient, et voilà que ce jeune homme faisait le même.

« Bien sûr, répondit-il, souriant cette fois, son visage s'éclairant un peu alors que nous commencions à boire. Je n'aurais jamais manqué ça. » Il se pencha en avant pour examiner mon front de plus près. « Qu'est-il arrivé à votre tête ?

— Un petit accident, lui dis-je en balayant son inquiétude d'un mouvement de la main. Je me suis réveillé dans la nuit pour aller à la salle de bains et je me suis cogné dans la porte de ma chambre.

— Aïe.

— Effectivement. Sept points de suture. Mais j'ai été très courageux. Et comment s'est passée votre semaine ?

— Bien. Et la vôtre ? Vous avez bien avancé ? Votre livre, je veux dire.

— Quel livre ?

— Celui que vous êtes en train d'écrire.

— Oh », fis-je. Bien sûr, il supposait que je travaillais sur un nouveau roman. Pourquoi ne serait-ce pas le cas, après tout ? J'avais toujours un nouveau roman en cours, depuis que j'avais commencé à publier, et un certain nombre d'années s'étaient écoulées depuis ma dernière parution. Cela paraîtrait étrange que je n'aie pas de projet.

« Et vous en êtes où ? demanda-t-il. Presque à la fin ? »

Je souris et réfléchis à la meilleure manière de répondre. Avant la mort de Daniel, je travaillais à un nouveau livre que j'avais totalement abandonné depuis. Mon titre provisoire était *Les Histoires des autres*, mais je n'avais pas pu m'y remettre depuis la mort de mon fils. Il se trouvait encore sur le bureau de mon ordinateur comme une bombe à retardement et je n'arrivais pas à l'ouvrir. En vérité, j'étais angoissé à l'idée de reprendre un manuscrit qui avait coûté la vie à mon fils.

« J'espère, lui dis-je enfin. C'est difficile de savoir, d'évaluer le temps qu'il faudra encore y consacrer.

— Pouvez-vous m'en parler ?

— Je préférerais éviter.

— D'accord. Je suppose que c'est problématique, de parler d'un projet en cours. On ne sait jamais qui peut vous voler vos idées.

— Ce n'est pas ça, m'empressai-je de répondre, tenant à ce qu'il sache que j'avais confiance en lui. C'est juste que…

— Je plaisante, fit-il, l'air un peu penaud. On ne peut pas, comme ça, prendre l'histoire de quelqu'un d'autre et l'écrire soi-même, n'est-ce pas ? Ces choses-là doivent mûrir dans la tête d'un écrivain, avec le temps. Après tout, un roman est bien plus qu'une intrigue, vous ne croyez pas ?

— Tout à fait, approuvai-je en me demandant combien de mes pairs discuteraient cette idée. Alors, selon vous, si quelqu'un faisait cela, il faudrait qu'il soit… qu'il soit quoi ? Expliquez-moi, que voulez-vous dire ?

— Il faudrait qu'il ait beaucoup de talent. Mais qu'il soit aussi complètement psychopathe. »

Je ris. « Oui. Mais bien entendu, ces deux traits ne sont pas incompatibles.

— Est-ce que vous pouvez au moins me dire quand vous pensez qu'il pourra être publié ?

— Je ne sais pas, fis-je, regrettant qu'il ne change pas de sujet. À la fin de l'année prochaine, peut-être. Ou au début de l'année suivante.

— En tout cas, je suis impatient de le lire. » Il se dirigea vers le bar pour commander deux autres verres. Quand il revint, il plongea la main dans son sac et sortit un inhalateur de Ventoline, le mit dans sa bouche et prit une courte aspiration. Je lui lançai un regard horrifié. Je commençai à éprouver un léger vertige, comme si la terre avait tourné un peu plus vite sur son axe, mais sans moi.

« Vous avez de l'asthme, dis-je d'une voix faible ; c'était plus une affirmation qu'une question, mais il me regarda et hocha la tête.

— Oui, mais il n'est pas trop grave. L'inhalateur me suffit à traverser la crise.

— Mon fils en souffrait, une forme sévère. »

Il hocha la tête et reprit une bouffée, avant de ranger le petit objet bleu si familier dans son sac. « Certains l'ont à un degré plus fort que d'autres. Pour moi, ça a toujours été gérable.

— Il en est mort. »

Theo recula sur sa chaise et me regarda fixement. « Mon Dieu, fit-il. Je suis désolé. Je ne savais pas.

— Vous ne pouviez pas le savoir.

— Cela vous ennuie si je vous demande ce qui s'est passé ? »

Je détournai le regard. Il n'y avait aucun mal à lui dire la vérité. Jusqu'à un certain point, du moins.

« C'était la saison du rhume des foins. Et bien sûr, son asthme était toujours bien pire à cette époque-là de l'année. Il était dans notre appartement et faisait un devoir sur mon ordinateur. » C'était le moment de reformuler quelques détails. « Je n'étais pas là. J'étais sorti chercher un plat à emporter. Apparemment, il a eu une crise de détresse respiratoire particulièrement violente et n'a pas pu atteindre son inhalateur à temps. Il s'est écroulé sur le sol. Le temps que je revienne, il était décédé.

— C'est affreux. Quel âge avait-il ?

— Treize ans. »

Je baissai les yeux et enfonçai mes ongles dans la table en bois. Je le sentais à nouveau, la petite main agrippée à mon épaule, le bras autour de mon cou. Il m'écrasait la trachée, j'essayais de le repousser mais il était trop fort pour moi. Quand je levai la tête, il était là, assis en face de moi, à la place de Theo, en train de me regarder avec une expression qui me transperça la poitrine et me serra le cœur, le broya, l'empêchant de distribuer le sang dans mon corps.

« C'était ta faute, chuchotai-je.

— Quoi ? »

Je clignai des yeux deux ou trois fois, sentis se dissiper l'illusion et secouai la tête. Daniel était parti ; Theo était revenu.

« Rien », répondis-je. Je remarquai la présence du paquet de cigarettes sur la table et fronçai les sourcils. « Vous savez, si vous avez de l'asthme, vous ne devriez vraiment pas fumer.

— J'essaye d'arrêter.

— Eh bien, faites plus d'effort, dis-je énergiquement.

— Et est-ce que Daniel…

— Ça suffit, rétorquai-je sèchement, avec plus de passion que je ne l'avais voulu. Parlons d'autre chose.

— D'accord. Pardon. » Un long silence s'ensuivit. La tension qui s'était installée entre nous était presque insupportable, mais il finit par parler à nouveau.

« Au fait, avant que j'oublie. Je parlais à une de mes amies l'autre jour – elle est présidente du club littéraire à UCL – et je lui ai dit que vous m'aidiez pour mon mémoire. Elle a demandé si vous accepteriez peut-être de venir un jour parler aux étudiants en écriture. »

Je m'adossai confortablement, pris mon verre et bus une longue gorgée. Cela faisait longtemps que je n'avais pas parlé d'écriture à des étudiants, ou même, que je n'avais pas parlé d'écriture *à qui que ce soit*. Je ne savais pas si je me sentirais à l'aise.

« Pas d'urgence, bien sûr, s'empressa-t-il d'ajouter quand il constata que je ne répondais pas aussitôt. Je suis sûr que vous êtes très occupé par votre travail et…

— Je ne crois pas. Je préfère faire ce genre de choses quand un nouveau livre vient de sortir.

— Bien sûr, je comprends.

— Peut-être au moment de la publication de mon prochain roman.

— Quand vous voudrez. C'est vous qui décidez. »

J'acquiesçai et bus une nouvelle gorgée. Une salle pleine d'étudiants m'impressionnait plus aujourd'hui qu'autrefois. Et bien sûr, ils voudraient probablement que je parle au milieu de la journée, ce qui poserait un problème, car il était important que je sois dans un de mes pubs chaque jour à 14 h 08.

« Je vous dirai.

— Merci, répondit-il et il plongea le regard dans sa pinte, la contemplant quelques instants avant de la porter à ses lèvres.

— Et comment avance votre mémoire ? finis-je par demander. J'espère que nos rencontres vous sont utiles.

— Elles le sont. Il est important pour moi de faire un travail d'érudition, pas seulement d'aller à la pêche dans votre œuvre.

— Bien sûr.

— Ce qui signifie que je serai peut-être obligé d'être critique autant qu'élogieux. J'espère que vous le comprenez. Je ne veux pas que vous le lisiez un jour et que vous ayez l'impression que je vous ai trahi.

— Je n'en attends pas moins de vous. Je n'ai certainement pas écrit que des phrases parfaites, toutes ces années.

— J'ai fait un travail poussé sur *Deux Allemands*, poursuivit-il. J'ai relu toutes les anciennes critiques et certains des commentaires parus à sa sortie. J'imagine que vous êtes au courant de ce qu'on a reproché au livre ?

— Vaguement. À quoi faites-vous référence, en particulier ?

— Eh bien, il y a des gens qui pensent que vous avez abusé d'Erich Ackermann. Que vous avez obtenu par la séduction qu'il vous raconte son histoire de manière à bâtir votre propre carrière. »

Je hochai la tête. Je l'avais déjà entendue, celle-là, de nombreuses fois, et j'avais une réponse toute prête. « Erich est responsable de ses actes, affirmai-je. Pour une raison ou une autre, il m'a choisi comme confident et n'a jamais suggéré que nos conversations devaient demeurer privées. J'étais libre de les utiliser de la manière que je voulais. Rappelez-vous que lorsque Erich et moi nous nous sommes rencontrés, je ne savais rien de ce qui s'était passé pendant la guerre. Je n'avais même jamais entendu le nom d'Oskar Gött. J'ai simplement fait la connaissance d'Erich et comme on dit, de fil en aiguille… Ce n'était pas prémédité. On peut difficilement m'en vouloir même s'il m'a révélé des choses qu'il a, par la suite, regretté de m'avoir confiées. »

Son fidèle carnet était à nouveau là et il ne cessait d'écrire.

« Alors, vous n'avez ressenti aucune culpabilité après ce qui lui est arrivé ?

— Pas particulièrement, non, dis-je, en fronçant les sourcils. Pourquoi ? Vous pensez que j'aurais dû me sentir coupable ?

— Il y a des gens qui prétendent que vous avez délibérément pris Ackermann pour cible. Et que si cela n'avait pas été cette histoire-là, cela aurait été une autre. Qu'il était condamné dès l'instant où il a fait votre connaissance. Vous trouvez ce jugement injuste ?

— Complètement injuste, ripostai-je, un peu ébranlé par le ton accusateur qu'il avait pris. Il était un homme adulte, après tout. Il aurait pu prendre ses distances à tout moment mais il a choisi de ne pas le faire. En réalité, Erich Ackermann était amoureux de moi. »

Il cessa d'écrire pendant quelques instants et leva les yeux.

« Il vous l'a dit ?

— Pas explicitement, non, avouai-je. Mais c'était évident. Il ne le cachait pas très bien. Le pauvre homme s'était enfermé dans des nœuds émotionnels depuis tellement d'années, en s'interdisant tout attachement amoureux, que lorsque la digue s'est rompue, si je puis dire, il a été totalement incapable de gérer le traumatisme psychologique qui s'ensuivit. Je ne l'ai pourtant jamais fait marcher, si c'est ce que vous suggérez.

— D'accord.

— Vous n'avez pas l'air convaincu. »

Il sourit et secoua la tête. « Désolé Maurice. J'essaye juste d'avoir le fin mot de l'histoire, c'est tout. »

Il enleva sa veste et je vis apparaître un T-shirt à l'effigie d'un groupe que mon fils avait aimé. Je regardai fixement les visages familiers qui se trouvaient autrefois sur un poster accroché dans la chambre de Daniel.

« Vous aimez ce groupe ? » demandai-je en désignant les musiciens.

Il baissa les yeux et hocha la tête. « Oui. Pourquoi, vous aussi ?

— Non, pas vraiment, je suis un peu trop vieux pour ce genre de musique. Mais mon fils l'aimait bien. »

Il garda le silence. « À quel point me permettez-vous d'être indiscret avec mes questions ? demanda-t-il enfin.

— Vous pouvez me demander tout ce que vous voulez. Peu m'importe.

— Avez-vous une petite amie ?

— Non, dis-je, surpris qu'il s'intéresse à ma vie personnelle et pas seulement à ma vie professionnelle.

— Est-ce que vous êtes homo ?

— Non. Pourquoi, ai-je fait quelque chose qui vous donne l'impression que je le suis ?

— Ça n'a aucune importance pour moi. J'essaye juste de vous comprendre mieux en tant que personne pour pouvoir contextualiser votre œuvre.

— Alors, si je suis quelque chose, j'imagine que je suis hétéro. Même si je ne ressens pas d'élan dans l'un ou l'autre sens, ces temps-ci. Il en a presque toujours été ainsi, en toute honnêteté. Je n'ai jamais eu une sexualité tellement active, même à votre âge. Peut-être qu'il me manque une hormone quelconque, je ne sais pas, mais ça n'a jamais été très important pour moi. Le sexe est-il essentiel pour vous, Theo ? »

Il rougit un peu et je fus content d'être capable de le troubler, car il avait plutôt dominé notre rencontre ce jour-là, à mon goût.

« Euh… Oui, j'aime bien. Quand j'en ai l'occasion.

— Et avez-vous une petite amie ?

— Non.

— Un petit ami ?

— Non.

— D'accord. » Je lui souris, me demandant s'il allait me confier quelque chose, mais il paraissait déterminé à se cantonner à son rôle d'interlocuteur.

« Bref. Je suis presque certain que cette partie de ma vie se trouve derrière moi. Et, pour qu'il n'y ait pas de confusion, dis-je au bout d'un moment, je ne vous ai pas invité ici pour vous séduire, si c'est à cela que vous pensez.

— Quoi ? » Il avait l'air tellement surpris que je me rendis compte que cette pensée ne l'avait même pas effleuré.

« Désolé, dis-je. Peut-être que j'interprète les choses de travers. J'étais inquiet à l'idée que vous pensiez que j'acceptais ces rencontres pour une raison peu avouable. Que je ne m'intéressais à vous que parce que je voulais vous pervertir. Je veux juste vous rassurer, et rien n'est plus éloigné de la réalité.

— Honnêtement, je n'y avais même pas pensé, ça ne m'était pas venu à l'esprit.

— Bien. C'est terriblement gênant. Pour moi, je veux dire.

— Mais si vous êtes effectivement intéressé par moi de cette façon…

— Sincèrement, non. C'est à mille lieues de mes préoccupations, je vous le promets. Je craignais que vous le pensiez et je voulais vous tranquilliser sur ce point. Je vois maintenant que tout ce que j'ai réussi à faire, c'est le contraire. Parlons d'autre chose. Je me suis assez ridiculisé comme ça.

— Tout va bien. »

Il donnait l'impression de vouloir disparaître dans un trou de souris, et je me maudis d'avoir été aussi stupide. Allais-je le perdre ? Je ne pouvais pas risquer une chose pareille. Il fallait qu'il termine son mémoire et que ce mémoire devienne un livre. Je devais absolument me concentrer, et lui révéler quelque chose. Une petite information confidentielle pour lui ouvrir l'appétit.

« Mais si cela ne vous ennuie pas, j'aimerais vous confier quelque chose.

— Vraiment ? demanda-t-il, me regardant plein d'espoir.

— Oui, quelque chose qui sera utile pour votre thèse. Quelque chose dont je n'ai jamais vraiment parlé. »

Il tourna une page de son carnet, son stylo arrêté au-dessus du papier. Son enthousiasme était attendrissant.

« Je veux être honnête avec vous, voyez-vous, poursuivis-je. Et je suis d'accord, il est important que votre étude fasse preuve de la plus grande intégrité. Surtout si elle doit être la base d'un livre. Vous avez toujours ce projet, j'espère ?

— Oui. Mais… ce n'est pas pour tout de suite.

— Bien. Je veux vous dire quelque chose sur Dash Hardy.

— L'écrivain américain ?

— Oui.

— Je crois avoir lu quelque part qu'il a été votre mentor, est-ce exact ? À l'époque où vous vous lanciez.

— Je ne le décrirais pas en ces termes, répondis-je, même si lui se qualifierait certainement ainsi. Enfin, pour être honnête, oui, il s'est montré très généreux avec moi. Avez-vous lu ses livres, Theo ? »

Il secoua la tête. « Non, ça ne s'est jamais trouvé. Valent-ils la peine ?

— Pas vraiment. À l'exception d'un ou deux, peut-être. Mais il y a tant de livres dans le monde que je ne me donnerais pas ce mal, si j'étais vous. Vous n'y trouverez rien de particulièrement intéressant. Surtout aujourd'hui. Ils sont fortement imprégnés de leur époque. J'ai rencontré Dash il y a de nombreuses années, peu de temps après avoir fait la connaissance d'Erich Ackermann. Nos chemins se sont croisés au musée du Prado à Madrid, et comme Erich, il a été ébloui par moi. Ils étaient tous les deux homosexuels, bien entendu, mais de genres très différents. Alors qu'Erich se satisfaisait de me regarder pendant d'interminables dîners dans tous les pays d'Europe, fantasmant sur une relation qui ne se concrétiserait jamais, Dash y est allé franchement et m'a d'emblée dit ce qu'il voulait le jour où nous nous sommes rencontrés. Il ne cherchait pas une relation amoureuse, il ne voulait pas un compagnon pour la vie, ni quelqu'un qu'il promènerait d'une soirée à l'autre. Il voulait juste me baiser. Franchement, j'ai admiré sa franchise. Alors, je l'ai laissé faire. Le premier soir, mais jamais plus, ensuite. Je me suis rapproché de lui après m'être séparé d'Erich parce qu'il était plus en vue aux États-Unis, mais rétrospectivement, je me dis que je n'ai peut-être pas été très gentil. Vous voyez, quand nous avons fait connaissance, il n'éprouvait que du désir, du coup, le sexe n'a probablement pas été très intéressant, mais après, il est tombé amoureux, follement amoureux, et à partir de ce moment-là, j'ai systématiquement refusé toutes ses avances. Je ne le laissais même plus m'enlacer, et je ne l'ai plus jamais invité dans mon lit. Le pauvre homme se traînait dans un état de détresse tellement profonde qu'un jour, m'étant lassé qu'il me suive partout comme un chiot désorienté, je lui annonçai que j'en avais assez de lui et que je ne voulais plus jamais le revoir. C'était juste après une soirée passée dans la villa de Gore Vidal sur la côte Amalfitaine. Je lui ai annoncé la mauvaise nouvelle tandis que nous descendions la route de montagne. J'ai attendu que nous soyons presque en bas, au cas où il lui prendrait l'envie de nous faire passer par-dessus le parapet. Gore ne m'aimait pas beaucoup, je dois dire. Il avait l'impression que je me servais de Dash uniquement pour trouver un bon éditeur américain et qu'une fois que j'aurais ce que je voulais, je m'en irais.

— Et avait-il raison ? »

Je haussai les épaules. « Il n'avait pas complètement tort. Mais c'était Gore. Il ne fallait surtout pas le prendre pour un idiot. Seul un idiot aurait essayé.

— Et vous avez fait tout ça consciemment ?

— Oui. Que puis-je déclarer pour ma défense ? J'étais ambitieux. Je le suis toujours. »

Il eut un moment d'hésitation. « En voilà un aveu. »

Je feignis la surprise. « Oui... Oh, je ne suis pas certain que cela signifie grand-chose. Même si... vous savez que Dash s'est suicidé ?

— Je ne savais pas.

— Eh bien, c'est vrai. Des années plus tard, je précise, mais peu de temps après m'avoir rencontré par hasard au Hay Festival. Le pauvre homme paraissait très déprimé et j'imagine que me revoir après toutes ces années a rallumé la flamme qu'il avait eu tant de mal à éteindre, et il a décidé de mettre fin à tout ça. Il m'a contacté après notre brève rencontre, voyez-vous, me suppliant de revenir. Déclarant qu'il n'avait jamais cessé de m'aimer et qu'il ferait n'importe quoi pour que je revienne. J'ai ri et affirmé que je n'étais pas du tout intéressé. De toute façon, je sortais déjà avec Edith, la femme que j'allais épouser. Je lui ai dit que je pouvais difficilement imaginer plus pénible que de reprendre une vie avec lui à New York et qu'il ne devait plus m'importuner. Plus tard ce soir-là, il s'est pendu dans l'appartement où nous avions vécu ensemble à Manhattan. J'imagine que, d'une certaine façon, j'ai sa mort sur la conscience.

— Je vois… » fit Theo en réfléchissant. Son regard se promena sur la salle tandis qu'il se demandait comment utiliser au mieux cette information dans son mémoire. Il attendit un long moment et je décidai de ne pas briser le silence. « Enfin, vous ne pouvez pas vous en vouloir pour ce qu'il a choisi de faire, finit-il par dire d'une voix un peu hésitante. Je suis sûr que vous ne l'avez pas blessé intentionnellement.

— Vous êtes vraiment sûr ? demandai-je en souriant.

— Eh bien, ce n'était pas intentionnel, n'est-ce pas ? »

Je ne me départis pas de mon sourire. C'était courtois de sa part de penser ainsi. Il était temps de reculer de quelques pas. Je ne voulais pas apparaître comme un monstre trop méchant. « Bien sûr que non. J'étais jeune, c'est tout. Et à cet âge-là, nous saisissons tous l'opportunité quand elle se présente. Toutefois, si je pouvais revenir en arrière, peut-être que je me comporterais un peu plus gentiment avec lui.

— Avec nous tous », lança Daniel qui était revenu à la table et une fois de plus, était assis à la place de Theo. Il me regarda avant d'essayer de prendre une grande inspiration, sans réussir, l'air de ses poumons congestionnés sortant de sa bouche comme le sifflement d'une créature infernale.

« Est-ce que ça va ? » demanda Theo. D'un clignement des yeux, je revins dans la réalité.

« Ça va, dis-je en m'écartant précautionneusement de la table. Il faut que j'aille aux toilettes, c'est tout. J'en ai pour une minute. »

Quand je revins, il était toujours en train de gribouiller dans son carnet et je commandai d'autres bières, les posai sur la table, mais je ne parlai que lorsqu'il eut fini d'écrire.

« Vous n'êtes pas obligé si vous ne voulez pas, fit-il enfin en levant la tête, mais si vous avez envie de parler de votre fils, je serais heureux de vous écouter. Je ne sais pas si vous avez quelqu'un à qui vous pouvez parler de lui.

— Merci. » J'étais surpris qu'il manifeste un intérêt quelconque pour un enfant décédé. Je m'étais attendu à ce qu'il veuille des informations sur Dash, qu'il demande si j'avais traité quelqu'un d'autre avec une telle cruauté. « Peut-être que je le ferai, à un moment. Ça m'arrive si rarement, voyez-vous. Mais pas aujourd'hui, je crois. J'ai besoin de mettre de l'ordre dans mes pensées. Demain, peut-être ? Je ne sais pas, que faites-vous aux alentours de 14 heures ? »

4. The Lamb and Flag, Rose Street

« Vous savez, Charles Dickens venait ici, dis-je le jour suivant ; nous étions assis près de la fenêtre du

Lamb and Flag sur Rose Street, et la pluie se déversait sur Londres, une fois de plus. Et là, ajoutai-je en montrant la ruelle un peu plus loin, le poète lauréat John Dryden a été presque battu à mort par des hommes de main du duc de Rochester.

— Qu'avait-il fait pour mériter ça ? » demanda Theo en contemplant la rue comme si une flaque de sang était encore visible sur les pavés. Il portait une chemise et une cravate, au lieu de ses habituels T-shirt et sweat-shirt à capuche, et il était très élégant ; lorsque je lui demandai pourquoi il avait pris tant de soin à sa mise, il me répondit qu'il avait eu un rendez-vous ce matin-là avec son directeur de mémoire et qu'il aimait s'habiller d'une manière plus stricte pour leurs rendez-vous, ce que je trouvai un peu désuet. Je ne me souvenais pas avoir vu mon fils porter une cravate, alors je demandai à Theo de l'enlever, ce qu'il fit sans rechigner, défaisant aussi les premiers boutons de sa chemise, et je me sentis plus à l'aise. Daniel avait toujours préféré les chemises ouvertes au col.

« C'est difficile de savoir, repris-je en haussant les épaules. Ils avaient été amis, avant, bien entendu. Dryden a dédié une de ses pièces à Rochester, qui a même participé à l'écriture, et peut-être que le duc a trouvé que son travail n'avait pas été assez reconnu. La pièce était *Mariage à la mode*, si je me souviens bien. Mais bon, vous savez comme sont les écrivains. Ils peuvent être impitoyables dans la manière dont ils se servent les uns des autres pour atteindre le sommet.

Je suis surpris qu'ils ne soient pas plus nombreux à s'entretuer, en toute honnêteté.

— Vous dites "ils", fit Theo avec un demi-sourire. Pas "nous".

— D'accord, nous, répondis-je en me corrigeant. Je suis surpris que nous ne soyons pas plus nombreux à nous entretuer. Dans un domaine artistique comme celui-là, il y a vraiment beaucoup de gens qui veulent désespérément l'emporter sur l'autre et être considérés comme les meilleurs. Réussir pour soi et son propre plaisir ne suffit pas.

— "Chaque fois qu'un de mes amis réussit, un petit quelque chose en moi meurt." C'est de Truman Capote, non ?

— Non, c'est Gore », répliquai-je, me rappelant les yeux mélancoliques qui m'avaient regardé, depuis le lit, aux petites heures du jour, à La Rondinaia, quand je m'étais planté devant lui pour enlever mon peignoir, m'apprêtant à faire ma plus grande conquête. Il s'était contenté de secouer la tête, regrettant peut-être de ne plus être capable de jouer, et s'était tourné sur le côté avant de se rendormir. Bien entendu, j'avais été très déçu, et extrêmement humilié, mais je l'avais fort admiré pour sa détermination.

« Et vous connaissez le vieux proverbe sur l'ambition, n'est-ce pas ? »

Il secoua la tête.

« Que c'est comme essayer d'appuyer une échelle contre le ciel. De l'énergie dépensée en pure perte.

Enfin, où en étions-nous hier ? Je prévoyais de vous raconter des anecdotes sur Daniel, c'est ça ? »

Quelque chose avait changé dans ma relation avec Theo depuis l'après-midi précédente. Même si j'utilisais le jeune homme depuis le début et que j'étais prêt à suivre mon plan pour atteindre mon but, j'avais commencé à sentir qu'il serait peut-être utile pour moi de me soulager au passage de certains de mes regrets. Peut-être que le fantôme de Daniel cesserait de me suivre comme une ombre. D'une certaine façon, je sentais que ce jeune naïf était une âme sœur, et j'avais l'impression qu'il comprendrait sans doute pourquoi j'avais fait certaines choses. Et qu'il pourrait peut-être me pardonner. Mais pour y parvenir, il fallait que je sois franc avec lui. À l'évidence, je ne pouvais aller que jusqu'à un certain point pour éviter de me dévoiler complètement, mais je me demandais s'il ne fallait pas minimiser certains de mes crimes pour ne pas perdre son respect.

« Seulement si vous en avez envie, dit-il, carnet sur la table, stylo prêt. Je ne veux pas être indiscret.

— Non, ça ne me dérange pas. Je n'ai pas beaucoup d'occasions de parler de lui, alors qu'il est dans toutes mes pensées. Mais avant, je crois que je devrais remonter un peu dans le temps. À ma vie avec ma femme. »

Il feuilleta son carnet. « Edith Camberley, déclara-t-il en hochant la tête. J'ai lu son roman il y a quelques semaines. *Frayeurs*. C'est un très bon livre.

— Effectivement

— Elle est morte assez jeune, n'est-ce pas ?

— Malheureusement, oui. Nous vivions à Norwich, à ce moment-là. Elle est tombée dans un escalier. J'avais l'intention de réparer la balustrade depuis notre installation, et je ne sais pas pourquoi, je n'ai jamais trouvé le temps de le faire. Trop occupé à travailler sur mon roman. Edith a fini dans le coma, elle y est restée plusieurs mois, et finalement, la décision a été prise de débrancher l'appareil d'assistance respiratoire.

— C'est vous qui avez pris cette décision ?

— Oui.

— Ça a dû être très difficile.

— Bien sûr. C'était ma femme.

— Et vous l'aimiez.

— Je ne l'aurais pas épousée si je ne l'avais pas aimée.

— Elle était noire, n'est-ce pas ? » demanda Theo.

Je fronçai les sourcils, surpris.

« Quelle est la pertinence de cette question pour votre mémoire ?

— Seulement que ça devait être dur à l'époque. Une relation mixte.

— Non, pas spécialement, lançai-je en haussant les épaules. Ce n'était pas les années 1950, vous savez, on était dans les années 1990. Ça peut paraître lointain pour quelqu'un de votre âge. Et les cercles dans lesquels nous évoluions étaient probablement ceux où on trouvait le moins d'attitudes racistes. Oui, de temps en temps, quelqu'un nous lançait un regard de travers dans la rue, et il est arrivé qu'un grossier personnage fasse un commentaire insultant à notre passage. Mais ce n'était rien en comparaison de ce que les générations précédentes ont eu à subir.

— Puis-je savoir, quand son roman a eu ce succès phénoménal, est-ce que vous avez ressenti… comment dirais-je… ?

— De l'envie ? proposai-je, essayant de ne pas sourire. Un ressentiment profond et amer ?

— Peut-être.

— Pas du tout. Edith était brillante. Elle aurait pu devenir un grand nom de la littérature, si elle avait vécu. J'étais content pour elle.

— Quand même, pendant un temps, elle a dû détourner une partie de l'attention qu'on vous portait.

— Ça ne m'a jamais beaucoup intéressé, mentis-je. Et comme je l'ai dit, je l'aimais. Quel genre d'homme serais-je si j'avais envié sa réussite ? »

Il ne répondit pas mais écrivit beaucoup dans son carnet. Chaque fois qu'il se rendait au bar, aux toilettes ou dehors pour fumer une cigarette, il l'emportait toujours avec lui. Le jeune Field était tout à fait précautionneux.

« Elle a dû manquer à votre fils », finit-il par dire, relevant les yeux.

Je secouai la tête. « Edith n'était pas la mère de Daniel. Mon fils, je l'ai conçu avec une femme de chambre italienne qui travaillait dans un hôtel de Londres.

— Pardon ?

— C'était une transaction commerciale. Rien de plus, rien de moins. Elle voulait de l'argent et je voulais un enfant. L'arrangement était avantageux pour les deux parties.

— N'est-ce pas… ? » Il hésita quelques instants et rit un peu. « N'est-ce pas illégal ?

— Probablement que si. Vous avez l'intention de me dénoncer à la police ? Je vous assure, il y a des choses bien pires que vous pourriez leur révéler.

— Non, c'est juste que…

— Sur ce point, la loi est ridicule. Pourquoi une fille n'aurait-elle pas le droit de vendre neuf mois de sa vie si elle le veut ? Et pourquoi ne devrais-je pas pouvoir les acheter ? Nous étions tous les deux très contents du choix que nous avions fait et finalement, cela ne regardait personne d'autre que nous. Je n'arrive même pas à me rappeler son nom, en toute honnêteté, si toutefois je l'ai su un jour. J'imagine qu'elle mène une vie très heureuse et qu'elle ne repense jamais à son premier bébé.

— Ce n'est probablement pas le cas », lâcha-t-il. Je fus surpris qu'il me contredise, mais peut-être avait-il raison. Où qu'elle soit, il y avait de bonnes chances pour qu'elle pense à lui cent fois par jour. C'était mon cas.

« Bref, toutes ces années, il n'y avait que Daniel et moi, poursuivis-je. Nous étions fusionnels. Rarement séparés. Il n'a pas eu sa propre chambre avant l'âge de trois ans parce qu'il ne voulait pas être éloigné de moi. Il n'a jamais posé de questions sur sa mère ; l'absence d'une figure féminine dans sa vie ne semblait pas lui poser de problème. Nous étions à New York à ce moment-là, bien sûr. Daniel y a vécu toute sa vie. Vous connaissez *Storī* ?

— Évidemment.

— Eh bien, je l'ai fondée quand nous nous sommes installés à Manhattan et ensuite, je l'ai publiée pendant plusieurs années. Avant que mon fils aille à l'école, il venait au bureau tous les jours avec moi et s'asseyait dans un coin, à son bureau à lui, pour colorier, lire ou jouer avec ses jouets. Je crois que les gens trouvaient ça plutôt charmant, un père et un petit garçon si attachés l'un à l'autre, mais cela m'agaçait quand ils le disaient. Je ne le faisais pas pour les apparences, c'est juste que nous aimions être ensemble.

— Comment était-il ? demanda Theo. Sa personnalité, je veux dire.

— Il était calme. » Je ressentis une douleur profonde au fond de mon ventre, en me rappelant ses qualités, qui étaient nombreuses. « Studieux, comme moi. Timide. Très tendre. Très chaleureux. Un bon cuisinier pour un garçon si jeune. Il aurait peut-être fait carrière dans ce domaine s'il en avait eu la possibilité. Il s'intéressait aussi à la photographie et il avait commencé à parler de prendre des cours de danse, ce que j'avais encouragé car je trouvais qu'il était un peu trop introverti.

— Avait-il beaucoup d'amis ? »

Je secouai la tête. « Pas beaucoup. Du moins, à ma connaissance.

— Quel âge avait-il quand il est mort ?

— Treize ans.

— Trop jeune pour avoir une petite amie, j'imagine... »

J'eus un sourire nostalgique. Daniel ne m'avait jamais présenté de fille, et il n'avait jamais parlé de copines qu'il aimait bien, mais je savais qu'il commençait à s'y intéresser parce qu'il était devenu très mal à l'aise en présence d'une jolie jeune femme qui faisait un stage à *Storī*. Une fois, quand elle s'était mise à lui parler d'un film qu'elle venait de voir, il était devenu rouge vif, à mon grand étonnement, et j'en avais été gêné pour lui, de le voir ainsi incapable de contrôler ses émotions. Je trouvai un peu triste que ce garçon soit mort sans avoir perdu son innocence.

« Oui. Il était très discret sur cet aspect de sa vie. Enfin, il avait treize ans, et les garçons de cet âge n'aiment pas discuter de ces choses-là avec leurs pères, n'est-ce pas ?

— Moi, je n'aimais pas, en tout cas. Avez-vous une photo de lui ? De Daniel ?

— Pas sur moi.

— Alors, Edith et lui n'étaient pas parents », murmura-t-il, pour lui-même.

Il regarda à l'extérieur, assez longuement, tapota son doigt contre son menton, puis reprit son carnet et gribouilla quelque chose avant de tourner la page.

« Je voulais vous demander autre chose au sujet de votre femme.

— Je vous en prie.

— J'espère que vous ne le prendrez pas mal. Ça pourrait paraître un peu... audacieux de ma part.

— Je suis intrigué, maintenant. »

Il hocha la tête et attendit un long moment avant de parler. Je décidai de ne rien faire pour le presser. Je savourais plutôt son inconfort.

« Comme je vous l'ai dit, j'ai lu *Frayeurs* récemment.

— J'en suis heureux. Il n'est pas facile à trouver. Indisponible depuis des années.

— Je suis allé le lire à la British Library. Ce n'était pas très difficile. »

Je bus une gorgée de bière mais évitai son regard.

« J'ai trouvé quelques traits stylistiques qui m'ont intrigué.

— Ah oui ?

— Elle aimait bien les ellipses, n'est-ce pas ? Trop, même, à mon avis. Et elle avait cette habitude de présenter les nouveaux personnages en décrivant leur regard. J'ai été surpris que son éditeur n'ait pas attiré son attention là-dessus. Elle le fait avec presque tous les personnages.

— C'est vrai, concédai-je. Cette manie revenait de temps en temps. On a tous nos petits tics, je suppose.

— Il y a aussi son goût pour les noms de personnages avec des allitérations. Charles Chorley, par exemple. Elsie Engels. C'est flagrant. En fait, ça devient même un peu agaçant, au bout d'un moment.

— Ah bon, vous trouvez ? demandai-je, car j'avais toujours apprécié cette vanité chez elle. Et alors ? Dickens faisait la même chose. John Jarndyce dans *La Maison d'Âpre-Vent*. Tommy Traddles dans *David Copperfield*. Nicholas Nickleby. »

Il se mit à fouiller à nouveau dans ses notes, sortant cette fois un dossier de sa sacoche et balayant une page du bout du doigt. « C'est juste que j'ai remarqué que vous faites la même chose dans *L'Homme de la tribu*. Six personnages sur onze sont présentés par des descriptions de leur regard, et le nom du protagoniste est…

— William Walters, oui. Je me souviens.

— Et la femme qu'il aime est…

— Sara Salt. »

Theo haussa un peu les épaules et me regarda droit dans les yeux. « Est-ce que je peux vous poser une question directe ?

— Oui.

— Est-ce qu'Edith a eu quelque chose à voir avec *L'Homme de la tribu* ? »

Je lui souris, assez impressionné. Peut-être que ce garçon n'était pas aussi idiot que je l'avais cru. « Pourquoi cette question, plutôt que l'inverse, à savoir si j'ai eu quelque chose à voir avec *Frayeurs* ? Ne serait-ce pas la conclusion la plus logique, si on en croit mes succès précédents ?

— Parce qu'aucune de ces caractéristiques n'apparaît dans *Deux Allemands*, ni dans *La Cabane dans les arbres*. Pas une seule fois. Alors que vous faites un emploi compulsif de ces techniques dans *L'Homme de la tribu*. Qui, curieusement, a été publié l'année suivant la mort de votre femme. »

Je jetai un coup d'œil autour de nous pour m'assurer que personne ne pouvait nous entendre, mais les tables voisines étaient vides. Je pouvais nier, bien entendu. De fait, tel fut mon premier instinct. Mais en le regardant, je trouvai la ressemblance entre mon biographe et mon fils tellement frappante que je crus que je parviendrais à lui faire comprendre ce que Daniel n'avait jamais saisi.

« Vous êtes très perspicace. Est-ce que la suite peut rester entre nous ?

— Je ne suis pas journaliste, je ne suis pas à l'affût d'un scoop.

— Je sais, mais répondez-moi. »

Il me fixa, puis remit le capuchon sur son stylo et le posa sur son carnet de notes fermé. « Allez-y.

— En réalité, dis-je, ressentant une poussée d'excitation délicieuse à l'idée de ce que j'allais révéler. Ce n'est pas moi qui ai écrit *L'Homme de la tribu*. C'est Edith. »

Il me contempla longuement, puis éclata de rire. « Vous vous moquez de moi.

— Non, je suis tout à fait sérieux, répondis-je en haussant les épaules, le visage complètement impassible. Oh, elle n'a pas intégralement écrit ce livre, ne vous méprenez pas. Une grande partie est de moi. J'ai même été obligé de réécrire certains passages de fond en comble. Les caractéristiques que vous avez repérées étaient juste des défauts de débutante, et disons que j'étais une plume plus expérimentée.

— Je ne… » Il secoua la tête, me regardant comme si je m'étais mis à parler une langue étrangère. « Je suis désolé, Maurice. Je ne suis pas sûr de comprendre ce que vous êtes en train de me dire.

— C'est très simple. Le manuscrit original du roman a été écrit par Edith. Ensuite, Edith est tombée dans l'escalier et j'ai pris ce qu'elle avait écrit, retravaillé considérablement le texte, je dois le dire, et je l'ai transformé en roman de Maurice Swift. Une sorte de... d'hommage à mon épouse.

— Mais vous n'en avez jamais parlé.

— Ah bon ?

— Non, j'ai lu toutes les interviews que vous avez accordées sur ce livre et vous n'avez jamais soufflé un mot de la contribution de votre femme.

— Je suppose que cela ne me paraissait pas important, à l'époque. C'est un peu comme ce qui s'est passé avec Erich, d'une certaine façon. Il m'a raconté une histoire et je l'ai adaptée pour un projet personnel. Il n'y a pas beaucoup de différence entre les deux scénarios. Il s'agit d'une démarche parfaitement légitime. »

En m'entendant prononcer ces mots à haute voix, je ne les trouvai pas aussi terribles que je m'y attendais. Mon explication paraissait même assez raisonnable.

« Et vous ne trouvez pas qu'il y a quelque chose de malhonnête, là ? s'enquit Theo.

— Pas du tout, répliquai-je, feignant l'innocence. Pourquoi, vous, si ? »

Une scène d'un roman me traversa l'esprit. À la fin de *Howard's End*, quand Dolly, la bécasse, révèle que la maison avait été laissée à Margaret Schlegel dans le testament de Ruth mais que Henry a jeté au feu l'outrageux document. *Je n'ai pas mal fait, si ?* demande-t-il en toute innocence.

Et Margaret, qui en a tellement vu, secoue la tête et dit : *Non, chéri. Rien de mal.*

Mais Theo n'avait rien d'une Margaret Schlegel.

« Eh bien, oui.

— Oh, je trouve que vous êtes un peu coincé, sur ce sujet. Écoutez, Edith était morte. Ou du moins, elle était dans le coma. Et il existait un manuscrit. Qui pouvait devenir un grand succès s'il était remanié. Alors bien sûr, j'ai utilisé ce qu'elle avait laissé. Je le lui devais. Si vous aviez été à ma place, n'auriez-vous pas fait la même chose ? Par amour ?

— Non ! » s'exclama-t-il en se penchant en avant, et son visage totalement ahuri me fit un peu peur. Avais-je sous-estimé avec quel sérieux il prendrait ma révélation ? « Ça ne me serait jamais venu à l'esprit !

— Mmm, fis-je, en réfléchissant. Alors, peut-être que j'ai de l'imagination, après tout.

— Maurice, je ne sais pas comment…

— Écoutez, j'assume, d'accord ? Et qu'aurais-je pu faire d'autre ? Le publier de manière posthume sous son nom ? Quel intérêt ? Il n'y aurait pas eu d'auteur pour en assurer la promotion. Personne pour lire des extraits dans les festivals. Le roman aurait probablement fait un bide. Non, il était beaucoup plus pertinent de déclarer qu'il était de ma main et d'accepter les fleurs qui m'ont été jetées ensuite. Le succès qu'il a eu est au contraire un bel hommage à Edith.

— Putain de merde », lâcha Theo à mi-voix. Il secoua la tête et s'absorba dans sa pinte quelques instants. Par moment, il gribouillait trois mots dans le carnet, et de l'endroit où je me trouvais, je ne parvenais pas à les déchiffrer. J'attendis qu'il soit prêt, assis tranquillement, savourant ma bière, jusqu'à ce qu'il lève enfin la tête, et je lui souris.

« Un autre verre ? » demandai-je.

Alors que j'attendais au bar, je ressentis un étrange mélange de soulagement et d'angoisse. J'avais dit la vérité, ou une version de la vérité, au moins, et je l'avais fait en affirmant clairement que pour moi, il n'y avait pas de quoi fouetter un chat. Theo avait peut-être été surpris, mais n'avait pas les moyens de me mettre devant mes responsabilités. Le manuscrit original d'Edith était depuis longtemps passé à la déchiqueteuse et s'il choisissait d'en parler dans son mémoire, je pourrais soit nier, soit tout assumer et expliquer que oui, ma défunte femme travaillait sur un vague projet, ou nous y travaillions ensemble, mais il était à peine esquissé au moment de sa mort. J'avais simplement poursuivi l'écriture.

La fille du bar remplit les verres et par hasard, je jetai un coup d'œil de l'autre côté de la salle et un visage familier, deux visages familiers, en fait, attirèrent mon regard. Je le détournai rapidement, espérant qu'ils ne m'avaient pas vu, mais peut-être mon mouvement précipité les alerta-t-il, car ils regardèrent dans ma direction et me reconnurent immédiatement. Il y eut un moment fort embarrassé, puis ils me saluèrent d'un geste de la main, et je répondis par un hochement de tête, essayant de sourire, avant de remporter nos bières jusqu'à notre table. J'étais impatient de m'asseoir et voir si quelque chose avait changé entre Theo et moi ; mais je ne pouvais me défiler. Je serais incapable de me concentrer tant que je n'aurais pas réglé le problème.

« Tu veux bien m'excuser un instant, Daniel ? lui demandai-je. Je viens d'apercevoir deux vieux amis, là-bas, je devrais aller les voir pour les saluer.

— Bien sûr. Et mon nom, c'est Theo.

— Quoi ? »

Il secoua la tête et fouilla dans sa poche à la recherche de son téléphone tandis que je traversais la salle, espérant avoir l'air modérément hagard et ne pas trop ressembler au vieux poivrot que j'étais devenu.

« Bonjour Garrett. Bonjour Rufus », dis-je en leur serrant la main. Garrett Colby, l'ancien étudiant de ma défunte femme, et Rufus Shawcross, mon éditeur d'autrefois. L'homme qui m'avait laissé tomber après l'échec de *La Cabane dans les arbres* et en était venu à le regretter quand j'avais été sélectionné pour le Prix avec *L'Homme de la tribu* quelques années plus tard.

« Bonjour Maurice, dit Rufus, en se levant pour me serrer la main comme si nous étions des amis proches. Ça fait bien longtemps ! Comment tu vas, en ce moment ?

— Très bien, merci.

— Tu connais Garrett Colby, n'est-ce pas ? demanda-t-il en se tournant vers son compagnon.

— Nous sommes devenus amis quand j'étais à l'UEA, déclara Garrett, qui me tendit la main sans se lever. Bonjour Maurice, c'est sympa de vous voir.

— Enfin, nous étions des connaissances, rectifiai-je. “Amis” serait un peu abusif. J’ai failli ne pas vous reconnaître. Où est passée votre magnifique chevelure blonde ? Un signe distinctif remarquable, à l’époque. Qui rendait dingues tous les garçons, si je me souviens bien.

— J’ai vieilli, fit-il avec un haussement d’épaules. Et j’ai perdu mes cheveux. Vous vous faites pousser la barbe ? Je n’avais pas réalisé qu’elle revenait à la mode pour les hommes proches de la soixantaine.

— Non, c’est juste que je ne me suis pas rasé depuis quelques jours.

— En fait, nous fêtons quelque chose », dit Rufus et tout à coup, je remarquai la bouteille de champagne dans un seau argenté plein de glace posé devant eux. On ne voyait pas cela souvent au Lamb and Flag. « Vous avez appris la formidable nouvelle, je présume ?

— Non. Trump est mort ?

— Encore mieux. La sélection pour le Prix est sortie ce matin et Garrett s’y trouve.

— Garrett qui ? demandai-je.

— Garrett, répéta Rufus, paraissant un peu abasourdi par ma question. Ce Garrett-ci.

— Ah oui. » Je me tournai vers le bouffon assis à côté de lui, qui souriait comme un chat devant une écuelle de lait. Bien sûr, je savais qu’il était dans la sélection. J’avais poussé un cri tout seul dans mon appartement ce matin-là quand j’avais vu ça. J’avais balancé quatre assiettes, deux tasses et un vase, qui s’étaient fracassés contre le mur ; j’allais devoir ramasser les morceaux en rentrant. « Je ne savais même pas que vous écriviez encore.

— Apparemment, si.

— Eh bien, félicitations à vous.

— Merci, mais en réalité, ce n'est pas si important, dit-il avec l'air insouciant d'un homme qui nageait dans le bonheur mais ne voulait pas trop le montrer de peur de paraître niais. Les prix sont des trucs assez ridicules, vous ne trouvez pas ? Les écrivains de ma génération en font toute une histoire. Je trouve cela pathétique. Franchement, quand on demande à un auteur si son livre marche bien et qu'il répond en disant qu'il n'a pas passé la deuxième sélection de tel prix ou qu'il n'est pas dans la première sélection de tel autre, on a juste envie de hurler de désespoir.

— Donc, vous n'irez pas à la soirée ? demandai-je. Vous la boycotterez, par principe ?

— Oh, je dois y aller, déclara-t-il en rougissant un peu. Je le dois à Rufus et à tous les gens de la maison d'édition qui ont investi énormément d'énergie dans mon livre. Mais que je l'aie ou pas, peu importe. Je me soûlerai et je m'amuserai de toute la bêtise de l'événement. Je suppose que ça pourra donner une bonne scène pour un futur roman.

— Bien sûr que tu vas gagner, dit Rufus en tendant la main pour agripper le petit biceps malingre de Garrett, dont un enfant aurait pu faire le tour avec son pouce et son majeur sans problème. C'est ton année. Forcément.

— Tu le penses vraiment ? demanda-t-il, plein d'espoir.

— J'en suis certain. Les critiques du livre de Garrett sont extraordinaires, ajouta-t-il en s'adressant à moi. Tu les as lues ?

— Je n'ai connaissance ni des critiques ni du livre, prétendis-je. Mais je suis content d'apprendre qu'il soit si bien reçu. Edith aurait été fière de vous.

— Nous ajouterons son nom à la liste de tous ces grands écrivains qui sont associés au Prix, dit Rufus en se tournant vers Garrett. Y compris, bien entendu, notre ami Maurice.

— C'était il y a longtemps.

— Oh, c'est exact, vous avez été dans la sélection une fois, c'est ça ? fit Garrett. J'avais complètement oublié. Quand était-ce ? Dans les années 1990 ?

— Difficile de s'en souvenir. Ma mémoire n'est plus ce qu'elle était. Comme vous le dites, je ne suis pas loin de la soixantaine.

— Eh bien, si vous passez vos après-midi au pub, vous pouvez vous attendre à ce que vos facultés déclinent un peu.

— Vous vous trouvez aussi dans un pub, soulignai-je. Et regardez-vous ! Du champagne pour un quart d'heure de célébrité.

— Oui, mais j'ai quelque chose à fêter. J'ai été sélectionné. »

Je souris et d'une manière inattendue, sentis monter une bouffée d'affection pour lui, qui rendait toujours à chacun la monnaie de sa pièce. Ce connard m'avait presque manqué.

« Et qui est la personne qui se trouve avec vous, là-bas ? reprit-il en jetant un coup d'œil du côté de ma table. Vous l'avez ramassé à King's Cross Station dans les toilettes des hommes un jeudi soir ?

— En fait, c'est mon fils. » Les mots étaient sortis de ma bouche avant que j'aie le temps de me demander si ce mensonge était avisé. Je jetai un coup d'œil à Rufus, dont l'expression n'avait pas changé ; il ne savait donc rien de ce qui était arrivé à Daniel. Ou peut-être que si, et il pensait que j'avais deux fils.

« Ah, d'accord, pardon, dit Garrett, qui au moins eut le bon goût de paraître embarrassé pour son faux pas. Désolé.

— Ce n'est pas grave. Je suppose que vous connaissez mieux que moi le genre de type que vous décrivez. Jeudi soir, dites-vous ? Pourquoi jeudi soir ? Est-ce le meilleur moment pour harponner une jolie proie ?

— Je suis désolé, c'était une simple plaisanterie.

— Hilarante, marmonnai-je.

— Et tu travailles sur quelque chose en ce moment, Maurice ? demanda Rufus, qui, pour une raison mystérieuse, avait piqué un fard ; je me tournai vers lui en haussant les épaules.

— Oh, je suis sûr que ça ne t'intéresse pas vraiment. Finalement, tu n'as jamais été un grand fan de mes livres.

— J'ai quand même publié *Deux Allemands*, déclara-t-il en faisant remonter ses lunettes sur son nez, visiblement un peu blessé par cette remarque. Alors, pour être tout à fait honnête, j'ai été le premier à repérer ton talent.

— Erich Ackermann a été le premier à repérer mon talent, rectifiai-je.

— Et regardez ce qu'il est advenu de lui, remarqua Garrett.

— Mais tu as raison. Tu m'as publié. Deux fois, d'ailleurs. Avant de me laisser tomber.

— Rétrospectivement, la situation a été assez mal gérée, répondit Rufus, les yeux rivés sur le sol. J'étais moi-même assez débutant et j'ai écouté les faiseurs d'additions de l'étage au-dessus alors que j'aurais dû suivre mon instinct. J'ai toujours su qu'on devait miser sur toi.

— J'aurais adoré l'entendre, à l'époque. J'ai eu un sacré coup quand tu m'as mis à la porte. Ça a marqué le début de quelques années très sombres. »

Personne ne parla pendant quelques instants. Je n'étais à leur table que depuis quelques minutes, mais j'avais déjà réussi à les insulter tous les deux et les faire se sentir merdeux, alors je me dis que j'en avais fini avec eux. Soudain, j'eus la nostalgie du temps d'avant Theo, quand j'étais un buveur solitaire et que je parlais rarement à qui que ce soit. La vie était plus simple.

« Bref, repris-je enfin en les prenant tous les deux par l'épaule en même temps avant de serrer juste assez fort pour qu'ils en gardent une trace. Je vous ai assez dérangés comme ça. J'ai été content de vous voir. Et à nouveau, félicitations, Garrett, pour ta première sélection.

— Deuxième », rectifia-t-il, mais la précision fut énoncée dans mon dos car je m'étais déjà éloigné pour regagner notre table.

« Désolé, dis-je en m'asseyant, et Theo secoua la tête comme pour dire *Pas de problème*, avant de ranger son téléphone. Deux vieux amis. Tu connais probablement l'un des deux. Garrett Colby ?

— L'écrivain ?

— Oui.

— J'ai entendu parler de lui. Je n'ai jamais rien lu.

— Ça vaut mieux. C'est un idiot. Et ses livres sont infantiles. Son premier texte avait quelque chose à voir avec des animaux qui parlent, si je me rappelle bien.

— Comme dans *La Ferme des animaux*.

— Oui, mais sans les traits d'esprit, les références politiques, le style et le génie. »

Theo rit et but une grande gorgée de bière. Il semblait toujours perturbé par ma dernière révélation mais j'étais déterminé à ne pas revenir dessus. Je ne voulais pas en faire un sujet plus important que nécessaire.

« Bref. Où en étions-nous ?

— Vous me parliez de *L'Homme de la tribu* et du fait que…

— Non, on en a fini avec ça. Autre chose. »

Il leva un sourcil. « D'accord. Vous aviez prévu de me parler de Daniel mais au lieu de ça, nous… »

Ma bonne humeur disparut instantanément. « Oui, c'est vrai. Alors, qu'est-ce que tu veux savoir d'autre ?

— Tout ce que vous aurez envie de me dire. Écrivait-il ?

— Non. C'était un bon lecteur, mais pas un écrivain.

— A-t-il beaucoup voyagé ?

— Un peu. En Europe surtout, avec moi, lorsque nous allions à des festivals. Mais pas assez.

— Et quand il est mort…

— Je ne veux pas parler de ce jour-là, si ça ne t'ennuie pas.

— Bien sûr. Je comprends. »

Je détournai le regard. « Une autre fois, peut-être. Je n'aime pas repenser à cette après-midi-là.

— Alors, je vais fumer une cigarette, si vous voulez bien. » Il sortit du pub en jetant un regard à Garrett et Rufus au passage. Je posai les dessous de verres sur nos pintes et me dirigeai vers les toilettes, où je pissai en m'appuyant d'une main contre le mur. De retour à la table, je commandai une autre tournée et restai là à l'attendre. Il revint, s'assit, repoussa une mèche de cheveux qui lui tombait sur les yeux et l'odeur de nicotine que dégageait sa veste me dégoûta un peu. Je n'ai jamais aimé l'odeur du tabac. J'avais surpris Daniel avec des cigarettes et nous nous étions disputés, ce qui n'était pas fréquent, lorsque je lui avais fait remarquer tous les dégâts qu'elles pouvaient causer sur sa santé, étant donné son asthme.

« Au fait, dit-il en terminant son verre pour attaquer le suivant. J'ai de bonnes nouvelles.

— Ah oui ? Lesquelles ?

— On m'a proposé d'écrire deux critiques de livres pour *Time Out*. Je leur ai envoyé un essai et ils m'ont suggéré deux romans pour le numéro du mois prochain. S'ils sont contents, il y a de bonnes chances qu'ils renouvellent leur proposition.

— Formidable, dis-je, content pour lui. Félicitations.

— Merci. Ouais, je suis vraiment content. Ça ne paye pas mais ça me fera peut-être connaître un peu.

— Et quels romans t'ont-ils confiés ? »

Il donna deux noms et deux titres que je connaissais ; je hochai la tête. « Ce sont de bons écrivains. J'aime bien ce qu'ils font.

— Moi aussi. C'est ce qui m'inquiète.

— Pourquoi ?

— Eh bien, ce serait beaucoup mieux si j'avais de mauvais romans à critiquer. De préférence, des mauvais romans écrits par des auteurs célèbres. Alors je pourrais écrire des critiques mortelles, vous voyez. Les descendre en flammes.

— Te faire un nom, tu veux dire.

— Exactement.

— Je suppose qu'il n'y a rien qui t'empêche de le faire. Tu ne leur dois rien.

— Le problème, c'est que s'ils ont de bonnes critiques partout ailleurs et que j'en écris une mauvaise, on pourrait penser que je n'ai pas complètement compris le texte.

— Ou que tu as une belle indépendance d'esprit.

— Peut-être. Enfin, je vais commencer à lire le premier roman ce soir. Avec un peu de chance, il sera très mauvais.

— Je croise les doigts. »

Je levai les yeux quand je remarquai qu'une ombre se projetait sur notre table et je fus pris de panique en voyant que Rufus et Garrett étaient là – et s'ils voulaient se joindre à nous ?

« On voulait juste te dire au revoir, fit Rufus, et je m'apaisai aussitôt. On se retrouve avec des gens pour boire un verre au Charlotte Street Hotel. Pour célébrer la deuxième sélection de Garrett. Si tu as envie de venir, tu es le bienvenu.

— Grands dieux, non, lançai-je en secouant la tête. Je ne vois pas ce qui pourrait me raser plus que ça. »

Il eut un mouvement de recul, comme si je venais de dire du mal de sa mère. Il remonta à nouveau ses lunettes sur son nez – vraiment, il fallait qu'il les fasse régler – et se tourna vers Theo. En une seconde, mon sourire s'effaça, quand je me rappelai le mensonge que je leur avais servi plus tôt.

« Rufus Shawcross, se présenta-t-il en tendant la main. J'ai publié les deux premiers romans de votre père. »

Theo regarda la main longuement puis la serra. « Je vous demande pardon ?

— Vous êtes… Danny, c'est ça ? »

Theo se tourna vers moi, mais je ne savais pas quoi dire. Quoi que je dise, j'aurais forcément l'air ridicule.

« Daniel, corrigea Theo, en revenant à Rufus. Personne ne m'appelle jamais Danny. Enfin, depuis que je ne suis plus un petit garçon.

— Daniel, donc, fit Rufus. Vous avez un père très talentueux. Il faut qu'il écrive un autre livre, ça fait bien trop longtemps. Enfin, je suis heureux d'avoir fait votre connaissance. Au revoir Maurice.

— Au revoir. » Je les regardai s'éloigner tous les deux, redoutant le moment où je serais obligé de me confronter à Theo.

« Je suis désolé. Je ne sais pas pourquoi j'ai dit une chose pareille. Il ne devait pas savoir… il a dû juste supposer…

— Ce n'est pas grave. Devant votre silence, j'ai pensé que c'était plus facile de ne pas le détromper. Je ne savais pas trop ce que vous vouliez que je fasse.

— Je ne le savais pas moi-même, en fait. Mais, merci. Grâce à vous, ce moment très gênant a été presque supportable.

— De toute façon, il avait l'air con, dit Theo.

— Non, répondis-je à mi-voix en secouant la tête. Non, c'est vraiment un homme bien. Je n'aurais pas dû lui parler comme ça. »

Chez moi, ce soir-là, j'essayai de chasser les événements de l'après-midi, sans parvenir à comprendre pourquoi j'avais fait passer Theo pour mon fils. Plus j'y repensais, cependant, plus j'avais l'impression de ne pas avoir menti, en tout cas, pas intentionnellement. Lorsque Garrett avait balancé cette vulgarité, j'avais simplement dit ce qui me semblait réel sur le moment.

Ma routine était complètement détruite depuis que j'avais rencontré ce garçon, et chose inhabituelle pour moi, j'avais acheté une bouteille de whisky avant de rentrer ; je la buvais un verre après l'autre, assis seul dans mon salon. Je voulais retrouver cette sensation de relâchement, d'abandon total à l'alcool. Je voulais m'écrouler dans mon lit et avoir les rêves inhabités que j'avais autrefois. Je voulais échapper à ma vie. Mais boire seul chez soi, ce n'était pas très agréable et je ne réussis à avaler qu'un tiers de la bouteille ; puis je la rangeai et allai en trébuchant jusqu'à ma chambre.

Les jours suivants seraient paisibles, au moins. Theo avait deux essais à rendre, deux romans à lire et les critiques de *Time Out* à écrire, et comme nous avions passé deux après-midi consécutives ensemble, je savais que je ne pouvais pas lui demander de venir me rejoindre vendredi, même s'il me manquait. J'avais proposé le lundi suivant mais il avait refusé, c'était l'anniversaire de son père, et avant que je puisse suggérer mardi, il avait proposé vendredi, ce qui faisait dans un peu plus d'une semaine. Je ne savais pas si je supporterais de ne pas le voir jusque-là, mais je pouvais difficilement me jeter à ses pieds et le supplier d'avancer notre rendez-vous. Je souris simplement, lui disant que ça me paraissait bien, que je lui enverrais un message avec un lieu de rencontre, même si je le connaissais déjà, parce que vendredi, c'était le Dog and Duck sur Bateman Street.

J'eus du mal à dormir ce soir-là et peu après minuit, je retournai à ma bouteille de whisky et réussis à la terminer. Elle me resta sur l'estomac, me brûlant de l'intérieur, et je trébuchai plusieurs fois en retournant me coucher. Lorsque je finis par m'endormir, je rêvai d'Edith. Elle se trouvait dans le bar du Charlotte Street Hotel, entourée d'auteurs décédés, en train de boire du champagne. William Golding était assis dans un coin avec Anthony Trollope, et fumait la pipe. John McGahern essayait d'attirer l'attention du barman tandis que Kingsley Amis sortait des toilettes pour hommes en boutonnant sa braguette. Tous présentaient leurs félicitations à Edith. Quelque chose de merveilleux lui était arrivé et elle était fière, exaltée. Je regardai partout dans la salle, mais je ne me trouvai nulle part.

« Est-ce que quelqu'un a vu Maurice ? demanda Edith en me regardant droit dans les yeux, mais sans me reconnaître. Il devrait être ici avec moi. Est-ce que quelqu'un a vu mon mari ? Sans lui, je ne serais pas là. »

5. Le Dog and Duck, Bateman Street

C'était la première fois que Theo me précédait au pub.

« Votre blessure a bien cicatrisé, dit-il en désignant mon front d'un mouvement du menton.

— Oui. » J'avais bu régulièrement toutes les après-midi et tous les soirs depuis notre dernière rencontre le jeudi précédent, retrouvant ma routine quotidienne avec un mélange de soulagement et de désarroi car il n'était pas là pour m'accompagner. Je m'étais assuré de prendre toutes les précautions nécessaires lorsque je sortais des pubs pour rentrer chez moi. Je ne pouvais pas risquer un nouvel accident. « Et comment s'est passée ta semaine ?

— Bien. J'ai lu le premier des deux romans que j'ai accepté de chroniquer.

— Et… ?

— Malheureusement, il est très bon.

— Oh. Tu n'y peux rien.

— Je sais. Mais j'ai commencé le deuxième et jusqu'ici, il est un peu lent. Alors, ça se présente mieux.

— Excellent. Tu vas peut-être trouver quelque chose à critiquer.

— Avec un peu de chance, oui. »

Je lui souris mais il ne me rendit pas mon sourire. Je me demandai s'il avait repensé à ce que je lui avais avoué la semaine précédente au sujet du roman d'Edith et de mon comportement déplorable avec Dash.

« Est-ce que ça va ? Je te trouve un peu silencieux.

— Ça va », dit-il en hochant la tête, sans un sourire. Je décidai de ne pas me formaliser – il semblait me témoigner moins de déférence et se comporter de plus en plus comme un ami agacé. « Comment va votre travail ?

— Quel travail ? demandai-je.

— Votre roman.

— Oh, tu sais, fis-je avec un haussement d'épaules. Il y a des jours avec et des jours sans.

— Lesquels sont les plus nombreux ?

— Les jours sans. C'est évident. »

Il hocha la tête ; j'eus l'impression qu'il voulait me poser une question, mais qu'il redoutait la manière dont je pourrais la prendre.

« Quoi ? dis-je, ne voulant pas passer l'après-midi dans un silence plombé par la gêne. Vas-y, crache le morceau.

— Je ne veux pas paraître grossier.

— Ça m'est égal.

— C'est juste que… j'ai réfléchi à la manière dont nous nous sommes rencontrés. Aux endroits où nous nous voyons. À ce que nous faisons ensemble.

— À t'entendre, on dirait qu'on a une liaison en cachette de nos épouses.

— Le fait que nous nous retrouvons dans des pubs. Que nous buvons toute l'après-midi.

— Mais que ferions-nous dans un pub ?

— C'est juste que vous semblez passer beaucoup de temps dans des endroits comme celui-ci, c'est tout.

— Je vois.

— Et je me demandais quand vous écriviez. J'imagine que vous ne rentrez pas le soir pour écrire après avoir sifflé six ou sept pintes.

— Si tu ne voulais pas qu'on se retrouve dans un pub, dis-je en ignorant la question, tu n'étais pas obligé d'accepter. Tu aurais pu suggérer un autre lieu.

— Ce n'est pas ça.

— Alors, quel est le problème ?

— Est-ce que je peux vraiment être honnête avec vous ? »

Je soupirai. « Oh, bon sang, arrête de tourner autour du pot, Daniel.

— Theo.

— Quoi ?

— Rien. C'est juste que… j'ai fait des recherches en ligne cette semaine.

— Pourquoi faire des recherches sur Internet quand je suis là, devant toi ? Tu peux me demander tout ce que tu veux. J'ai été incroyablement honnête avec toi jusqu'ici, tu n'es pas d'accord ?

— Je regardais de vieilles photos, de quand vous étiez plus jeune. J'en ai même trouvé une d'Erich Ackermann et vous ensemble.

— Vraiment ? » J'étais surpris, car je n'arrivai pas à me rappeler qu'on nous ait pris en photo.

« Oui, vous êtes assis à la terrasse d'un café, vous prenez un verre, et vous avez passé votre bras sur ses épaules. Vous regardez le photographe. Il vous regarde. »

Dans mon esprit, je remontai trente ans en arrière et retrouvai un vague souvenir de nous deux à Montmartre et d'une jeune serveuse nous prenant en photo. Est-ce qu'Erich avait gardé ce cliché pendant des années ? me demandai-je. Il avait dû finir dans un avis de décès publié dans un journal ou dans un article critique. Comme c'était tragique.

« Oui ? Et alors ?

— Eh bien, vous devez le savoir. Vous étiez très beau.

— Je suppose que oui.

— J'espère que vous ne le prenez pas mal.

— Au contraire, c'est plutôt un compliment.

— C'est juste que vous n'êtes plus comme ça.

— Bien sûr ! m'exclamai-je de plus en plus agacé par son discours sinistre. Plus de vingt-cinq ans se sont écoulés depuis la sortie de *Deux Allemands*. Il y a peu de chances que je n'aie pas changé, je n'étais qu'un gamin à l'époque.

— Et je pensais à un de mes voisins…

— Un quoi ? Un voisin, dis-tu ? Et… ?

— Il était alcoolique et il en est mort. »

Je soupirai. Je voyais où on allait. « Ah oui ? dis-je à mi-voix.

— Ce n'était pas sa faute. Il était malade. Mais pendant ses dernières années, sa peau ressemblait exactement à la vôtre. Très grise. Et il avait les mêmes poches sombres sous les yeux, et des marques rouges sur les joues et le nez. J'étais juste un enfant, mais il me faisait peur quand il s'approchait trop près de moi.

— Je te remercie de m'aider à me sentir bien dans ma peau.

— Je ne cherche pas à vous contrarier.

— Et pourtant, tu réussis.

— Je me demandais juste… vous voyez… si vous n'avez pas un problème. Et si c'est le cas, est-ce que vous ne devriez pas essayer de faire quelque chose ? »

Je m'adossai confortablement et me surpris à rire, tout à coup. Je me rendis compte que je devais paraître un peu hystérique alors, je ne fus pas très surpris lorsqu'il se mit à me regarder nerveusement et à se tortiller sur sa chaise.

« Oh Theo, dis-je avant de tendre le bras et lui tapoter la main deux ou trois fois. Tu es un ange. Mais *bien sûr* que j'ai un problème. Tu crois que je ne le sais pas ? Je bois au moins sept pintes de bière, deux doubles whiskies, un single malt et un verre de Bailey's tous les jours, sept jours par semaine. Est-ce que ça ressemble aux actions d'un homme rationnel, bien dans sa tête, sobre ?

— Non, mais… » Il fronça les sourcils. « Si vous savez que vous avez un problème, pourquoi vous n'allez pas chercher de l'aide ?

— Parce que je n'en veux pas.

— On a tous besoin…

— Attends. Je n'essaye pas de faire de l'humour, mais laisse-moi aller chercher un autre verre d'abord. Je crois que je vais en avoir besoin. Et je suis sûr que tu vas avoir besoin d'une cigarette si tu dois continuer à te prendre pour l'archevêque de Canterbury le premier jour du Carême. »

Je me levai. Il parut ennuyé que j'interrompe cette conversation pour retourner au bar, et quelques instants plus tard, il se dirigea vers la porte, son paquet de cigarettes et son briquet dans la main, son fidèle carnet dépassant de sa poche. Je le regardai sortir et ne pus m'empêcher de rire. Il y avait une espèce de candeur adorable chez ce pauvre garçon. Il avait toujours été comme ça, bien entendu, et ce depuis qu'il était enfant. Il avait cru à la petite souris bien plus longtemps que les autres enfants.

« Je prendrai un whisky aussi », dis-je au barman lorsqu'il prit ma commande et une fois servi, je l'avalai d'un trait, laissant le verre vide posé sur le comptoir avant d'emporter les bières.

« Nous avons parlé de Dash, d'Edith et de *L'Homme de la tribu*, lança Theo lorsqu'il revint. Et je crois que j'ai tout ce dont j'ai besoin sur ces sujets-là. Comme son nom est apparu dans la conversation, peut-être que nous devrions enfin parler d'Erich.

— Rien ne me ferait plus plaisir, dis-je avec un grand sourire.

— Vous m'avez confié que vous vous sentiez coupable de vous être mal comporté avec Dash Hardy, pourtant il ne figure pas beaucoup dans votre travail. Erich Ackermann si, par contre. C'est par lui que tout a commencé pour vous.

— C'est vrai. Mais c'était il y a si longtemps. Honnêtement, je ne pense presque plus jamais à lui.

— Ça doit bien vous arriver. Et il est un élément central de mon mémoire.

— Oui, ça m'arrive parfois, concédai-je. Que veux-tu savoir ?

— Je voudrais *savoir*, dit-il en mettant un accent inattendu sur le verbe, ce que vous ressentez quand vous repensez à cette époque-là. Et si vous avez l'impression de l'avoir traité avec justice.

— Eh bien, dis-je en prenant une gorgée de bière pour réfléchir, je suppose que si tu veux la vérité vraie, je ne l'ai pas traité aussi bien que je l'aurais pu. J'admets que j'ai cultivé son amitié dès le départ, mais je ne crois pas qu'il y ait grand mal à ça. Les artistes font ça depuis la nuit des temps. Et soyons francs, tu cultives la mienne aussi, après tout. Pour avancer plus vite.

— Euh… » Il rougit un peu, et parut sur le point de dire quelque chose pour se justifier mais je ne lui en laissai pas le temps.

« Écoute, le soir où nous nous sommes rencontrés, je voyais bien qu'il était attiré par moi. C'était tellement évident que c'était presque pitoyable. Erich avait fait taire cette sensibilité chez lui depuis des décennies après la mort d'Oskar Gött et pour une raison inconnue, je l'avais réveillée par ma présence, comme s'il avait tout à coup pris une grande inspiration après être resté sous l'eau trop longtemps. C'est pour ça qu'il m'a invité à visiter toutes ces villes avec lui ; ce n'était pas pour l'aider, ce n'était pas pour être son assistant, c'était parce qu'il en pinçait pour moi. Et pourquoi pas ? J'étais joli garçon et je lui redonnais goût à la vie. J'ai peut-être tiré avantage de sa bonté, mais pourquoi pas ? J'ai flirté un peu avec lui, je me suis assuré d'entretenir l'ambiguïté sexuelle. Toujours une possibilité, jamais une certitude. Je l'ai mené en bateau. Et il était tellement sous l'emprise de son désir que je pense qu'il aurait fait n'importe quoi pour moi, si je le lui avais demandé. Et ensuite, quand j'ai eu tout ce dont j'avais besoin, j'ai écrit *Deux Allemands*.

— Et votre amitié a pris fin à ce moment-là ?

— Ça te semble peut-être cruel, Daniel, dis-je. Theo, pardon. Mais lorsque j'ai eu ce qu'il me fallait, pourquoi serais-je resté ? Est-ce que tu envisages une relation avec moi jusqu'à la fin de ta vie une fois que tu auras écrit ton mémoire ?

— Non, mais…

— Je ne le considérais pas comme un ami, de toute manière, et il est impossible de dire comment il me voyait. Il me payait, souviens-toi, et on ne paye pas ses amis pour vous accompagner en voyage, si ? On paye un assistant. Par ailleurs, en dehors de l'amour des livres, nous avions peu de choses en commun. Réfléchis : il était vieux, j'étais jeune. Il voulait un amant, pas moi. Sa carrière était presque derrière lui, la mienne n'avait pas encore commencé. Tu pourrais dire que je lui ai rendu service quand j'ai coupé le cordon qui nous reliait, même si cet acte a fait couler plus de sang que nous l'avions prévu, l'un comme l'autre. Non, le temps était venu de dire au revoir. Toute autre issue aurait juste fait passer Erich pour un idiot. S'il l'avait compris, il m'aurait peut-être remercié.

— Alors, vous l'avez laissé tomber. »

Je haussai les épaules. « Si tu veux le formuler ainsi.

— Finalement vous avez pris son amitié, ses nombreux conseils, et toute la confiance qu'il avait en vous, et vous les lui avez renvoyés à la figure. C'est bien ça, non ? »

Je réfléchis quelques instants. « Essaye de voir les choses de mon point de vue. Tu décris là un jeune homme totalement calculateur et malhonnête dans ses actes. Mais Erich était-il honnête avec moi ? Regardons la vérité en face, si j'avais pesé cent kilos de trop et ressemblé à une épave rejetée sur le rivage après une tempête, tu penses qu'il m'aurait demandé de boire un verre avec lui ce soir-là à Berlin Ouest ? Je n'étais pas le seul serveur en salle ce soir-là, tu sais, mais c'est moi qu'il a choisi. C'est facile de me considérer comme le méchant de l'histoire, mais en réalité, les actions d'Erich n'étaient pas totalement honorables non plus.

— J'imagine que tout est affaire de motivation. Quoi qu'Erich ait fait, il l'a fait par amour. Parce qu'il était dans la confusion. Écrasé par le regret d'avoir gâché une partie de sa vie. Alors que vous vous serviez de lui, tout simplement. Et vraiment, est-ce qu'il méritait ça ? Un monsieur âgé qui, de nombreuses décennies auparavant, encore adolescent, avait commis une seule erreur terrible, avec laquelle il était obligé de vivre depuis. Combien de jeunes hommes en Allemagne à cette époque ont commis un acte qui a envoyé des gens à la mort ? Oh, ça ne l'excuse en rien, bien sûr, mais il n'était pas un monstre. Seulement un garçon dérouté qui a agi sans réfléchir. Toute sa vie, il s'est puni pour cela. Avait-il besoin de cette souffrance supplémentaire à la fin ? »

Je baissai la tête, fermai les yeux et essayai de garder mon sang-froid. Il était un peu gonflé, ce garçon ; malgré toute l'aide que je lui fournissais, il avait l'audace de formuler un jugement aussi tranché sur moi. Je levai à nouveau les yeux, prêt à lui dire ma façon de penser, mais il faisait ce geste à nouveau, tapotant rapidement l'index contre son pouce, exactement comme Daniel, et je me radoucis. J'avais besoin de son pardon, pas de sa condamnation.

« Comme je l'ai dit, poursuivis-je doucement, tout cela s'est passé il y a longtemps. Et si ça ne t'ennuie pas, je préférerais ne plus évoquer Erich. Parfois, j'ai l'impression d'avoir passé la moitié de ma vie à parler de cet homme et tôt ou tard, il faut que ça s'arrête.

— Mais…

— Non, Daniel, dis-je en posant ma main à plat sur la table. Il faut que ça s'arrête. »

Il hocha la tête. « D'accord. »

Le carnet réapparut et prenant une page vierge, il commença à écrire à toute vitesse, un curieux sourire sur le visage. Pendant un long moment il ne dit rien et je me surpris à fixer ses mains.

« Est-ce que tu te souviens quand Mlle Willow a essayé de te faire écrire de la main droite ? demandai-je, le souvenir me faisant sourire.

— Pardon ? dit-il en levant la tête.

— Quand tu avais sept ou huit ans. Mlle Willow a affirmé que ce serait mieux si tu arrêtais d'écrire de la main gauche. Elle a essayé de te forcer à écrire de la droite et j'ai dû aller voir la directrice, Mme Lane, pour me plaindre. »

Il secoua la tête, et recommença à écrire dans son carnet. Je commandai une nouvelle tournée et bus un autre whisky au bar, ce qui ne me ressemblait pas. J'avais une routine de boisson très stricte et je préférais ne pas y déroger. Mais là, j'avais l'impression d'avoir besoin de plus. Je voulais plus d'ivresse, moins de lucidité.

« Passons à autre chose », proposa-t-il, lorsque je revins à notre table. Il poussa son verre de côté, en y jetant à peine un coup d'œil, tandis que j'avalais une grande gorgée de ma bière. « Je voudrais vous poser une question sur la période où vous avez vécu à New York. Vous avez écrit deux livres là-bas, n'est-ce pas ?

— C'est exact. *Déloyauté* et *Brisés*. Est-ce qu'ils auront une place importante dans ton mémoire ?

— Bien sûr, mais ce qui m'intéresse surtout, c'est de savoir comment vous avez construit les idées de ces romans. J'ai identifié le processus de création des trois premiers.

— Ne me dis pas que tu es toujours fâché après ce que je t'ai confié sur *L'Homme de la tribu*, fis-je avec un soupir. Vraiment, je pense que tu fais une montagne d'une taupinière.

— Vous travailliez pour la revue *Storī* à l'époque ? demanda-t-il, ignorant ma question.

— Je ne travaillais pas pour *Storī*. Je possédais cette revue. Je l'ai créée à partir de rien. J'étais le rédacteur en chef. Toute l'entreprise était sous mon contrôle.

— Bien sûr. Pardon. Et qu'est-ce qui vous a motivé, au départ ?

— Eh bien, quand j'ai quitté l'Angleterre, je me suis dit qu'il vaudrait la peine de faire quelque chose pour aider de jeunes auteurs à lancer leur carrière. J'aimais l'idée de la philanthropie littéraire. Personne ne m'avait jamais aidé, après tout, et…

— Sauf Erich.

— Oui, c'est vrai.

— Et Dash.

— Et Dash, oui.

— Et Edith.

— Oui, bien entendu. Tu vois, je voulais que la revue devienne un endroit où les écrivains aient envie de voir leurs textes publiés, c'est pour ça que je ne sortais que quatre numéros par an, chacun avec une douzaine de nouvelles. Pour garantir un niveau de qualité élevé. Je tenais à ce qu'être publié dans *Storī* soit un honneur. Une aspiration. Comme être publié dans le *New Yorker*.

— J'ai parcouru tous les anciens numéros.

— Du *New Yorker* ?

— Non, bien sûr que non », lâcha-t-il en levant les yeux au ciel, et j'eus un mouvement de recul, ahuri qu'il se comporte avec si peu de respect envers moi. Peut-être avait-il trop bu. « De *Storī*.

— Oh, bien sûr. Quoi ? Tous ?

— Oui. C'est très important que j'identifie parfaitement vos goûts, pour mon mémoire.

— Tu es très assidu. Tu veux vraiment devenir biographe !

— Il y a de très beaux textes. Des nouvelles vraiment magnifiques.

— Merci.

— Et vous avez découvert de grands talents. Henry Etta James, par exemple.

— Oh oui, dis-je en riant un peu. Elle ne m'a jamais manifesté la moindre reconnaissance pour avoir lancé sa carrière. Tu sais, quand elle a gagné le Prix Pulitzer pour *Je suis frustrée par mon petit ami, mon corps et ma carrière*, je lui ai envoyé un bouquet de fleurs et elle n'a même pas eu la correction de me remercier. Elle me garde rancune depuis un temps ridicule.

— À cause de cette nouvelle que vous avez refusé de publier ? »

Je le regardai, ébahi.

« Comment diable es-tu au courant de ça ? demandai-je, essayant de contrôler le léger tremblement de ma voix.

— Elle me l'a dit.

— Qui ?

— Henry Etta.

— Henrietta James ?

— Oui. »

J'étais aussi surpris que s'il avait arraché son visage pour révéler celui de Henrietta en dessous. « Je suis désolé, mais il faut que tu m'expliques. Comment diable connais-tu Henrietta ? Elle ne peut pas être une de tes amies ?

— Oh non, répondit-il. Nous ne sommes pas amis. Je ne serais jamais aussi présomptueux. Je suis allé à New York il y a quelques mois, pour effectuer des recherches. Je trouvais qu'il était important de me faire une idée de la manière dont *Storī* s'inscrivait dans votre vie. Vous avez vécu longtemps aux États-Unis, après tout.

— D'accord, fis-je, pas complètement convaincu. Et comment as-tu trouvé le moyen de croiser sa route ?

— J'ai contacté quelques-uns des écrivains qui avaient commencé leur carrière en étant publiés dans votre revue. Ce n'était pas difficile ; ils sont tous sur les réseaux sociaux. La plupart d'entre eux n'ont pas répondu, mais elle, si. Elle s'est même montrée très généreuse de son temps. Elle m'a emmené boire des cocktails au Russian Tea Room, c'était formidable. Elle m'a même présenté à son éditeur.

— Vraiment ? demandai-je, levant un sourcil surpris. Gentil de sa part.

— Elle a été très encourageante.

— Et je suppose qu'elle n'a eu que des choses méchantes à dire sur moi ?

— Pas du tout. Elle était très flatteuse. Elle a dit que vous aviez eu un petit conflit à cause d'une nouvelle que l'*Atlantic* a fini par accepter de publier…

— Elle l'avait complètement réécrite, protestai-je. La nouvelle version n'avait rien à voir avec celle qu'elle m'avait soumise.

— Elle n'a pas été négative, Maurice, insista-t-il. Calmez-vous.

— S'il te plaît… » Je respirai à nouveau par le nez, essayant de ne pas m'énerver. « S'il te plaît, ne me dis pas de me calmer, d'accord ?

— OK. Mais je vous promets qu'elle n'a dit aucun mal de vous.

— Bon, d'accord, maugréai-je, mécontent malgré tout.

— Je suis désolé de vous avoir contrarié.

— Oh, je t'en prie. » Je balayai ses excuses d'un geste de la main. « Je m'intéresse autant à l'opinion de Henrietta qu'à celle de la reine.

— Voulez-vous un autre verre ? Ça vous ferait peut-être du bien. »

Je constatai que son verre était encore plein aux trois quarts alors que le mien était presque vide. « Mais tu as à peine touché au tien. Est-ce que j'ai bu rapidement ou est-ce que tu bois lentement ?

— Quelle importance ? Je vais aller vous en chercher un, si vous voulez.

— Oui, je veux bien. » Il se dirigea vers le bar. Il était difficile de ne pas se sentir un peu harcelé, mais quand j'analysais précisément tout ce qu'il avait dit, il ne semblait y avoir aucune raison de me sentir si mal.

« Elle s'est mariée l'an dernier », dit-il quand il revint, posant une pinte sur la table pour moi, et j'en avalai une grande gorgée. Je fus irrité qu'il rapporte un verre d'eau pour lui. Je n'aimais plus boire seul.

« Qui ?

— Henrietta.

— Oh… » Je m'en fichais un peu. « Tant mieux pour elle.

— Je crois que vous connaissez son mari.

— Ne me dis pas qu'il est écrivain, lui aussi ? fis-je en levant les yeux au ciel. Qu'est-ce qu'ils ont tous, ces New-Yorkais, avec leur…

— Non, il est éditeur. Il s'appelle Jarrod Swanson. »

Je réfléchis mais le nom ne me disait rien. « Je ne crois pas. Ça ne me rappelle rien.

— Il a été assistant à *Storī* pendant un temps. Il était *votre* assistant.

— Jarrod Swanson... », répétai-je, fouillant dans ma mémoire, et finalement, cela me revint. Jarrod avait suivi les mêmes cours que Henrietta à la New School, et quand ils s'étaient séparés, il était tellement fâché contre elle qu'il avait refusé une de ses nouvelles, celle que j'avais découverte et que j'avais publiée – son premier texte publié. Ils s'étaient donc remis ensemble, finalement ? Et maintenant, ils étaient mariés ! Eh bien, tant mieux pour eux. Ça ne me faisait ni chaud ni froid.

« Jarrod est retourné travailler à *Storī*, précisa Theo. Il n'a plus envie de devenir écrivain. D'après lui, il s'est rendu compte qu'il n'était pas assez bon et que sa vocation, c'est de travailler avec d'autres écrivains. Il occupe votre ancien poste. Éditeur. Il est vraiment bon, d'ailleurs. Je suis surpris que vous ne le sachiez pas. »

Je haussai les épaules. « Je ne me suis pas préoccupé de la revue depuis que je l'ai vendue. Je savais qu'elle existait toujours, bien sûr, mais en dehors de cela... » Je me détournai et jetai un coup d'œil à ma montre. L'après-midi était en train de se transformer en interrogatoire, et ça me déplaisait souverainement.

« Je vais en faire le chapitre central de mon mémoire, dit Theo. Je vais l'appeler *Storī*time.

— Comme c'est original.

— Oui, je trouve aussi. Et si ça ne vous ennuie pas, j'aimerais bien vous interroger sur quelque chose que j'ai découvert alors que j'étais là-bas.

— Vas-y. J'ai comme l'impression que les préliminaires sont terminés et qu'enfin, tu es sur le point de me baiser.

— Pardon ? fit-il avec un mouvement de recul mais sans paraître déconcerté par les mots que j'avais choisis.

— Demande-moi ce que tu veux, je vois bien que tu en meurs d'envie.

— D'accord. » Il reprit ses notes. « Voilà. Quand Jarrod a appris que mon mémoire portait sur vous, il m'a demandé si j'aimerais jeter un œil aux archives de *Storī*.

— J'espère sincèrement que tu as trouvé des choses plus intéressantes à faire à New York que lire tout ça.

— En fait, j'ai sauté sur l'occasion. La revue existe depuis longtemps maintenant. Je me suis dit que je pourrais tomber sur une nouvelle égarée écrite par quelqu'un qui aujourd'hui est célèbre.

— Célèbre ! dis-je en éclatant de rire. Nous parlons d'écrivains, Daniel, pas de stars de cinéma.

— Maurice, vous n'arrêtez pas de…

— Je n'arrête pas de quoi ? »

Il secoua la tête. « Peu importe. Bref. Bien sûr, je n'aurais pas pu lire tout ce qui se trouvait là, il y a des milliers de textes dans cette pièce.

— À mon avis, tu renoncerais à la lecture pour toujours si tu essayais.

— Alors j'ai décidé de me concentrer sur deux périodes particulières.

— Ah oui ? Lesquelles ?

— Le printemps 2009 et l'hiver 2013.

— D'accord, dis-je en réfléchissant, essayant de me rappeler ce qui se passait dans ma vie à ces moments-là. Tu avais à peu près six ans en 2009 et dix ans en 2013 ?

— Non, j'avais... » Il parut surpris par ce que j'avais dit. « Je suis né en 1996, alors j'avais treize et dix-sept ans.

— Bien sûr. Je me trompe. Alors, qu'est-ce que ces périodes avaient de si spécial ? C'est moi qui dois deviner ?

— C'est quand vous avez écrit les premières moutures de *Déloyauté* et *Brisés*. »

Je levai mon verre, avalai presque un tiers de la pinte d'un coup, puis la reposai.

« Tu es très scrupuleux, on dirait. J'ai l'impression de t'avoir sous-estimé, Theo. Et as-tu trouvé quelque chose d'intéressant ? Quelque chose que j'aurais dû publier ? »

Il sortit un deuxième carnet de sa serviette, beaucoup plus épais, et le feuilleta, avant de s'arrêter sur une page en particulier et de la lire longuement.

« Je suis tombé sur une nouvelle d'une femme appelée Marianne Jilson, finit-il par dire. Une nouvelle intitulée " Quand la branche s'est brisée ".

— Quel titre affreux.

— C'est vrai, concéda Théo. Et la nouvelle n'était pas mieux, pour être honnête. En tout cas, l'écriture n'avait rien de remarquable. Mais l'intrigue était plutôt intéressante.

— Je ne m'en souviens pas.

— Cinq frères qui vivent aux États-Unis dans les années 1930, travaillent dans la ferme de leurs parents. Quatre d'entre eux partent à l'armée, mais l'un reste sur le carreau parce qu'il a les pieds plats et il est réformé.

— Des pieds plats ! dis-je en éclatant de rire. Je n'ai jamais bien compris ce que ça signifiait. Et toi ?

— L'histoire est bâtie autour de la difficulté qu'il éprouve à être le seul homme jeune en ville alors que tout le monde est parti pour la guerre. Il se sent émasculé, bien entendu.

— Je vois, dis-je doucement.

— Et il y avait une autre nouvelle, par Ho Kitson. Un écrivain américain d'origine chinoise, si je me souviens bien les détails de la lettre d'accompagnement.

— Et qu'est-ce qu'il ou elle a écrit ?

— Il. Une nouvelle intitulée "Déclaration d'intention".

— Le titre est meilleur.

— Je suis d'accord.

— Oh, je suis content.

— Et la nouvelle de Ho Kitson raconte l'histoire d'une fille qui a abandonné son bébé dans un train en Californie juste au moment où il s'apprête à partir pour traverser tout le pays. »

Je hochai la tête, gardant le silence.

« Vous voyez où je veux en venir, je présume ? demanda-t-il après une longue pause.

— *Déloyauté.*

— *Déloyauté*, confirma-t-il. Le chapitre d'ouverture de ce roman montre une jeune femme qui laisse son bébé non désiré dans le wagon d'un train. Une autre monte peu de temps après, découvre le bébé et comme elle ne peut pas avoir d'enfant, elle le prend. Personne ne l'apprend jamais. Elle le ramène à la maison, et son mari et elle l'élèvent comme s'il était le leur. Quand le garçon a dix-huit ans, la guerre du Vietnam éclate et presque tous les fils des familles de la ville partent au front, mais lorsqu'il va passer les examens médicaux…

— Tu n'as pas besoin de me raconter mon propre roman, Theo, dis-je, de plus en plus agacé par son impertinence. Je l'ai écrit. Je crois que je me souviens de quoi il parle.

— Et il y a *Brisés*, poursuivit-il en consultant à nouveau ses notes. Ai-je besoin de continuer ?

— À l'évidence, tu t'amuses bien, fis-je avec un haussement d'épaules. Alors, vas-y.

— Steven Conway. Une nouvelle intitulée "L'anniversaire de mariage". Un mari et une femme visitent Paris pour fêter leurs vingt ans ensemble et pendant ce séjour, la femme a une brève liaison. Et Anna Smith. Une nouvelle dont le titre est "Mardi". Une histoire comique sur la vie sur un campus universitaire où un professeur essaye, sans réussir, de séduire ses étudiants. Et si on regarde l'intrigue de *Brisés*…

— D'accord, Daniel, mais putain…, criai-je.

— Theo, corrigea-t-il posément.

— Dis-moi simplement où tu veux en venir. »

Il me regarda avec un mépris certain dans le regard et rit. « Ce n'est pas évident ?

— Pas pour moi.

— Les idées. Ce n'était pas les vôtres.

— Et… ?

— Maurice, je ne crois pas manquer de tolérance…

— Eh bien, si. Dis-moi quelque chose, Theo. Ces quatre textes que tu as lus. Est-ce qu'ils étaient bons ? »

Il réfléchit un moment et haussa les épaules. « Pas vraiment. Enfin, il y avait quelques bonnes idées, mais l'écriture était très moyenne et les personnages jamais complètement développés.

— Et si tu avais été l'éditeur de *Storī* à l'époque, est-ce que tu les aurais publiés ?

— Non, certainement pas.

— Alors, où est le problème ?

— Vos romans – ces deux romans – les idées ne venaient pas de vous. Elles sont un mélange de nouvelles écrites par d'autres. »

Je souris. *Les Histoires des autres*. Mon nouveau roman. Mon roman inachevé. Le livre que Daniel, ce petit fouineur, avait découvert et sur lequel il s'était tellement enflammé.

« Mais ces nouvelles n'étaient pas bonnes, protestai-je. Et mes romans, ceux dont nous parlons, ont été bien reçus, tous les deux.

— Oui, mais…

— Écoute, Theo. Je suis écrivain. Et quelle est la question la plus énervante qu'on puisse poser à un écrivain ?

— Je ne sais pas. Est-ce que vous écrivez à la main ou à l'ordinateur ?

— Non, c'est d'où vous viennent vos idées ? Et voilà, la réponse est que personne ne sait d'où elles viennent et personne ne *devrait* le savoir. Elles viennent de nulle part, elles descendent doucement d'un paradis mystérieux et nous tendons la main pour en attraper une, notre imagination s'en saisit et se l'approprie. Un écrivain peut surprendre une conversation dans un café et tout un roman se construira à partir de là. Un autre verra un article dans un journal et une intrigue lui apparaîtra immédiatement. Un autre entendra parler d'un incident désagréable qui est arrivé à l'ami d'un ami au supermarché. Alors, j'ai pris des idées dans des nouvelles mal écrites qui m'avaient été envoyées – sans que je les aie demandées, ajouterais-je – et les ai transformées en quelque chose qui non seulement était publiable mais s'est vendu très bien. Où est le problème ?

— Quand vous le formulez comme ça, aucun, fit Theo, qui paraissait extrêmement contrarié. Mais ne pensez-vous pas que…

— Je pense ce que je viens de dire, voilà ce que je pense. Essayes-tu de suggérer que personne n'a jamais écrit de roman sur un enfant abandonné ? Bon sang, Daniel, tu connais l'histoire de Moïse ? Pharaon a condamné à mort tous les enfants juifs de sexe masculin et Yokébed a placé le bébé dans un panier sur le Nil, où il a été découvert par Bithiah. Est-ce que tu dirais que Ho Kitson a pris son idée dans la Bible ? Et un professeur d'université qui séduit ses étudiants ? Tu as lu Updike, je présume ? Mailer ? Roth ?

— Mais ce n'est pas la même chose ! insista-t-il en secouant la tête, visiblement chamboulé. Vous essayez de justifier vos actes et…

— Je n'essaye pas de justifier quoi que ce soit. Et si tu as une accusation à formuler, Theo, peut-être que tu devrais l'énoncer. Sinon, cesse de fouiner pour trouver du scandaleux et concentre-toi sur le texte en lui-même. Sois un biographe littéraire, comme tu prétends vouloir le devenir, et pas un journaliste de pacotille. »

Il hésita et finit par secouer la tête. « Je pense juste que c'est un peu étrange que…

— Mon garçon, tu vas écrire un mémoire extraordinaire. Je dois te féliciter. Tes recherches sont exemplaires. Je présume que tu as parlé à ton père de ce projet. Il est toujours intéressé par l'idée d'en faire un livre ? Un livre sur moi ?

— Oui », dit Theo, le regard fixé sur la table qu'il tapotait du bout des doigts. Il avait la mine déconfite et je ne pus m'empêcher d'être un peu amusé. Le pauvre garçon était découragé. Il pensait faire un reportage à la Woodward et Bernstein sur moi mais en vérité, il était très débutant dans le domaine alors que je jouais depuis longtemps. La partie était loin d'être équitable.

« Est-ce que ça va, Theo ? m'enquis-je en tendant le bras pour prendre sa main. Tu as l'air un peu troublé.

— Ça va, dit-il en jetant un coup d'œil à sa montre. Je devrais y aller. J'ai du travail qui m'attend.

— D'accord, répondis-je. Mais quelle après-midi fantastique ! Si tu veux mon avis, je trouve que tu te donnes un mal de chien pour écrire un mémoire solide. Il est évident que tu seras très brillant un jour, j'en suis certain. Personne ne pourra avoir de secret pour toi. Tu es sûr que tu ne veux pas un autre verre avant de partir ? demandai-je en fouillant dans ma poche pour sortir mon portefeuille. J'ai soif, et je prends tellement de plaisir à bavarder avec toi. »

6. Le Cross Keys, Covent Garden

Parfois, on sait qu'on a commis une erreur, tout simplement. J'avais placé ma confiance en Theo, j'avais pensé qu'il me réintroduirait dans le monde littéraire, mais après notre dernière rencontre, je commençai à comprendre que j'avais choisi la mauvaise personne. Il était travailleur, certainement, un trait admirable chez quelqu'un d'aussi jeune, mais il était beaucoup trop naïf. Il avait fait ses recherches sans comprendre la valeur des informations qu'il avait découvertes. Il m'avait laissé débouter ses intuitions, et même le faire passer pour un imbécile d'avoir osé les formuler. Si j'avais été à sa place, j'aurais donné un tour de vis et poussé l'autre à tout révéler, mais le pauvre garçon n'avait pas un instinct de tueur. À ma grande déception, je me rendis compte qu'il était temps de le lâcher, tout comme j'avais lâché Erich, puis Dash, et comme j'avais laissé tomber Edith. Chacun d'eux avait servi un but, et même si Theo, finalement, ne s'était pas révélé aussi utile que je l'avais espéré, au moins, il m'avait redonné l'inspiration pour que je me remette à écrire et que je tourne la page sur les événements des dernières années. Il était temps d'arrêter de boire et de commencer un roman. À défaut d'autre chose, il avait fait au moins ça pour moi.

Lorsque je me réveillai ce matin-là, j'attrapai mon téléphone avec l'intention de lui écrire un message pour lui dire que je ne serais pas disponible pour d'autres entretiens, mais au même moment, un message de lui arriva, demandant si nous pouvions nous voir plus tard cette après-midi-là au Cross Keys. Pourquoi pas ? Ce serait plus gentil, après tout, de lui dire de vive voix que notre relation touchait à sa fin et qu'il faudrait qu'il termine son mémoire sans moi. Je répondis donc par l'affirmative, promettant de le retrouver là-bas à 15 heures. J'espérais qu'il n'y aurait pas de scène. J'ai toujours détesté les scènes.

Ce jour-là aurait été l'anniversaire de Daniel, et je passai l'essentiel de ma matinée et mon trajet jusqu'à Covent Garden à penser à lui. Sa mort était un poids terrible, mais tout comme j'allais me débarrasser de Theo, il était temps de me débarrasser de lui aussi. Je ne pouvais pas écrire si je me sentais coupable. En vérité, toutes ces années, je m'étais trompé en croyant que j'aimerais être père. C'était peut-être l'idée qui me plaisait car, finalement, comme mon mariage avec

Edith, l'expérience ne m'avait pas autant ému que je m'y étais attendu. J'étais assurément très attaché à mon fils et j'aurais préféré qu'il soit encore avec moi, mais mon état de prédilection était la solitude, une vie où je pouvais contrôler mes mouvements et mes décisions.

Les Histoires des autres avait émergé comme une vague idée, un soir, alors que je me sentais un peu abattu car je n'avais rien découvert d'intéressant dans la pile des nouvelles récemment envoyées à *Storī*. Depuis presque un an, je n'avais rien trouvé à adapter pour mon propre compte, et j'avais commencé à penser à ma vie et à la manière dont j'avais transformé un début peu prometteur en une carrière triomphale. Certaines personnes étaient véritablement importantes – mes parents, Erich, Dash, Edith et Daniel – et chacune avait contribué à mon succès. Je commençai à jeter quelques notes sur le papier. Je repensai au moment où j'avais quitté le Yorkshire pour l'hôtel Savoy à Berlin Ouest et je compris que l'histoire que je cherchais était là depuis le début.

Ce n'était pas l'histoire de quelqu'un d'autre.

C'était la mienne.

Non pas que j'aie l'intention d'écrire mes mémoires. Certainement pas. La fiction était mon métier, mon havre de paix. Et ce n'était pas comme si je pouvais me lancer dans une autobiographie *véridique*. Je serais conspué instantanément, et très probablement arrêté. Non, je devais renoncer à un projet aussi théâtral, mais ce que je pouvais faire, c'était écrire un roman. J'avais besoin d'une histoire et, une fois que je l'avais, je pouvais être parmi les meilleurs, j'en étais certain.

Et donc, je fis ce que je faisais depuis toujours : je me mis à écrire.

Je commençai par un garçon qui grandissait dans le Yorkshire et qui voulait devenir quelqu'un. Je rangeai les textes dans des fichiers distincts, prenant la vérité et la recréant exactement comme je m'en souvenais. Je relatai mon amitié avec Henry Rowe, cette première conquête, la première personne qui m'avait fait comprendre le pouvoir d'attraction qu'exerçait ma beauté. Cela n'avait pas marché, bien sûr, et je n'avais jamais réussi à terminer cette histoire, mais j'étais jeune à l'époque et je n'allais pas me le reprocher. J'étais encore en apprentissage, après tout, et Henry s'était révélé un bon point de départ.

Ensuite il y avait eu Erich. Et Dash. Et Edith. Toujours de bonnes histoires à raconter. Pour me rendre les choses plus faciles, je pris soin dans mon premier jet de transcrire les faits exactement comme je me les rappelais, gardant leurs vrais noms et le mien. Le projet était d'écrire sur une personne qui n'avait pas la moindre conscience, quelqu'un qui était prêt à se servir de tout le monde pour avancer, un manipulateur de grande envergure. Et ensuite, lorsque ma première mouture serait terminée, je m'attellerais au vrai travail. Changer les noms, bien sûr, et créer des différences beaucoup plus nettes entre les personnages de la fiction et leurs correspondants dans la réalité. J'avais également décidé que mon protagoniste ne serait pas un aspirant écrivain mais un acteur. Erich et Dash seraient des grandes personnalités du théâtre et Edith, une ingénue. J'avais une très jolie idée pour un passage où les clones de Dash et moi passerions une soirée chez Laurence Olivier et Joan Plowright, où Olivier, le vieux renard, serait la seule personne qui ait jamais vu clair dans mon jeu. J'étais certain que Gore apprécierait la comparaison avec le plus beau et le plus talentueux de tous les acteurs. J'avais écrit plusieurs versions de cette scène et elle était de loin ma préférée, car j'avais toujours pensé que si Gore avait simplement pris le temps de me connaître, nous aurions pu nous entendre. C'était dommage, me dis-je, qu'il ne fût plus vivant pour la lire.

Ce jour-là était aussi un samedi et Daniel avait été grognon toute la matinée, ce que je mis sur le compte du fait qu'il avait treize ans et entrait dans l'adolescence. Il avait été assez énervant, ces derniers temps, et je commençai à redouter les deux ou trois ans qui se profilaient.

J'avais passé quelques heures au bureau dans l'après-midi pour travailler et ensuite, peu motivé par l'idée de retrouver un adolescent renfrogné à la maison, j'étais allé à l'Angelika voir *Midnight in Paris*. J'en étais sorti de bonne humeur, et arrivé près de chez nous, je m'arrêtai prendre un repas à emporter pour notre dîner. Son adresse préférée, devrais-je ajouter, pas la mienne.

Cependant, lorsque j'entrai dans l'appartement, j'eus la surprise de découvrir qu'il était désert. La chambre de Daniel se trouvait à une extrémité, près de la porte d'entrée, alors que la mienne, et mon bureau, se situaient de l'autre côté, les deux parties séparées par la pièce à vivre et la cuisine. J'ouvris la porte de sa chambre, mais il ne s'y trouvait pas, et comme il n'était pas allongé sur le canapé en train de lire ou de regarder la télévision, je supposai qu'il était sorti. Peut-être un de ses amis l'avait-il appelé et ils étaient allés au cinéma ou là où vont les garçons de son âge quand il n'y a pas d'adultes pour leur interdire de sortir. En général, je ne posais pas trop de questions. Daniel, après tout, était un enfant assez responsable, et du coup, je lui laissais beaucoup de liberté.

Ce n'est qu'après avoir rangé la nourriture dans le réfrigérateur pour la réchauffer seulement plus tard et après être retourné dans le salon que j'entendis des bruits venant de l'autre bout de l'appartement. Daniel était rarement là-bas ; je fus surpris. Un peu anxieux, j'allai au bout du couloir, ouvris la porte de mon bureau et découvris mon fils assis devant mon ordinateur. Je ne l'avais jamais vu là avant, car il savait qu'il lui était expressément interdit de l'utiliser.

« Qu'est-ce que tu fais là ? »

Il ne répondit pas, et ne bougea pas. Son attention était complètement absorbée par ce qui se trouvait sur l'écran et c'est seulement lorsque je répétai la question qu'il se retourna lentement pour me regarder. Je n'avais jamais vu une telle expression sur son visage, un mélange de désillusion, de peur et de haine.

« Je te l'ai déjà dit, Daniel, fis-je, légèrement déconcerté, et j'entendis à ma voix que je ne paraissais pas aussi sévère que je l'aurais espéré. Mon bureau t'est formellement interdit d'accès, sans exception. Tu as ton propre ordinateur, tu n'as qu'à t'en servir.

— Il ne marche plus. » Son ton était neutre, comme s'il voyait à peine l'intérêt de me répondre. « Je l'ai fait tomber tout à l'heure et il ne démarre plus.

— Alors, on va le faire réparer. Ou on ira t'en acheter un neuf lundi. Mais n'utilise pas le mien, d'accord ? C'est mon ordinateur de travail. Je n'aime pas qu'on s'en serve. »

Il me regarda fixement un long moment, et bien qu'il n'eût que treize ans, j'eus l'impression que tout à coup, l'enfant, c'était moi.

« Est-ce qu'Edith était ma mère ? » s'enquit-il enfin. J'hésitai, tel un joueur d'échecs prévoyant plusieurs coups à l'avance, me demandant comment il allait réagir à ce que je répondrais, et ce que je lui répliquerais alors, et comment il prendrait la suite. Un document Word était ouvert mais je ne parvenais pas à voir lequel.

« Où as-tu entendu ce nom ? » Je ne lui avais jamais parlé de mon mariage. Il n'y avait aucune raison, après tout, car Edith était déjà morte avant que je rencontre la femme de chambre italienne. Tout ce que Daniel avait connu, c'était lui et moi, et il ne semblait pas pertinent de faire remonter le passé.

« J'ai lu ton livre, dit-il. La première partie, tout au moins ; ce que tu as écrit sur ta vie. »

Sa voix était hachée, sa respiration, courte ; il était à l'évidence très contrarié et il attrapa l'inhalateur de

Ventoline posé sur le bureau devant lui pour prendre une rapide bouffée qui lui décongestionna les poumons.

« Edith n'était pas ta mère.

— Mais vous étiez mariés. C'est dit ici. » Il désigna l'écran avec le fichier ouvert.

« Elle était ma femme, oui, mais elle n'était pas ta mère. Elle est décédée quelques années avant ta naissance. Elle n'avait rien à voir avec toi du tout.

— Il est écrit ici que tu l'as tuée. » Sa voix tremblait d'émotion, les larmes se mettant à couler sur son visage, et il prit une nouvelle bouffée de son inhalateur. Ses mots sortaient à un rythme saccadé, les syllabes entrecoupées par des hoquets.

« Ce n'est qu'un roman, Daniel, fis-je en avançant vers lui. Ce n'est pas la vérité. Tu connais la différence entre la fiction et la réalité, n'est-ce pas ?

— Mais tu utilises ton nom, insista-t-il, d'une voix plus forte. Maurice par-ci, Maurice par-là. Tu parles de *Deux Allemands*. Et j'ai cherché Edith Camberley sur Internet, elle a aussi écrit un livre. Et ce Erich, poursuivit-il. J'ai lu ce fichier-là aussi. » Il déglutit avec peine, paraissant à la fois gêné et horrifié. « Tu as couché avec des hommes ? Tu es homo ?

— Qu'est-ce que tu sais de ces choses-là ? fis-je, essayant de désamorcer la chose en riant.

— Tu as écrit que tu l'as tuée. » Il se retourna avant de poser son doigt sur la souris et de faire descendre le curseur jusqu'à la partie où je décrivais notre année à Norwich, quand j'avais l'impression d'être l'eunuque d'Edith. « Ça dit que tu l'as poussée dans l'escalier.

— Ne sois pas ridicule », le rabrouai-je, essayant de ne pas me mettre en colère. Je voyais que sa fureur était de plus en plus grande. Sa respiration était de plus en plus courte et je savais d'expérience que lorsqu'il s'énervait ainsi, il avait besoin de davantage de Ventoline. « Elle a perdu l'équilibre, c'est tout. Et elle est tombée. C'était un accident.

— Tu écris que tu l'as poussée. Elle avait découvert que tu avais recopié son livre et que tu l'avais vendu sous ton nom et…

— C'est un roman, Daniel, répétai-je. Rien de plus. Bon sang !

— C'est faux ! » cria-t-il. Les larmes coulaient à flots maintenant, j'avais du mal à comprendre ce qu'il disait. « J'ai tout lu. J'ai lu tout ce que tu as écrit ici. Tu n'as jamais écrit aucun de tes livres. Tu les as tous volés !

— Ce n'est pas vrai, tranchai-je, commençant à sentir monter la panique, car je ne l'avais jamais vu aussi fâché et je ne m'étais jamais trouvé si près d'être découvert. Chaque mot a été écrit par moi.

— Mais les idées n'étaient pas de toi ! Tu es un menteur !

— Non. Écoute, tu ne devrais même pas être ici. Tu as fouillé dans mon ordinateur sans en avoir la permission…

— Est-ce qu'Edith était ma mère ? » demanda-t-il à nouveau. Sa diction était terriblement saccadée, il essayait de trouver de l'air. Je jetai un coup d'œil à droite. Son inhalateur bleu se trouvait entre nous. « Est-ce que tu as tué ma mère ? cria-t-il.

— Bien sûr que non ! Tu me prends pour quoi ?

— Si ! hurla-t-il. Tu as tué ma mère ! Et tu as volé son livre ! »

Il n'arrivait presque plus à respirer maintenant ; il tendit le bras vers son inhalateur et, sans réfléchir, je tendis la main aussi, réussis à l'attraper avant lui et le serrai dans mon poing fermé en reculant vers la porte.

« Donne-le-moi », haleta-t-il et je m'ordonnai de le lui passer, mais je ne le pouvais pas. Je connaissais mon fils. Je savais à quel point il était honnête, tenace, et je savais qu'il ne renoncerait pas tant qu'il n'aurait pas découvert toute la vérité. « Donne-le-moi, papa ! » cria-t-il en se mettant debout, les mots sortant de sa gorge dans un râle sifflant, luttant de toutes ses forces pour attraper de petites bouffées d'oxygène et dégager ses poumons de plus en plus obstrués.

« Je ne peux pas. » Je posai les yeux sur la pendule accrochée au mur de mon bureau. Il était 14 h 08 quand il tomba sur le sol, la main serrée sur la poitrine, le corps secoué de spasmes ; il était en état de choc. Et à ce moment-là, je compris parfaitement que c'était lui ou moi. Si je l'aidais, ma carrière serait terminée, et je ne pouvais pas laisser cela arriver – je ne laisserais pas cela arriver. J'avais travaillé beaucoup trop longtemps et beaucoup trop dur. J'étais un écrivain, bordel. J'étais né pour être écrivain. Personne ne me retirerait jamais ça.

« Alors, tu m'as juste laissé mourir ? » demanda Daniel. Je pris la pinte posée devant moi pour avaler une longue gorgée, permettant à l'alcool de se mélanger à mon sang pour me donner l'impression que tout allait bien, avant de reposer le verre sur la table.

« Je t'ai laissé mourir, oui, avouai-je.

— Je t'ai supplié de me donner mon inhalateur. Tu as refusé.

— Tu aurais tout dit. Je ne pouvais pas permettre ça. Je suis désolé.

— Non, tu n'es pas désolé. En réalité, tu n'es pas désolé du tout.

— J'ai fait ce que je devais faire, lui dis-je. Tu ne sais pas ce que c'est d'avoir voulu quelque chose toute ta vie sans avoir été assez bon pour l'avoir.

— Bien sûr que je ne sais pas. Je suis mort à treize ans. Je n'ai pas eu le temps. »

« Bon sang. »

Je levai les yeux, regardai autour de moi. Tout ce qui m'entourait était flou ; les contours apparurent progressivement. J'étais au Cross Keys. Comment étais-je arrivé là ? Je me rappelais avoir quitté la maison plus tôt, mais je n'avais aucun souvenir de mon arrivée ici. Depuis combien de temps étais-je assis ici ?

« Daniel ? demandai-je doucement, mais ce n'était pas Daniel qui était assis en face de moi, c'était Theo.

— Votre femme ? Votre propre fils ? Je savais que vous étiez un être méprisable, mais ça…

— Mais qu'est-ce que tu racontes ? » J'avais la même sensation de désorientation que lorsqu'on se réveille après une sieste en milieu d'après-midi, sans savoir quelle heure il est, où on se trouve, si on est encore dans son rêve ou revenu dans la réalité.

« Je pensais que vous n'étiez qu'un menteur, un manipulateur. Un arriviste et un plagiaire. Mais ça ? Je n'avais jamais soupçonné…

— Mais à qui crois-tu parler ? dis-je penché en avant, tout mon corps tremblant, fiévreux. Tu n'as pas le droit de me parler comme ça, petit merdeux. »

Il désigna son téléphone d'un mouvement du menton et tapota sur l'écran. Un gros bouton rouge était visible au centre.

« Vous ne pouvez pas faire comme si vous ne l'aviez pas dit. J'ai tout, là-dedans.

— Tu m'as enregistré ? » fis-je, effrayé. Je ne me souvenais pas avoir été effrayé un jour dans ma vie.

« Bien sûr. J'ai enregistré toutes nos conversations. Depuis la première. Vous m'aviez autorisé à le faire, vous vous souvenez ? Lors de notre première rencontre au Queen's Head sur Denman Street ? Je voulais vous citer avec précision dans mon soi-disant "mémoire". »

Je déglutis et essayai de me souvenir. Presque un mois s'était écoulé, mais oui, il me l'avait demandé et j'avais acquiescé. Il avait glissé le portable dans sa poche de manière à ce que nous ne soyons pas distraits et je l'avais complimenté sur son professionnalisme. Enfin quand même, je n'arrivais pas bien à comprendre ce qu'il disait. « Qu'est-ce que tu racontes ? Tu écris bien un mémoire, n'est-ce pas ? C'est ce que tu m'as dit.

— Non, j'écris un livre.

— Un mémoire qui va devenir un livre.

— Non, seulement un livre. »

Je secouai la tête, essayant de comprendre. « Un livre sur moi, c'est ça ? Pour ton père ? Chez Random House ?

— Oh oui, approuva-t-il. C'est vrai. En fait, c'était son idée. Et je veux devenir biographe littéraire. Je sais que je suis jeune, mais ce n'est pas un problème, si ? Vous étiez jeune quand vous avez publié votre premier roman. Si tout se passe bien, et je pense que ce sera le cas, il me semble que j'ai une grande carrière devant moi.

— Il n'y a donc pas de mémoire, fis-je, en réfléchissant. Juste un livre. » Ce n'était pas si mal. Un intermédiaire en moins, pour ainsi dire. « Depuis le début, tu écris un livre sur moi. »

Il sourit et jeta un coup d'œil autour de nous, l'expression de son visage suggérant qu'il avait du mal à croire que j'étais si lent.

« Vous ne comprenez pas, visiblement. Ce n'est pas vous, le sujet de mon livre.

— Ah bon ?

— Non.

— Alors, qui est-ce ?

— Vous ne devinez pas ? »

Je réfléchis, mais non, je ne trouvai pas. « Qui est-ce ?

— Vous ne vous rappelez pas notre première rencontre ? Je vous ai dit que les livres étaient ma passion depuis que j'étais enfant. Que mon père travaillait dans l'édition et que son oncle écrivait un peu… »

Je détournai le regard. Me souvenais-je de cet échange ? Oui, mais je m'étais concentré uniquement sur le fait que son père était éditeur.

« Mon grand-oncle, donc. C'est lui, le sujet de mon livre. J'écris sur lui.

— Et pas sur moi ?

— Non.

— Mais je ne comprends pas, dis-je en posant les mains sur le bord de la table, car je commençais à défaillir. J'ai l'impression d'avoir pris un coup sur la tête.

— Quelle est votre maîtrise de l'allemand, Maurice ?

— Moyenne, je suppose. Assez pour m'en sortir. Pourquoi ?

— Theo Field, dit-il très lentement en exagérant chaque syllabe, tout en me souriant.

— Je ne… » Et là, comme si une trappe s'ouvrait sous mes pieds et que je tombais sur les rochers en dessous, j'eus la sensation de ne plus faire partie de ce monde. « Field, dis-je. *Acker*.

— Acker, oui.

— Ackermann. Tu es…

— Mon père est le fils de Georg Ackermann, qui a été tué dans un accident de tram, vous vous souvenez ? Vous me l'avez dit vous-même. Le jeune frère d'Erich.

— Erich était ton oncle.

— Mon grand-oncle, en fait. »

Je me penchai et l'observai de près. Ressemblait-il à Erich Ackermann ? Non, il ressemblait à Daniel. Il ressemblait à mon fils.

« Je pensais que vous seriez plus prompt à vous confier à moi si j'avais des choses en commun avec Daniel, dit-il, lisant dans mes pensées. Ce n'était pas très difficile. Il y a beaucoup de photos de lui en ligne, alors j'ai changé de couleur de cheveux pour avoir la même que lui. Et il avait mis sur son compte Instagram des photos de sa chambre et j'ai vu le poster du groupe accroché au mur. J'ai acheté un T-shirt avec le même.

— Non…, dis-je à mi-voix.

— Et il portait une bague à l'annulaire de la main droite. J'en ai mis une aussi.

— Tes lunettes ?

— Des verres blancs, dit-il en les enlevant pour me les donner. Pas de correction. La même monture que lui. »

Je les mis. Je voyais sans la moindre difficulté.

« Il avait posté des vidéos sur Facebook aussi. C'est comme ça que j'ai remarqué cette manie. » Il se mit à tapoter de l'index sur son pouce. « Un tic nerveux, apparemment.

— Oui. Il l'a eu toute sa vie. Et ton asthme ? » demandai-je.

Il éclata de rire, plongea la main dans sa serviette et sortit son inhalateur bleu ; il me le donna.

« Tenez. Essayez. »

Je le mis dans ma bouche, appuyai sur le bouton et aspirai. Rien. De l'air. Il était vide.

« Je n'ai pas d'asthme. Je n'en ai jamais eu.

— La photo d'Erich et moi à Montmartre. Tu as dit que tu avais examiné de vieilles photos. J'ai cru que tu l'avais trouvée dans un journal ou dans un livre.

— Je n'ai jamais prétendu ça, répondit-il en haussant les épaules. J'ai seulement dit que je l'avais vue. Vous savez qu'il était mort depuis une semaine quand on a découvert son cadavre ?

— Je l'ai appris, oui, soufflai-je, les yeux baissés. Dash me l'a dit.

— Il tenait la photo serrée entre ses mains, quand on l'a trouvé. Je suppose qu'il vous aimait encore, malgré ce que vous lui aviez fait. Le médecin légiste a transmis la photo à mon père. »

Je le regardai fixement. Pendant un très long moment, je gardai le silence.

« Mais pourquoi ? demandai-je enfin, quand je retrouvai ma voix. Pourquoi tu me fais ça ?

— Et pourquoi avez-vous fait ça à mon grand-oncle ?

— Parce que je voulais le succès, répondis-je, commençant à éprouver de la honte devant mes actes.

— En tout état de cause, vous m'avez donné des informations qui dépassent toutes mes espérances. Je ne sais même pas si le livre portera sur lui ou sur vous. Ou sur vous deux. Mais j'ai l'impression que ce sera le meilleur début de carrière littéraire depuis… » Il eut un large sourire. « Depuis le vôtre, tiens !

— Mais qu'est-ce que je t'ai donné ? » demandai-je, essayant de me rappeler chacune des conversations que nous avions eues et toutes les choses que je lui avais confiées. Trop heureux de me faire plaisir, il compta sur ses doigts.

« D'abord, Dash. Puis Erich. *Storī*, bien entendu. *L'Homme de la tribu*, que vous n'avez même pas écrit.

— Je l'ai mis en ordre.

— Mais vous ne l'avez pas écrit ! Bien que tout cela ne soit rien en comparaison de ce que vous avez fait à Edith et Daniel. Deux meurtres, Maurice. Deux meurtres. Quatre si l'on compte votre responsabilité dans la mort d'Erich et celle de Dash.

— Edith est tombée, protestai-je.

— Vous l'avez poussée.

— Daniel a eu une crise d'asthme.

— Et vous lui avez pris son inhalateur. » Il baissa les yeux vers son portable, tapota quelques instants et le rangea dans sa poche avant de se lever. « Tout est là-dedans, Maurice. Chaque mot.

— Non, fis-je en secouant la tête. Non, attends. Buvons encore un verre.

— J'ai assez bu avec vous. Je crois que je ne boirai plus jamais une autre pinte de ma vie.

— S'il te plaît. » Je me levai, mais il hocha la tête, prit son verre et avala d'un trait ce qui restait.

« Vous aurez bientôt de mes nouvelles, Maurice.

— Assieds-toi, laisse-moi t'en commander une autre. S'il te plaît.

— Non.

— Sûrement, après tout ce que j'ai fait pour toi…

— Vous n'avez rien fait pour moi, dit-il en riant. Vous m'avez offert quelques verres, c'est tout. Essayé de vous servir de moi pour arriver là où vous vouliez. Vous espériez que mon père utiliserait son réseau pour vous obtenir un nouveau contrat, c'est ça ? Eh bien, ça n'arrivera pas. Je ne vous dois rien, Maurice.

— Non, mais…

— Je pars, dit-il en s'éloignant.

— Attends ! » m'écriai-je. Il avait presque atteint la porte. « Daniel ! » hurlai-je à pleins poumons, un appel désespéré qui monta des profondeurs de mon âme. Il s'arrêta et le silence s'abattit sur la salle, toutes les têtes tournées dans ma direction, les regards rivés sur moi comme si j'étais sur le point de déclamer le monologue final d'une magnifique tragédie. Mais ce n'est pas moi qui pris la parole, car je n'avais plus rien à dire.

« C'est Theo, rectifia-t-il en me regardant avec un mélange de mépris et de lassitude. Combien de fois devrai-je le répéter, Maurice ? Je m'appelle Theo, pas Daniel. »

Là-dessus, il me tourna le dos et disparut.

7. Prison de haute sécurité de Belmarsh

Il y a de nombreuses années, lorsque nous nous quittâmes, j'avais suggéré à Erich Ackermann que peut-être il m'avait vu tel qu'il voulait que je sois et pas tel que j'étais en réalité. J'avais raison à l'époque, mais la vérité était que j'avais commis la même erreur avec Theo. Était-ce un mélange absurde de chagrin, de culpabilité et d'alcoolisme qui m'avait conduit à croire que si j'avouais tout à Daniel, il trouverait le moyen de me pardonner et ainsi ma conscience serait lavée ? Ou avais-je toujours prévu de dire la vérité à Theo ? Difficile de le savoir. J'ai toujours tout maîtrisé et lorsque ce n'est plus le cas, la sensation est curieuse.

Mais malgré ma disgrâce, ma chute, la vie est bien plus heureuse depuis mon incarcération. D'abord, je peux lire plus que je ne le pouvais depuis des années. Toujours de la fiction récente, bien sûr. Des jeunes écrivains qui sortent leur premier, deuxième ou troisième livre. Je prends des notes sur ceux que je préfère et j'aimerais beaucoup commenter leurs textes pour le public. Malheureusement, les prisonniers n'ont pas le droit d'accéder à Internet, ce qui me paraît un peu injuste. Par quel autre moyen pouvons-nous suivre nos formations en droit à distance et nous persuader que nous pourrons plaider notre cause pour sortir d'ici ? Je me montre facétieux, bien sûr. Humour de prisonnier.

Récemment, je suis allé jusqu'à me farcir le nouveau roman de Garrett Colby, dont le sujet était une passion amoureuse non partagée entre un homme et un raton laveur – quelle torture. Qu'est-ce qu'il a avec les animaux, celui-là ? Est-ce que son chiot s'est fait écraser par une voiture quand il était enfant et qu'il ne s'en est jamais remis ? Ça me dépasse. En tout cas, le livre est épouvantable. Certes, j'ai fait des choix discutables dans ma vie, mais je peux honnêtement dire que je n'ai jamais écrit ni volé quelque chose qui soit aussi mauvais que ce livre. À mon grand étonnement, les critiques étaient dithyrambiques, et il a même réussi à décrocher la timbale lors de la soirée du Prix cette année. Cela fait donc deux fois que son nom apparaît sur le tableau d'honneur alors que le mien en est toujours absent. Ce qui suffirait à donner envie de jeter l'éponge, franchement.

Theo a fini son livre, qu'il a intitulé *Deux écrivains : Erich & Maurice*, et il a été couronné du Costa Biography Award. Il avait auparavant publié un long compte rendu dans le *Guardian*, qui lui avait valu plusieurs prix de journalisme. Il semble bien parti dans la vie. Je suis très fier de lui. Vraiment.

Bien entendu, les réactions de la communauté littéraire aux révélations de mes crimes ont été diverses.

Certains ont prétendu qu'ils avaient toujours su que j'étais un charlatan, que personne doté de si peu de conscience ne pouvait écrire aussi bien que moi.

Certains semblaient admirer la manière dont j'avais flouté les lignes entre ma vie et mon écriture, et que ma carrière était l'incarnation d'un nouveau type de fiction. Ils écrivirent même des éditoriaux dans les journaux suggérant que je sois applaudi, pas fui.

Certains affirmèrent qu'ils n'avaient jamais lu mes livres et qu'ils se fichaient de ce que j'avais fait et de comment je l'avais fait, car ils étaient les seuls auteurs dignes d'être lus et quiconque passait du temps à lire ma prose gâchait sa vie.

L'un d'eux déclara que la littérature était plus importante que la vie humaine, alors ce n'était pas très grave si quelques personnes étaient mortes au cours de cette quête de l'excellence.

Un autre écrivit qu'il avait considéré *L'Homme de la tribu* comme un chef-d'œuvre, mais maintenant qu'il savait qu'il avait en réalité été écrit par une femme, il revoyait son opinion et se rendait compte qu'il ne s'agissait que d'un ennuyeux récit d'anecdotes domestiques empreint de sentimentalisme.

Il y eut d'interminables débats et discussions à la radio, à la télévision et dans les journaux sur la manière dont mes romans avaient été reçus au cours des années. Pendant une courte période, je devins l'écrivain le plus connu du monde, ce qui était terriblement gratifiant, tout ce que j'avais jamais espéré. Les romans d'Erich furent réédités en une belle collection – son recueil de poèmes aussi, dont il avait toujours dit qu'il était malavisé – chaque volume précédé d'une introduction d'un écrivain célèbre. D'après l'opinion générale, il avait été traité injustement, ce qui était un peu gonflé, trouvai-je, vu qu'il avait envoyé cinq personnes à la mort. Mais le révisionnisme est le révisionnisme, et au moins, cela me donna l'espoir que, longtemps après ma disparition, les lecteurs me redécouvriront et ma réputation sera restaurée.

Je ne savais pas exactement quand l'article de journal serait publié et je restai dans l'incertitude pendant un certain temps, jusqu'au jour où je reçus un appel de quelqu'un du *Guardian* ; il avait naturellement été méfiant en voyant arriver un jeune homme de vingt ans affirmant des choses aussi scandaleuses sur un écrivain connu, mais ensuite, ils avaient écouté les conversations enregistrées sur son téléphone ; les preuves étaient indiscutables. Je savais qu'il ne servait à rien d'argumenter – j'étais littéralement *épuisé* par ma vie, à ce moment-là – et je reconnus que son article était totalement vrai.

Quelques jours plus tard, en rentrant du pub je découvris toute une équipe de cameramen de la télévision et de reporters de la radio sur le pas de ma porte ; ils avaient tous été informés de ce qui allait être publié le lendemain. En payant le chauffeur de taxi avant de descendre affronter le barrage de questions, je me souvins d'une vidéo YouTube de Doris Lessing rentrant chez elle après avoir fait des courses au supermarché du coin pour trouver une douzaine de reporters devant chez elle, qui lui annoncèrent la merveilleuse nouvelle : elle venait de se voir attribuer le Prix Nobel de Littérature. « Oh grands dieux, dit-elle à ce moment-là, levant les yeux au ciel, exaspérée. Cela fait trente ans que c'est comme ça. » Quelle réaction marrante. Je ne dis rien d'aussi amusant que Doris ; je me faufilai entre eux en marmonnant qu'ils devraient se pousser, et j'entrai chez moi en vacillant. Visiblement, j'étais ivre. À l'intérieur, je gloussai. Voilà donc ce qu'on ressentait quand on s'autodétruisait.

L'après-midi suivant la sortie de l'article du *Guardian*, la police se présenta à ma porte et m'arrêta pour suspicion de meurtre. Je protestai, je n'avais jamais rien commis d'aussi haineux, les deux morts les plus évidentes sur ma conscience étaient des homicides involontaires, mais mes affirmations furent rejetées par le procureur et je fus envoyé devant le tribunal. Le jury ne crut pas à mon histoire non plus et me condamna à perpétuité. Je trouve que c'est terriblement injuste.

Peut-être devrais-je mentionner que la famille d'Edith, que je n'avais pas vue depuis une éternité, était présente au procès. Sa mère était décédée quelques années auparavant, mais Rebecca était là – sans Arjan, qui l'avait quittée pour une actrice bien plus jeune à Hollywood – avec ses fils, Damien et Edward, qui étaient devenus de charmants jeunes hommes, et ils passèrent toutes leurs journées à me regarder méchamment comme s'ils voulaient passer seuls une demi-heure avec moi dans un endroit clos. J'aperçus Robert aussi, assis au dernier rang, et me demandai comment il vivait le fait de revenir dans une salle de tribunal. Il avait été libéré de prison au bout de cinq ans, mais il était obligé de rester sur la liste des délinquants sexuels, le pauvre. Il y avait un autre homme assis près d'eux, que je reconnus vaguement comme datant de l'époque où Edith et moi étions à Norwich, mais je ne parvins pas à retrouver son nom. Il fut bouleversé lorsque les détails de la mort de ma femme furent exposés. Ils devaient être particulièrement liés d'une manière quelconque et je l'admirai d'être encore ému, tant d'années après.

Bien entendu, mes éditeurs se retrouvèrent face à un véritable dilemme. Que faire lorsque l'un des écrivains les plus connus du monde – si ce n'est le plus connu – est en pleine disgrâce, mais que tout le monde, attiré par une fascination macabre, meurt d'envie de lire les livres incriminés ? Voilà ce qu'on fait : on réimprime tous les romans dans de nouvelles éditions – sauf *L'Homme de la tribu*, bien sûr, qui est désormais publié sous le nom d'Edith –, on donne trente pour cent des droits d'auteur à des bonnes œuvres, et on empoche tout le reste.

Ma santé, maintenant. Naturellement, j'ai souffert de symptômes de sevrage alcoolique assez violents, et le personnel de la prison, il faut le reconnaître, s'est montré extrêmement empathique et serviable. Mais les dégâts sont irréversibles. Mon foie est détruit et mes reins sont en assez mauvais état aussi. Les médecins prétendent qu'un verre suffirait à me tuer mais à l'évidence, c'est n'importe quoi. Ce serait une formidable coïncidence si, me trouvant obligé de renoncer à la boisson, ce moment correspondait exactement à celui où je mettais un pied dans la tombe. Enfin, je bois régulièrement ici – même si, forcément, ce n'est pas comparable en quantités à ce que j'avalais les dernières années à Londres – dans ma cellule, avec King Kong, dont je parlerai plus tard. Vous seriez surpris, ou peut-être pas, d'apprendre le nombre de denrées de contrebande qui sont disponibles en prison. Tout est interdit, bien sûr, mais la plupart des détenus ont un téléphone, un téléviseur, des cigarettes, de la drogue, de l'alcool. Il y a des prostituées pour ceux qui demandent ce genre de services. Hommes ou femmes. Et quand il y a un grand match de boxe à la télévision, tout le monde sait qui détient l'abonnement adéquat. Honnêtement, la vie n'est pas mal ici.

Et j'ai un emploi ! Mon premier vrai emploi depuis le Savoy à Berlin Ouest en 1988. J'enseigne l'écriture et j'organise un atelier bihebdomadaire de deux heures avec quatorze prisonniers de capacités variées. Ce sont des durs, bien sûr – des meurtriers, pour la plupart, des violeurs, des criminels violents – et ils aiment tous écrire sur des crimes. Tous sauf un, le susmentionné King Kong, à qui on a donné ce nom à cause de la ressemblance frappante qu'il a avec le simien du cinéma. Depuis presque un an, il travaillait sur un roman dont le personnage principal est une héritière dans le Boston du XIXe siècle et franchement, il n'aurait pas à rougir devant Henry James. Il était trop angoissé pour le montrer à ses camarades, mais il me l'a donné et j'ai été ébahi par son talent linguistique, son don pour construire ses personnages et ses dialogues enlevés. Je l'ai encouragé, guidé, soutenu et il venait de finir sa quatrième mouture lorsqu'il a eu une altercation avec un autre prisonnier, qui s'est terminée par une baston dans la cour, au cours de laquelle il a été poignardé dans le cou avec une brosse à dents à laquelle on avait fixé une lame de rasoir avec du scotch. En quelques minutes il s'est vidé de son sang, le pauvre garçon.

Du coup, je me suis retrouvé avec son manuscrit. Et il était tout à fait publiable. Franchement, le genre de texte qui remporte des prix et figure dans les listes de best-sellers. Alors, j'ai repris le roman, une fois, deux fois, rectifié la langue ici et là, et l'ai envoyé à un éditeur londonien en disant clairement qui j'étais et signalant que je ne pourrais jamais assurer la promotion du livre en personne puisque j'étais enfermé à Belmarsh jusqu'à la fin de mes jours, mais que j'avais trouvé de quoi occuper mon temps, en me consacrant à mon activité favorite.

L'écriture.

Et malgré le tollé général, ils l'ont publié. Et contre toute attente, mon roman est devenu l'une des meilleures ventes de l'année. La première sélection du Prix va être dévoilée demain et honnêtement, je pense que j'ai de bonnes chances d'y figurer.

REMERCIEMENTS

Pour tous leurs conseils et leur soutien, je remercie chaleureusement Bill Scott-Kerr, Larry Finlay, Patsy Irwin, Darcy Nicholson, Fiona Murphy et tout le monde chez Transworld ; Simon Trewin, Eric Simonoff, Laura Bonner et l'équipe de WME ; et tous mes éditeurs dans le monde, qui publient mes livres avec tant d'enthousiasme et d'engagement.

Table

Du même auteur :

Le Garçon en pyjama rayé, Gallimard Jeunesse, 2009.
La Maison Ipatiev, L'Archipel, 2012.
Noé Nectar et son étrange voyage, Gallimard Jeunesse, 2012.
Mon père est parti à la guerre, Gallimard Jeunesse, 2014.
Barnabé ou la vie en l'air, Gallimard Jeunesse, 2014.
Le Secret de Tristan Sadler, L'Archipel, 2015.
Le Garçon au sommet de la montagne, Gallimard Jeunesse, 2016.
Les Fureurs invisibles du cœur, Lattès, 2018.
Il n'est pire aveugle, Lattès, 2021.

PAPIER À BASE DE FIBRES CERTIFIÉES

Le Livre de Poche s'engage pour l'environnement en réduisant l'empreinte carbone de ses livres. Celle de cet exemplaire est de :
350 g éq. CO_2
Rendez-vous sur www.livredepoche-durable.fr

Composition réalisée par Belle Page

Achevé d'imprimer en mars 2021, en France sur Presse Offset par
Maury Imprimeur – 45330 Malesherbes
N° d'imprimeur : 252383
Dépôt légal 1re publication : avril 2021
LIBRAIRIE GÉNÉRALE FRANÇAISE – 21, rue du Montparnasse – 75298 Paris Cedex 06

89/7150/9